John Grisham

Américain, John Grisham est né en 1955 dans l'Arkansas. Il exerce pendant dix ans la profession d'avocat, tout en écrivant des romans à ses heures perdues. Il publie en 1989 son premier roman, *Non coupable,* mais c'est en 1991, avec *La firme,* qu'il rencontre le succès. Depuis, *L'affaire Pélican* (1992), *Le couloir de la mort* (1994), *L'idéaliste* (1995), *Le maître du jeu* (1996) et *L'associé* (1999) ont contribué à en faire la figure de proue du " legal thriller ". Mettant à profit son expérience du barreau, il nous dévoile les rouages du monde judiciaire, et aborde par ce biais les problèmes de fond de la société américaine. Aux États-Unis, où il représente un véritable phénomène éditorial, la vente de ses livres se compte en millions d'exemplaires et ses droits d'adaptation font l'objet d'enchères faramineuses auprès des producteurs de cinéma *(La firme, L'affaire Pélican).*

Marié, père de deux enfants, John Grisham est l'un des auteurs les plus lus dans le monde.

JOHN GRISHAM

Américain, John Grisham est né en 1955 dans l'Arkansas. [illegible]

L'ASSOCIÉ

DU MÊME AUTEUR
CHEZ POCKET

LA FIRME
L'AFFAIRE PÉLICAN
NON COUPABLE
LE COULOIR DE LA MORT
L'IDÉALISTE
LE CLIENT
LE MAÎTRE DU JEU
LA LOI DU PLUS FAIBLE
LE TESTAMENT
L'ENGRENAGE
LA DERNIÈRE RÉCOLTE

JOHN GRISHAM

L'ASSOCIÉ

ROBERT LAFFONT

Titre original :
THE PARTNER

traduit de l'américain
par Patrick BERTHON

ISBN : 2-266-14543-6

Pour David Gernert,
mon ami, mon éditeur, mon agent

1

Ils le retrouvèrent à Ponta Pora, une charmante localité à un jet de pierre du Paraguay, dans une région du Brésil encore appelée la Frontière.

Il habitait une maison de brique abritée du soleil, Rua Tiradentes, une avenue plantée d'arbres, où des gamins nu-pieds poussaient le ballon sur les trottoirs brûlants.

Il vivait confortablement, mais pas dans le luxe. Le modeste logis aurait pu appartenir à un commerçant de la ville. Il conduisait une Coccinelle de 1983, assemblée à São Paulo comme des millions d'autres ; elle était rouge et rutilante. Ils prirent la première photo au moment où il briquait la carrosserie, juste derrière la grille.

Ils le trouvèrent très amaigri ; il avait perdu une grande partie des cent cinq kilos qu'il pesait au moment de sa disparition. Les cheveux et la peau étaient plus sombres, le menton plus carré, le nez légèrement plus pointu. De subtiles modifications du visage ; ils avaient payé grassement le chirurgien de Rio qui les avait réalisées deux ans et demi auparavant.

Ils l'avaient retrouvé au bout de quatre années de recherches acharnées et fastidieuses, quatre années de fausses pistes, de culs-de-sac et de tuyaux crevés, quatre années à jeter l'argent par les fenêtres, en pure perte, semblait-il.

Mais ils l'avaient retrouvé ; et ils attendaient. Leur première impulsion fut de s'emparer de lui sans tarder, de le droguer et de le faire passer au Paraguay, dans une maison sûre, avant qu'il les repère ou que leur présence éveille les soupçons d'un voisin. Au bout de deux jours, ils décidèrent de prendre leur temps. Ils traînèrent dans sa rue, vêtus comme les gens du pays, cherchant l'ombre pour boire un thé ou manger une glace, évitant le soleil, discutant avec les enfants, surveillant la maison. Ils le filèrent quand il alla faire des courses, le photographièrent à la sortie de la pharmacie. Ils s'approchèrent de lui à le toucher devant l'étal d'un marchand de fruits, l'écoutèrent parler au vendeur. Son portugais était excellent, avec le léger accent d'un Américain ou d'un Allemand qui avait travaillé dur. Il ne traîna pas en ville ; ses achats terminés, il regagna ses pénates, ferma la grille. Cette petite virée leur permit de faire une douzaine de bonnes photos.

Dans son autre vie, il aimait courir ; les mois précédant sa disparition, le kilométrage avait pourtant diminué à mesure que son poids augmentait. Maintenant qu'il n'avait plus que la peau sur les os, ils ne furent pas étonnés de voir qu'il s'y était remis. Il sortit de chez lui, suivit à petites foulées le trottoir de la Rua Tiradentes. Cinq minutes et trente secondes pour le premier kilomètre, dans la rue en ligne droite, où les maisons allaient en s'espaçant. Plus loin, le trottoir faisait place à des cailloux. Danilo couvrit le deuxième kilomètre en cinq minutes ; il prenait une bonne suée. Il était midi en ce mois d'octobre ; la température dépassait 25 °C. Il accéléra encore à la sortie de la ville, laissa derrière lui la petite clinique prise d'assaut par des jeunes mères et l'église érigée par les baptistes. Sur la route poussiéreuse qui s'enfonçait dans la campagne, Danilo passa à quatre minutes trente au kilomètre.

Courir était pour lui une affaire sérieuse; ils s'en réjouirent. Il allait se jeter dans leurs bras.

Le deuxième jour, un petit pavillon mal entretenu situé à la lisière de la ville fut loué par un Brésilien nommé Osmar; peu après, le reste de l'équipe d'enquêteurs, composée en nombre égal d'Américains et de Brésiliens, s'y entassa. Osmar donnait ses directives en portugais, Guy aboyait ses ordres en anglais. Osmar, qui maîtrisait les deux langues, était devenu l'interprète officiel.

Guy, un ancien fonctionnaire de Washington, dont le passé était un trou noir, avait été engagé pour retrouver Danny Boy, le surnom de Danilo. Dans certains cercles Guy était tenu pour un génie, ailleurs on lui attribuait d'énormes qualités. Son contrat d'un an avait déjà été renouvelé quatre fois et une grosse prime était promise pour la capture de la proie. Guy le cachait bien, mais son impuissance à mettre la main sur Danilo le faisait lentement craquer.

Quatre années de traque et trois millions et demi de dollars n'avaient rien donné. Ils touchaient enfin au but.

Osmar et sa bande de Brésiliens ignoraient tout des péchés de Danny Boy, mais le premier imbécile venu comprenait qu'il avait levé le pied en emportant un gros paquet. Osmar brûlait d'en savoir plus sur Danilo. Il avait vite compris qu'il valait mieux ne pas poser de questions; Guy et les Américains n'avaient rien à dire à son sujet.

Les photos de Danny Boy, agrandies au format 20 × 25, furent punaisées sur un mur de la cuisine crasseuse et étudiées par des hommes à la mine patibulaire et au regard dur, qui fumaient cigarette sur cigarette en secouant la tête. Ils échangeaient des paroles à voix basse en comparant les photos récentes aux anciennes, celles de l'autre vie de Danilo. Le sujet était plus petit, le menton de forme bizarre, le nez différent. Il avait les cheveux plus courts, la peau plus foncée. Était-ce vraiment lui ? Ils étaient déjà passés par là dix-neuf mois auparavant, à Recife, sur la côte nord-est. Après avoir étudié des photos d'un Américain punaisées sur un mur de l'appartement de location, ils avaient pris la décision de l'enlever pour identifier ses empreintes. Elles ne correspondaient pas ; ce n'était pas le bon Américain. Ils l'avaient bourré de drogue et abandonné dans un fossé.

Ils redoutaient de fouiller trop profondément dans la vie actuelle de Danilo Silva. S'il était celui qu'ils cherchaient, il était plein aux as et l'argent faisait toujours des merveilles auprès des autorités locales. Pendant des décennies, il avait assuré la protection des ex-nazis et de leurs compatriotes qui avaient fui l'Allemagne pour se réfugier au Brésil.

Osmar était impatient de mettre la main sur Danilo ; Guy préférait attendre. Quand il disparut au matin du quatrième jour, un vent de panique souffla dans le petit pavillon.

Il partit dans la Coccinelle rouge, traversa la ville à vive allure, gagna l'aérodrome et sauta au dernier moment dans un petit avion. Ils ne quittèrent pas une seconde des yeux la voiture garée sur le parking. La destination de l'appareil était São Paulo, avec quatre escales sur le trajet. Ils formèrent aussitôt le projet de passer la maison au peigne fin. Il devait y avoir des documents ; il lui fallait s'occuper de l'argent. Guy rêvait de mettre la main sur des relevés de comptes, des ordres de virement, des papiers de toute sorte soigneusement classés dans un portefeuille, qui le conduiraient directement au magot.

Mais il n'était pas si naïf. Si Danny Boy avait pris

la fuite pour leur échapper, jamais il n'aurait laissé de preuves derrière lui ; s'il était celui qu'ils cherchaient, son domicile serait protégé. Où qu'il fût, dès qu'ils ouvriraient la porte ou une fenêtre, il le saurait probablement.

Ils attendirent. En jurant, en se lançant des reproches à la tête, soumis à une tension de plus en plus forte. Guy passait son coup de fil quotidien à Washington, un moment désagréable. Ils surveillaient la Coccinelle rouge ; à l'arrivée de chaque vol, ils sortaient les jumelles et les téléphones cellulaires. Six avions le premier jour, cinq le deuxième. Quand la chaleur devint trop forte dans le petit pavillon, les hommes s'installèrent dehors ; les Américains faisaient la sieste dans la cour, à l'ombre d'un arbre décharné, tandis que les Brésiliens jouaient aux cartes le long de la clôture.

Au cours d'une longue balade en voiture, Guy et Osmar se promirent de le capturer si jamais il réapparaissait. Osmar était certain qu'il reviendrait ; ce n'était qu'un petit voyage d'affaires, quelle que fût leur nature. Ils s'empareraient de Danilo, s'assureraient de son identité ; si ce n'était pas le bon, ils le jetteraient dans un fossé, comme l'autre.

Il revint le cinquième jour. Ils le prirent en filature jusqu'à la Rua Tiradentes ; tout le monde était content.

Le huitième jour, le petit pavillon se vida : les Brésiliens et les Américains allèrent prendre position.

Le parcours faisait dix kilomètres. Danilo avait couvert chaque jour la distance, partant de chez lui à peu près à la même heure, torse nu, en short bleu et orange, chaussé de Nike usagées.

Le lieu idéal se trouvait à quatre kilomètres de la maison, derrière une côte de la route caillouteuse, pas très loin de l'endroit où il faisait demi-tour. Danilo franchit le sommet de la côte après vingt minutes de course, avec quelques secondes d'avance sur son temps de passage habituel. Il avait accéléré l'allure, probablement à cause des nuages.

Dans la descente, une petite voiture avec un pneu à plat bloquait le passage, le coffre ouvert, l'arrière sur un cric. Le conducteur, un jeune costaud, feignit la surprise à la vue de l'homme efflanqué, haletant et couvert de sueur. Danilo ralentit ; il y avait plus de place sur la droite.

— *Bom dia,* lança le jeune homme.

— *Bom dia,* répondit Danilo en arrivant à la hauteur de la voiture.

Le conducteur sortit du coffre un pistolet qu'il braqua sur le visage de Danilo. Le coureur s'immobilisa, les yeux fixés sur l'arme luisante, la bouche grande ouverte pour reprendre son souffle. Le jeune homme avait de grosses mains et de longs bras musclés ; il saisit Danilo par le cou, le tira brutalement vers la voiture et le poussa contre le pare-chocs. Il fourra le pistolet dans sa poche pour libérer ses mains, força Danilo à se plier en deux pour entrer dans le coffre. Danny Boy se débattit comme un beau diable, mais il ne faisait pas le poids.

Le conducteur ferma le coffre, remit la voiture sur ses quatre pneus, jeta le cric dans le fossé et démarra. Un kilomètre plus loin, il s'engagea sur un étroit chemin de terre où ses camarades l'attendaient impatiemment.

Ils lièrent les poignets de Danny Boy à l'aide de cordes de nylon, lui mirent un bandeau noir sur les yeux et le poussèrent à l'arrière d'une camionnette. Osmar s'installa à sa droite, un autre Brésilien à sa gauche ; quelqu'un prit les clés de la maison dans la pochette fixée à sa taille par un Velcro. Il garda le silence tandis que le véhicule se mettait en marche. Il transpirait, sa respiration était de plus en plus précipitée.

Quand la camionnette s'arrêta sur une route poussiéreuse, en bordure d'un champ, Danilo ouvrit la bouche pour la première fois.

— Que voulez-vous ? demanda-t-il en portugais.

— Ne parlez pas, répondit Osmar en anglais.

Le Brésilien assis à la gauche de Danilo prit une seringue dans une petite boîte métallique, l'emplit prestement d'un anesthésique puissant. Osmar serra les poignets de Danilo tandis que l'autre enfonçait l'aiguille dans le bras du prisonnier. Danilo se cambra, se tortilla, puis il comprit que cela ne servait à rien. Il se détendit quand les dernières gouttes de drogue pénétrèrent dans son corps. Sa respiration se fit plus lente, il commença à dodeliner de la tête. Quand son menton se posa sur sa poitrine, Osmar, de l'index, remonta délicatement le bas du short sur sa cuisse droite. Il vit exactement ce qu'il s'attendait à trouver : la peau était blanche.

La course permettait à Danilo de rester mince mais aussi de conserver son hâle.

Les enlèvements n'étaient pas rares dans la région de la Frontière; les Américains faisaient des cibles faciles. Mais pourquoi lui ? Danilo se posait la question tandis que sa tête se balançait doucement et que ses yeux se fermaient. Un sourire se dessina sur ses lèvres, il se sentit tournoyer dans l'espace, se faufilant entre les comètes et les météorites, la main tendue vers les étoiles.

Ils le cachèrent sous des cartons de pastèques et de tomates. Les douaniers leur firent signe de passer sans quitter leur siège. Danny Boy venait d'entrer au Paraguay; dans son état, cela ne lui fit ni chaud ni froid. Il tressautait sur le plancher de la camionnette qui suivait les routes cahoteuses d'un terrain de plus en plus accidenté. Osmar fumait cigarette sur cigarette en montrant parfois quelque chose du doigt. Une heure après l'enlèvement, ils parvinrent à destination. À peine visible de la petite route de terre, la cabane était nichée au fond d'un ravin, entre deux versants escarpés. Ils transportèrent le prisonnier comme un sac de patates, le jetèrent sur la table de la pièce principale, où Guy et le spécialiste en empreintes digitales se mirent au travail.

Danilo ne cessa de ronfler bruyamment tandis qu'ils prenaient les empreintes de ses dix doigts ; les Américains et les Brésiliens s'agglutinèrent autour de la table pour ne rien perdre du spectacle. Il y avait du whisky dans un carton, près de la porte, pour le cas où ce serait le vrai Danny Boy. Le spécialiste en empreintes s'écarta brusquement, se dirigea vers une pièce du fond où il s'enferma à clé ; il étala les empreintes devant lui, régla l'éclairage. Puis il prit l'autre jeu d'empreintes, remontant à une époque où Danny Boy, beaucoup plus jeune, s'appelait Patrick et s'inscrivait au barreau de la Louisiane. N'était-il pas étrange de relever les empreintes des futurs avocats ? Les deux jeux étaient d'excellente qualité ; il fut aussitôt manifeste que les empreintes correspondaient exactement. Mais il vérifia méticuleusement les dix. Rien ne pressait ; les autres pouvaient bien attendre. Au fond, cela l'amusait de les faire lanterner. Quand il ouvrit enfin la porte, il présenta un visage fermé à la douzaine de regards qui scrutaient ses traits. Puis il sourit.

— C'est lui, fit-il en anglais.

Les autres applaudirent à deux mains.

Guy les autorisa à boire du whisky, mais avec modération ; ils avaient encore du pain sur la planche. Danny Boy, toujours inconscient, reçut une autre injection et fut transporté dans une petite chambre sans fenêtre, dont la lourde porte se fermait de l'extérieur. C'est là qu'il serait interrogé et torturé, si nécessaire.

Les gamins qui jouaient au football dans la rue étaient trop pris par leur partie pour lever le nez. Le trousseau de Danny Boy ne comprenait que quatre clés ; il ne fallut pas longtemps pour trouver celle de la petite grille d'entrée. Un complice au volant d'une voiture de location s'arrêta quatre maisons plus loin, sous un gros arbre. Un autre gara sa moto au bout de la rue et commença à bricoler les freins.

Si la sirène d'un système d'alarme se déclenchait, l'intrus prendrait la fuite et disparaîtrait ; sinon, il s'enfermerait dans la maison pour faire l'inventaire des lieux.

La porte s'ouvrit sans qu'une sirène retentisse ; le tableau de la centrale indiquait que le dispositif était débranché. Respirant lentement, l'homme demeura parfaitement immobile une minute avant de se mettre à fureter. Il retira le disque dur de l'ordinateur, rassembla les disquettes. Il fourragea dans les papiers du bureau, ne trouva que des factures, certaines payées, d'autres en attente. Le fax bas de gamme était hors service. L'homme prit des photos des vêtements, de la nourriture, du mobilier, des étagères couvertes de livres et des porte-revues.

Cinq minutes après l'ouverture de la porte, un transmetteur téléphonique se mit silencieusement en marche au grenier et donna l'alarme dans les bureaux d'une société de surveillance privée, dans le centre de Ponta Pora. Personne ne décrocha ; l'homme de permanence se balançait doucement dans un hamac, loin du téléphone. Un message enregistré informait le destinataire d'une effraction ; quinze minutes s'écoulèrent avant que quelqu'un en prenne connaissance. Quand le garde se précipita sur les lieux, l'intrus avait disparu. M. Silva aussi. Tout paraissait en ordre ; la voiture se trouvait à sa place, sous l'auvent. La porte d'entrée et la grille étaient fermées à clé.

Le dossier contenait des consignes précises : si l'alarme se déclenchait, ne pas prévenir la police. Essayer d'abord de trouver M. Silva ; si ce n'était pas possible tout de suite, appeler un numéro à Rio, demander Eva Miranda.

En proie à une excitation qu'il contenait à grand-peine, Guy donna son coup de téléphone quotidien à Washington. Il ferma les yeux en souriant quand il articula les mots :

— C'est lui.

Il y eut un silence au bout du fil, puis une question.

— En êtes-vous certain ?

— Oui. Les empreintes concordent.

Dans le nouveau silence qui suivit, Stephano rassembla ses idées, une opération qui prenait en général quelques millisecondes.

— L'argent ?

— Nous n'avons pas eu le temps ; il est encore drogué.

— Quand ?

— Ce soir.

— Je reste près du téléphone.

Stephano raccrocha ; il aurait pu parler des heures.

Guy trouva un siège sur une souche, derrière la cabane. La végétation était dense, l'air raréfié et frais. Des voix douces d'hommes heureux montaient jusqu'à lui. Le plus gros du travail était fait. Il venait de gagner cinquante mille dollars. Quand il aurait retrouvé l'argent, il empocherait une autre prime ; il était certain de réussir.

2

Dans son petit bureau pimpant, au dixième étage d'un gratte-ciel du centre de Rio, Eva Miranda, les deux mains crispées sur le combiné, répéta lentement ce qu'elle venait d'entendre. L'alarme silencieuse avait fait déplacer le garde de la société de surveillance. M. Silva n'était pas à son domicile, mais la voiture se trouvait à sa place et la maison était fermée.

Quelqu'un était entré par effraction et avait déclenché l'alarme ; ce ne pouvait être une fausse alerte, elle fonctionnait encore à l'arrivée du garde.

Danilo avait disparu.

Peut-être était-il allé courir en oubliant la procédure. Au dire du garde, soixante-dix minutes s'étaient écoulées depuis le déclenchement de l'alarme. Mais Danilo courait moins d'une heure ; dix kilomètres, cinq minutes au kilomètre, cela ne faisait que cinquante minutes. Il parcourait quotidiennement le même trajet ; elle savait tout de ses mouvements.

Elle composa le numéro de la Rua Tiradentes ; pas de réponse. Celui d'un téléphone cellulaire qu'il gardait parfois à portée de main ; toujours rien.

Trois mois plus tôt, il lui avait fait une peur bleue en déclenchant accidentellement l'alarme ; un coup de téléphone avait suffi pour apaiser ses craintes.

Il attachait trop d'importance au système de sécurité pour commettre une négligence. L'enjeu était de taille.

Elle refit les deux numéros, sans plus de succès, en essayant de se persuader qu'il devait y avoir une explication.

Elle composa ensuite le numéro d'un appartement à Curitiba, une métropole d'un million et demi d'habitants, la capitale de l'État du Paraná.

Personne ne connaissait l'existence de cet appartement. Loué sous un nom d'emprunt, il servait d'entrepôt et de lieu de rendez-vous occasionnel. Ils y passaient de courts week-ends, trop rarement au goût d'Eva.

Elle n'attendait pas de réponse à ce numéro ; il n'y en eut pas. Danilo n'y serait pas allé sans l'avoir prévenue.

Elle reposa le combiné, se leva pour donner un tour de clé à la porte et s'y adossa, les yeux clos.

Elle percevait les allées et venues du personnel dans le couloir. Le cabinet, le deuxième de Rio par la taille, comptait trente-trois avocats et avait des bureaux à São Paulo et à New York. Les sonneries assourdies des téléphones, le bruit des fax et des copieurs produisaient une rumeur confuse.

À trente et un ans, avec ses cinq années d'ancienneté, Eva était une collaboratrice chevronnée qui ne comptait pas ses heures de travail et n'hésitait pas à venir le samedi. Sur les quatorze associés, deux seulement étaient des femmes, une proportion qu'elle avait en tête de modifier. Dix des dix-neuf collaborateurs étaient de sexe féminin, la preuve qu'au Brésil, comme aux États-Unis, les femmes se faisaient une place au soleil. Eva avait étudié à l'université catholique de Rio, une des meilleures, à son avis. Son père y enseignait encore la philosophie.

Il avait insisté pour qu'elle fasse ensuite son droit à

Georgetown, où il avait lui-même étudié. L'influence de son père ajoutée à son imposant CV, son physique avantageux et sa maîtrise de la langue anglaise lui avait grandement facilité la tâche pour décrocher un poste de choix dans un cabinet prestigieux.

Elle s'arrêta devant la fenêtre, se força à se détendre. Chaque minute comptait; les mesures qu'il lui incombait de prendre exigeaient des nerfs d'acier. Puis il lui faudrait disparaître; elle avait un rendez-vous dans une demi-heure; il serait reporté.

Le dossier était enfermé dans un petit tiroir ignifugé. Elle relut la feuille d'instructions; les directives qu'elle avait maintes fois étudiées avec Danilo.

Il avait toujours su qu'ils le retrouveraient.

Eva avait préféré ne pas envisager cette possibilité.

Elle se prit, malgré elle, à s'inquiéter pour la sécurité de Danilo. La sonnerie du téléphone la fit sursauter; ce n'était pas lui. Sa secrétaire lui annonçait l'arrivée d'un client; il était en avance. Elle dit à la secrétaire de s'excuser et de remettre le rendez-vous. Elle ajouta qu'elle ne voulait plus être dérangée.

L'argent était actuellement en lieu sûr, dans deux établissements : une banque à Panamá et une société de placement offshore aux Bermudes. Son premier fax autorisait le transfert immédiat de l'argent de Panamá dans une banque d'Antigua. Le deuxième le dispersait dans trois établissements de Grande-Caïman. Le troisième le virait des Bermudes aux Bahamas.

Il était près de 14 heures à Rio. Les banques européennes étaient fermées; elle allait devoir faire circuler l'argent quelques heures dans les Caraïbes en attendant l'ouverture des banques sur les autres continents.

Les instructions de Danilo étaient claires mais s'en tenaient aux grandes lignes; les détails étaient laissés à sa discrétion. Les premiers ordres de virement étaient au choix d'Eva ; elle décidait de la somme qui irait dans chaque banque. Elle avait fait la liste des sociétés fictives utilisées pour dissimuler l'argent ; une liste que Danilo n'avait jamais vue. Elle divisa, dispersa, fit circuler les capitaux, un exercice auquel ils s'étaient souvent entraînés ensemble, sans entrer dans le détail. Danilo ne pouvait savoir où irait l'argent ; seule Eva aurait pu le dire. Elle avait carte blanche, dans l'immédiat et dans ces circonstances extrêmes, pour effectuer les mouvements de fonds à sa convenance.

Sa spécialité était le droit commercial, la majorité de ses clients des hommes d'affaires brésiliens désireux d'accroître leurs exportations vers les États-Unis et le Canada. Elle connaissait les marchés étrangers, les opérations de change et de banque. Ce qu'elle ignorait de l'art de faire circuler l'argent d'un continent à l'autre, Danilo le lui avait enseigné.

Eva ne cessait de regarder sa montre ; plus d'une heure s'était écoulée depuis l'appel en provenance de Ponta Pora.

Tandis qu'un nouveau fax sortait du télécopieur, la sonnerie du téléphone retentit. Ce devait être Danilo, enfin, avec une histoire abracadabrante. Un coup à blanc, peut-être, une répétition générale destinée à éprouver sa solidité nerveuse. Mais ce n'était pas le genre de Danilo de faire marcher les gens.

C'était un des associés, inquiet de voir qu'elle était en retard pour un autre rendez-vous. Elle s'excusa sèchement, se leva pour prendre le fax.

La tension augmentait de minute en minute ; toujours aucune nouvelle de Danilo, pas de réponse à ses appels répétés. Si ceux qui le cherchaient l'avaient réellement retrouvé, ils ne tarderaient pas à essayer de le faire parler. Ce qu'il redoutait par-dessus tout ; la raison pour laquelle elle devait disparaître.

Une heure et demie : le poids de la réalité devenait de plus en plus lourd. Jamais Danilo n'aurait disparu sans l'avoir prévenue. Ses déplacements étaient trop soigneusement étudiés, dans la crainte des ombres qu'il savait être derrière lui. Leur pire cauchemar se réalisait, son déroulement s'accélérait.

D'une cabine du hall du bâtiment, Eva passa deux coups de téléphone. Le premier au concierge de son immeuble, à Leblon, un quartier chic de Rio, pour savoir si quelqu'un s'était présenté à la porte de son appartement; le concierge répondit par la négative et promit d'ouvrir l'œil. Le second appel était pour le bureau du FBI de Biloxi, Mississippi. Elle expliqua que c'était une urgence, en s'efforçant de parler calmement dans un anglais sans accent. Elle attendit, sachant qu'il ne lui serait désormais plus possible de faire machine arrière.

Danilo avait été enlevé; son passé l'avait enfin rattrapé.

— Bonjour, fit une voix qui paraissait venir de quelques centaines de mètres.

— Vous êtes l'agent Joshua Cutter?

— Oui.

— Vous êtes chargé de l'enquête sur Patrick Lanigan? poursuivit-elle après un petit silence.

Cutter marqua une hésitation avant de répondre.

— Oui. Qui est à l'appareil?

Il ne leur faudrait pas plus de trois minutes pour trouver l'origine de l'appel. Mais leurs recherches se perdraient dans une cité de dix millions d'habitants. Eva jeta quand même un regard nerveux autour d'elle.

— J'appelle du Brésil, reprit-elle, conformément aux instructions. Ils ont capturé Patrick.

— Qui?

— Je vais vous donner un nom.

— J'écoute, fit Cutter d'une voix soudain plus crispée.

— Jack Stephano. Cela vous dit quelque chose ?

Un nouveau silence, pendant lequel Cutter fouilla dans sa mémoire.

— Non. Qui est-ce ?

— Un privé de Washington. Il est sur la piste de Patrick depuis quatre ans.

— Et vous dites qu'il l'a retrouvé ?

— Oui. Ses hommes l'ont retrouvé.

— Où ?

— Ici, au Brésil.

— Quand ?

— Aujourd'hui. Je crains pour sa vie.

— Que pouvez-vous me dire d'autre ? poursuivit Cutter après un instant de réflexion.

Elle lui donna le numéro de téléphone de Stephano à Washington, raccrocha et sortit.

Guy examina attentivement les différents documents rapportés de chez Danilo et constata que la piste de l'argent restait invisible. Un relevé de compte d'une banque locale indiquait un solde créditeur de trois mille dollars, pas exactement ce qu'ils cherchaient. Un seul dépôt d'un montant de mille huit cents dollars, des débits de moins de mille dollars pour le mois ; Danny Boy vivait frugalement. Ses factures d'électricité et de téléphone n'étaient pas encore réglées, contrairement à une douzaine d'autres, d'un montant modeste.

Un des hommes de Guy vérifia tous les numéros apparaissant sur la facture de téléphone, sans rien trouver d'intéressant. Un autre étudia le disque dur de l'ordinateur et comprit rapidement que Danilo n'était pas un mordu d'informatique. Il y avait un long journal de voyage sur ses aventures dans la jungle brésilienne ; les dernières données remontaient à près d'un an.

La rareté même des papiers était suspecte. Un seul relevé de compte : qui n'a chez lui que le dernier relevé de sa banque ? et celui du mois précédent ? Danny Boy disposait d'un autre endroit où il gardait ses papiers, comme il convenait à un homme qui se cache.

À la tombée du soir, ils le déshabillèrent, ne lui laissant que son caleçon en coton. En enlevant ses chaussures sales et ses chaussettes humides, ils découvrirent des pieds d'une blancheur luisante ; le hâle de sa peau n'était pas naturel. Ils l'allongèrent sur une épaisse plaque de contreplaqué, à côté du lit. Par des trous percés dans le bois, ils passèrent des cordes de nylon pour lui attacher les chevilles et les genoux, la taille, la poitrine et les poignets. Une large bande de plastique noir lui enserrait le front. Un goutte-à-goutte était suspendu au-dessus de son visage ; le tuyau était relié à une veine, au-dessus du poignet gauche.

On lui administra une nouvelle injection, dans le bras gauche, pour le réveiller. Sa respiration difficile s'accéléra ; il ouvrit des yeux rougis, vitreux, qui fixèrent longuement le goutte-à-goutte. Le médecin brésilien apparut dans son champ de vision ; sans un mot, il lui enfonça une aiguille dans le bras gauche. Une injection de penthiobarbital, une drogue parfois utilisée pour faire parler les captifs. Le sérum de vérité. Efficace s'ils avaient quelque chose à révéler ; la drogue parfaite restait à découvrir.

Dix minutes s'écoulèrent ; le prisonnier essaya de remuer la tête, sans succès. Son champ de vision se limitait à deux mètres de chaque côté. La pièce était sombre ; une faible lumière venait d'un angle, derrière lui.

La porte s'ouvrit, Guy entra ; il était seul. Il se dirigea vers le prisonnier, posa les doigts sur le bord du contreplaqué.

— Bonjour, Patrick.

Patrick ferma les yeux ; Danilo Silva n'était plus, disparu à jamais. Un ami de longue date, en qui il avait toute confiance. Il laissait derrière lui la vie simple et la Rua Tiradentes ; il venait d'être arraché à son précieux anonymat par ces deux mots : « Bonjour, Patrick. »

Il s'était souvent demandé au cours des quatre dernières années ce qu'il ressentirait s'ils mettaient la main sur lui. Éprouverait-il un sentiment de soulagement ? de justice ? Serait-il excité à la perspective de retourner aux États-Unis pour affronter son destin ?

Absolument pas ! Il était terrorisé, ni plus ni moins ; pratiquement nu, attaché comme une bête, il savait que les heures à venir seraient insupportables.

— M'entendez-vous, Patrick ? demanda Guy en se penchant vers lui.

Patrick sourit malgré lui ; une force irrépressible en lui trouvait quelque chose amusant.

Guy constata que la drogue faisait effet. Le penthiobarbital est un barbiturique à action rapide qui doit être administré en doses précises. Il est extrêmement difficile de déterminer le niveau de conscience idéal pour soumettre le sujet à un interrogatoire. Une dose insuffisante ne parvient pas à briser sa résistance ; si elle est un peu trop forte, il tourne de l'œil.

La porte s'ouvrit, se referma. Un autre Américain se glissa dans la pièce pour écouter, mais Patrick ne pouvait le voir.

— Vous avez dormi trois jours, Patrick, reprit Guy. Avez-vous faim ou soif ?

Cela faisait près de cinq heures ; comment Patrick aurait-il pu le savoir ?

— Soif.

Guy dévissa le bouchon d'une petite bouteille

d'eau minérale, en versa délicatement quelques gouttes entre les lèvres de son prisonnier.

— Merci, fit Patrick en souriant.

— Avez-vous faim ?

— Non. Que voulez-vous ?

Guy posa doucement la bouteille sur une table et se pencha vers le visage de Patrick.

— Que les choses soient claires. Pendant votre sommeil, nous avons pris vos empreintes digitales. Nous savons qui vous êtes ; dispensez-nous des dénégations d'usage.

— Qui suis-je ? demanda Patrick avec un nouveau sourire.

— Patrick Lanigan.

— Où vivais-je ?

— À Biloxi, Mississippi. Originaire de La Nouvelle-Orléans ; études de droit à Tulane. Marié, une fille de six ans. Disparu depuis plus de quatre ans.

— Bravo ! C'est moi.

— Dites-moi, Patrick, avez-vous assisté à votre enterrement ?

— Est-ce un crime ?

— Seulement une rumeur.

— Oui, j'y étais. Très émouvant ; j'ignorais avoir tant d'amis.

— Tant mieux. Où vous êtes-vous caché après l'enterrement ?

— Un peu partout.

Une ombre s'avança sur la gauche, une main régla le débit du goutte-à-goutte.

— Qu'est-ce que c'est ? demanda Patrick.

— Un cocktail, répondit Guy en faisant signe à l'homme de se retirer. Où est l'argent, Patrick ? poursuivit-il en souriant.

— Quel argent ?

— L'argent que vous avez subtilisé.

— Ah ! Vous parlez de ça !

Patrick expira longuement ; ses paupières se fermèrent brusquement, son corps se détendit. Dans les secondes qui suivirent, sa poitrine se souleva et s'abaissa plus lentement.

— Patrick, fit Guy en lui secouant doucement le bras.

Pas de réponse. Juste les signes d'un profond sommeil.

Le dosage fut aussitôt réduit ; ils attendirent.

Le dossier du FBI sur Jack Stephano n'était pas épais : ex-détective à Chicago, titulaire de deux diplômes de criminologie, ex-chasseur de primes, tireur d'élite, passé maître en recherches et espionnage industriel, devenu le patron d'une discrète société de Washington qui, à ce qu'il semblait, demandait des honoraires exorbitants pour retrouver des personnes disparues et mener des opérations sophistiquées de surveillance.

Le dossier du FBI sur Patrick Lanigan remplissait huit cartons. Il était logique que ce dossier attire l'autre. Les gens désireux de retrouver la trace de Lanigan et de le voir revenir aux États-Unis ne manquaient pas ; Stephano et son équipe avaient été engagés pour cela.

La société de Stephano, Edmund Associates, occupait le dernier étage d'un immeuble banal de K Street, à quelques centaines de mètres de la Maison-Blanche. Deux agents du FBI attendirent dans le hall, près de l'ascenseur, tandis que deux autres pénétraient dans les bureaux de Stephano. Ils faillirent en venir aux mains avec une secrétaire obstinée qui répétait que M. Stephano était trop occupé pour les recevoir ; ils le trouvèrent à son bureau, parlant gaiement au téléphone. Son sourire s'effaça à la vue des deux hommes brandissant leur insigne.

— Qu'est-ce qui se passe ? s'écria-t-il.

Derrière lui, le mur était occupé par une carte détaillée du globe sur laquelle clignotaient de petites lumières rouges disséminées sur le vert des continents. Laquelle représentait Patrick ?

— Qui vous a engagé pour retrouver Patrick Lanigan ? demanda le premier agent fédéral.

— Secret professionnel, répondit Stephano avec un ricanement.

Il avait passé plusieurs années dans la police et ne se laissait pas facilement intimider.

— Nous avons reçu dans l'après-midi un appel du Brésil, expliqua l'autre agent.

Moi aussi, se dit Stephano, abasourdi, s'efforçant désespérément de demeurer impassible. Sa mâchoire s'abaissa, ses épaules s'affaissèrent tandis qu'il passait fébrilement en revue toutes les explications possibles à la présence de ces deux brutes dans son bureau. Il avait parlé à Guy, en qui il avait toute confiance, et à personne d'autre. Jamais Guy n'aurait prévenu le FBI. Inimaginable.

Guy avait utilisé un téléphone cellulaire depuis les montagnes orientales du Paraguay ; son appel n'avait pu être intercepté.

— Vous avez entendu ? lança le second agent.

— Oui, répondit Stephano, l'esprit ailleurs.

— Où est Lanigan ?

— Peut-être au Brésil.

— Où, au Brésil ?

— Je n'en sais rien, fit Stephano en haussant les épaules avec raideur. C'est un grand pays.

— Nous avons un mandat contre lui. Il est à nous.

Stephano répondit d'un nouveau haussement d'épaules, plus désinvolte, comme si cela lui paraissait de peu d'importance.

— Nous le voulons. Tout de suite.

— Je ne peux rien pour vous.

— Vous mentez, répliqua hargneusement le premier agent.

Les deux policiers se penchèrent sur le bureau de Stephano, le regard mauvais.

— Nous avons des hommes en bas, dehors, au coin de la rue et devant votre maison de Falls Church, poursuivit le premier. Nous surveillerons vos faits et gestes, vingt-quatre heures sur vingt-quatre, jusqu'à ce que nous ayons mis la main sur Lanigan.

— Très bien. Messieurs, je ne vous retiens pas.

— Et ne lui faites pas de mal, c'est compris ? Nous vous collerons au trou avec plaisir s'il lui arrive quelque chose.

Ils s'éloignèrent du même pas. Stephano donna un tour de clé à la porte du bureau sans fenêtre. Il s'avança vers la carte murale ; trois lumières rouges clignotaient sur le territoire du Brésil. Il secoua lentement la tête, en proie à une profonde perplexité.

Il consacrait tellement de temps et d'argent à brouiller les pistes.

Sa société avait dans certains milieux la réputation d'être la meilleure pour empocher l'argent et disparaître sans laisser de traces. Jamais encore il ne s'était fait prendre ; jamais personne ne savait qui Stephano traquait.

3

Une nouvelle injection pour le réveiller. Une autre pour sensibiliser les nerfs.

La porte s'ouvrit avec fracas, la lumière inonda la pièce. Elle s'emplit de nombreuses voix, des voix d'hommes affairés, déterminés, qui semblaient tous avoir un pas lourd. Guy donna des ordres ; quelqu'un grommela en portugais.

Patrick ouvrit les yeux, les referma ; il les ouvrit pour de bon quand les drogues commencèrent à agir. Quand ils se penchèrent sur lui, il sentit leurs mains sur tout son corps. Ils coupèrent son caleçon, sans y mettre beaucoup de délicatesse, et il se trouva nu, exposé aux regards. Il perçut le bourdonnement d'un rasoir électrique qu'ils appuyèrent fortement à différents endroits de son corps, la poitrine, l'aine, les cuisses et les mollets. Il se mordit la lèvre en grimaçant, son cœur se mit à battre la chamade, mais il savait que le plus douloureux était à venir.

Guy se pencha sur lui, les mains immobiles, les yeux courant en tous sens.

Patrick n'essaya pas de crier, mais ils ne prirent pas de risque ; il vit d'autres mains apparaître et plaquer sur sa bouche une large bande adhésive argentée. Ils appliquèrent sur les parties rasées de froides électrodes fixées par des pinces crocodile ; il entendit une voix forte poser une question sur « le courant ». Les électrodes furent recouvertes d'un adhésif ; il compta huit endroits, peut-être neuf. Il avait les nerfs à vif. Il sentait sans les voir les mains courir sur son corps ; les bandes adhésives tiraient sur sa peau.

Dans un angle de la pièce, deux ou trois hommes s'affairaient à régler un appareil que Patrick ne pouvait voir. Des fils électriques furent disposés sur son corps comme des guirlandes sur un sapin de Noël.

Ils ne vont pas me tuer, ne cessait-il de se répéter, même si la mort, dans les prochaines heures, serait peut-être accueillie comme une délivrance. Combien de fois avait-il imaginé ce cauchemar au cours des quatre dernières années ? Il avait prié pour que jamais il ne se réalise, en sachant qu'il ne pourrait y échapper. Il avait toujours su qu'ils étaient derrière lui, quelque part dans l'ombre, qu'ils dépensaient sans compter, ne négligeaient aucune piste.

Patrick l'avait toujours su ; Eva était trop naïve.

Il ferma les yeux, s'efforça de respirer régulièrement et de ralentir le tourbillon de ses pensées tandis que les silhouettes s'agitaient autour de lui pour préparer son corps à l'épreuve. Son pouls s'accélérait, les drogues provoquaient des démangeaisons.

Je ne sais pas où est l'argent. Je ne sais pas où est l'argent. Il psalmodiait cette phrase à mi-voix ; le ruban adhésif appliqué sur sa bouche faisait écran. Je ne sais pas où est l'argent.

Il appelait Eva tous les jours entre 16 et 18 heures. Sept jours par semaine, sans exception ; sinon, elle était prévenue. Le cœur battant, il se dit qu'elle avait déjà viré l'argent, qu'il était en lieu sûr, éparpillé à la surface du globe, dans deux douzaines de pays. Lui ne savait pas où. Mais le croiraient-ils ?

La porte s'ouvrit encore, deux ou trois silhouettes quittèrent la pièce. L'activité diminua autour du lit de torture, le silence se fit. Patrick ouvrit les yeux, constata que le goutte-à-goutte avait disparu.

Guy le regardait ; il prit délicatement un côté de l'adhésif argenté, le décolla pour permettre à Patrick de parler, s'il le décidait.

— Merci, fit Patrick.

Le médecin brésilien apparut sur la gauche du prisonnier, planta une aiguille dans son bras. La seringue était longue et remplie d'eau colorée ; comment Patrick l'aurait-il su ?

— Où est l'argent ? demanda Guy.

— Je n'ai pas d'argent.

Sa tête le faisait souffrir à l'endroit où elle était appuyée sur le contreplaqué. La bande de plastique qui lui enserrait le front lui donnait chaud ; il n'avait pas changé de position depuis des heures.

— Vous le direz, Patrick, je vous le garantis. Vous pouvez le faire tout de suite ou attendre une dizaine d'heures, quand vous serez à moitié mort. Pourquoi voulez-vous souffrir ?

— Je ne veux pas mourir, fit Patrick, les yeux brillants de peur.

Ils ne me tueront pas, se dit-il.

Guy saisit un petit appareil d'une simplicité menaçante, l'approcha du visage de son prisonnier. C'était un levier chromé terminé par un embout en caoutchouc noir, monté sur un petit cube d'où partaient deux fils électriques.

— Vous voyez, quand ce levier est en position haute, le circuit est coupé.

Il prit délicatement l'embout caoutchouté entre le pouce et l'index, l'abaissa lentement.

— Quand il descend jusqu'à ce point de contact, le circuit est fermé, le courant circule jusqu'aux électrodes appliquées sur votre peau.

Il arrêta son mouvement à quelques centimètres du

point de contact ; Patrick retint son souffle. Il n'y avait pas un bruit dans la pièce.

— Aimeriez-vous savoir ce qui se passe quand la décharge se produit ?

— Non.

— Alors dites-moi où est l'argent.

— Je ne sais pas ; je le jure.

À trente centimètres du nez de Patrick, Guy abaissa le levier jusqu'au point de contact. La douleur fut immédiate et atroce. Des ondes brûlantes lacérèrent la chair de Patrick ; il se cambra, les cordes de nylon se tendirent, mordant la peau. Il ferma les yeux, serra les dents de toutes ses forces, résolu à ne pas crier ; il ne put résister plus d'une fraction de seconde, poussa un hurlement perçant qui se répercuta dans la cabane.

Guy releva le levier, laissa quelques secondes à Patrick pour reprendre sa respiration et rouvrir les yeux.

— C'est le niveau un, le plus faible voltage. Il y en a cinq ; j'irai jusqu'au dernier, si besoin est. Huit secondes au niveau cinq, c'est la mort. Je n'hésiterai pas un instant. Vous m'écoutez, Patrick ?

Sa peau le brûlait de la poitrine aux chevilles ; le cœur battant à tout rompre, il exhala rapidement.

— Vous écoutez ? répéta Guy.

— Oui.

— Au fond, la situation est très simple. Si vous me dites où est l'argent, vous repartirez d'ici sain et sauf ; nous vous ramènerons à Ponta Pora et vous ferez ce que vous voulez de votre vie. Nous n'avons aucun intérêt à avertir le FBI.

Il s'interrompit pour ménager son effet en caressant du bout du doigt le levier chromé.

— Si, en revanche, vous refusez de parler, vous ne quitterez pas cette pièce vivant. Avez-vous compris, Patrick ?

— Oui.

— Bien. Où est l'argent ?

— Je vous jure que je ne sais pas. Si je savais, je le dirais.

Guy abaissa le levier sans un mot ; les ondes électriques se propagèrent comme des jets d'acide.

— Je ne sais pas ! hurla Patrick, au supplice. Je jure que je ne sais pas !

Guy releva le levier, attendit quelques secondes pour permettre au prisonnier de récupérer.

— Où est l'argent ? demanda-t-il calmement.

— Je ne sais pas, je le jure !

Un nouveau hurlement de douleur emplit la cabane, se propagea par les fenêtres ouvertes jusqu'au ravin ; il se répercuta sur les parois rocheuses et son écho assourdi se perdit dans la jungle.

L'appartement de Curitiba se trouvait près de l'aéroport. Eva demanda au chauffeur de taxi d'attendre dans la rue ; elle laissa son nécessaire de voyage dans le coffre, n'emporta que sa grosse serviette.

Elle prit l'ascenseur jusqu'au neuvième étage, s'engagea dans le couloir sombre et silencieux. Il était près de 23 heures. Elle avança lentement, en lançant des coups d'œil dans toutes les directions. Elle ouvrit la porte de l'appartement, désactiva le système d'alarme.

Danilo n'était pas là ; elle n'espérait pas le trouver mais fut quand même déçue. Pas de message sur le répondeur, aucun signe de lui. L'inquiétude d'Eva franchit un nouveau palier.

Elle ne pouvait rester longtemps ; ceux qui tenaient Danilo risquaient de venir. Elle savait exactement ce qu'elle avait à faire, mais ses mouvements étaient gauches et lents. L'appartement ne comprenait que trois pièces ; elle les fouilla rapidement.

Ce qu'elle cherchait se trouvait dans un classeur, dans le séjour. Elle ouvrit les trois lourds tiroirs, rangea soigneusement les papiers dans une élégante valise en cuir que Danilo gardait dans une penderie. Les dossiers contenaient pour la plupart des documents financiers, en nombre restreint pour une fortune de cette importance. Il laissait derrière lui aussi peu de papiers que possible. Il venait une fois par mois cacher dans l'appartement ceux qu'il ne voulait pas garder chez lui et détruisait alors les plus anciens.

Dans l'immédiat, Danilo ne pouvait savoir où se trouvaient ses papiers.

Elle réactiva le système d'alarme, sortit sans perdre de temps ; personne n'avait remarqué sa présence dans le petit immeuble. Elle prit une chambre dans un modeste hôtel du centre, près du musée des Arts contemporains. Les banques d'Asie étaient ouvertes ; il était près de 16 heures à Zurich. Elle sortit de son sac un fax portable, le brancha sur la prise de téléphone de la chambre. Le petit lit fut bientôt couvert de feuilles d'instructions et d'autorisations de transfert.

Elle était fatiguée, mais il n'était pas question de dormir. Danilo avait dit qu'ils la rechercheraient ; elle ne pouvait rentrer chez elle. Eva ne se tracassait pas pour l'argent, mais pour lui. Était-il vivant ? Si oui, quelles souffrances endurait-il ? Que leur avait-il dit et qu'est-ce que cela lui avait coûté ? Elle s'essuya les yeux, commença à ranger les papiers. Ce n'était pas le moment de pleurer.

En matière de torture, les meilleurs résultats arrivent au bout de trois jours de sévices intermittents ; les volontés les mieux trempées sont lentement brisées. La victime rêve de la douleur dont la menace se fait plus pesante, dans l'attente de la prochaine séance. Trois jours, et la plupart des gens s'effondrent.

Guy ne disposait pas de trois jours. Il n'interrogeait pas un prisonnier de guerre mais un citoyen américain recherché par le FBI.

Aux alentours de minuit, ils laissèrent quelques minutes de solitude à Patrick, pour se préparer au round suivant. Il avait le corps inondé de sueur, la peau rougie par la chaleur et les décharges électriques. Un filet de sang coulait sur sa poitrine, sous l'adhésif trop serré qui enfonçait les électrodes dans sa chair. Il haletait en passant la langue sur ses lèvres desséchées. Le frottement des cordes de nylon sur ses poignets et ses chevilles avait mis sa chair à nu.

Guy revint seul ; il prit place sur un tabouret, à côté du lit de torture. Pendant une longue minute, le silence de la pièce ne fut troublé que par la respiration précipitée de Patrick, qui, les yeux clos, s'efforçait de retrouver son calme.

— Vous êtes entêté comme une mule, dit enfin Guy.

Pas de réponse.

Les deux premières heures n'avaient rien donné. Toutes les questions avaient eu trait à l'argent. Patrick ne savait pas où il était ; il l'avait dit cent fois. Existait-il ? Il n'avait cessé de répéter que non. Qu'était-il devenu ? Il l'ignorait.

L'expérience de Guy en matière de torture était des plus limitées. Il avait consulté un spécialiste, un tordu qui semblait y prendre un véritable plaisir ; il avait lu un manuel mais n'avait pas eu le temps de passer à la pratique.

Maintenant que Patrick savait à quel point la souffrance pouvait être atroce, il était important de l'amadouer.

— Où étiez-vous au moment de votre enterrement ? demanda Guy.

Les muscles de Patrick se détendirent légèrement ; enfin une question sur autre chose que l'argent. Il hésita, pesa le pour et le contre. Que risquait-il ? Il était en leur pouvoir et déballerait bientôt son histoire. S'il se montrait coopératif, peut-être réduiraient-ils le voltage.

— À Biloxi.

— Vous vous cachiez ?

— Évidemment.

— Et vous avez suivi votre inhumation ?

— Oui.

— D'où ?

— D'un arbre, avec des jumelles.

Patrick gardait les yeux fermés et les poings serrés.

— Où êtes-vous allé ensuite ?

— À Mobile.

— C'est là que vous vous cachiez ?

— Entre autres.

— Combien de temps y êtes-vous resté ?

— Deux mois, à peu près.

— Si longtemps ? Où logiez-vous ?

— Dans des motels bon marché ; je n'y restais pas longtemps. Je me suis déplacé le long de la côte du golfe du Mexique. Destin, Panamá City Beach, retour à Mobile.

— Vous avez changé d'apparence ?

— Je m'étais rasé et teint les cheveux, j'avais perdu trente kilos.

— Avez-vous appris une langue étrangère ?

— Le portugais.

— Vous aviez donc prévu de venir ici ?

— Je ne sais pas où nous sommes.

— Disons au Brésil.

— Je m'étais dit que c'était un bon endroit pour se cacher.

— Où êtes-vous allé après Mobile ?
— À Toronto.
— Pourquoi Toronto ?
— Il fallait bien aller quelque part ; c'est une jolie ville.
— Est-ce là que vous avez acheté des faux papiers ?
— Oui.
— Vous êtes devenu Danilo Silva à Toronto ?
— Oui.
— Vous avez repris des cours de portugais ?
— Oui.
— Et encore perdu du poids ?
— Quinze autres kilos.

Il essayait de ne pas prêter attention à la douleur, du moins de l'accepter. Les électrodes lui brûlaient la poitrine et mordaient dans sa chair.

— Combien de temps y êtes-vous resté ?
— Trois mois.
— Vous en êtes donc parti vers le mois de juillet 1992.
— À peu près.
— Quelle fut l'étape suivante ?
— Le Portugal.
— Pourquoi ?
— Il fallait bien aller quelque part. C'est un beau pays que je ne connaissais pas.
— Combien de temps y avez-vous passé ?
— Deux mois.
— Ensuite ?
— São Paulo.
— Pourquoi ?
— Il y a vingt millions d'habitants. L'endroit idéal pour se cacher.
— Combien de temps y êtes-vous resté ?
— Un an.
— Qu'y faisiez-vous ?

Patrick prit une longue inspiration ; il ne put retenir une grimace quand il remua les chevilles.

— Je me suis perdu dans la ville, fit-il en s'efforçant de se détendre. Je passais d'un petit appartement à un autre. J'ai pris des cours particuliers afin de parler couramment la langue. J'ai encore perdu quelques kilos.

— Qu'avez-vous fait de l'argent ?

Un silence. Un tressaillement des muscles. Où était le satané levier chromé ? Ne pouvaient-ils continuer à discuter de sa fuite en oubliant l'argent ?

— Quel argent ? demanda-t-il en faisant un effort louable pour paraître découragé.

— Allons, Patrick. Les quatre-vingt-dix millions de dollars que vous avez volés à votre cabinet et à ses clients.

— Je vous l'ai dit, vous vous trompez de bonhomme.

Guy poussa un cri en direction de la porte ; elle s'ouvrit aussitôt, les Américains s'engouffrèrent dans l'ouverture. Le médecin brésilien vida deux seringues dans les veines de Patrick et se retira. Deux hommes s'affairèrent autour de l'appareil installé dans un angle de la pièce ; le magnétophone se mit à tourner. Guy se pencha sur Patrick, le levier chromé en position haute, le front plissé par la colère, plus décidé que jamais à en finir avec lui s'il ne parlait pas.

— L'argent a été viré sur le compte de votre cabinet, à Nassau. À 10 h 15, heure de la côte est, pour être précis. C'était le 26 mars 1992, quarante-cinq jours après votre mort. Vous étiez présent, Patrick, le teint hâlé, en pleine forme, sous une identité d'emprunt. Nous avons des photos obtenues grâce à la caméra de surveillance de la banque. Vos faux papiers étaient irréprochables. L'argent est reparti peu après son arrivée, viré sur un compte d'une banque de Malte. Vous l'avez volé, Patrick. Si vous me dites où il est, vous aurez la vie sauve.

Patrick regarda une dernière fois Guy, puis le levier ; il ferma les yeux, rassembla ses forces.

— Je jure que je ne sais pas de quoi vous parlez.

— Patrick, Patrick...

— Pas ça, je vous en prie ! implora-t-il. Je vous en prie !

— Ce n'est que le niveau trois, Patrick. Vous êtes à mi-chemin de la souffrance.

Guy abaissa le levier, regarda le corps secoué de soubresauts.

Patrick hurla sans retenue ; un hurlement perçant, si affreux qu'Osmar et les Brésiliens s'immobilisèrent sous le porche. La conversation cessa ; un homme fit une prière silencieuse dans l'obscurité.

À une centaine de mètres de la cabane, un Brésilien armé d'un pistolet montait la garde au bord de la route de terre. Il ne passait aucune voiture ; l'habitation la plus proche se trouvait à des kilomètres. Il murmura lui aussi une petite prière quand les cris inhumains reprirent de plus belle.

4

Le quatrième ou le cinquième coup de téléphone des voisins fit exploser Mme Stephano et contraignit Jack à lui dire la vérité. Les trois hommes en complet sombre qui traînaient autour de la voiture garée juste devant chez eux étaient des agents du FBI. Il expliqua le pourquoi de leur présence et raconta dans les grandes lignes l'histoire de Lanigan, un grave manquement à l'éthique professionnelle. Mme Stephano ne posait jamais de questions.

Peu lui importait ce que faisait son mari au bureau ; l'opinion des voisins, en revanche, lui tenait à cœur. Dans ce quartier huppé de Falls Church, cette présence ferait jaser.

Elle se coucha à minuit ; Jack sommeilla sur le canapé du salon, se levant toutes les demi-heures pour regarder à travers les lamelles du store. À 3 heures du matin, il fut réveillé en sursaut par un coup de sonnette.

Il alla ouvrir en survêtement ; quatre hommes se tenaient sur le seuil. Il reconnut immédiatement l'un d'eux : Hamilton Jaynes, le directeur adjoint du FBI, qui habitait à quelques centaines de mètres et était membre de son club de golf, mais qu'il n'avait jamais rencontré.

Il les fit entrer dans le salon spacieux ; les présentations furent guindées. Mme Stephano descendit en robe de chambre ; elle battit précipitamment en retraite à la vue de tous ces hommes en complet sombre.

Le numéro deux du FBI prit la parole.

— Nous travaillons jour et nuit sur l'affaire Lanigan. D'après nos renseignements, il serait entre vos mains. Pouvez-vous le confirmer ?

— Non, répondit Stephano d'un ton glacial.

— J'ai un mandat d'arrêt contre vous.

La glace fondit légèrement. Stephano observa du coin de l'œil le visage impassible d'un agent.

— De quoi m'accuse-t-on ?

— De recel d'un individu recherché par les autorités fédérales. D'enlèvement. Peu importe. Ce que je veux, c'est vous voir derrière les barreaux avant de m'occuper de votre personnel et de mettre vos clients sous les verrous. Il faudra vingt-quatre heures pour boucler tout le monde. Les inculpations viendront plus tard, selon que nous mettrons ou non la main sur Lanigan. Vous voyez le tableau ?

— Je crois.

— Où est Lanigan ?

— Au Brésil.

— Je le veux ; tout de suite.

Stephano battit deux fois des paupières ; la situation était claire. Vu l'état des choses, remettre Lanigan aux agents fédéraux n'était pas une mauvaise solution. Ils avaient des arguments pour le faire parler ; sous le coup d'une condamnation à perpétuité, Lanigan pourrait restituer l'argent d'un claquement de doigts. D'énormes pressions s'exerceraient de toute part pour le récupérer.

Stephano n'avait pas fini de se demander qui pouvait être au courant de l'enlèvement.

— Voici ce que je propose, fit-il. Donnez-moi

quarante-huit heures, je vous livre Lanigan. Vous détruisez le mandat et renoncez aux poursuites.

— Marché conclu.

Il y eut un silence pendant lequel les deux camps savourèrent leur victoire.

— Il faut que je sache où je vais le récupérer, reprit Jaynes.

— Envoyez un avion à Asunción.

— Au Paraguay ? Vous avez parlé du Brésil.

— Il a des amis au Brésil.

Jaynes murmura quelques mots à un de ses subordonnés, qui se leva et sortit.

— Est-il en bon état ?

— Sans doute.

— Il vaudrait mieux ; une seule ecchymose sur son corps et je ne suis pas près de vous lâcher.

— Il faut que je téléphone.

Jaynes ébaucha un sourire en laissant son regard courir le long des murs.

— Faites comme chez vous, fit-il.

— Vous m'avez mis sur écoute ?

— Non.

— Juré ?

— J'ai dit non.

— Excusez-moi.

Stephano se dirigea vers la cuisine, entra dans la buanderie où il cachait un téléphone portable. Il sortit dans la cour de derrière, s'arrêta sous un lampadaire de jardin, les pieds dans l'herbe humide ; il appela Guy.

Dans un moment d'accalmie entre les hurlements, le Brésilien qui gardait la camionnette entendit la sonnerie du téléphone. L'appareil était encastré dans le siège avant ; l'antenne dépassait le toit de plus de quatre mètres. Le garde prononça quelques mots en anglais, partit précipitamment chercher un Américain.

Guy sortit de la cabane au pas de course, se jeta sur le combiné.

— A-t-il parlé ? demanda Stephano.

— Un peu. Il a craqué il y a une heure.

— Qu'avez-vous appris ?

— L'argent est toujours là ; il ne sait pas où. C'est une femme qui s'en occupe, une avocate de Rio.

— Avez-vous son nom ?

— Oui. Nous nous renseignons ; Osmar a des hommes à Rio.

— Pouvez-vous lui arracher autre chose ?

— Je ne crois pas. Il est à moitié mort, Jack.

— Arrêtez tout. Le médecin est avec vous ?

— Bien sûr.

— Soignez-le, rendez-le présentable. Conduisez-le à Asunción dès que possible.

— Mais pourquoi... ?

— Ne posez pas de question ; le temps presse. Nous avons le FBI sur le dos. Faites ce que j'ai dit et assurez-vous qu'il n'a pas de mal.

— Pas de mal ! Ça fait cinq heures que j'essaie de le tuer.

— Faites ce que j'ai dit. Arrangez-vous pour le remettre sur pied ; droguez-le. Prenez la route d'Asunción. Appelez-moi toutes les heures.

— Comme vous voudrez.

— Et trouvez cette femme !

On souleva délicatement la tête de Patrick pour lui verser de l'eau fraîche sur les lèvres. On coupa les cordes qui retenaient ses poignets et ses chevilles avant d'enlever lentement les adhésifs, les fils et les électrodes. Le corps parcouru de mouvements convulsifs, il se tortilla en marmonnant des paroles que nul ne comprenait. On fit dans ses veines soumises à rude épreuve une injection de morphine, suivie d'un calmant léger; Patrick se sentit de nouveau planer.

À l'aube, Osmar était à l'aérodrome de Ponta Pora dans l'attente d'un vol qui lui permettrait d'arriver à Rio avant la fin de la journée. Il avait pris contact avec des gens à Rio; il les avait tirés du lit avec la promesse de toucher un gros paquet. Ils devaient être à l'affût dans les rues.

Eva appela d'abord son père, juste après le lever du jour, ce moment de la journée qu'il appréciait particulièrement sur son balcon, devant son café et son journal. Il vivait dans un petit appartement à Ipanema, à deux cents mètres de la mer, pas loin de sa fille bien-aimée. Son immeuble avait plus de trente ans, ce qui en faisait l'un des plus anciens de ce quartier chic. Il vivait seul.

Il comprit au son de sa voix que quelque chose la perturbait. Elle l'assura que tout allait bien, qu'il n'avait pas à s'inquiéter; un client européen avait besoin d'elle deux semaines, mais elle appellerait tous les jours. Elle ajouta que ce client était méfiant, ses affaires un peu louches, qu'il pourrait envoyer des gens fouiller dans son passé. Il n'y avait pas à s'alarmer; de telles pratiques n'étaient pas rares dans sa profession.

Il ne posa pas les questions qui lui brûlaient les lèvres; il savait qu'il n'obtiendrait pas de réponse.

Le coup de téléphone à l'associé qui supervisait son travail présenta plus de difficultés. L'histoire qu'elle avait préparée passa bien, malgré son imprécision. Un nouveau client avait appelé la veille au soir, adressé par un avocat américain avec qui elle avait fait ses études. On la demandait à Hambourg; elle prenait le premier avion. Le client était dans les télécommunications; il avait des projets de développement au Brésil.

L'associé n'était pas bien réveillé ; il lui demanda de rappeler et de fournir des détails.

Elle appela ensuite sa secrétaire à qui elle servit la même histoire ; elle demanda de reporter ses rendez-vous et ses réunions.

Elle prit un avion de Curitiba à São Paulo, où un vol direct d'Aerolineas Argentinas l'amena à Buenos Aires. Elle utilisa son nouveau passeport, celui que Danilo l'avait aidée à acquérir l'année précédente. Elle l'avait caché chez elle avec deux cartes de crédit neuves et huit mille dollars en espèces.

Elle s'appelait maintenant Leah Pires, même âge, date de naissance différente. Danilo ignorait ces détails ; il ne pouvait pas les connaître.

Elle avait réellement le sentiment d'être une autre.

Plusieurs scénarios étaient possibles. Il avait pu être abattu par des bandits à l'affût sur une route de campagne ; cela arrivait de temps en temps dans cette région de la Frontière. Ou bien enlevé par les ombres de son passé, torturé, tué et enseveli dans la jungle. Peut-être avait-il parlé et donné son nom ; dans ce cas elle serait traquée jusqu'à la fin de ses jours. Il l'avait prévenue, dès le début. S'il n'avait pas parlé, elle pourrait rester Eva.

Peut-être Danilo était-il encore vivant ; il l'avait assurée qu'ils ne le tueraient pas. Même s'il les suppliait de le faire, ils ne pourraient pas. S'il tombait aux mains des autorités américaines, il y aurait une demande d'extradition ; dans les pays d'Amérique latine, on avait de tout temps rechigné à livrer à l'étranger des individus recherchés.

Si ses poursuivants le trouvaient les premiers, ils le tabasseraient jusqu'à ce qu'il dise où se trouvait l'argent ; c'est ce qu'il redoutait par-dessus tout.

Elle essaya de dormir dans l'aéroport de Buenos Aires, mais le sommeil la fuyait. Elle rappela, à Ponta

Pora d'abord, puis essaya le numéro du téléphone cellulaire et celui de l'appartement de Curitiba.

Elle prit un avion à destination de New York, où elle passa trois heures en transit avant d'embarquer pour Zurich sur un vol Swissair.

Ils l'allongèrent à l'arrière de la camionnette Volkswagen, une ceinture de sécurité autour de la taille afin que les cahots ne le fassent pas basculer ; ils allaient prendre des routes défoncées. Il ne portait que son short. Le médecin vérifia l'état des bandages, huit en tout. Il avait appliqué un onguent sur les brûlures et injecté des antibiotiques. Il s'installa devant son patient, sa petite trousse noire entre les jambes. Patrick avait assez souffert ; maintenant, il allait le protéger.

Un ou deux jours de repos, des analgésiques, et il serait en voie de guérison. Les brûlures laisseraient de petites cicatrices que le temps effacerait probablement.

Le médecin se retourna, tapota l'épaule de Patrick ; il était heureux que les autres ne l'aient pas tué.

— Il est prêt, dit-il à Guy, assis à l'avant.

Le conducteur brésilien mit le moteur en marche ; la camionnette s'éloigna de la cabane.

Ils s'arrêtèrent toutes les heures, à la minute près, pour déplier l'antenne et établir la liaison téléphonique au milieu des montagnes. Guy appelait Stephano dans son bureau de Washington, où il attendait en compagnie d'Hamilton Jaynes et d'un haut fonctionnaire du Département d'État. Le Pentagone avait été consulté.

Guy mourait d'envie de demander ce qui s'était passé, pourquoi le FBI était là.

Ils parcoururent cent soixante kilomètres les six premières heures ; à certains endroits, la route était presque impraticable. Ils avaient des difficultés à joindre Washington au téléphone. L'état de la route s'améliora vers 14 heures, à la sortie des montagnes.

La question de l'extradition était délicate ; Hamilton Jaynes ne voulait pas s'en mêler. Des pressions diplomatiques furent exercées au plus haut niveau. Le directeur du FBI appela le secrétaire général de la Maison-Blanche ; l'ambassadeur des États-Unis au Paraguay fut chargé d'intervenir. Il y eut des promesses et des menaces.

Au Paraguay, avec de la détermination et un portefeuille bien garni, un individu recherché peut retarder l'extradition plusieurs années, voire indéfiniment. Celui-ci n'avait pas d'argent sur lui et ne savait même pas dans quel pays il se trouvait.

Les autorités paraguayennes acceptèrent à contrecœur de ne pas respecter la procédure d'extradition.

À 16 heures, Stephano ordonna à Guy de se rendre à l'aérodrome de Concepción, une petite ville à trois heures de route d'Asunción. Le conducteur brésilien lâcha un juron : il fallait faire demi-tour et repartir vers le nord.

Ils arrivèrent au crépuscule à Concepción, à la nuit tombée à l'aérodrome, une piste étroite bordée par un petit bâtiment de brique. Guy appela Stephano qui lui ordonna de laisser Lanigan dans la camionnette, les clés sur le tableau de bord, et d'abandonner le véhicule. Guy, le médecin, le conducteur et un autre Américain s'éloignèrent lentement en regardant pardessus leur épaule. Ils parcoururent une centaine de mètres, s'arrêtèrent sous un grand arbre d'où on ne pouvait les voir. Une heure s'écoula.

Un avion se posa enfin, un King Air portant une immatriculation américaine, qui roula lentement vers la tour de contrôle. Deux pilotes en descendirent et s'engouffrèrent dans le bâtiment. Quelques minutes plus tard, ils se dirigèrent vers la camionnette, ouvrirent les portières et montèrent ; ils conduisirent le véhicule près de leur appareil.

Patrick fut délicatement transporté de la camionnette dans l'avion ; le médecin militaire qui était à bord prit immédiatement le prisonnier en main. Les deux pilotes reconduisirent la camionnette à l'endroit où ils l'avaient prise. Quelques minutes plus tard, l'avion décolla.

Pendant le ravitaillement au sol à Asunción, Patrick commença à remuer. Il était trop faible, trop sonné pour se redresser ; le médecin lui donna de l'eau fraîche et des crackers.

L'appareil fit deux autres escales, La Paz et Lima. À Bogotá le prisonnier fut transporté dans un petit Learjet qui volait deux fois plus vite que le King Air. L'appareil se ravitailla sur l'île d'Aruba, au large du Venezuela, avant de gagner directement une base aérienne américaine près de San Juan, à Porto Rico. Une ambulance transporta Patrick à l'hôpital de la base.

Près de quatre ans et demi après sa disparition, il était de retour sur le sol américain.

5

Le cabinet pour lequel Patrick travaillait avant sa mort avait engagé une procédure de redressement judiciaire un an après l'enterrement. Son nom avait été ajouté sur le papier à en-tête du cabinet, dans l'angle droit : Patrick S. Lanigan, 1954-1992. Puis les rumeurs avaient commencé de se répandre avec insistance. Il ne fallut pas longtemps pour que tout le monde soit persuadé qu'il avait subtilisé l'argent avant de disparaître. Au bout de trois mois, plus personne ne croyait à sa mort. Son nom disparut du papier à en-tête quand les dettes commencèrent à s'accumuler.

Les quatre associés restants étaient encore ensemble, unis malgré eux par les liens de la procédure judiciaire. Ils avaient emprunté conjointement, à l'époque où tout allait bien, quand la fortune se profilait à l'horizon. Ils avaient perdu conjointement plusieurs procès qu'ils n'avaient aucune chance de gagner. Depuis le départ de Patrick, ils avaient tout essayé pour briser ces liens; rien n'avait marché. Deux d'entre eux buvaient comme des trous dans le secret de leur bureau, mais jamais ensemble. Les deux autres sortaient d'une cure de désintoxication.

Il avait volé leur argent, leurs millions. De l'argent dépensé bien avant d'être encaissé, comme les avocats savent si bien le faire. De l'argent pour leur immeuble rénové à grands frais, pour leurs nouvelles résidences, leurs yachts, les appartements aux Caraïbes. L'argent était en route, les autorisations délivrées, les papiers signés, les ordres de virement passés. Ils le voyaient, le sentaient, pouvaient presque le palper ; il leur avait filé sous le nez au dernier instant.

Lanigan était mort. Ils l'avaient enterré, le 11 février 1992. Ils avaient consolé la veuve et fait apparaître son nom maudit sur leur beau papier à en-tête. Six semaines plus tard, il avait subtilisé l'argent à leur nez et à leur barbe.

Ils s'étaient déchirés pour savoir qui devait porter le chapeau. Charles Bogan, l'associé principal à la main de fer, avait insisté pour que l'argent soit viré sur un compte ouvert à l'étranger. Tout le monde s'était rangé à son avis. Le montant du virement était de quatre-vingt-dix millions de dollars, dont le tiers revenait au cabinet. Impossible de cacher une telle somme dans une agglomération de cinquante mille âmes. Quelqu'un vendrait la mèche à la banque ; toute la ville serait bientôt au courant. Les quatre associés jurèrent de garder le secret tout en se préparant à faire étalage de leur richesse. L'acquisition d'un jet privé à six places pour le cabinet fut même envisagée.

Bogan assuma sa part de responsabilité. À quarante-neuf ans, il était l'aîné des quatre et, au moment des faits, le plus stable. Il était aussi à l'origine du recrutement de Lanigan, neuf ans plus tôt, ce qu'on lui avait amèrement reproché.

Doug Vitrano avait pris la décision funeste de proposer Lanigan comme cinquième associé. Les trois autres avaient accepté. Devenu associé à part entière, Lanigan avait eu accès à la quasi-totalité des dossiers. Dans les pages jaunes de l'annuaire, le cabinet

Bogan, Rapley, Vitrano, Havarac et Lanigan se prétendait spécialisé dans les dommages subis à l'étranger. Dans la réalité, comme les autres, ils acceptaient tout ou presque, du moment que les honoraires étaient élevés. Le cabinet Bogan disposait d'un personnel abondant, de grosses réserves financières et des plus solides relations politiques de la région.

Ils avaient tous entre quarante-cinq et cinquante ans. Élevé par son père sur un crevettier, Havarac montrait encore avec fierté ses mains calleuses et rêvait d'étrangler lentement Lanigan. Rapley avait fait une grave dépression ; il sortait rarement de chez lui, passait son temps dans la pénombre de son grenier aménagé en bureau.

Bogan et Vitrano étaient à leur bureau quand l'agent Cutter, un peu après 9 heures, franchit la porte de l'immeuble du Vieux Marché, dans le quartier le plus ancien de Biloxi. Il demanda en souriant à la réceptionniste si les avocats étaient arrivés. La question méritait d'être posée ; ils avaient la réputation d'alcooliques ne passant que de temps à autre.

Elle le conduisit dans une petite salle de réunions, lui servit un café. Vitrano arriva le premier, tiré à quatre épingles, le regard étonnamment vif. Il précéda Bogan de quelques secondes ; les trois hommes parlèrent de tout et de rien en faisant fondre le sucre dans leur tasse.

Dans les mois qui avaient suivi la double disparition de Patrick et de l'argent, Cutter avait pris l'habitude de passer de temps en temps pour les mettre au courant des derniers développements de l'enquête. Ils se retrouvaient avec plaisir, même si l'atmosphère de ces conversations était quelque peu démoralisante. Au fil des mois, puis des années, les réunions s'espacèrent. La conclusion était toujours la même : aucune trace de Patrick. Cela faisait maintenant près d'un an que Cutter n'avait vu les avocats.

Ils s'imaginaient donc que l'agent fédéral faisait une visite de politesse, qu'il passait par là, avait eu envie d'un café et que l'entretien serait bref.

— Patrick Lanigan est entre nos mains, annonça brusquement Cutter.

Charlie Bogan ferma les yeux et exhiba la totalité de sa denture.

— Seigneur ! murmura-t-il avant d'enfouir son visage entre ses mains.

Vitrano rejeta la tête en arrière, la bouche grande ouverte, fixant le plafond d'un regard incrédule.

— Où ? parvint-il à articuler.

— Une base aérienne à Porto Rico ; il a été capturé au Brésil.

Bogan se leva, fit quelques pas vers un angle de la pièce ; il cacha son visage contre des rayonnages couverts de livres en s'efforçant de contenir les larmes qui lui montaient aux yeux.

— Seigneur ! répéta-t-il d'une voix étouffée.

— Êtes-vous certain que c'est lui ? demanda Vitrano d'un ton sceptique.

— Absolument.

— Donnez-nous des détails.

— Par exemple ?

— Comment vous l'avez trouvé et où. Ce qu'il faisait. De quoi il a l'air.

— Nous ne l'avons pas trouvé ; on nous l'a livré.

Bogan revint s'asseoir, un mouchoir sur le nez.

— Excusez-moi, fit-il, embarrassé.

— Connaissez-vous un certain Jack Stephano ? demanda Cutter.

Les deux hommes hochèrent la tête sans conviction.

— Faites-vous partie de son petit consortium ?

— Non.

— Tant mieux pour vous. Les hommes de Stephano ont retrouvé et torturé Lanigan ; ils ont failli le tuer avant de nous le livrer.

— J'aime quand vous parlez de torture, glissa Vitrano. Pouvez-vous nous en dire plus ?

— Passons là-dessus ! Nous l'avons récupéré cette nuit au Paraguay pour le transporter à Porto Rico. Il sortira dans quelques jours de l'hôpital de la base pour revenir ici.

— Et l'argent ? demanda Bogan d'une voix éraillée.

— Aucune trace. Mais Stephano en sait peut-être plus que nous.

Vitrano baissa la tête vers la table, les yeux roulant en tous sens. Patrick avait détourné quatre-vingt-dix millions de dollars quatre ans plus tôt ; il était impossible de dépenser une telle somme. Même s'il s'était offert des châteaux, des hélicoptères et des quantités de femmes, il lui restait plusieurs dizaines de millions. Ils devaient pouvoir retrouver l'argent, leur argent.

Bogan se tamponnait les yeux en pensant à son ex-épouse, une femme si douce, devenue haineuse quand le ciel lui était tombé sur la tête. Se sentant déshonorée par la faillite, elle s'était enfuie à Pensacola avec le benjamin de la famille et avait demandé le divorce en portant d'odieuses accusations. Bogan buvait et prenait de la coke. Elle le savait ; elle l'enfonça. Il ne pouvait pas faire grand-chose pour se défendre. Il parvint à se désintoxiquer, mais on lui refusa le droit de visite.

Curieusement, il aimait encore son ex-femme ; il rêvait de la reprendre. L'argent pourrait peut-être la lui ramener ; tout espoir n'était pas perdu. Ils devaient pouvoir retrouver le magot.

— Stephano est dans de sales draps, reprit Cutter.

Le corps de Patrick était couvert de brûlures, des marques de torture.

— Bien, fit Vitrano avec un sourire.

— Vous pensiez qu'il nous inspirerait de la compassion ? demanda Bogan.

— En tout état de cause, poursuivit Cutter, ce n'est pas Stephano qui nous intéresse. Nous le surveillerons de près ; il nous conduira peut-être à l'argent.

— L'argent sera facile à retrouver, glissa Vitrano. Il y avait un cadavre dans la voiture ; quelqu'un s'est fait tuer par Patrick. Il est passible de la peine de mort, ni plus ni moins. Il se mettra à table quand on lui fera comprendre ce qu'il risque.

— Il y a une meilleure solution, fit Bogan sans l'ombre d'un sourire. Donnez-le-nous ; en dix minutes, il crachera tout ce qu'il sait.

— Il faut que j'y aille, fit Cutter en regardant sa montre. Je vais à Point Clear annoncer la nouvelle à Trudy.

Bogan et Vitrano éclatèrent de rire en chœur.

— Elle n'est pas au courant ? fit Bogan.

— Pas encore.

— Soyez sympa, filmez la scène ! lança Vitrano en gloussant. J'aimerais tellement voir la tête qu'elle fait.

— Je m'en réjouis d'avance, fit Cutter.

— La salope ! grogna Bogan.

— Vous pouvez l'annoncer à vos associés, reprit Cutter en se levant, mais pas avant midi. C'est l'heure où nous ferons une conférence de presse. À bientôt.

Après son départ, les deux hommes restèrent un long moment silencieux. Il y avait tant de questions sans réponse, tant à dire. Les hypothèses et les scénarios se bousculaient dans leur tête.

Mort dans l'incendie de sa voiture après un accident sans témoin sur une route de campagne, Patrick Lanigan fut conduit à sa dernière demeure par sa femme, la ravissante Trudy, le 11 février 1992. Tandis que les pelletées de terre recouvraient le cercueil, la veuve en robe noire Armani calculait déjà comment elle allait dépenser son argent.

Le défunt lui laissait tout ce qu'il possédait ; le testament avait été récemment modifié. Quelques heures avant la cérémonie funèbre, Trudy et Doug Vitrano avaient ouvert le casier du bureau de Patrick pour en inventorier le contenu. Ils avaient trouvé le testament, le titre de propriété de sa maison, une police d'assurance sur la vie d'un montant d'un demi-million de dollars dont Trudy connaissait l'existence, une autre de deux millions dont elle ignorait tout.

Vitrano en avait parcouru les clauses. Patrick l'avait souscrite huit mois auparavant ; Trudy en était l'unique bénéficiaire. Les deux polices avaient été souscrites auprès de la même compagnie, importante et solvable.

Trudy jura qu'elle n'était pas au courant ; le sourire qui illuminait son visage persuada Vitrano de sa sincérité. Veuve ou non, Trudy était aux anges. Son chagrin considérablement allégé, elle réussit à surmonter dignement les épreuves du service funèbre et de l'inhumation.

La compagnie d'assurances renâcla, comme toujours en pareil cas, mais les menaces de Vitrano la contraignirent à payer. Quatre semaines après l'enterrement, Trudy reçut ses deux millions et demi de dollars.

Une semaine plus tard, elle paradait dans les rues de Biloxi au volant d'une Rolls-Royce rouge ; on commença à la détester. Quand les quatre-vingt-dix millions se volatilisèrent, les rumeurs se mirent à enfler.

Peut-être n'était-elle pas veuve.

Patrick était le suspect numéro un; le seul, tout bien considéré. Les rumeurs se chargèrent de fiel. Trudy embarqua dans la Rolls sa petite fille et son amant, Lance, qu'elle avait connu au lycée; elle alla s'installer à Mobile, à une heure de route de Biloxi. Elle trouva un avocat roublard qui la conseilla sur la manière de mettre l'argent en sécurité. Elle fit l'acquisition à Point Clear d'une magnifique demeure ancienne dominant la baie de Mobile, qu'elle mit au nom de Lance.

Lance était un bellâtre avec qui elle avait couché dès l'âge de quatorze ans. Condamné à dix-neuf ans pour trafic de stupéfiants, il avait passé trois années derrière les barreaux tandis qu'elle prenait du bon temps avec les joueurs de l'équipe de football de l'université, se forgeant une réputation de fêtarde. Elle décrocha son diplôme avec mention, épousa un étudiant fortuné dont elle divorça au bout de deux ans. Après avoir mené une joyeuse vie de célibataire, elle rencontra Patrick, un jeune avocat plein d'avenir, frais débarqué sur la côte du golfe du Mexique. Ils se marièrent précipitamment, sous l'empire de la passion.

Au long de ses années d'étude, de ses deux mariages et de diverses carrières avortées, Trudy avait toujours gardé Lance à portée de la main. Costaud, viril à souhait, il était comme une drogue dont elle ne se rassasiait pas. Déjà à quatorze ans, elle savait qu'elle ne pourrait jamais se passer de lui.

Torse nu, les cheveux bruns tirés en arrière pour former l'inévitable queue de cheval, une grosse boucle d'oreille en diamant fixée au lobe gauche, Lance ouvrit la porte. Il eut en voyant Cutter le sourire de mépris qu'il avait pour le monde entier, mais ne dit pas un mot.

— Trudy est là?

— Peut-être.

Cutter sortit prestement sa plaque ; le sourire s'effaça fugitivement.

— Agent Cutter, FBI. Elle me connaît.

Lance faisait passer de la marijuana du Mexique sur un canot rapide offert par Trudy et revendait la drogue à une bande de Mobile. Les affaires n'allaient pas très fort ; les stups s'intéressaient à eux.

— Elle est dans le gymnase, fit Lance en indiquant la direction d'un signe de tête. Que lui voulez-vous ?

Cutter ne répondit pas ; il traversa l'allée, se dirigea vers un garage aménagé d'où s'échappait une musique assourdissante. Lance lui emboîta le pas.

Trudy était au beau milieu d'une séance d'aérobic dont les exercices étaient présentés par un top model sur un téléviseur grand écran installé au fond de la pièce. Elle bondissait et tournoyait en formant avec les lèvres les paroles inaudibles d'une chanson ; elle avait de l'allure. Justaucorps jaune, cheveux blonds attachés en queue de cheval, pas un gramme de graisse. Cutter l'aurait admirée des heures ; même la sueur qui perlait sur son front lui paraissait émouvante.

Trudy faisait cela deux heures par jour ; à trente-cinq ans, elle avait toujours une silhouette de collégienne.

Lance appuya sur un bouton ; la bande vidéo s'arrêta. Trudy pivota sur elle-même, vit Cutter et lui lança une œillade assassine.

— Tu permets ? fit-elle sèchement à l'adresse de Lance.

À l'évidence, elle n'aimait pas que l'on interrompe ses exercices.

— Je suis l'agent spécial Cutter, FBI, fit Cutter en s'avançant vers elle, sa plaque à la main. Nous nous sommes déjà rencontrés, il y a quelques années.

Elle se tamponna le visage avec une serviette jaune assortie à son justaucorps ; elle ne paraissait même pas essoufflée.

Elle le gratifia d'un sourire éblouissant. Lance vint se placer à ses côtés ; les deux queues de cheval étaient de la même longueur.

— Que puis-je faire pour vous ?

— J'ai de merveilleuses nouvelles, fit Cutter avec un grand sourire.

— J'écoute.

— Nous avons retrouvé votre mari, madame Lanigan. Il est vivant.

Il y eut un silence tandis que les mots pénétraient lentement dans l'esprit de Trudy.

— Patrick ?

— Nous parlons bien du même.

— Vous mentez, ricana Lance.

— Je crains que non. Il est à Porto Rico, sous bonne garde ; il devrait arriver dans une semaine. Je m'étais dit que vous aimeriez apprendre la bonne nouvelle avant la presse.

Abasourdie, elle recula en flageolant, se laissa tomber sur un banc, près d'un appareil de musculation. Son visage au hâle luisant avait pâli ; son corps se tassait. Lance s'élança vers elle pour la soutenir.

— Mon Dieu ! murmura-t-elle à plusieurs reprises.

Cutter lança une carte de visite sur le banc.

— Appelez-moi si je peux vous être utile.

Ils le regardèrent sortir en silence.

Il était évident pour Cutter qu'elle n'en voulait pas à son mari de l'avoir bernée en se faisant passer pour mort, pas plus qu'elle n'avait éprouvé la moindre joie à l'annonce de son retour. Pas le plus petit soulagement au terme de cette longue épreuve.

Il n'avait rien perçu d'autre que la peur ; l'horreur de perdre l'argent. La compagnie d'assurances exigerait un remboursement immédiat.

Tandis que Cutter était à Mobile, un de ses collègues du bureau de Biloxi se rendit à La Nouvelle-Orléans, au domicile de la mère de Patrick, pour lui annoncer la nouvelle. Mme Lanigan fut submergée par l'émotion ; elle pria le visiteur de s'asseoir un moment pour répondre à ses questions. Il resta une heure mais ne lui donna que peu de réponses ; elle ne put retenir des larmes de joie. Après son départ, elle passa le reste de la journée à appeler des amis pour leur faire partager son bonheur : son fils unique était encore en vie.

6

Jack Stephano fut arrêté par le FBI dans son bureau de Washington. Il passa une demi-heure en prison avant d'être conduit dans une petite salle d'audience du tribunal fédéral, où il fut entendu à huis clos par un magistrat. On l'informa qu'il allait être mis sur-le-champ en liberté sous caution, qu'il lui était interdit de quitter la ville et que le FBI exercerait sur lui une surveillance de tous les instants. Pendant ce temps, un bataillon d'agents fédéraux envahissait ses bureaux, saisissait la quasi-totalité des dossiers et renvoyait les employés chez eux.

Après avoir été congédié par le juge, Stephano fut conduit dans l'immeuble Hoover, dans Pennsylvania Avenue, où Hamilton Jaynes attendait. Quand les deux hommes furent seuls, le directeur adjoint du FBI s'excusa du bout des lèvres pour l'arrestation. Il n'avait pas eu le choix ; on ne peut kidnapper un fugitif recherché par la justice fédérale, le droguer, le torturer et le rendre plus mort que vif sans être inculpé de quelque chose.

La question clé était l'argent ; l'arrestation un moyen de pression. Stephano jura que Patrick n'avait rien révélé.

Tandis que la conversation se poursuivait, des chaînes furent posées sur les portes des bureaux de

Stephano et des affichettes portant le sigle du FBI placardées sur les fenêtres. Les téléphones de son domicile furent mis sur table d'écoute pendant que Mme Stephano faisait une partie de bridge.

Après l'entretien aussi bref que stérile avec Hamilton Jaynes, on le déposa près de la Cour suprême. Comme on lui avait interdit de se rendre à son bureau, il héla un taxi, demanda au chauffeur de le conduire à l'hôtel Hay-Adams, à l'angle de l'avenue H et de la 16e Rue. Pris dans les embouteillages, il lut patiemment un journal en passant de loin en loin un doigt sur l'appareil de détection en forme de cône qu'on avait cousu dans l'ourlet de sa veste pendant son court emprisonnement, un puissant transmetteur miniaturisé permettant de suivre les déplacements de personnes, de colis, voire d'automobiles. Il avait découvert le cône dans le courant de sa conversation avec Jaynes et avait été tenté de l'arracher pour le jeter sur le bureau. La surveillance était son métier.

Il fourra la veste sous le siège arrière du taxi, entra rapidement dans le hall de l'hôtel Hay-Adams. On l'informa à la réception que l'établissement était complet; il demanda à voir le directeur, un ancien client. Quelques minutes plus tard, Stephano était installé dans une suite au quatrième étage, avec une vue magnifique sur la Maison-Blanche. Il se déshabilla, étala soigneusement ses vêtements sur le lit, passa la main sur chaque centimètre carré de tissu. Il commanda un repas. Il téléphona à sa femme; elle ne répondit pas.

Il appela ensuite Benny Aricia, son client, l'homme dont les quatre-vingt-dix millions s'étaient évaporés quelques minutes après leur arrivée à la banque de Nassau. La part d'Aricia devait s'élever à soixante millions, le reste allant à ses avocats, Bogan, Vitrano et les autres escrocs du cabinet de Biloxi.

Mais l'argent avait disparu, juste avant de passer dans les poches de Benny.

Il était lui aussi à proximité de la Maison-Blanche, à l'hôtel Willard, où il attendait incognito l'appel de Stephano.

Ils se retrouvèrent une heure plus tard à Georgetown, à l'hôtel des Quatre-Saisons, dans une suite qu'Aricia venait de réserver pour une semaine.

Âgé de près de soixante ans, Benny en faisait dix de moins. Il était mince et bronzé, avec ce hâle perpétuel propre aux riches retraités de Floride et entretenu quotidiennement sur les parcours de golf. Il vivait avec une Suédoise assez jeune pour être sa fille.

Au moment du détournement, le cabinet Bogan avait une police d'assurance couvrant l'escroquerie et le vol dont pourraient être responsables les associés et leurs employés ; le détournement de fonds est une manœuvre frauduleuse courante. Le contrat souscrit auprès de la compagnie Monarch-Sierra comportait un plafond de quatre millions de dollars payables au cabinet. Benny n'avait pas hésité à porter l'affaire devant la justice et à demander soixante millions, la part qui lui revenait.

N'ayant pas grand-chose d'autre à récupérer, voyant que le cabinet s'apprêtait à déposer son bilan, Benny avait accepté les quatre millions versés par Monarch-Sierra. Il en avait dépensé près de la moitié pour les recherches ; l'appartement cossu de Boca Raton avait coûté un demi-million. En ajoutant les autres dépenses, Benny attaquait son dernier million.

— On va m'arrêter ? demanda-t-il en sirotant un déca devant la fenêtre.

— Probablement pas, mais, à votre place, je me ferais tout petit.

Benny posa sa tasse sur la table et s'assit en face de Stephano.

— Avez-vous appelé les compagnies d'assurances ?

— Pas encore ; je le ferai plus tard. Vous ne risquez rien.

Northern Case Mutual, l'assurance qui avait fait la fortune de Trudy, avait discrètement mis de côté un demi-million de dollars pour les recherches ; Monarch-Sierra avait allongé un million. En tout, le petit consortium de Stephano avait investi plus de trois millions dans cette chasse à l'homme.

— Du nouveau pour la fille ?

— Rien. Nos hommes à Rio ont trouvé son père, mais il ne veut rien dire ; même chose pour son cabinet. Ils affirment qu'elle est en voyage d'affaires.

— Et lui, poursuivit posément Aricia en croisant les doigts. Qu'a-t-il dit exactement ?

— Je n'ai pas encore écouté la bande. Elle devait arriver à mon bureau cet après-midi, mais la situation s'est compliquée. Sans compter qu'elle a été envoyée du fin fond du Paraguay.

— Je sais.

— D'après Guy, il a craqué au bout de cinq heures de traitement de choc. Il a dit que le magot n'avait pas été écorné, qu'il se trouvait dans différentes banques dont il n'était pas en mesure de donner les noms. Guy a failli en finir avec lui en comprenant que quelqu'un d'autre avait la haute main sur les mouvements de l'argent. Quelques décharges supplémentaires lui ont fait cracher le nom de la fille. Guy a appelé Rio pour avoir confirmation de son identité ; elle s'était déjà envolée.

— Je veux écouter cette bande.

— C'est dur à supporter, Benny. Lanigan souffre comme un damné, il crie grâce.

— Je sais, fit Benny avec un sourire épanoui. C'est ce que je veux entendre.

Patrick fut enfermé au bout d'une aile de l'hôpital de la base, dans l'unique salle qui pouvait être verrouillée de l'extérieur et dont les fenêtres n'ouvraient pas. Les stores étaient tirés ; deux gardes avaient été postés dans le couloir.

Patrick n'allait pas essayer de s'évader. Les tissus des jambes et de la poitrine étaient sévèrement atteints ; même les articulations et les os étaient sensibles. Les brûlures avaient dénudé la chair à quatre endroits, deux sur la poitrine, un sur la cuisse, le dernier sur le mollet ; quatre autres endroits présentaient des brûlures au deuxième degré.

La douleur était intense ; les quatre médecins militaires avaient pris la décision simple de le garder provisoirement sous sédatifs. Il n'était pas urgent de le transporter ; il était recherché, mais quelques jours seraient nécessaires pour établir à qui on devait sa capture.

Dans la chambre obscure où était diffusée une musique douce, plongé dans une béatitude hypnotique, Patrick dormit d'un sommeil sans rêves, inconscient de la tempête que son retour allait provoquer.

À Biloxi, au mois d'août 1992, cinq mois après la disparition de l'argent, Patrick Lanigan avait été inculpé de vol par un grand jury fédéral. De fortes présomptions pesaient sur lui, aucun indice ne permettait de soupçonner quelqu'un d'autre. Ayant des prolongements à l'étranger, l'affaire était du ressort des autorités fédérales.

Le bureau du shérif du comté d'Harrison et le procureur du district avaient conduit conjointement une enquête sur le meurtre, mais leur attention s'était depuis longtemps portée sur des affaires plus urgentes. Ils allaient rouvrir le dossier.

La conférence de presse annoncée pour midi fut

reportée afin de permettre aux représentants de l'autorité réunis dans le bureau de Cutter d'y voir plus clair. La réunion fut tendue ; les participants avaient des intérêts contradictoires. Un côté de la table était occupé par Cutter et les agents du FBI, sous les ordres de Maurice Mast, le procureur du district occidental du Mississippi, venu spécialement de Jackson, qui représentait le gouvernement fédéral. Face à eux avaient pris place Raymond Sweeney, le shérif du comté d'Harrison et son bras droit, Grimshaw, qui n'avaient que mépris pour le FBI. Leur porte-parole était T.L. Parrish, le procureur d'Harrison et des comtés voisins.

Les autorités fédérales face à l'État du Mississippi, gros budget contre moyens modestes, orgueil à fleur de peau des deux côtés, chacun aspirant à se trouver sous le feu des projecteurs.

— Il faut envisager la peine de mort, fit Parrish, le procureur du comté d'Harrison.

— Elle peut être prononcée par une juridiction fédérale, répliqua Mast, le représentant du ministère de la Justice, avec un manque d'assurance qui ne lui était pas habituel.

Parrish détourna les yeux en souriant. La peine de mort prononcée par une juridiction fédérale avait été récemment votée par le Congrès, sans guère d'indications sur la manière de l'appliquer. Le projet de loi semblait séduisant quand le président y avait apposé sa signature, mais il présentait de nombreuses failles. L'État du Mississippi, en revanche, avait une longue et abondante tradition en matière d'exécution capitale.

— Nous sommes plus efficaces, reprit Parrish. Tout le monde le sait.

Il avait envoyé huit hommes au quartier des condamnés à mort ; Mast n'en avait pas encore fait inculper un seul de crime capital.

— Il y a aussi la question de la prison, poursuivit-il. Nous l'enverrons à Parchman où il sera bouclé vingt-trois heures par jour dans une cellule, avec une nourriture immangeable et deux douches par semaine, au milieu des cafards et des violeurs. S'il est à vous, il vivra comme un coq en pâte jusqu'à la fin de ses jours et les tribunaux fédéraux seront aux petits soins pour lui.

— Ce ne sera pas une partie de plaisir, protesta faiblement Mast, à court d'arguments.

— Allons, Maurice, vous savez bien que nous avons deux mystères à élucider, deux grandes questions qui doivent trouver une réponse avant que Lanigan ne soit mis à l'ombre. La plus importante est l'argent. Où est-il ? Qu'en a-t-il fait ? Peut-il être récupéré et rendu à ses propriétaires ? La seconde question est de savoir qui exactement occupe la tombe de Lanigan. Il est le seul à pouvoir le dire et, à mon avis, il ne le fera que contraint et forcé. Il faut lui faire peur, Maurice ; un séjour à Parchman est une perspective terrifiante. Il prie en ce moment pour être entre les mains des autorités fédérales, je vous le garantis.

Mast en était convaincu, mais ne pouvait le reconnaître. L'affaire était trop grosse pour le procureur du comté ; les médias commençaient à rappliquer.

— Il y a d'autres charges, vous savez. L'argent a été détourné à l'étranger, loin d'ici.

— C'est vrai, mais la victime résidait sur le territoire national.

— L'affaire n'est pas simple.

— Que proposez-vous ?

— Nous pourrions travailler la main dans la main.

À ces mots, l'atmosphère se détendit considérablement. Le procureur fédéral aurait pu s'approprier l'affaire ; en proposant d'agir de concert, il comblait les vœux de Parrish.

Parchman était le point clé, tout le monde le savait. Lanigan l'avocat devait savoir ce qui l'y attendait et la perspective de dix années en enfer avant la mort pouvait lui délier la langue.

Une stratégie fut élaborée afin que chacun ait sa part du gâteau ; Parrish et Mast acceptèrent tacitement de se partager la vedette. Le FBI continuerait à rechercher l'argent détourné, la police locale concentrerait ses efforts sur le meurtre, Parrish convoquerait d'urgence son grand jury. Un front uni serait présenté au public. On glissa d'un commun accord sur des sujets aussi délicats que le procès et l'inévitable pourvoi en appel. Il importait, au premier chef, de conclure une trêve.

Un procès étant en cours dans l'immeuble fédéral, la presse fut conduite de l'autre côté de la rue, dans le tribunal de Biloxi où une salle d'audience était libre. Il y avait plusieurs dizaines de journalistes, de Biloxi pour la plupart, mais aussi de Jackson, La Nouvelle-Orléans et Mobile. Ils s'agglutinèrent, impatients comme des enfants au passage d'un défilé.

Le visage impénétrable, Mast et Parrish prirent place à la tribune, devant un bouquet de micros. Cutter et les autres formèrent une haie derrière eux. Les éclairs des flashs illuminèrent la salle.

Maurice Mast s'éclaircit la voix.

— Nous avons le plaisir d'annoncer la capture de Patrick S. Lanigan, commença-t-il d'un ton théâtral. Il est bien vivant et sous notre garde.

Il s'interrompit pour savourer cet instant de gloire, observant les mouvements d'excitation qui parcouraient les rangs de l'assistance. Il livra ensuite quelques détails en pâture aux journalistes — la capture remontait à deux jours, elle avait eu lieu au Brésil, sous une identité d'emprunt —, sans donner à entendre que ni lui ni le FBI n'avaient été pour quoi que ce fût dans l'affaire. Il termina par des remarques sans importance sur l'arrivée du prisonnier, les charges qui pesaient sur lui, sa confiance en la rapidité et l'efficacité de la justice fédérale.

Parrish fut plus sobre. Il promit une mise en accusation rapide pour homicide volontaire et toute autre charge qui lui viendrait à l'esprit.

Les questions fusèrent. Mast et Parrish les éludèrent toutes ou presque ; ils tinrent près d'une heure et demie.

Trudy insista pour que Lance assiste à l'entretien ; elle affirma avoir besoin de lui. Il portait un coquet short en jean qui mettait en valeur ses jambes musclées et velues. L'avocat le considéra d'un air méprisant, mais il en avait vu d'autres.

Trudy s'était mise sur son trente et un : jupe courte et serrée, chemisier rouge de bon goût, maquillage et bijoux. Elle croisa ses jambes au galbe parfait pour attirer l'attention de l'avocat ; elle tapota le bras de Lance, qui lui caressa le genou.

L'avocat n'eut pas un regard pour les jambes ni pour la main de Lance.

Trudy déclara, comme elle l'avait déjà fait au téléphone, qu'elle était dans l'obligation de demander le divorce. Elle était furieuse, amère. Comment avait-il pu lui faire cela ? Et à Ashley Nicole, leur fille chérie ? Elle l'avait aimé profondément, avait passé de si beaux moments avec lui. Pour en arriver là !

— L'issue ne fait aucune doute, assura l'avocat, J. Murray Riddleton, un spécialiste chevronné du divorce, à la clientèle fournie. Un cas classique de rupture prolongée de la vie commune ; d'après la législation de l'Alabama, le divorce sera prononcé en votre faveur. Vous obtiendrez le droit de garde de l'enfant, la totalité des biens, tout.

— Je veux entamer une procédure aussi vite que possible, fit Trudy en regardant les diplômes encadrés sur le mur.

— Demain, à la première heure.

— Combien de temps cela prendra-t-il ?

— Quatre-vingt-dix jours ; tout ira comme sur des roulettes.

Cela ne sembla pas suffire à apaiser sa cliente.

— Je ne comprends pas comment on peut agir ainsi avec quelqu'un qu'on a aimé ; je me sens bafouée.

La main de Lance remonta imperceptiblement sur son genou.

Le divorce était le cadet des soucis de Trudy ; l'avocat le savait. Elle avait beau feindre d'avoir le cœur brisé, il ne se laisserait pas abuser.

— Combien avez-vous touché pour l'assurance vie ? poursuivit-il en feuilletant le dossier.

En l'entendant mentionner l'assurance vie, elle prit un air outragé.

— Quel rapport avec notre affaire ? demanda-t-elle sèchement.

— La compagnie d'assurances va vous traîner en justice pour récupérer l'argent. Il n'est pas mort, Trudy ; sans décès, pas d'assurance vie.

— Vous plaisantez ?

— Pas du tout.

— Ils ne peuvent pas faire ça. Certainement pas.

— Que si. Croyez-moi, ils ne perdront pas de temps.

Lance retira sa main et s'enfonça dans son fauteuil. Trudy ouvrit la bouche ; les larmes lui montèrent aux yeux.

— Ce n'est pas possible !

L'avocat prit un bloc sur son bureau.

— Si nous dressions une liste, fit-il en dévissant le capuchon de son stylo.

Elle avait payé cent cinquante mille dollars la Rolls dont elle était encore propriétaire ; Lance conduisait une Porsche à quatre-vingt-cinq mille dollars. La maison en avait coûté neuf cent mille, cash ; elle était au nom de Lance. Soixante mille dollars pour son bateau de contrebandier, cent mille pour les bijoux de Trudy. Ils réfléchissaient, calculaient, lançaient des chiffres ; le total atteignait un million et demi de dollars. L'avocat n'eut pas le courage de leur avouer que ces précieuses possessions seraient les premières à partir.

Comme on arrache une dent sans anesthésie, il demanda à Trudy une estimation de leurs dépenses mensuelles ; elle les fixa à dix mille dollars, sur les quatre dernières années. Ils avaient fait plusieurs voyages extraordinaires, jeté par les fenêtres de l'argent que la compagnie d'assurances ne pourrait jamais récupérer.

Elle était sans emploi — retraitée, comme elle préférait dire. Lance n'allait certainement pas parler de son trafic de drogue. Ils n'osèrent pas révéler à l'avocat qu'ils avaient planqué trois cent mille dollars dans une banque de Floride.

— Quand pensez-vous qu'ils réclameront l'argent ?

— Avant la fin de la semaine.

Ce fut, en réalité, beaucoup plus tôt. Pendant la conférence de presse, au moment où la résurrection de Patrick était annoncée, les avocats de la compagnie Northern Case Mutual se présentèrent au greffe du tribunal pour intenter une action contre Trudy Lanigan et réclamer la totalité des deux millions et demi de dollars, plus les intérêts et les honoraires des avocats. Ils demandaient en outre une mise sous séquestre provisoire des biens visant à interdire toute opération financière à Trudy, maintenant qu'elle n'était plus veuve.

Les avocats se rendirent ensuite dans le bureau d'un juge complaisant, avec qui ils s'étaient entretenus quelques heures auparavant et qui, à huis clos et dans cette situation d'urgence, leur donna satisfaction en signant une ordonnance de séquestre. En sa qualité de membre éminent de la communauté judiciaire, il connaissait sur le bout du doigt la saga de Patrick Lanigan. Son épouse avait été snobée par Trudy peu après la livraison de la Rolls.

Tandis que Trudy et Lance essayaient de sauver les meubles avec leur avocat, une copie de l'ordonnance fut expédiée à Mobile et enregistrée au greffe du tribunal local. Deux heures plus tard, pendant qu'ils prenaient l'apéritif dans le patio en contemplant avec mélancolie la baie de Mobile, on vint remettre à Trudy une copie de la plainte de la compagnie d'assurances, une convocation au tribunal de Biloxi et une copie certifiée de l'ordonnance lui interdisant, entre autres, de signer un seul chèque.

7

Ethan Rapley descendit de son bureau mansardé, se doucha, se rasa et versa quelques gouttes de collyre dans ses yeux rougis. Une tasse de café fort à la main, il trouva un blazer marine à moitié propre pour aller au bureau où il n'avait pas mis les pieds depuis seize jours. Son absence ne gênait personne ; personne ne lui manquait. On lui envoyait un fax quand on avait besoin de lui ; il répondait par le même moyen. Il rédigeait les dossiers, les requêtes, les notes de synthèse dont le cabinet avait besoin pour continuer à tourner ; il faisait des recherches pour des gens qu'il méprisait. Il ne pouvait éviter, de temps à autre, de mettre une cravate pour rencontrer un client ou assister à quelque réunion barbante avec les autres associés. Il détestait son bureau et les gens avec qui il travaillait, même ceux qu'il connaissait à peine ; chaque livre sur une étagère, chaque dossier sur un bureau lui faisait horreur. Il détestait les photos sur ses murs et toutes les odeurs : le café froid dans le couloir, les produits chimiques près du copieur, le parfum des secrétaires.

Rapley se surprit pourtant à ébaucher un sourire dans la circulation difficile de cette fin d'après-midi. Il salua de la tête une vieille connaissance croisée le long du Vieux Marché ; il alla même jusqu'à échanger quelques mots avec la réceptionniste, une femme dont il contribuait à payer le salaire, mais dont le nom de famille lui échappait.

Il y avait foule dans la salle de conférences : des avocats de cabinets voisins, pour la plupart, un ou deux juges, quelques habitués des prétoires. Il était un peu plus de 17 heures, l'ambiance était à la fête; des volutes de cigare montaient au plafond.

Rapley trouva les alcools sur une table, dans un coin de la pièce; il se servit un scotch, engagea la conversation avec Vitrano en s'efforçant de prendre un air réjoui. À l'autre bout de la table, les bouteilles d'eau minérale et les boissons gazeuses n'avaient pas de succès. Un verre à la main, les deux hommes regardèrent autour d'eux en écoutant le murmure joyeux qui s'élevait de l'assemblée.

— C'est comme ça depuis le début de l'après-midi, expliqua Vitrano. Dès que la nouvelle a été connue, tout le monde s'est précipité ici.

La nouvelle du retour de Patrick Lanigan s'était répandue comme une traînée de poudre le long de la côte du golfe du Mexique. Les gens de robe sont friands de cancans; ils sont même enclins à les enjoliver et prompts à les colporter. Des rumeurs couraient, inventées de toutes pièces. Il pèse soixante kilos et parle cinq langues. L'argent a été retrouvé; l'argent a disparu pour de bon. Il vivait dans l'indigence; il habitait un hôtel particulier. Il vivait seul; il avait refait sa vie et avait trois enfants. On sait où se trouve l'argent; personne n'en a la moindre idée.

Toutes les rumeurs tournaient en fin de compte autour de l'argent. Les amis et les curieux rassemblés devisaient de choses et d'autres, mais ils en revenaient toujours au magot. Les secrets étaient rares dans ce petit monde; tout un chacun savait depuis des années que le cabinet avait perdu un tiers des quatre-vingt-dix millions. La possibilité, aussi ténue fût-elle, de rentrer en possession de l'argent avait attiré amis et curieux, venus prendre un ou deux verres, raconter leur anecdote et lancer l'inévitable : « J'espère qu'ils mettront la main dessus ! »

Rapley se fondit dans la foule avec son deuxième verre. Bogan buvait de l'eau gazeuse en discutant avec un juge ; Vitrano attisait la curiosité en confirmant ou démentant tout ce qu'il pouvait. Havarac s'était réfugié dans un angle de la pièce avec une greffière d'audience d'âge mûr, qui semblait le trouver à son goût.

L'alcool continua de couler à flots tandis que la nuit tombait ; l'espoir allait croissant au fil des rumeurs.

La chaîne de télévision locale consacra l'essentiel de son bulletin d'informations à l'affaire Lanigan. Elle présenta Mast et Parrish devant une haie de micros, le visage fermé, comme si on les avait traînés de force devant la caméra. Un gros plan de l'entrée du cabinet, que nul commentaire ne vint égayer. Un petit sujet larmoyant tourné sur la tombe de Patrick, agrémenté de considérations oiseuses sur l'identité du malheureux dont les restes étaient ensevelis à sa place. Un retour en arrière sur l'accident avec des photos de la carcasse fumante de la Chevrolet Blazer de Patrick Lanigan. Aucune déclaration de son épouse, pas plus que du FBI ni du bureau du shérif. Pas un mot des principaux acteurs, mais les journalistes multipliaient les suppositions les plus folles.

L'affaire fit aussi les gros titres à La Nouvelle-Orléans, à Mobile, à Jackson, jusqu'à Memphis. CNN reprit la nouvelle en milieu de soirée, la diffusa une heure sur tout le territoire avant de la faire passer à l'étranger. L'histoire était renversante.

Eva en prit connaissance en Suisse, en regardant les informations de 7 heures dans sa chambre d'hôtel.

Elle s'était endormie peu après minuit en laissant le téléviseur en marche ; réveillée à plusieurs reprises, elle avait lutté contre le sommeil dans l'espoir d'apprendre quelque chose sur Patrick. Elle était fatiguée et effrayée ; elle aurait voulu rentrer au Brésil, mais ce n'était pas possible.

Patrick était vivant. Il lui avait promis cent fois que ceux qui le retrouveraient ne le tueraient pas ; maintenant, elle le croyait.

Que leur avait-il dit ? C'était toute la question.

Avait-il beaucoup souffert ? Qu'avaient-ils réussi à lui arracher ?

Elle murmura une courte prière, remercia le Seigneur d'avoir laissé la vie à Patrick.

Puis elle commença à dresser une liste.

Sous le regard indifférent de deux gardes en uniforme et avec le soutien hésitant de Luis, le vieil infirmier portoricain, Patrick suivit le couloir d'un pas traînant. Il allait pieds nus, vêtu seulement d'un short militaire blanc. Ses blessures avaient besoin d'air : ni vêtements ni bandages. Rien d'autre que de l'oxygène et des onguents. Ses mollets et ses cuisses le faisaient encore souffrir, ses genoux et ses chevilles vacillaient à chaque pas.

Il avait besoin de mettre ses idées en place ; la douleur lancinante des brûlures aiguisait son esprit. Dieu seul savait quel infâme mélange de substances chimiques ses tortionnaires lui avaient injecté en trois jours.

Les souvenirs des séances de torture étaient enveloppés dans une sorte d'épais brouillard qui commençait à se dissiper. À mesure que les produits chimiques étaient dissous et évacués, ses hurlements de terreur lui remontaient à la mémoire. Que leur avait-il révélé exactement ?

Il s'accouda à l'appui d'une fenêtre de la cantine

déserte tandis que Luis allait chercher une boisson gazeuse. L'océan était à moins de deux kilomètres, derrière une rangée de baraquements. Il se trouvait dans l'enceinte d'une base américaine.

Il avait reconnu que le magot était intact; les décharges avaient cessé momentanément après cet aveu. Puis il avait perdu connaissance, si sa mémoire ne le trahissait pas; il avait eu un long trou noir, avant qu'on le fasse revenir à lui en aspergeant son visage d'eau froide. Il se souvenait de la sensation apaisante de cette eau, mais les autres n'avaient pas voulu lui donner à boire. Ils avaient recommencé à lui planter des aiguilles de feu dans le corps.

Les banques... Il avait failli perdre la vie pour le nom de quelques foutues banques. Le corps secoué par les décharges électriques, il avait retracé le trajet suivi par l'argent depuis le moment où il avait été détourné de la United Bank of Wales, aux Bahamas, *via* un établissement de Malte, pour aboutir à Panamá où il avait disparu sans laisser de traces.

Quand les autres l'avaient enlevé, il ignorait où se trouvaient les millions; il avait certainement reconnu qu'ils existaient encore. Oui, il s'en souvenait parfaitement. Il s'était dit que cela n'avait aucune importance, qu'ils étaient au courant, qu'ils savaient qu'il n'était pas possible de dilapider quatre-vingt-dix millions en quatre ans. Mais il fallait le croire, il ignorait où se trouvait précisément l'argent.

Le vieux Portoricain lui tendit une boisson gazeuse; il le remercia en portugais. *Obrigado.* Pourquoi parlait-il portugais?

Après avoir reconstitué les mouvements de l'argent, il avait tourné de l'œil. Au fond de la pièce quelqu'un dont il n'avait pu voir le visage avait crié d'arrêter; ils craignaient de l'avoir tué.

Impossible de savoir combien de temps il était resté sans connaissance. Il avait repris conscience à un moment, aveugle. La sueur, les drogues, les larmes de souffrance l'avaient aveuglé ; à moins qu'on ne lui eût bandé les yeux. Il s'en souvenait maintenant... Il avait pensé que ce pouvait être un bandeau, qu'ils allaient passer à une nouvelle forme de torture, encore plus atroce. L'amputation de parties de son corps, peut-être. Et il était nu, à leur merci.

Encore une injection dans le bras, le rythme cardiaque qui s'emballe, la peau parcourue de frémissements. Il avait retrouvé la vue ; son tortionnaire recommençait à jouer avec son sinistre appareil. Qui a l'argent ?

Pendant que Patrick sirotait sa boisson, le Portoricain le regardait avec le bon sourire qu'il dispensait à tous ses patients. Patrick se sentit soudain nauséeux ; il n'avait pourtant pas mangé grand-chose. Pris de vertiges, il demeurait résolu à rester debout pour que le sang circule, pour continuer à réfléchir. Il fixa les yeux sur un bateau de pêche, loin en mer, à l'horizon.

Ils l'avaient frappé à plusieurs reprises, exigeant des noms ; il avait hurlé son ignorance. Quand ils avaient appliqué une électrode sur ses testicules, la douleur avait atteint son paroxysme. Il avait perdu connaissance.

Il n'avait aucun souvenir de la suite, du dernier stade de la torture. Son corps était en feu ; sa vie ne tenait plus qu'à un fil. Il avait prononcé le nom d'Eva, mais était-ce à voix haute ou pour lui-même ? Où était-elle maintenant ?

Il lâcha la bouteille de soda, tendit la main vers l'infirmier.

Stephano attendit 1 heure du matin avant de sortir de chez lui. Il s'engagea dans la rue obscure au volant de la voiture de sa femme. Au carrefour, il fit un signe de la main aux deux agents fédéraux dans leur camionnette. Il conduisit lentement, leur laissant le temps de faire demi-tour pour le suivre. Sur le pont du mémorial d'Arlington, il avait au moins deux véhicules à ses basques.

Le petit convoi suivit des rues désertes avant d'arriver à Georgetown. Stephano avait l'avantage de savoir où il allait ; il tourna brusquement à droite dans K Street pour prendre l'avenue Wisconsin, de nouveau à droite pour rejoindre M Street. Il laissa sa voiture en stationnement interdit, parcourut une centaine de mètres d'un pas vif avant de s'engouffrer dans le hall d'un hôtel Holiday Inn.

L'ascenseur le déposa au troisième étage où Guy attendait dans une chambre. De retour sur le sol américain après plusieurs mois d'absence, il n'avait guère dormi les trois dernières nuits. Stephano s'en fichait éperdument.

Il y avait six cassettes étiquetées et soigneusement rangées sur une table, près d'un magnétophone à piles.

— Les chambres voisines sont vides, fit Guy en indiquant les deux directions. Vous pourrez mettre le volume à fond.

— Ce ne sera pas joli joli, j'imagine.

— À vous rendre malade ; je ne le referai plus.

— Vous pouvez vous retirer.

— Très bien. Si vous avez besoin de moi, je serai dans le hall.

Quand Guy fut sorti, Stephano donna un coup de téléphone ; une minute plus tard, Benny Aricia frappa à la porte. Ils commandèrent du café et passèrent le reste de la nuit à écouter les hurlements de Patrick dans la jungle du Paraguay.

Benny en savoura chaque minute.

[illegible] il conduit [illegible] le temps de [illegible] pour [illegible] avant [illegible] à ses [illegible]

[illegible] qu'il allait [illegible] dans [illegible]

[illegible]

[illegible]

[illegible]

[illegible]

[illegible]

8

Dire que les journaux faisaient leur une sur l'affaire Lanigan était en dessous de la vérité. Le quotidien local du matin y consacrait la totalité de la première page.

LANIGAN DE RETOUR D'ENTRE LES MORTS

proclamait la manchette sur cinq colonnes. Quatre articles et pas moins de six photos occupaient tout l'espace, sans parler des pages intérieures. Il faisait également les gros titres à La Nouvelle-Orléans, sa ville natale, à Jackson et à Mobile. Les quotidiens de Memphis, Birmingham, Baton Rouge et Atlanta publiaient d'anciennes photos de lui accompagnées d'un court article.

Tout au long de la matinée, deux camions de la télévision firent le siège du domicile de sa mère, à Gretna, un faubourg de La Nouvelle-Orléans. Elle refusait toute interview et s'était placée sous la protection de deux robustes voisines qui, à tour de rôle, s'avançaient jusqu'à la porte pour défier les vautours d'un regard noir.

Les journalistes s'agglutinèrent aussi devant la maison de Trudy, où ils furent tenus en respect par Lance, assis sous un arbre, un fusil sur les genoux. Vêtu d'un tee-shirt noir moulant, d'un pantalon et de bottes de la même couleur, il avait tout du mercenaire endurci. Aux questions banales que lui lançaient les journalistes, il répondait par un froncement de sourcils menaçant. Trudy se terrait dans la maison avec Ashley Nicole, sa fille de six ans, qu'elle n'avait pas envoyée à l'école.

Certains se rassemblèrent sur le trottoir du tribunal dont l'accès leur fut interdit par deux malabars du service de sécurité appelés de toute urgence.

D'autres encore firent le pied de grue devant le bureau du shérif et celui de Cutter, partout où ils avaient une chance de trouver une piste.

L'un d'eux ayant obtenu un tuyau, un groupe se rassembla devant le greffe juste à temps pour voir Vitrano, élégamment vêtu de gris, tendre au greffier un document. Une plainte, expliqua-t-il à la presse, déposée par son cabinet contre Patrick Lanigan. Le cabinet Bogan voulait tout simplement récupérer son argent ; Vitrano était disposé à en parler avec les journalistes aussi longtemps qu'ils le souhaiteraient.

Cette matinée devait être placée sous le signe de la procédure. L'avocat de Trudy lâcha une bombe en faisant savoir qu'il se rendrait à 10 heures au greffe du tribunal de Mobile pour déposer une demande de divorce au nom de sa cliente. Il s'acquitta de sa tâche à la perfection. Il avait introduit d'innombrables procédures de divorce, mais jamais encore devant une équipe de télévision. Il accepta en se faisant prier de répondre aux questions. Sa cliente demandait le divorce pour abandon de famille et chargeait son mari de tous les péchés du monde. Il posa pour les photographes dans le couloir du greffe.

La nouvelle de l'action intentée la veille par Northern Case Mutual contre Trudy Lanigan se répandit rapidement. Une confidence, un mot imprudent, et la douzaine de journalistes avides de détails ne tarda pas à savoir que Trudy ne pouvait signer un chèque au supermarché sans en référer à la justice.

La compagnie d'assurances Monarch-Sierra exigeait le remboursement de ses quatre millions de dollars, augmentés des intérêts, cela allait sans dire. Ses avocats de Biloxi déposèrent précipitamment une plainte contre le cabinet Bogan pour avoir touché l'argent et contre Patrick Lanigan pour avoir escroqué tout le monde. La presse en fut naturellement informée ; des copies de la plainte commencèrent aussitôt à circuler.

Comme il fallait s'y attendre, Benny Aricia réclamait les quatre-vingt-dix millions détournés par Patrick. Son nouvel avocat, un personnage haut en couleur, s'y prit avec les médias d'une manière originale. Il annonça une conférence de presse pour 10 heures et reçut tout le monde dans sa spacieuse salle de réunions pour étudier la plainte de son client dans ses moindres détails avant de la déposer au greffe. Après quoi, il invita ses nouveaux amis à l'accompagner à pied jusqu'au tribunal ; il ne cessa de pérorer pendant tout le trajet.

Au tribunal du comté d'Harrison où régnait une agitation fiévreuse, les dix-sept membres du grand jury entrèrent discrètement dans une salle du premier étage. Ils avaient été appelés en pleine nuit par le procureur, T. L. Parrish en personne, qui les avait informés de la nature de cette réunion. On leur servit un café ; ils s'installèrent à la place qu'on leur indiquait autour de la longue table. Ils étaient nerveux, presque excités de se trouver ainsi au cœur de la tourmente.

Parrish salua tout le monde en s'excusant de la précipitation ; il présenta le shérif Sweeney, son adjoint, Ted Grimshaw, et l'agent spécial du FBI, Joshua Cutter.

— Il semble que nous ayons un nouveau meurtre

sur les bras, poursuivit-il en dépliant un exemplaire du quotidien du matin. Je suis sûr que la plupart d'entre vous sont déjà au courant.

Toutes les têtes s'inclinèrent en signe d'acquiescement.

Un bloc-notes à la main, Parrish exposa l'affaire dans ses détails : la situation de Lanigan ; le cabinet Bogan et Benny Aricia ; l'accident ayant coûté la vie à l'avocat, dont on savait maintenant qu'il avait été maquillé ; son enterrement. Ce que tout le monde avait lu dans le journal.

Il fit circuler des photos de la Blazer carbonisée ; d'autres prises le lendemain matin sur le lieu de l'accident, sans la carcasse de la voiture ; d'autres encore des broussailles calcinées, du sol noirci, d'un tronc d'arbre ravagé par le feu. Ménageant ses effets, Parrish fit ensuite passer plusieurs photos couleurs des restes de l'unique passager du véhicule.

— Nous avons évidemment cru qu'il s'agissait de Patrick Lanigan, déclara-t-il en souriant. Nous savons aujourd'hui qu'il n'en était rien.

Rien dans la forme noire à l'avant du véhicule n'indiquait qu'il s'agissait de restes humains. Impossible de discerner quelque partie du corps que ce fût, à l'exception de la tache claire d'un os saillant ; Parrish expliqua gravement que c'était un os du bassin. D'un bassin humain, ajouta-t-il, comme si les jurés pouvaient se méprendre et s'imaginer que Patrick avait tué un porc ou quelque autre animal.

Les jurés le prirent bien, essentiellement parce qu'il n'y avait pas grand-chose à voir. Ni chair ni sang ; pas de quoi se rendre malade. Le corps était tassé sur le siège, dévoré par les flammes comme tout le reste.

— C'est l'essence qui s'est enflammée, bien entendu, reprit Parrish. Nous savons que Lanigan avait fait le plein quinze kilomètres avant de s'arrêter; soixante-quinze litres d'essence ont donc explosé. Nos enquêteurs ont toutefois remarqué que le feu semblait avoir dégagé une chaleur intense.

— Avez-vous découvert dans le véhicule des traces d'un récipient ? demanda un juré.

— Non. Des récipients en plastique sont fréquemment utilisés par les incendiaires, avec une préférence pour les bidons de lait et les bouteilles d'antigel qui brûlent sans laisser de traces. Nous l'avons souvent constaté, mais rarement pour un incendie de voiture.

— Les corps sont toujours aussi abîmés ? lança une autre voix.

— Non, absolument pas. En toute franchise, je n'ai jamais vu un corps aussi calciné. Nous aurions bien essayé de l'exhumer, mais, vous le savez sans doute, il a été incinéré.

— Avez-vous une idée de son identité ? demanda Ronny Burkes, un docker.

— Nous pensons à quelqu'un, mais ce n'est qu'une hypothèse.

Il y eut d'autres questions sur divers sujets, rien d'important, juste de la curiosité, dans l'espoir de retirer de cette réunion quelque chose qui n'aurait pas été publié dans le journal. Les jurés décidèrent à l'unanimité d'inculper Patrick Lanigan d'homicide volontaire ; il était passible de la peine capitale.

En moins de vingt-quatre heures, non seulement Patrick avait réussi à se faire inculper d'homicide volontaire, mais sa femme demandait le divorce, Benny Aricia ses quatre-vingt-dix millions, ses ex-associés leurs trente millions, Monarch-Sierra quatre millions, sans compter les dommages-intérêts punitifs réclamés par tout ce petit monde.

Il n'en perdit pas une miette, grâce à CNN.

Les deux procureurs, T.L. Parrish et Maurice Mast, se présentèrent de nouveau devant les caméras pour annoncer, la mine grave, que les citoyens du comté d'Harrison, par la voix de leur grand jury, intentaient sans perdre de temps une action contre Patrick Lanigan, inculpé d'assassinat. Ils esquivèrent les questions auxquelles ils ne pouvaient répondre, escamotèrent les autres et donnèrent à entendre que de nouvelles charges suivraient.

Après le départ des journalistes, les deux hommes se rendirent discrètement dans le bureau de Karl Huskey, un des trois juges du comté d'Harrison, qui avait été un des meilleurs amis de Lanigan. Les affaires étaient en principe confiées indifféremment à l'un des trois magistrats, mais Huskey, comme ses collègues, savait s'y prendre pour accepter ou refuser une affaire particulière. Il avait décidé de s'occuper, dans un premier temps, de celle de Patrick.

En mangeant un sandwich à la tomate dans la cuisine, Lance vit quelque chose bouger à l'intérieur du patio, près de la piscine. Il saisit son fusil, sortit silencieusement de la maison, contourna un bouquet d'arbustes et découvrit un photographe rondouillard accroupi devant le local technique de la piscine, trois volumineux appareils en bandoulière. Pieds nus, Lance fit à pas de loup le tour de la petite construction, l'arme au poing, et se baissa, à soixante centimètres du dos de l'intrus. Il se pencha, plaça le fusil près de la tête du photographe, le canon dirigé vers le ciel, et pressa la détente.

Le photographe bascula vers l'avant en poussant un hurlement affreux et tomba face contre terre, gigotant au milieu de ses appareils photo. Lance lui balança un coup de pied dans l'entrejambe ; l'intrus se retourna et parvint enfin à voir son assaillant.

Lance arracha les trois appareils, les lança dans la piscine. Trudy apparut dans le patio, l'air horrifié ; Lance lui cria d'appeler la police.

9

— Je vais maintenant racler la peau morte, annonça le médecin en appuyant délicatement sur une plaie de la poitrine avec un instrument pointu. Je pense sincèrement que vous devriez prendre un analgésique.

— Non, merci, fit Patrick, assis sur son lit dans le plus simple appareil, entouré de Luis et de deux infirmières.

— Cela va faire mal, insista le médecin.

— Ce ne sera pas pire que ce que j'ai vécu. Et puis, où pourriez-vous me piquer ?

Il souleva son bras gauche couvert de taches brunes et jaunâtres produites par son tortionnaire brésilien au long de son interminable supplice. Son corps entier formait un arc-en-ciel d'ecchymoses et de tissu cicatriciel.

— Plus de drogues.

— Comme vous voudrez.

Patrick s'allongea et agrippa les montants du lit. Tandis que Luis et les infirmières lui tenaient les chevilles, le médecin entreprit de nettoyer les plaies à vif de sa poitrine brûlée au troisième degré. À l'aide de scalpels, il racla la peau morte et la détacha.

Patrick tressaillit, ferma les yeux.

— Une petite injection ?

— Non, grogna Patrick.

D'autres scalpels, des fragments de peau morte.

— La cicatrisation est en bonne voie. Je suis enclin à penser que vous n'aurez peut-être pas besoin de greffes de peau.

— Tant mieux, murmura Patrick avant de grimacer de douleur.

Quatre des neuf brûlures — deux sur la poitrine, celles de la cuisse gauche et du mollet droit — étaient assez graves pour être considérées comme du troisième degré. Les plaies à vif provoquées par les liens sur ses poignets, ses coudes et ses chevilles étaient recouvertes d'onguent.

Au bout d'une demi-heure, quand il eut terminé, le médecin expliqua qu'il était préférable dans l'immédiat de rester immobile, sans vêtements ni bandages. Il appliqua sur les blessures un baume antiseptique, proposa une dernière fois des comprimés contre la douleur. Patrick refusa obstinément.

Le médecin sortit, accompagné des infirmières; Luis fit semblant de s'occuper en attendant leur départ. Dès qu'il fut seul avec Patrick, il baissa les stores et sortit d'une poche de sa veste blanche un appareil photo jetable avec flash intégré.

— Commencez là-bas, dit Patrick en indiquant le pied du lit. Assurez-vous d'avoir tout le corps, tête comprise.

Luis colla l'appareil sur son nez, le tripota maladroitement, recula jusqu'au mur. Il appuya sur le déclencheur; l'éclair du flash illumina la pièce.

— Encore, d'ici.

Luis suivit docilement les instructions de Patrick. Au début, il s'était fait prier, avait dit qu'il préférait avoir l'accord de son chef. Vivant à la frontière du Paraguay, Patrick s'était non seulement perfectionné en portugais, mais se débrouillait en espagnol. Il comprenait presque tout ce que Luis disait ; le Portoricain avait, lui, du mal à le comprendre.

Le langage de l'argent est universel : Luis finit par comprendre qu'il gagnerait cinq cents dollars s'il consentait à prendre des photos. Il accepta d'acheter trois appareils jetables, de prendre une centaine de photos, de donner les pellicules à développer en vingt-quatre heures et de les garder en lieu sûr en attendant de nouvelles instructions.

Patrick n'avait pas cette somme sur lui, mais il persuada le Portoricain de son honnêteté, quoi que Luis ait pu entendre, et promit d'envoyer l'argent dès son retour aux États-Unis.

Luis n'était pas photographe, il n'avait pas du bon matériel ; Patrick régla le cadrage de chaque photo. Il demanda des gros plans sous tous les angles des brûlures les plus graves, sur sa poitrine et sa cuisse, ainsi que des lésions sur les membres. Il fallait agir vite, ne pas se faire surprendre. L'heure du déjeuner approchait ; des infirmières avec leur matériel et leur caquetage incessant n'allaient pas tarder à entrer.

Luis quitta l'hôpital pendant la pause de midi ; il déposa les pellicules dans une boutique de photos.

Osmar persuada une secrétaire mal payée du cabinet d'Eva à Rio d'accepter mille dollars en échange de tous les potins circulant dans les bureaux. Elle n'avait pas grand-chose à dire ; les associés restaient très discrets. Mais l'étude des appels téléphoniques révéla deux coups de fil donnés de Zurich. Guy découvrit que le numéro était celui d'un hôtel, mais ne put obtenir aucun renseignement. Les Suisses sont des gens discrets.

La disparition d'Eva fit rapidement perdre patience aux associés de son cabinet. Des remarques indulgentes des premiers jours, ils passèrent à une réunion quotidienne pour déterminer ce qu'il convenait de faire. Elle avait téléphoné le premier jour, puis le deuxième; depuis, plus de nouvelles. Ils ne trouvaient pas trace du mystérieux client qu'elle était allée voir en Suisse. Elle manquait ses rendez-vous, faisait des mécontents; ses clients attitrés menaçaient de s'adresser ailleurs.

Ils prirent enfin la décision de la suspendre et de régler le problème à son retour.

Osmar et ses hommes traquèrent le père d'Eva jusqu'à ce que le pauvre homme en perde le sommeil. Ils restaient en faction dans le hall de son immeuble, le suivaient en voiture ou sur les trottoirs grouillants d'Ipanema. Ils envisagèrent de l'enlever et de le malmener un peu pour l'obliger à parler, mais il était prudent et faisait en sorte de ne jamais se trouver seul.

À la troisième tentative, Lance trouva enfin la porte de la chambre ouverte; il entra doucement, avec un nouveau Valium et un verre de son eau pétillante préférée, importée d'Irlande, à quatre dollars la bouteille. Il s'assit à côté d'elle sur le lit, sans un mot, et lui tendit le comprimé. Elle prit le Valium, son deuxième en une heure, l'avala avec une gorgée d'eau.

La voiture de police transportant le photographe était partie une heure plus tôt. Les deux flics restés une vingtaine de minutes pour poser des questions ne paraissaient pas désireux de donner une suite à l'affaire; le photographe avait été surpris sur une propriété privée, la presse avait été avisée de se tenir à l'écart. Le journal pour lequel il travaillait était une feuille de chou du Nord. Les policiers semblaient approuver, même respecter la manière dont Lance avait fait face à la situation. Il leur donna le nom de l'avocat de Trudy, au cas où une plainte serait déposée, et menaça, s'il était traîné devant les tribunaux, d'intenter lui-même une action.

Trudy craqua après le départ des policiers. Elle lança dans la cheminée les coussins du canapé tandis que la nounou s'enfuyait avec l'enfant. Elle hurla des obscénités à Lance, la cible la plus proche. C'en était trop pour elle : la résurrection de Patrick, les poursuites de la compagnie d'assurances, l'interdiction de tirer des chèques, la horde de journalistes à l'affût et maintenant ce photographe surpris au bord de sa piscine !

Le Valium l'avait apaisée ; Lance aussi en avait pris un. Il fut soulagé de voir qu'elle avait recouvré son calme. Il avait envie de la toucher, de lui caresser le genou, de dire un mot gentil, mais les gestes de tendresse ne servaient à rien dans ce genre de situation. Une maladresse et elle craquerait derechef. Trudy retrouverait ses esprits, mais à sa manière.

Elle s'allongea sur le lit, les yeux clos, un poignet sur le front. La pièce était sombre, comme le reste de la maison : stores baissés, lampes éteintes ou lumière tamisée. Ils étaient au moins cent à tourner en rond sur le trottoir, à prendre des photos ou filmer des images qui seraient utilisées dans les sujets sur Patrick. À midi, elle avait vu sa maison sur la chaîne de télévision locale, tandis qu'une stupide femelle aux dents de lapin dégoisait des banalités sur Patrick et la procédure de divorce engagée le matin même par son épouse.

L'épouse de Patrick ! Ces mots la laissaient incrédule, anéantie. Elle n'était plus l'épouse de Patrick depuis près de quatre ans et demi. Elle l'avait porté en terre comme il convenait, puis avait essayé de l'oublier en attendant l'argent. Quand elle l'avait enfin reçu, le souvenir de son défunt mari s'estompait déjà.

Il y avait eu un seul moment pénible, lorsqu'il avait fallu révéler à Ashley Nicole, à peine âgée de deux ans à l'époque, qu'elle ne verrait plus son père, qu'il était parti au ciel où il serait certainement plus heureux. Perturbée dans un premier temps, la petite en avait pris son parti, comme on peut le faire à cet âge. Il était interdit de prononcer le nom de Patrick en présence de l'enfant. Pour la protéger, expliquait Trudy ; elle ne se souvient pas de son père, c'est mieux ainsi.

Hormis ce bref épisode, elle avait porté le poids du veuvage avec une étonnante force morale. Elle faisait ses achats à La Nouvelle-Orléans, commandait des produits diététiques en Californie, transpirait deux heures par jour dans un justaucorps griffé, s'offrait des produits de maquillage et des soins de beauté coûteux. Une nounou gardait la fillette pour lui permettre de partir en vacances avec Lance. Ils adoraient les Antilles, surtout Saint-Barthélemy et ses plages naturistes où ils frayaient avec les Français.

Ils passaient les fêtes de Noël au Plaza de New York, séjournaient en janvier à Vail, la station des célébrités. En mai, ils partaient pour Paris et pour Vienne. Ils rêvaient d'un jet privé ; un petit Learjet d'occasion ne coûtait pas plus d'un million, mais il n'en était pas question dans l'immédiat.

Lance affirmait qu'il se penchait sérieusement sur la question ; elle s'inquiétait comme chaque fois qu'il parlait d'argent. Elle savait qu'il faisait passer de la drogue en provenance du Mexique, mais ce n'était que de la marijuana ; les risques étaient minimes. Ils avaient besoin de cette source de revenus et il ne déplaisait pas à Trudy qu'il s'absente de temps à autre.

Elle n'éprouvait pas de haine pour Patrick, du moins pas pour l'homme qu'elle avait enterré. Mais elle ne supportait pas le fait qu'il ne soit pas mort, qu'il soit ressuscité et que son retour complique les choses. Elle avait fait sa connaissance à l'occasion d'une soirée à La Nouvelle-Orléans, à une époque de sa vie où elle était en froid avec Lance et cherchait un nouveau mari, de préférence avec de la fortune et de l'avenir. À vingt-sept ans, divorcée depuis quatre ans, elle était avide de stabilité ; il en avait trente-trois et estimait qu'il était temps de mettre fin à son célibat. Il venait d'accepter un poste dans un bon cabinet d'avocats à Biloxi, où elle vivait à ce moment de sa vie. Au bout de quatre mois de folle passion, ils se marièrent à la Jamaïque ; trois semaines après leur lune de miel, mettant à profit une absence de Patrick, Lance passa la nuit dans le nouvel appartement du jeune couple.

Elle ne pouvait rendre l'argent ; il n'en était pas question. Son avocat ferait quelque chose, trouverait la faille pour lui permettre de tout garder. Il était payé pour ça, non ? La compagnie d'assurances ne pourrait certainement pas lui prendre la maison, le mobilier, les vêtements et les voitures, le bateau et toutes les merveilles qu'elle avait achetées ; ce ne serait pas juste. Patrick était mort ; elle l'avait enterré. Elle était veuve depuis plus de quatre ans. Cela devait compter !

Ce n'était pas sa faute si Patrick était vivant.

— Nous serons obligés de le tuer, tu sais, fit la voix de Lance dans la pénombre.

Il avait pris place dans un fauteuil rembourré, entre le lit et la fenêtre, les pieds nus posés sur une ottomane.

Elle n'eut aucune réaction, pas le plus petit frémissement, mais réfléchit un instant avant de répondre.

— Ne dis pas de bêtises, fit-elle sans grande conviction.

— Nous n'aurons pas le choix.

— Nous n'avons pas assez d'ennuis comme ça ?

Elle se tut, le poignet sur le front, les yeux fermés, parfaitement immobile, très heureuse au fond qu'il eût abordé le sujet. Elle aussi y avait pensé quelques minutes après avoir appris le retour imminent de Patrick. Elle avait envisagé différents scénarios menant inéluctablement à la même conclusion : pour garder l'argent, Patrick devait être mort. Il s'agissait d'une assurance sur sa vie.

Elle ne pouvait le tuer de ses propres mains ; l'idée était absurde. Mais Lance était introduit dans le milieu, il avait des amis louches.

— Tu veux garder l'argent, n'est-ce pas ?

— Je ne veux pas penser à ça maintenant, Lance. Plus tard, peut-être.

Bientôt, peut-être. Si elle se montrait trop pressée, Lance risquait de précipiter les choses. Comme d'habitude, elle le manipulerait, mettrait au point un plan minutieux, jusqu'à ce qu'il ne lui soit plus possible de faire machine arrière.

— Nous ne pouvons pas attendre longtemps, ma chérie. L'assurance nous a déjà mis le couteau sous la gorge.

— Je t'en prie, Lance.

— Il n'y a rien d'autre à faire. Si tu veux garder la maison et tout ce que nous possédons, il faudra qu'il y passe.

Pendant un long moment, elle ne dit plus un mot, ne fit pas un geste ; elle savourait ses propos. Malgré son intelligence limitée et ses nombreux défauts, Lance était le seul homme qu'elle eût jamais aimé. Il était assez mauvais pour se débarrasser de Patrick, mais serait-il assez habile pour ne pas se faire prendre ?

L'agent fédéral Brent Myers, du bureau de Biloxi, envoyé par Cutter pour prendre contact avec le prisonnier, se présenta et montra une plaque que Patrick regarda du coin de l'œil, en saisissant la télécommande.

— Enchanté, fit-il, et il remonta le drap sur son caleçon.

— J'appartiens au bureau de Biloxi, poursuivit Myers en s'efforçant à une cordialité sincère.

— Où se trouve Biloxi ? demanda Patrick, le visage impénétrable.

— Je m'étais dit que nous pourrions apprendre à nous connaître ; nous allons passer beaucoup de temps ensemble dans les mois qui viennent.

— N'en soyez pas si sûr.

— Avez-vous un avocat ?

— Pas encore.

— Avez-vous l'intention d'en engager un ?

— Ce ne sont pas vos oignons.

Myers ne faisait à l'évidence pas le poids contre un avocat chevronné comme Lanigan. Il posa les mains sur les barreaux du pied du lit, fixa sur lui un regard qui se voulait intimidant.

— D'après le toubib, vous pourrez être transporté dans deux jours.

— Je suis prêt.

— Il y a du monde qui vous attend à Biloxi.

— J'ai vu ça, fit Patrick avec un signe de la tête en direction du téléviseur.

— Je n'ai pas l'impression que vous ayez envie de répondre à mes questions.

Patrick accueillit cette idée saugrenue avec un ricanement de mépris.

— C'est bien ce qu'il me semblait, soupira Myers en faisant un pas vers la porte. Je suis chargé de vous escorter, ajouta-t-il en lançant une carte sur le lit. Voici le numéro de téléphone de mon hôtel, si jamais vous avez envie de parler.

— Inutile de rester près du téléphone.

[illegible] semaine [illegible] même [illegible]
[illegible]
[illegible]
— Lafforgue [illegible] demain [illegible]
[illegible]
— Lafforgue [illegible]
[illegible] quittant [illegible]
[illegible] Patrick [illegible]
[illegible]
[illegible]
[illegible]
[illegible] mois [illegible]
— N'en [illegible] pas si sûr [illegible]
— Avez-vous [illegible] ?
— Pas encore.
[illegible]
[illegible] pas [illegible]
[illegible]
[illegible] les [illegible]
[illegible]
[illegible] vous [illegible]
[illegible]
[illegible]
Il y a [illegible]
[illegible]
[illegible]
[illegible]
[illegible]
[illegible]
[illegible]
[illegible] Goodlace [illegible]
[illegible]
[illegible]
[illegible]
[illegible]
[illegible]

10

Sandy McDermott avait lu avec un vif intérêt les articles consacrés à la stupéfiante réapparition de son vieux copain de fac. Pendant trois ans, à Tulane, il avait fait son droit mais aussi la fête avec Patrick. Ils avaient été stagiaires du même juge après l'examen du barreau et avaient passé de longues heures dans leur pub préféré à mettre au point les détails de leur entrée dans la carrière. Ils s'associeraient pour monter un cabinet modeste mais prospère ; leurs honoraires seraient très élevés, leur éthique professionnelle irréprochable. L'argent qu'ils gagneraient leur permettrait de consacrer gratuitement dix heures par mois à des clients dans l'incapacité de payer. Tout était prévu.

La vie en avait décidé autrement. Sandy avait accepté un poste d'assistant du procureur fédéral, essentiellement parce qu'il venait de se marier et que le salaire était confortable. Patrick fut noyé au milieu des deux cents avocats d'un gros cabinet de La Nouvelle-Orléans. Comment aurait-il trouvé une épouse en travaillant quatre-vingts heures par semaine ?

Ils entretinrent jusqu'à la trentaine l'illusion de leur projet de petit cabinet, essayèrent de se retrouver aussi souvent que possible pour manger un morceau ou prendre un verre. Au fil des ans, les rencontres et les coups de téléphone allèrent en s'espaçant. Quand Patrick choisit de mener une vie plus calme à Biloxi, ils se virent à peine une fois par an.

La chance sourit enfin à Sandy quand l'ami d'un de ses cousins fut estropié sur une plate-forme de forage, dans le golfe du Mexique. Il emprunta dix mille dollars, se mit à son compte, attaqua le pétrolier *Exxon* et empocha près de trois millions de dollars dont il conserva le tiers. Sans Patrick, avec deux autres confrères, il créa un petit cabinet qui se spécialisa dans les accidents du travail sur les installations pétrolières en mer.

Quand il apprit la mort de Patrick, Sandy calcula qu'il n'avait pas eu de nouvelles de son vieux pote depuis neuf mois. Cela lui donna mauvaise conscience, mais il sut se montrer réaliste ; comme tant d'amis de jeunesse, chacun avait suivi sa route.

Il soutint Trudy au long de cette cruelle épreuve et aida à descendre le cercueil dans la tombe.

Six semaines plus tard, quand l'argent s'envola et que les rumeurs commencèrent à se répandre, Sandy rit dans sa barbe en souhaitant bonne chance à son pote. Au long des quatre dernières années, il s'était souvent pris à espérer que Patrick resterait introuvable.

Sandy avait installé ses bureaux dans Poydras Street, à quelques centaines de mètres du Superdôme, près de l'intersection de Magazine Street, dans un bel immeuble du XIXe siècle acheté avec l'argent d'un procès gagné. Il louait les deux étages supérieurs, gardait le rez-de-chaussée pour ses deux associés et lui-même, leurs trois assistants et la demi-douzaine de secrétaires.

Il travaillait sur un dossier quand sa secrétaire entra, la bouche pincée.

— Une dame demande à vous voir.

— A-t-elle rendez-vous ? demanda Sandy en jetant un coup d'œil à un de ses trois agendas.

— Non. Elle dit que c'est urgent et refuse de partir. C'est au sujet de Patrick Lanigan.

Il leva la tête, la curiosité en éveil.

— Elle dit qu'elle est avocate, ajouta la secrétaire.

— D'où vient-elle ?

— Du Brésil.

— Du Brésil ?

— Oui.

— A-t-elle l'air d'une Brésilienne, comme on les imagine ?

— Je suppose.

— Faites-la entrer, je vous prie.

Sandy se leva pour accueillir chaleureusement la visiteuse à la porte du bureau ; Eva se présenta sous le nom de Leah, sans patronyme.

— Je n'ai pas saisi votre nom, fit-il, tout sourire.

— Je ne l'utilise pas. Pour le moment, en tout cas.

Ce doit être une habitude brésilienne, se dit Sandy. On donne juste son prénom.

Il l'invita à prendre place dans un fauteuil, envoya chercher du café. Elle refusa, s'assit lentement ; il regarda ses jambes. Elle portait des vêtements de sport, rien de tape-à-l'œil. Le regard de Sandy remonta jusqu'aux yeux de la visiteuse ; des yeux magnifiques, noisette, où se lisait une grande fatigue. Ses longs cheveux bruns tombaient sur ses épaules.

Patrick avait toujours eu du goût ; Trudy et lui étaient mal assortis, mais les hommes se retournaient à son passage.

— Je viens de la part de Patrick, dit la visiteuse d'un ton hésitant.

— Il vous a envoyée ?

— Oui.

Elle parlait lentement, d'une voix chaude et grave, avec un accent très léger.

— Vous avez fait vos études aux États-Unis ?

— J'ai fait mon droit à Georgetown.

— Où exercez-vous ?

— À Rio, dans un cabinet. Je suis dans le commerce international.

Elle n'avait pas souri une seule fois ; cela chagrinait Sandy. Une visiteuse venue de si loin, une belle fille à la tête bien pleine et aux jambes bien faites. Il aurait aimé la voir se détendre dans le confort de son bureau. On était à La Nouvelle-Orléans, que diable !

— C'est là où vous avez rencontré Patrick ?

— Oui, à Rio.

— Lui avez-vous parlé depuis... ?

— Non, pas depuis qu'il a été enlevé.

Elle faillit ajouter qu'elle était folle d'inquiétude, mais ils étaient entre professionnels. Elle n'avait pas l'intention de divulguer grand-chose ; rien sur ses relations avec Patrick. Elle savait pouvoir faire confiance à Sandy McDermott, mais lui donnerait les informations au compte-gouttes.

Dans le silence qui suivit, chacun détourna la tête de son côté. Sandy comprit instinctivement que de nombreux chapitres de cette histoire lui resteraient inconnus, mais les questions se bousculaient dans son esprit. Comment s'y était-il pris pour détourner l'argent ? Pourquoi avoir choisi le Brésil ? Comment avait-il trouvé cette femme sur son chemin ? Et la grande question : où est le fric ?

— Qu'attendez-vous de moi ?

— Je veux vous engager pour le compte de Patrick.

— Je suis libre.

— Tout se fera sous le sceau du secret.

— Comme d'habitude.

— C'est différent.

En effet. Une différence de l'ordre de quatre-vingt-dix millions de dollars.

— Je vous assure que tout ce que Patrick et vous me direz restera strictement confidentiel, fit Sandy avec un sourire rassurant.

Le visage de la visiteuse se détendit légèrement.

— Vous risquez d'être soumis à des pressions pour vous faire divulguer les secrets de votre client.

— Cela ne m'inquiète pas ; je suis capable de me défendre.

— Vous risquez de recevoir des menaces.

— Ce ne sera pas la première fois.

— Vous risquez d'être suivi.

— Par qui ?

— Des individus peu recommandables.

— Qui ?

— Ceux qui poursuivent Patrick.

— Je crois qu'ils l'ont trouvé.

— Lui, oui, pas l'argent.

— Je vois.

L'argent était donc encore caché quelque part ; cela n'avait rien d'étonnant. Sandy savait, comme tout un chacun, que Patrick n'avait pu dilapider une telle fortune en quatre ans. Mais combien restait-il ?

— Où se trouve l'argent ? demanda-t-il, sans vraiment attendre une réponse.

— Vous ne pouvez poser cette question.

— Je viens de le faire.

Leah sourit, passa à la suite.

— Nous avons un certain nombre de détails à régler. Quel est le montant de votre avance sur honoraires ?

— Pour quoi exactement suis-je engagé ?

— Pour représenter Patrick.

— Pour quelles charges ? S'il faut en croire la presse, une armée d'avocats sera nécessaire pour assurer sa défense.

— Cent mille dollars ?

— Cela ira pour commencer. Au civil et au criminel ?

— Les deux.

— Tout seul ?

— Il ne veut personne d'autre.

— Je suis touché, fit Sandy avec sincérité.

Patrick aurait pu s'adresser à des dizaines de confrères, des avocats de renom ayant une plus grande expérience du droit criminel, des avocats ayant des relations et de l'influence, des avocats appartenant à de gros cabinets et disposant de solides ressources et certainement à des avocats plus proches de lui que Sandy ne l'avait été ces huit dernières années.

— Voilà, je suis engagé. Patrick est un ami de longue date, vous savez.

— Je sais.

Que savait-elle exactement ? Était-elle plus qu'une avocate ?

— J'aimerais faire virer l'argent dès aujourd'hui, reprit-elle. Si vous pouviez me donner des instructions.

— Naturellement. Je vais préparer un contrat type.

— Il y a plusieurs choses auxquelles Patrick tient beaucoup. D'abord la publicité : il vous demande de ne pas faire de déclarations à la presse. Jamais, pas un mot. Pas de conférence de presse sans son autorisation.

— Pas de problème.

— Vous ne pourrez écrire un livre quand tout sera terminé.

Le rire de Sandy la laissa de marbre.

— Ce n'est pas mon genre !

— Il veut que cela figure dans le contrat.

Il cessa de rire, griffonna quelques mots sur son bloc.

— Autre chose ?

— Oui. Vous pouvez vous attendre à ce que votre bureau et votre domicile soient mis sur écoute. Vous devriez engager un spécialiste de la surveillance pour votre protection ; Patrick est disposé à prendre les frais à sa charge.

— D'accord.

— Enfin, il serait préférable de ne plus nous revoir ici. Il y a des gens qui me recherchent ; ils croient que je peux les conduire à l'argent. Nos rendez-vous auront lieu ailleurs.

Sandy ne trouva rien à répondre. Il aurait voulu offrir à Leah son aide, sa protection, savoir où elle irait, comment elle se cacherait, mais elle semblait capable de se débrouiller seule.

— Il y a un vol pour Miami dans trois heures, reprit-elle en regardant sa montre. J'ai deux billets en première classe ; nous pourrons parler dans l'avion.

— Quelle sera ma destination ?

— Vous irez jusqu'à San Juan, pour voir Patrick. J'ai pris des dispositions.

— Et vous ?

— Je partirai dans une autre direction.

Sandy demanda du café et des cakes en attendant que soient réglés les détails du virement. Sa secrétaire annula les rendez-vous et les audiences des trois jours à venir ; sa femme apporta un sac de voyage au bureau.

Un assistant les conduisit à l'aéroport ; Sandy s'avisa en chemin que Leah n'avait pas de bagages, rien d'autre qu'une petite sacoche de cuir brun, usagée mais encore élégante.

— Où logez-vous ? demanda-t-il devant un Coca, au bar de l'aéroport.

— Ici et là, répondit-elle en regardant par la fenêtre.

— Comment pourrai-je vous joindre ?

— Nous mettrons cela au point plus tard.

Ils avaient deux places côte à côte dans l'avion, au troisième rang. Pendant les vingt minutes qui suivirent le décollage, elle n'ouvrit pas la bouche ; elle feuilleta une revue de mode tandis que Sandy essayait de se plonger dans la lecture d'une déposition. Il n'avait aucune envie de la lire ; cela pouvait attendre. Il voulait parler, la soumettre au feu roulant de questions que tout le monde brûlait de poser.

Un mur se dressait entre eux, un mur épais qui le tenait à distance. Elle avait les réponses, mais était décidée à les garder pour elle. Il fit de son mieux pour montrer la même indifférence.

Une hôtesse distribua des cacahuètes et des bretzels ; ils refusèrent le champagne qui les accompagnait, demandèrent une eau minérale.

— Depuis combien de temps connaissez-vous Patrick ? demanda-t-il prudemment.

— Pourquoi cette question ?

— Excusez-moi. Pouvez-vous m'éclairer sur ce que Patrick a fait ces quatre dernières années ? Je suis un vieil ami, vous savez ; et maintenant je suis son avocat. Vous ne pouvez me reprocher ma curiosité.

— Il faudra le lui demander, fit-elle d'une voix radoucie avant de se replonger dans la lecture de sa revue.

Sandy mangea ses cacahuètes.

Elle ne reprit la parole que lorsque l'appareil amorça sa descente vers Miami. Les phrases manifestement préparées avec soin se succédaient rapidement.

— Je ne vous reverrai pas avant plusieurs jours. Je suis obligée de continuer à me déplacer à cause de ceux qui me poursuivent. Patrick vous donnera des instructions ; jusqu'à nouvel ordre, nous communiquerons par votre intermédiaire. Soyez attentif à tout ce qui vous paraît inhabituel. Un inconnu au téléphone, une voiture qui vous suit, une visite dans vos bureaux. Dès qu'ils sauront que vous êtes l'avocat de Patrick, les gens qui me recherchent se tourneront vers vous.

— Qui sont-ils ?

— Patrick vous le dira.

— C'est vous qui avez l'argent, n'est-ce pas ?

— Je ne peux pas répondre à cette question.

Il observa par le hublot les nuages qui se rapprochaient sous l'aile de l'appareil. Patrick n'était pas idiot ; il avait évidemment fait fructifier l'argent. Il l'avait déposé dans une banque étrangère, entre les mains de professionnels. Il avait dû rapporter au moins douze pour cent par an.

Ils n'échangèrent plus un mot jusqu'à l'atterrissage et traversèrent le terminal en hâte pour ne pas rater le vol à destination de San Juan.

— Dites à Patrick que je vais bien, fit-elle en prenant congé de Sandy avec une vigoureuse poignée de main.

— Il me demandera où vous êtes.

— En Europe.

En la voyant se fondre dans le flot de voyageurs pressés, il se prit à envier son vieux copain. Tout cet argent ! Et cette superbe femme au charme exotique, d'une classe folle.

L'annonce de l'embarquement immédiat le fit revenir sur terre. Il secoua la tête en se demandant comment il pouvait envier quelqu'un qui risquait de passer les dix prochaines années à attendre le jour de son exécution. Et qui allait affronter une armée d'avocats avides qui ne reculeraient devant rien pour récupérer le magot.

L'envie ! En s'installant dans l'appareil, de nouveau en première classe, il commença à se pénétrer des avantages qu'il y avait à représenter Patrick Lanigan.

Eva prit un taxi pour retourner à l'hôtel branché de South Beach où elle avait passé la nuit. Elle y resterait quelques jours, selon ce qui se passerait à Biloxi. Patrick lui avait demandé de se déplacer, de ne pas rester plus de quatre jours au même endroit. Elle avait pris la chambre sous le nom de Leah Pires, celui qui figurait sur sa carte de crédit. L'adresse indiquée était à São Paulo.

Elle se changea rapidement, se rendit à la plage. En plein après-midi, il y avait un monde fou, ce qui lui convenait parfaitement. Les plages de Rio aussi étaient très fréquentées, mais elle tombait toujours sur une connaissance. Ici, elle était une inconnue prenant le soleil en maillot de bain, une beauté anonyme au milieu des autres. Elle avait envie de rentrer chez elle.

11

Il fallut une heure à Sandy pour se faire admettre dans l'enceinte de la base navale ; son nouveau client ne lui avait pas facilité la tâche. Nul ne semblait avoir été informé de sa venue. Il dut avoir recours à l'arsenal habituel de l'avocat : menaces d'action en justice immédiate, de coups de téléphone à des sénateurs et autres personnages haut placés, bruyantes protestations contre la violation de toutes sortes de droits. Il arriva à l'accueil de l'hôpital à la nuit tombante, se heurta à une nouvelle ligne de défense ; une infirmière appela Patrick dans sa chambre.

La pièce sombre avait pour tout éclairage la lumière bleutée d'un téléviseur diffusant sans le son un match de football retransmis du Brésil. Les deux vieux copains se serrèrent doucement la main ; ils ne s'étaient pas vus depuis six ans. Patrick avait tiré un drap jusqu'à son menton, de manière à cacher ses plaies. Le match de football semblait pour l'instant plus important pour lui qu'une conversation sérieuse.

Sandy espérait des retrouvailles chaleureuses ; il dut se contenter de la tiédeur de cet accueil. En s'efforçant de ne pas y mettre trop d'insistance, il étudia le visage de Patrick ; maigre, presque émacié, il avait le menton plus carré, le nez plus pointu. Il aurait pu passer pour quelqu'un d'autre, sauf les yeux. Sa voix non plus n'avait pas changé.

— Merci d'être venu, fit Patrick.

Chacun de ses mots était très doux, comme si la parole exigeait de lui un grand effort et de la réflexion.

— De rien; je n'ai pas vraiment eu le choix, tu sais. Ton amie est très persuasive.

Patrick ferma les yeux et se mordit la langue. Il murmura une prière silencieuse. Elle n'était pas loin, elle allait bien.

— Combien t'a-t-elle donné? demanda-t-il.

— Cent mille.

— Bien.

Il n'ajouta rien; un long silence suivit. Sandy comprit que leur conversation serait ainsi entrecoupée de longs intervalles silencieux.

— Elle va bien, reprit-il. C'est une belle femme, très intelligente, qui semble tout à fait capable d'assumer ce qu'elle est censée assumer. Pour le cas où tu te poserais des questions.

— Très bien.

— Quand l'as-tu vue pour la dernière fois?

— Il y a une quinzaine de jours. J'ai perdu la notion du temps.

— Est-elle l'épouse, l'amie, la maîtresse, la call-girl... ?

— L'avocate.

— L'avocate?

— Oui.

Sandy trouva cela amusant. Patrick se mura de nouveau dans son silence; plus un mot, plus un mouvement sous le drap. Plusieurs minutes s'écoulèrent; Sandy s'installa dans l'unique fauteuil, ne demandant rien d'autre que d'être auprès de son ami. Patrick allait retrouver un monde impitoyable où on l'attendait de pied ferme; s'il avait envie de rester allongé en regardant le plafond, Sandy n'y voyait aucun inconvénient. Ils auraient tout le temps pour parler et les sujets ne manquaient pas.

Patrick était vivant ; pour l'instant, rien d'autre ne comptait. Sandy ébaucha un sourire en évoquant des images de l'enterrement : le cercueil descendu dans la fosse en ce jour froid et gris de l'inhumation, les dernières paroles du prêtre, les sanglots retenus de Trudy. C'était franchement drôle de penser que son vieux pote avait observé le cortège recueilli sur sa tombe du haut d'un arbre proche, comme les médias le répétaient depuis trois jours.

Patrick s'était fait passer pour mort avant de rafler les millions. Certains hommes craquent à l'approche de la quarantaine ; cette crise peut les pousser vers une nouvelle femme ou les ramener sur les bancs d'un amphithéâtre. Pas son vieux pote. Il avait franchi ce cap angoissant en mettant fin à ses jours avant de subtiliser quatre-vingt-dix millions de dollars et de disparaître dans la nature.

L'évocation du cadavre bien réel dans la voiture chassa la drôlerie de ces réflexions ; l'envie de parler reprit Sandy.

— Tu sais qu'un solide comité d'accueil t'attend.

— Qui en est le président ?

— Difficile à dire. Trudy a demandé le divorce il y a deux jours, mais c'est le moindre de tes soucis.

— Tu l'as dit ; je parie qu'elle demande la moitié de l'argent.

— Elle demande beaucoup de choses. Le grand jury t'a inculpé d'homicide volontaire. Devant une juridiction du Mississippi, pas fédérale.

— J'ai vu ça à la télévision.

— Bien. Tu connais donc le détail des différentes actions en justice.

— CNN a mis beaucoup d'empressement à me tenir au courant.

— Tu ne peux pas le leur reprocher ; c'est un sujet fantastique.

— Merci.

— Quand tu auras envie de parler, dis-le.

Patrick roula sur le côté, le regard fixé sur un point derrière Sandy. Il n'y avait rien d'autre que le mur d'un blanc d'hôpital, mais il ne le voyait pas.

— On m'a torturé, Sandy, fit-il d'une voix encore plus douce et tremblante.

— Qui ?

— On a fixé des électrodes sur mon corps et fait passer un courant électrique jusqu'à ce que je parle.

Sandy se leva, s'avança jusqu'au lit ; il posa la main sur l'épaule de Patrick.

— Que leur as-tu dit ?

— Je ne sais pas ; je ne m'en souviens pas de tout. Ils m'injectaient des drogues. Regarde.

Il leva le bras gauche pour montrer ses ecchymoses. Sandy trouva l'interrupteur de la lampe de chevet, se pencha.

— Seigneur ! souffla-t-il.

— Ils ne cessaient de demander où était l'argent. J'ai tourné de l'œil ; quand je suis revenu à moi, ils ont recommencé à me balancer des décharges électriques. Je crains d'avoir parlé de la fille, Sandy.

— L'avocate ?

— Oui, l'avocate. Quel nom t'a-t-elle donné ?

— Leah.

— Pourquoi pas ? Nous l'appellerons donc Leah. Il est possible que je leur ai parlé de Leah ; en fait, j'en suis presque certain.

— Parlé à qui ?

Patrick ferma les yeux et grimaça en sentant la douleur revenir dans ses jambes. Les muscles encore endoloris se tétanisaient. Il se remit lentement sur le dos, baissa le drap jusqu'à sa taille.

— Regarde, Sandy, fit-il en effleurant de la main

les deux affreuses brûlures de sa poitrine. Voici la preuve.

Sandy se pencha encore pour examiner de plus près les plaies rouges autour desquelles les poils avaient été rasés.

— Qui a fait ça, répéta-t-il.

— Je ne sais pas. Ils étaient nombreux, assez pour remplir une pièce.

— Où ?

Patrick était navré pour son ami. Sandy était si impatient d'apprendre ce qui était arrivé, pas seulement l'épisode de la torture. De fait, l'histoire était extraordinaire, mais Patrick ne savait pas exactement ce qu'il pouvait lui confier. Nul ne connaissait les détails de l'accident de voiture dans lequel un inconnu avait été carbonisé ; pourtant il pouvait parler à son avocat et ami de son enlèvement et des séances de torture. Il changea de nouveau de position, remonta le drap jusqu'à son cou.

— Approche ton siège et assieds-toi, Sandy. Et éteins cette lumière qui me gêne.

Sandy obéit avec empressement ; il s'assit aussi près du lit que possible.

— Je vais te raconter ce qu'on m'a fait, reprit Patrick dans la pénombre.

Il commença son récit à Ponta Pora, quand il avait croisé pendant son jogging une voiture avec un pneu à plat, et raconta toute l'histoire de son enlèvement.

Ashley Nicole avait vingt-cinq mois le jour de l'enterrement de son père ; elle était trop petite pour se souvenir de lui. Lance était le seul homme de la maison, le seul qu'elle eût jamais vu avec sa maman. Il la conduisait à l'école de temps en temps ; il leur arrivait de dîner ensemble, en famille.

Au retour des obsèques, Trudy avait caché toutes les photos, effacé toutes les traces de sa vie avec

Patrick. Jamais Ashley Nicole n'avait entendu prononcer le nom de son père.

Au troisième jour du siège de leur maison par les journalistes, l'enfant commença à poser des questions. Sa mère se conduisait bizarrement ; la tension était telle que même une fillette de six ans la percevait. Trudy attendit le départ de Lance qui se rendait chez l'avocat pour installer sa fille sur son lit et avoir avec elle une petite conversation.

Elle avoua pour commencer qu'elle avait déjà été mariée. En réalité, elle avait eu deux maris, mais elle se dit qu'Ashley Nicole n'avait pas besoin d'apprendre tout de suite l'existence du premier. Il n'était question dans l'immédiat que du second.

— J'ai été mariée quatre ans avec Patrick, puis il a fait quelque chose de très vilain.

— Quoi ? demanda Ashley Nicole en ouvrant de grands yeux.

Elle semblait comprendre beaucoup plus que ce que Trudy eût souhaité.

— Il a tué un homme et il a fait comme s'il y avait eu un accident de voiture, tu vois, un grand feu qui a détruit une voiture. C'était celle de Patrick ; la police a trouvé un corps à l'intérieur et elle a cru que c'était Patrick. Tout le monde l'a cru. Patrick avait disparu, brûlé dans sa voiture, et j'étais très triste. C'était mon mari, je l'aimais beaucoup et il était parti. On l'a enterré au cimetière. Quatre ans après, on vient de le retrouver ; il se cachait à l'autre bout du monde. Il s'était enfui très loin.

— Pourquoi ?

— Il avait volé beaucoup d'argent à des amis ; comme c'est un homme très méchant, il voulait garder tout l'argent pour lui.

— Il a tué un homme et volé de l'argent.

— C'est ça, mon cœur. Patrick n'est pas quelqu'un de bien.

— C'est triste de t'être mariée avec lui, maman.

— Oui, mais il faut que tu comprennes quelque chose, ma chérie. Tu es née pendant que j'étais mariée avec Patrick.

Elle observa les yeux de sa fille pour voir si elle saisissait le message. Manifestement pas.

— Patrick est ton père, ajouta-t-elle en serrant la petite main d'Ashley Nicole.

La fillette fixa sur sa mère un regard interdit tandis que ces derniers mots faisaient rapidement leur chemin dans son esprit.

— Je ne veux pas qu'il soit mon père.

— Désolée, ma chérie. Je voulais attendre que tu sois bien plus grande pour te le dire, mais Patrick va bientôt revenir et il est important que tu le saches.

— Et Lance ? Il n'est pas mon papa ?

— Non. Lance vit avec moi, c'est tout.

Trudy ne s'était jamais permis de faire passer Lance pour le père de la fillette ; Lance, de son côté, n'avait jamais manifesté le moindre intérêt pour l'univers de la paternité. Trudy était une mère célibataire ; Ashley Nicole n'avait pas de père. Une situation courante, parfaitement acceptable.

— Lance et moi sommes amis depuis très longtemps, poursuivit Trudy qui voulait garder l'initiative afin d'éviter une multitude de questions. Des amis très proches. Il t'aime beaucoup mais n'est pas ton père. Ton vrai père, malheureusement, est Patrick, mais je ne veux pas que tu t'inquiètes à son sujet.

— Il n'a pas envie de me voir ?

— Je ne sais pas, mais je me battrai de toutes mes forces pour le tenir éloigné de toi. C'est un très vilain monsieur, mon cœur ; il t'a abandonnée quand tu avais deux ans. Comme il m'a abandonnée. Il ne s'est pas inquiété pour nous quand il a disparu et ne serait pas revenu s'il ne s'était pas fait prendre. Jamais nous ne l'aurions revu. Ne t'occupe pas de lui ni de ce qu'il fera.

Ashley Nicole vint se blottir dans le giron de sa mère ; Trudy la serra contre elle.

— Tout va bien se passer, mon cœur, je te le promets. Je ne voulais pas te raconter tout ça, mais avec ces journalistes devant la maison et les reportages à la télévision, j'ai pensé que c'était mieux.

— Pourquoi restent-ils devant la maison ? demanda la petite en étreignant le bras de sa mère.

— Je ne sais pas ; j'aimerais qu'ils partent.

— Qu'est-ce qu'ils veulent ?

— Des photos de toi. Des photos de moi. Pour les publier dans les journaux qui parlent de Patrick et de tout ce qu'il a fait de mal.

— Alors, ils sont là à cause de Patrick ?

— Oui, mon cœur.

La fillette se tourna vers Trudy, la regarda droit dans les yeux.

— Je déteste Patrick, dit-elle.

Trudy secoua la tête comme on le fait devant un enfant qui dit de vilaines choses, puis elle referma les bras sur sa fille en souriant.

Lance avait vu le jour et passé son enfance à la Pointe Cadet, une ancienne agglomération de pêcheurs sur une petite péninsule avançant dans la baie de Biloxi. La Pointe était un quartier ouvrier où échouaient les immigrants et où vivaient les équipages des crevettiers. Lance avait grandi dans les rues de la Pointe ; il y avait conservé nombre d'amis dont l'un s'appelait Cap. C'est Cap qui était au volant de la camionnette bourrée de marijuana quand les agents des stups les avaient arrêtés. Ils avaient réveillé Lance qui dormait, le fusil à portée de la main, au milieu des gros paquets de cannabis. Cap et Lance avaient pris le même avocat, écopé de la même peine ; à dix-neuf ans, ils s'étaient retrouvés ensemble derrière les barreaux.

Cap tenait un bistrot et prêtait de l'argent aux ouvriers de la conserverie à un taux usuraire. Lance prit un verre avec lui au fond de la salle, ce qu'ils essayaient de faire au moins une fois par mois. Mais Cap voyait de moins en moins son ami depuis que Trudy était riche et qu'ils s'étaient installés à Mobile. Cap avait lu les journaux et attendait que Lance débarque avec une tête d'enterrement, en quête d'une oreille amie.

Ils commencèrent à deviser devant une bière — qui avait gagné quelle somme au casino, quelle était la dernière source d'approvisionnement en crack, qui était filé par les stups —, les potins habituels échangés par deux petits voyous qui rêvaient encore de faire fortune.

Cap méprisait Trudy ; il s'était souvent moqué de Lance qui la suivait partout comme un petit chien.

— Et comment va ta pétasse ? demanda-t-il.

— Pas mal. Elle est inquiète depuis qu'ils l'ont retrouvé.

— Il y a de quoi s'inquiéter. Combien a-t-elle touché de l'assurance vie ?

— Deux millions.

— J'ai vu deux et demi dans le journal. Avec ce panier percé, je suis sûr qu'il n'en reste pas lourd.

— Le fric est en sécurité.

— En sécurité, mon œil ! D'après le journal, l'assurance essaie déjà de récupérer sa mise.

— On a des avocats.

— Ouais, Lance, mais t'es pas venu parce que t'as des avocats ; t'es venu parce que t'as besoin d'un coup de main. Pour ce qu'elle veut faire, un avocat, ça ne vaut pas tripette.

Lance sourit et prit une gorgée de bière ; il alluma

une cigarette, ce qu'il ne pouvait jamais faire devant Trudy.

— Où est Zeke ? demanda-t-il.

— C'est bien ce qui me semblait ! lança Cap d'un ton hargneux. Elle est dans la merde, elle risque de tout perdre, alors elle t'envoie chercher Zeke ou un autre ringard du même acabit que tu vas payer pour faire une connerie. Il se fera pincer et te balancera ; tu vas plonger pour elle et elle oubliera jusqu'à ton nom. Tu es une bourrique, Lance !

— Je sais. Où est Zeke ?

— En taule.

— Où ?

— Au Texas. Les fédéraux l'ont chopé en train de passer des armes. Ne joue pas au con, Lance, ne fais pas ça. Quand on va ramener ce type, toute la région grouillera de flics ; sa propre mère ne pourra pas approcher de lui. Il y a trop de fric en jeu : on va protéger ce type jusqu'à ce qu'il crache le morceau et dise où il l'a planqué. Si tu essaies de le descendre, il faudra que tu te fasses une demi-douzaine de flics. Et tu y laisseras ta peau.

— Pas si c'est fait comme il faut.

— Et tu sais comment t'y prendre, toi ? Peut-être parce que tu ne l'as jamais fait ! Depuis quand es-tu devenu malin ?

— Je peux trouver des gens qui sauront le faire.

— À quel prix ?

— Je paierai ce qu'il faudra.

— Tu mettrais cinquante mille ?

— Oui.

Cap inspira profondément, parcourut la salle des yeux. Puis il s'accouda sur la table en fixant un regard noir sur son ami.

— Je vais te dire pourquoi c'est une mauvaise idée, Lance. T'as pas inventé la poudre, tu le sais aussi bien que moi. T'as toujours plu aux filles ; elles te trouvent mignon. Mais t'as rien dans le ciboulot.

— Merci, mon vieux.

— Si tu y réfléchis, tout le monde tient à ce que ce type reste en vie. Tout le monde. Les fédéraux, les flics, celui qui s'est fait piquer le fric. Tout le monde sauf, bien entendu, la pétasse chez qui tu vis ; elle le préfère mort. Si tu réussis à le supprimer, les flics iront tout de suite sonner à sa porte. Elle en sortira blanche comme neige, et toi, tu plongeras. Ça sert à ça, un étalon ! Son mari est mort, elle garde l'argent — tu sais aussi bien que moi que c'est la seule chose qui compte pour elle —, et toi, tu retournes à Parchman. T'as un casier, t'as pas oublié ? Tu y passeras le reste de ta vie et elle ne t'enverra même pas une lettre.

— On peut trouver quelqu'un pour cinquante mille ?

— On ?

— Toi et moi.

— Je peux te donner un nom, c'est tout. Je ne touche pas à ça. Ça ne marchera pas et je n'ai rien à y gagner.

— Qui est-ce ?

— Un mec de La Nouvelle-Orléans. Il passe de temps en temps.

— Tu peux l'appeler ?

— Oui, mais c'est tout. Ne te lance pas là-dedans ; je t'aurai prévenu.

12

Eva prit un vol de Miami à New York où elle embarqua à bord d'un Concorde à destination de Paris. Prendre le Concorde était une folie, mais elle se considérait maintenant comme une femme fortunée. De Paris, elle gagna Nice en avion, puis loua une voiture pour se rendre à Aix-en-Provence par les petites routes, un voyage qu'elle avait fait avec Patrick près d'un an auparavant. La seule fois où il avait quitté le Brésil depuis son arrivée ; l'idée de franchir une frontière le terrifiait, même avec un faux passeport flambant neuf.

Les Brésiliens adorent tout ce qui est français ; les plus cultivés d'entre eux connaissent la langue et la culture de ce pays. Les voyageurs avaient pris une chambre à la Villa Gallici, une auberge magnifique en pleine campagne ; ils avaient passé une semaine à explorer la ville, les boutiques, les restaurants, fait quelques balades dans les villages entre Aix et Avignon. Ils avaient aussi passé beaucoup de temps dans leur chambre, comme des jeunes mariés. Un soir où il avait un peu trop bu, Patrick avait même comparé leur voyage à une lune de miel.

Elle prit une chambre plus petite dans cette même auberge, se reposa un moment et but un thé sur son balcon, en peignoir. Puis elle sortit, se promena sur le cours Mirabeau, but un verre de vin rouge à la terrasse bondée d'un café en regardant le défilé incessant des étudiants. Elle se prit à envier les jeunes amoureux flânant main dans la main, sans l'ombre d'un souci. Elle avait battu ce même pavé au bras de Patrick, échangeant des murmures et des rires, comme si les ombres attachées à ses pas s'étaient évanouies.

C'est à Aix, au long de cette unique semaine où ils étaient restés ensemble jour et nuit, qu'elle avait remarqué à quel point il dormait peu. Quelle que fût l'heure de son réveil, elle le trouvait à ses côtés, immobile, les yeux fixés sur elle comme si elle était en danger. Le sommeil la prenait dans l'obscurité, mais, chaque fois qu'elle s'éveillait, une lampe était allumée. Il éteignait, la caressait tendrement pour qu'elle se rendorme, puis il sommeillait une demi-heure avant de rallumer. Debout bien avant l'aube, il avait en général lu les journaux et plusieurs chapitres d'un roman quand elle venait le rejoindre sur le balcon.

Quand elle lui demanda combien de temps il dormait, il répondit jamais plus de deux heures. Il faisait rarement la sieste, se couchait tard.

Il ne portait pas d'armes, ne se retournait pas sans cesse, ne se montrait pas exagérément méfiant avec les inconnus. Il ne parlait guère de ce qu'est l'existence d'un homme traqué. Le sommeil mis à part, il menait une vie si normale qu'elle oubliait souvent qu'il était un des hommes les plus recherchés de la planète.

Même s'il préférait ne pas parler du passé, c'était parfois inévitable; après tout, ils étaient ensemble parce qu'il avait voulu disparaître, se créer une nouvelle vie. Il évoquait plus volontiers son enfance à La Nouvelle-Orléans que cette vie d'adulte qu'il avait fuie. Il ne prononçait jamais ou presque le nom de sa femme ; Eva savait qu'il avait pour elle un profond mépris. Leur couple battait de l'aile depuis longtemps ; à mesure que la situation se dégradait, il était plus fermement décidé à s'en libérer.

Il avait essayé un jour de parler d'Ashley Nicole, mais le souvenir de l'enfant lui avait fait monter les larmes aux yeux. La voix lui avait manqué. Il s'était excusé ; c'était trop douloureux.

Aucun trait définitif n'avait encore été tiré sur le passé ; l'avenir restait difficile à envisager. Impossible de faire des projets tant que les ombres rôderaient autour de lui ; il s'y refusait.

Les ombres l'empêchaient de dormir ; elle le savait. Des ombres qu'il ne pouvait voir, qu'il était seul à sentir.

Ils avaient fait connaissance deux ans auparavant, à Rio, dans le bureau d'Eva où il s'était présenté comme un homme d'affaires canadien établi au Brésil. Il prétendait avoir besoin d'un bon avocat pour le conseiller en matière d'importation et de fiscalité. Mince, bronzé, sympathique, il portait pour l'occasion un élégant complet de lin et une chemise blanche. Son portugais était excellent, pas tout à fait aussi bon que l'anglais d'Eva. Il voulait parler dans la langue de l'avocate ; elle préférait celle du client. Leur premier déjeuner d'affaires dura trois heures, pendant lesquelles ils passèrent d'une langue à l'autre ; ils surent en se quittant qu'il y en aurait d'autres. La fois suivante, après dîner, ils se promenèrent pieds nus sur la plage d'Ipanema.

Le mari d'Eva, bien plus âgé qu'elle, était mort dans un accident d'avion au Chili ; elle n'avait pas d'enfant. Patrick — ou Danilo, le nom sous lequel il s'était présenté — affirmait avoir divorcé d'avec une première épouse vivant encore à Toronto.

Les deux premiers mois, Eva et Danilo se virent plusieurs fois par semaine. Il finit par lui dire la vérité, toute la vérité.

Dans l'appartement d'Eva, après un dîner tardif arrosé d'un bon vin français, Danilo affronta son passé et mit son âme à nu. Il parla sans discontinuer jusqu'au petit matin ; l'homme d'affaires sûr de lui montra le vrai visage de l'homme traqué et effrayé. Mais extrêmement riche.

Son soulagement fut si intense qu'il faillit fondre en larmes ; il parvint à se contenir. Au Brésil les hommes ne pleurent pas, surtout devant une belle femme.

Elle en fut si émue qu'elle le prit dans ses bras, l'embrassa et versa les larmes qu'il retenait. Elle promit de faire tout ce qui était en son pouvoir pour l'aider. Il avait révélé son secret le plus noir, le plus terrible ; elle s'engagea à le préserver à jamais.

Quelques semaines plus tard, il lui indiqua où se trouvait l'argent, lui apprit comment le faire circuler rapidement d'un point à l'autre de la planète. Ils passèrent en revue les paradis fiscaux, trouvèrent des placements sûrs.

À l'époque de leur rencontre, il résidait depuis deux ans au Brésil. Après s'être installé à São Paulo, il avait vécu à Recife, dans le Minas Gerais et en une demi-douzaine d'autres endroits. Il avait travaillé deux mois sur l'Amazone, dormi sur une barge, sous une moustiquaire le préservant des nuées d'insectes qui lui cachaient la lune. Il avait nettoyé le gros gibier abattu par de riches Argentins dans la gigantesque réserve de Pantanal, dans l'Etat du Mato Grosso, aussi vaste que la Grande-Bretagne. Il avait plus voyagé qu'Eva dans son propre pays, avait vu des endroits dont elle ignorait jusqu'au nom. Il avait choisi Ponta Pora pour s'y établir après mûre réflexion. La ville était petite, loin de tout, la région offrait une multitude de cachettes ; c'était le lieu le plus sûr. Il avait en outre l'avantage de se trouver aux confins du Paraguay où il lui serait facile de se réfugier si une menace pesait sur lui.

Elle ne discuta pas. Elle eût préféré qu'il reste à Rio, près d'elle, mais elle ne savait rien de l'existence d'un fugitif ; elle s'en remit à contrecœur à son jugement. Il promit maintes fois qu'ils vivraient ensemble un jour. Ils se retrouvaient de temps en temps dans l'appartement de Curitiba pour de brèves lunes de miel, jamais plus de quelques jours. Elle en demandait plus, mais il refusait de faire des projets.

Au fil des mois, Danilo — elle ne l'appelait jamais Patrick — acquit la conviction qu'on le retrouverait ; elle refusait de le croire. Son inquiétude allait croissant : il dormait de moins en moins, parlait de plus en plus de ce qu'elle devrait faire dans tel ou tel scénario. Tourmenté par ses pressentiments, il ne mentionnait plus l'argent.

Elle allait rester quelques jours à Aix, regarder CNN International et lire les journaux américains qu'elle trouverait. Les autorités n'allaient pas tarder à transférer Patrick, à l'emprisonner et à faire peser sur lui des charges abominables. Il savait qu'il serait mis sous les verrous, mais il l'avait assurée que tout se passerait bien. Il supporterait cette épreuve ; il était prêt à tout affronter, si elle lui promettait de l'attendre.

Elle retournerait probablement à Zurich mettre de l'ordre dans leurs affaires. Après, elle ne savait pas. Hors de question de rentrer au Brésil ; cette certitude la tourmentait. Elle avait appelé trois fois son père, toujours d'une cabine d'un aéroport, pour l'assurer que tout allait bien, lui dire que son retour était retardé.

Elle communiquerait avec Patrick par l'intermédiaire de Sandy, mais de longues semaines s'écouleraient avant qu'elle le voie en chair et en os.

Il appela peu avant 2 heures du matin pour demander un premier cachet ; une douleur aiguë l'avait réveillé, comme si les décharges électriques recommençaient à se propager dans ses jambes. Et les voix cruelles de ses ravisseurs le harcelaient. « Où est l'argent, Patrick ? répétaient-ils, tel un chœur démoniaque. Où est l'argent ? »

Le cachet fut apporté sur un plateau par un infirmier de nuit léthargique qui avait oublié l'eau. Patrick demanda un verre ; il avala le cachet, le fit descendre avec un reste de soda tiède.

Dix minutes s'écoulèrent : aucune amélioration. Il avait le corps baigné de sueur ; les draps étaient trempés. Les plaies étaient irritées par la transpiration. Dix autres minutes s'écoulèrent ; il alluma la télévision.

Ceux qui l'avaient enlevé et torturé n'avaient pas abandonné la partie ; toujours à la recherche du magot, ils devaient savoir où il se trouvait. Il se sentait plus en sécurité à la lumière du jour ; l'obscurité et les rêves leur faisaient reprendre vie. Il appela le bureau des infirmières : pas de réponse.

Il se laissa gagner par le sommeil.

Il était éveillé à 6 heures quand le médecin arriva ; le visage fermé, il inspecta rapidement les blessures.

— Vous êtes en état de voyager, déclara-t-il. De bons médecins s'occuperont de vous à votre arrivée.

Il sortit sans ajouter un mot.

Trente minutes plus tard, l'agent Brent Myers se glissa dans la chambre, un sourire goguenard aux lèvres, sa plaque à la main, comme s'il avait besoin de s'entraîner à la présenter.

— Bonjour.

— On ne vous a pas appris à frapper ? lança Patrick sans le regarder.

— Toutes mes excuses. Je viens de parler au toubib, Patrick, et j'ai une grande nouvelle pour vous. Vous pouvez sortir demain ; j'ai ordre de vous ramener à Biloxi. Nous partirons de bonne heure. Le gouvernement vous offre votre vol de retour à bord d'un appareil militaire. Excitant, non ? Et je vous accompagne.

— Pouvez-vous vous retirer maintenant ?

— Bien sûr. À demain matin.

— Sortez.

Myers se dirigea vers la porte d'un pas élastique. À peine avait-il refermé la porte, Luis entra avec un plateau contenant du café, un jus de fruits et des tranches de mangue fraîche. Il glissa un paquet sous le matelas de Patrick, demanda s'il avait besoin d'autre chose. Patrick le remercia à voix basse.

Une heure plus tard, ce fut le tour de Sandy. Il s'apprêtait à passer une longue journée à fouiller dans le passé de son client pour trouver des réponses à ses innombrables questions. Il éteignit la télévision, releva les stores ; la lumière du jour naissant entra dans la chambre.

— Je veux que tu rentres par le premier avion et que tu emportes ça, fit Patrick en lui tendant le paquet de Luis.

Sandy prit place dans le fauteuil ; il parcourut en prenant son temps les photographies de son ami dans le plus simple appareil.

— Quand ont-elles été prises ?

— Hier.

Sandy le nota sur son calepin.

— Par qui ?

— Luis, l'infirmier.

— Qui t'a fait ça ?

— Qui me retient ici, Sandy ?

— Le FBI.

— Alors, je pense que c'est le FBI. Des agents de mon propre gouvernement m'ont pourchassé, enlevé, torturé, et veulent maintenant me rapatrier. Le FBI, le ministère de la Justice, la police locale, que sais-je ? Regarde ce qu'ils m'ont fait.

— Il faut les traîner en justice.

— Réclamer des millions, sans perdre de temps. J'ai un plan. Je pars demain matin pour Biloxi à bord d'un appareil militaire ; tu imagines quelle réception on me réserve. À nous d'en profiter.

— En profiter ?

— Exactement. Nous allons déposer notre plainte dans le courant de l'après-midi afin que les journaux en parlent demain matin. Nous informerons discrètement la presse ; nous leur montrerons deux photos, celles qui ont une marque au dos.

Sandy trouva les deux photos. La première était un gros plan des brûlures de la poitrine de Patrick dont le visage était visible ; l'autre montrait la brûlure au troisième degré sur sa cuisse gauche.

— Tu veux que je donne ça à la presse ?

— Seulement au quotidien local ; c'est le seul qui m'intéresse. Il est lu par quatre-vingts pour cent de la population du comté d'Harrison, parmi laquelle le jury sera choisi, j'en suis sûr.

Sandy ébaucha un sourire qui s'acheva en un gloussement de plaisir.

— Tu n'as pas dû beaucoup dormir cette nuit.

— Je ne dors plus depuis quatre ans.

— Ton idée est géniale.

— Non, mais c'est un des rares avantages tactiques que nous pouvons prendre sur les hyènes qui tournent autour de ma carcasse. En lançant cette bombe, nous attendrissons le public. Tu imagines, Sandy ? Le FBI qui torture un suspect, un citoyen américain !

— Un trait de génie ! Nous n'attaquons que le FBI ?

— Oui, faisons aussi simple que possible. Je porte plainte contre le FBI — donc le gouvernement — pour des blessures physiques et psychologiques permanentes infligées au cours d'interrogatoires brutaux et de séances de torture au fin fond du Brésil.

— Cela me paraît merveilleux.

— Ce sera encore mieux quand la presse s'en emparera.

— Combien ?

— Peu importe. Disons dix millions en dommages-intérêts, cent en dommages-intérêts punitifs.

Sandy finit de noircir la première page de son calepin, passa à la suivante. Il releva la tête, étudia le visage de Patrick.

— Ce n'était pas le FBI ?

— Non, répondit Patrick. J'ai été remis entre les mains du FBI par des inconnus qui étaient sur ma piste depuis longtemps. Et qui attendent encore dans l'ombre.

— Le FBI sait de qui il s'agit ?

— Oui.

Le silence tomba dans la pièce ; Sandy attendait des détails, Patrick n'avait rien à ajouter. Ils entendaient des infirmières jacasser dans le couloir.

Patrick se tourna ; après trois jours passés sur le dos, il avait besoin de changement.

— Il faut que tu te dépêches, Sandy. Nous aurons le temps de parler plus tard. Je sais que tu as des questions ; ne me bouscule pas.

— D'accord.

— Fais autant de battage que possible autour de la plainte. Nous pourrons la modifier par la suite, pour mettre en cause nos vrais adversaires.

— Pas de problème ; ce ne sera pas la première fois que je me trompe d'adversaire.

— C'est une question de stratégie ; un peu de compassion ne nous fera pas de mal.

Sandy rangea le calepin et les photos dans sa serviette.

— Sois prudent, fit Patrick. Dès qu'on saura que tu es mon avocat, tu seras serré de près par toutes sortes de gens sans scrupules.

— Des journalistes ?

— Oui, mais ce n'est pas à eux que je pensais. J'ai planqué un gros paquet d'oseille, Sandy. Certaines personnes sont prêtes à tout pour mettre la main dessus.

— Combien en reste-t-il ?

— La totalité. Et il a fait des petits.

— Il faudra peut-être ça pour sauver ta tête.

— J'ai un plan.

— Je n'en doute pas. Rendez-vous à Biloxi.

13

Le bruit commença de se répandre dans les milieux bien informés qu'une nouvelle plainte allait être déposée avant la fin de la journée. Le réseau d'initiés avait déjà été électrifié par l'annonce et la confirmation de l'arrivée de Patrick le lendemain, vers midi.

Sandy demanda aux journalistes d'attendre dans le hall du tribunal pendant que la plainte était enregistrée. Il en distribua ensuite des copies à la douzaine de furieux qui se bousculaient pour être au premier rang, pour la plupart des journalistes de la presse écrite. Il y avait deux caméras vidéo, le micro d'une station de radio.

Au début, il semblait s'agir d'une plainte de plus, déposée par un avocat de plus, avide de voir sa photo à la une des journaux. L'atmosphère changea du tout au tout quand Sandy annonça qu'il représentait Patrick Lanigan. La foule grossit, les curieux s'agglutinèrent : employés des services administratifs, avocats de passage, même un gardien s'arrêtèrent pour écouter. Sandy informa posément l'assistance que son client portait plainte contre le FBI pour sévices et actes de torture.

Il prit son temps pour exposer ses allégations, puis répondit au feu roulant de questions sans hésiter ni rien laisser de côté, la tête droite devant les caméras.

Il garda le meilleur pour la fin. Il ouvrit sa serviette, prit les deux photographies en couleurs agrandies au format 30 × 40 et montées sur une plaque de polystyrène.

— Voici ce qu'ils ont fait à mon client, déclara-t-il avec emphase.

Les caméras se tendirent pour prendre des gros plans ; des mouvements tumultueux agitèrent la foule.

— Après l'avoir drogué, ils ont appliqué des électrodes sur différentes parties de son corps. Ils l'ont torturé jusqu'à ce qu'il soit couvert de brûlures ; il ne répondait pas, ne pouvait répondre à leurs questions. Voici l'œuvre de notre gouvernement, mesdames et messieurs ; un citoyen américain torturé par des voyous qui se prétendent agents du FBI.

Une prestation remarquable ; les journalistes les plus blasés étaient choqués.

La station de télévision locale passa le sujet à 18 heures et en fit son grand titre. Près de la moitié du bulletin d'information fut consacré à Sandy et aux photos ; le reste traita du retour de Patrick Lanigan dans la journée du lendemain.

À partir du début de la soirée, CNN diffusa les images toutes les demi-heures ; les feux des projecteurs étaient braqués sur Sandy.

Hamilton Jaynes prenait tranquillement un verre avec ses partenaires dans le bar très chic de son club de golf, près d'Alexandria, quand il vit le reportage à la télévision. Il venait de faire dix-huit trous et s'était interdit au long du parcours de penser au boulot et à la masse de problèmes qu'il avait à résoudre.

Un autre venait de s'y ajouter. Le FBI attaqué en justice par Patrick Lanigan ? Il s'excusa, trouva un coin tranquille et composa un numéro sur son portable.

Au cœur de l'immeuble Hoover, dans Pennsylvania Avenue, s'étire un couloir bordé de pièces sans fenêtres où des techniciens du FBI suivent les journaux télévisés du monde entier. Plus loin, d'autres sont à l'écoute des radios de la planète et enregistrent les bulletins d'information. D'autres encore lisent les quotidiens et les périodiques. L'ensemble de ces bureaux est connu sous le simple nom d'Accumulation.

Jaynes appela le surveillant de service ; en quelques minutes, toute l'histoire lui fut connue. Il regagna son bureau, au troisième étage de l'immeuble, appela le ministre de la Justice qui, bien évidemment, essayait de le joindre de son côté. Une méchante engueulade suivit ; Jaynes reçut la volée de bois vert sans être en mesure de se défendre. Il affirma cependant que le FBI n'était absolument pour rien dans les prétendus sévices subis par Patrick Lanigan.

— Prétendus ? lança le ministre. J'ai vu les brûlures de mes yeux ! Le monde entier a vu les brûlures !

— Nous n'y sommes pour rien, répéta Jaynes avec le calme de celui qui sait — pour une fois — qu'il dit la vérité.

— Alors, qui est responsable ? riposta le ministre. Le savez-vous ?

— Oui, monsieur.

— Bien. Je veux un rapport de trois pages sur mon bureau pour demain matin, 9 heures.

— Vous l'aurez.

On raccrocha bruyamment ; Jaynes poussa un juron, balança un coup de pied à son bureau. Il donna un autre coup de fil à la suite duquel deux agents sortirent de l'ombre pour sonner à la porte des Stephano.

Jack avait passé la soirée à regarder les actualités télévisées ; dans le patio il avait discuté un long moment au téléphone avec son avocat. Une réaction des fédéraux n'avait rien de surprenant. Au fond, il trouvait drôle que le FBI se fasse démolir pour des actes commis par ses hommes ; quel coup de génie de la part de Lanigan et de son avocat.

— Bonsoir, fit-il courtoisement en s'avançant sur le seuil. Laissez-moi deviner : vous vendez des beignets.

— FBI, monsieur, répondit le premier agent en plongeant la main dans sa poche.

— Ne vous donnez pas cette peine ; je vous reconnais. La dernière fois que je vous ai vu, vous étiez en planque au coin de la rue, un journal déplié devant la tête, essayant de vous cacher derrière le volant. Pensiez-vous sincèrement, quand vous étiez étudiant, que vous feriez un boulot aussi excitant ?

— M. Jaynes demande à vous voir, coupa le second agent.

— Pourquoi ?

— Aucune idée ; il nous a dit de venir vous chercher. Il vous demande de nous accompagner à son bureau.

— Ainsi Hamilton travaille la nuit.

— Oui, monsieur. Pouvez-vous nous accompagner ?

— Je suis encore en état d'arrestation ?

— Euh... non.

— Alors, à quoi jouez-vous ? J'ai des tas d'avocats, vous savez. Arrestation ou détention arbitraire, vous vous retrouvez vite fait devant un juge.

Les deux agents fédéraux échangèrent un regard inquiet.

Stephano n'avait pas peur de rencontrer Jaynes, ni qui que ce fût. Il était assurément capable de réfuter les accusations qu'on pourrait lancer contre lui.

Mais il risquait gros ; un peu de bonne volonté ne pouvait qu'arranger ses affaires.

— Attendez-moi. J'en ai pour cinq minutes.

Jaynes feuilletait un gros rapport quand Stephano entra, peu avant minuit.

— Asseyez-vous, fit-il sèchement, en indiquant un des fauteuils disposés devant le bureau.

— J'espère que vous avez passé une bonne soirée, Hamilton.

— Que diable avez-vous fait à ce type ? lança Jaynes en posant son rapport.

— Je ne sais pas. J'imagine qu'un de nos agents brésiliens l'a un peu bousculé. Il s'en sortira.

— Qui a fait ça ?

— Faut-il que j'appelle mon avocat, Hamilton ? S'agit-il d'un interrogatoire ?

— Je ne sais pas ce que c'est ! Le directeur est au téléphone avec le ministre de la Justice qui, entre parenthèses, prend assez mal la chose ; ils m'appellent toutes les vingt minutes pour me passer un nouveau savon. L'affaire est sérieuse, Jack. Ces accusations sont ignobles ; aux quatre coins du pays tout le monde a vu ces photos et se demande pourquoi nous avons torturé un citoyen américain.

— J'en suis profondément désolé.

— J'imagine. Maintenant, dites-moi qui a fait ça.

— Des agents recrutés sur place. Un groupe de Brésiliens que nous avons engagés en recevant un tuyau indiquant que Lanigan était là-bas. Je ne connais pas leur identité.

— Qui vous a donné ce tuyau ?

— Vous aimeriez bien le savoir, hein ?

— Oui, répondit Jaynes en desserrant son nœud de cravate.

Il s'assit sur le bord du bureau, le regard fixé sur Stephano qui leva les yeux vers lui sans manifester la moindre inquiétude. Il était capable de se sortir de tous les ennuis que le FBI était susceptible de lui causer. Il avait de très bons avocats.

— J'ai un marché à vous proposer, poursuivit Jaynes. Le directeur vient de m'en charger.

— Ne me faites pas languir.

— Demain matin, nous procéderons à l'arrestation de Benny Aricia en donnant un maximum de publicité à l'opération. Nous ferons discrètement savoir à la presse que ce type qui a perdu quatre-vingt-dix millions de dollars vous a engagé pour retrouver Lanigan. Qu'après avoir mis la main sur lui, vous l'avez sérieusement tabassé sans qu'il révèle où est le pognon.

Stephano écouta avec attention, mais garda le silence.

— Après quoi, nous arrêterons les deux P-DG, Atterson pour Monarch-Sierra et Jill pour Northern Case Mutual. Nous avons découvert que ce sont les autres membres de votre petit consortium. Nous entrerons dans leurs bureaux luxueux avec des troupes d'assaut; ils en sortiront avec les bracelets et seront jetés dans des fourgons. Les caméras filmeront toute la scène; il y aura encore des fuites. Nous ferons en sorte que les médias insistent sur le fait que ces deux hommes ont participé avec Aricia au financement de votre mission au Brésil. Imaginez la situation, Stephano : tous vos clients vont se retrouver sous les verrous.

Stephano faillit demander comment le FBI avait pu les identifier, mais il se dit qu'au fond ce n'était pas si difficile. Il suffisait de chercher qui avait perdu le plus gros.

— Cela risque de vous mettre sur la paille, ajouta Jaynes en feignant la compassion.

— Que voulez-vous exactement ?

— Voici ce que je propose; c'est très simple. Vous nous racontez tout : comment vous l'avez retrouvé, ce qu'il vous a dit, tout. Nous avons des tas de questions. En échange, nous abandonnons les poursuites contre vous et nous fichons la paix à vos clients.

— C'est du harcèlement pur et simple.

— Précisément. La loi est de notre côté ; nous sommes en mesure d'humilier vos clients et de vous contraindre à fermer boutique.

— C'est tout ?

— Non. Avec un peu de chance, vous pouvez vous retrouver aussi derrière les barreaux.

Stephano avait des tas d'excellentes raisons d'accepter ce marché ; son épouse n'était pas la moindre. Elle vivait dans le déshonneur depuis que le bruit courait que sa maison était sous la surveillance permanente du FBI. Les téléphones étaient sur écoute ; elle en avait acquis la certitude en voyant son mari appeler depuis son portable dans le patio, près des rosiers. Au bord de la dépression nerveuse, elle ne cessait de répéter à Jack qu'ils étaient des gens respectables.

En laissant entendre qu'il en savait long, Stephano avait amené le FBI précisément où il le souhaitait. Il était en position de faire lever les charges qui pesaient sur lui et de protéger ses clients. Plus important encore, il utiliserait à son profit les moyens considérables du FBI pour retrouver la piste du magot.

— Il faut que je parle à mon avocat.

— Vous avez jusqu'à demain, 17 heures.

Patrick vit ses plaies dans une édition de la nuit du journal de CNN, en couleurs, sur la photo agitée par l'ami Sandy comme un boxeur brandissant la ceinture mondiale qu'il vient de conquérir. Le reportage était placé au milieu d'un résumé d'une heure des nouvelles du jour. De Washington, un correspondant posté devant l'immeuble Hoover indiqua qu'il n'y avait aucune réaction officielle du FBI.

Luis se trouvait dans la chambre au moment de la diffusion du reportage. Il s'immobilisa, l'oreille tendue, le regard passant du téléviseur au lit sur lequel Patrick arborait un sourire satisfait. Il fit vite le rapprochement.

— Mes photos ? demanda-t-il avec un fort accent.

— Oui, répondit Patrick, près d'éclater de rire.

— Mes photos, répéta fièrement l'infirmier.

L'histoire de l'avocat américain qui s'était fait passer pour mort, avait assisté à son enterrement avant de subtiliser quatre-vingt-dix millions à son cabinet et s'était fait prendre quatre ans plus tard au Brésil où il s'était réfugié fournit la matière de nombreux articles dans la plupart des publications occidentales. Installée à la terrasse d'un café, à l'abri d'un parasol, Eva prit connaissance des derniers développements de l'affaire dans un journal américain. Il pleuvait ; une bruine persistante recouvrait les tables et les chaises autour d'elle.

L'article était relégué dans les pages intérieures ; il faisait état de brûlures au troisième degré sans montrer de photographie. Bouleversée, Eva mit des lunettes noires pour cacher ses yeux embués de larmes.

Patrick allait être rapatrié. Blessé, enchaîné comme un animal, il allait faire ce voyage qu'il avait toujours su inévitable. Elle allait partir. Elle attendrait en se cachant, en faisant ce qu'il lui demanderait, en priant pour leur salut. La nuit, elle marcherait de long en large dans sa chambre, comme Patrick avant elle, en se demandant ce que l'avenir leur réservait.

14

Patrick avait choisi pour le voyage une ample salopette turquoise, afin de pas irriter ses plaies. Le vol sans escale durerait plus de deux heures et il devait se sentir aussi à l'aise que possible. Le médecin lui remit un tube d'analgésique, en cas de besoin, et un dossier médical à son nom. Patrick le remercia, échangea une longue poignée de main avec Luis et salua une infirmière.

L'agent Myers attendait devant la porte, escorté de quatre malabars de la police militaire.

— J'ai quelque chose à vous proposer, Patrick. Si vous promettez de rester calme, vous n'aurez pas de menottes, pas de chaînes aux chevilles. Mais, à l'atterrissage, je n'aurai pas le choix.

— Merci, fit Patrick en s'engageant avec précaution dans le couloir.

Ses jambes n'étaient que douleur des orteils à la hanche, ses genoux affaiblis le portaient difficilement. La tête droite, les épaules en arrière, il saluait courtoisement les infirmières qu'il croisait. Il prit l'ascenseur jusqu'au sous-sol où deux autres membres de la police militaire attendaient dans une camionnette bleue en surveillant d'un air soupçonneux les véhicules vides en stationnement. Une grosse main se glissa sous le bras de Patrick pour l'aider à monter et à prendre place sur la banquette centrale. Un des gardes lui tendit une paire de lunettes de soleil.

— Vous en aurez besoin, la lumière est aveuglante.

Le véhicule ne quitta pas la base. Il roula lentement sur l'asphalte brûlant, franchit des postes de contrôle à demi gardés, sans jamais dépasser quarante kilomètres à l'heure. Pas un mot ne fut prononcé par les passagers. À travers les vitres teintées Patrick vit défiler des rangées de baraquements et de bureaux, puis un hangar. Il devait être là depuis quatre jours ; trois peut-être. Il n'en était pas sûr : les drogues avaient brouillé sa perception du temps. Un climatiseur bourdonnant sous le tableau de bord maintenait une agréable fraîcheur dans le véhicule. Il serra contre lui son dossier médical, sa seule et unique possession du moment.

Il se prit à penser à Ponta Pora, se demanda si son absence avait été remarquée. Qu'était devenue sa maison ? La bonne faisait-elle encore le ménage ? Probablement pas. Et sa voiture, la Coccinelle rouge à laquelle il tenait tant ? Les gens qu'il connaissait se comptaient sur les doigts d'une main ; que racontait-on sur lui ? Rien, sans doute.

Quelle importance aujourd'hui ? Même si on ne parlait pas de lui à Ponta Pora, il était resté dans les mémoires à Biloxi. Le retour du fils prodigue était imminent. Quand le plus célèbre enfant de Biloxi rentre chez lui, comment est-il accueilli ? Les chaînes aux chevilles, avec une liasse de citations ? Pourquoi pas plutôt un grand défilé sur la route du front de mer, en l'honneur d'un enfant du pays qui a réussi, a placé sa ville sous les feux de l'actualité ? Combien d'entre eux avaient été assez habiles pour se retrouver à la tête d'une telle fortune ?

Il faillit rire de ses propres bêtises.

Dans quelle prison allait-on le jeter ? En sa qualité d'avocat, il les avait toutes visitées, à un moment ou à un autre. La prison municipale de Biloxi, celle du comté d'Harrison et même un centre de détention fédéral sur la base aérienne de Keesler. Il n'aurait certainement pas la chance d'y aller.

Aurait-il une cellule individuelle ou en partagerait-il une avec des droit commun et des toxicos ? Une idée lui vint. Il ouvrit le dossier, parcourut les conclusions du médecin. Voilà, il avait ce qu'il cherchait, en capitales :

LE PATIENT DEVRAIT RESTER HOSPITALISÉ
AU MOINS UNE SEMAINE

Mille mercis, docteur ! Que n'y avait-il pensé plus tôt ? Les drogues, bien sûr ! Son pauvre organisme avait été soumis en quelques jours à l'action de plus de stupéfiants qu'en toute une vie. Ses trous de mémoire, son manque de discernement pourraient être imputés aux drogues.

Il devait absolument faire parvenir à Sandy une copie du dossier afin qu'un bon lit douillet lui soit préparé, de préférence dans une chambre individuelle, sous la surveillance d'infirmières empressées. C'était le genre d'incarcération auquel il aspirait ; peu lui importait qu'il y eût une dizaine de flics devant la porte. Il demandait seulement un lit réglable, une télécommande et surtout d'être aussi loin que possible des droit commun.

— Il faut que je téléphone, dit-il sans s'adresser à personne en particulier.

Personne ne réagit.

La camionnette s'arrêta à l'entrée d'un grand hangar devant lequel était stationné un avion-cargo. Les policiers attendirent dehors, en plein soleil, tandis que Lanigan et Myers entraient dans un petit bureau pour décider si les droits constitutionnels permettaient à un inculpé non seulement de téléphoner à son avocat, mais de lui faxer un document.

Patrick eut gain de cause après avoir calmement agité la menace de toutes sortes de poursuites contre l'agent du FBI ; les conclusions du médecin furent faxées au cabinet de Sandy McDermott, à La Nouvelle-Orléans.

Patrick rejoignit son escorte et grimpa tranquillement la passerelle donnant accès à l'avion-cargo.

L'appareil se posa sur la piste de la base aérienne de Keesler à 11 h 40. Au grand étonnement de Patrick, un peu déçu, son arrivée ne provoqua pas la bousculade attendue. Pas de caméras, pas de journalistes. Pas de vieux amis venus offrir leur soutien dans l'adversité.

L'accès à la piste d'atterrissage avait été interdit par des ordres venus d'en haut ; la presse était tenue à l'écart. Un groupe compact de journalistes rassemblés devant la grille d'entrée, à plus de deux kilomètres de l'appareil, n'avait pu que le filmer et le photographier pendant son approche. Dans leurs rangs aussi, la déception était forte.

Patrick aurait voulu qu'ils le voient sortir de l'avion, descendre malhabilement la passerelle pour prendre pied sur le tarmac et faire péniblement quelques pas, les chevilles enchaînées, les menottes aux poignets. La scène aurait pu donner une image saisissante qui se serait imprimée dans l'esprit de tous les jurés potentiels.

Comme il fallait s'y attendre, les quotidiens locaux du matin faisaient leur une des poursuites intentées contre le FBI et publiaient de grandes photos en couleurs. Il aurait fallu un cœur de pierre pour ne pas éprouver, au moins l'espace d'un instant, la moindre compassion pour Patrick. Le camp adverse — le ministère public, les parties plaignantes, les enquêteurs — accusait le coup. Ce devait être un grand jour pour ceux dont le rôle est de veiller au respect de la loi : le rapatriement d'un escroc de haut vol, avocat de son état, qui plus est ! Au lieu de quoi, les agents du bureau local du FBI, téléphone débranché, s'étaient retranchés dans leurs locaux pour repousser les assauts de la presse. Seul Cutter s'était aventuré à l'extérieur, en catimini. Il lui incombait d'accueillir Patrick à sa descente d'avion.

Cutter attendait sur le tarmac en compagnie du shérif Sweeney, de deux officiers de l'armée de l'air et de Sandy.

— Bonjour, Patrick, fit le shérif. Content de vous revoir.

Patrick tendit ses bras menottés pour essayer de lui serrer la main.

— Salut, Raymond, répondit-il en souriant.

Les deux hommes se connaissaient bien, comme un policier et un avocat vivant dans la même ville. À l'arrivée de Patrick, Raymond Sweeney était déjà le shérif du comté d'Harrison depuis neuf ans.

Cutter s'avança pour se présenter ; dès que Patrick entendit le mot FBI, il détourna les yeux, salua Sandy d'un signe de tête. Une camionnette marine ressemblant comme une jumelle à celle qui l'avait transporté au pied de l'avion, sur la base de Porto Rico, était stationnée à proximité. Tout le monde s'y entassa, Patrick sur le siège arrière, aux côtés de son avocat.

— Où allons-nous ? murmura-t-il.

— À l'hôpital de la base, répondit Sandy tout aussi bas. Pour raisons médicales.

— Bien joué.

Le véhicule militaire allait comme un escargot ; il ralentit encore au passage d'un poste de contrôle où le garde leva à peine les yeux de la page des sports, s'engagea dans une rue paisible bordée de logements d'officiers.

La vie d'un homme en cavale est remplie de rêves. Certains viennent la nuit, pendant le sommeil ; ce sont de vrais rêves. D'autres quand l'esprit est éveillé, mais s'abandonne à la rêverie. Terrifiants pour la plupart, ceux de Patrick étaient peuplés de visions cauchemardesques. Quelques-uns constituaient de douces aspirations à un avenir radieux ; ils étaient rares. La vie d'un homme en cavale reste tournée vers le passé.

D'autres encore étaient de fascinantes rêveries sur le thème du retour au pays. Qui serait là pour l'accueillir ? L'air du golfe du Mexique aurait-il la même odeur ? Quand reviendrait-il ? En quelle saison ? Combien d'amis chercheraient à le revoir ? Combien le fuiraient ? Il y en avait un petit nombre qu'il avait envie de voir, mais il n'était pas sûr que cette envie serait partagée. Serait-il traité comme un paria, ou comme une célébrité que l'on salue avec effusion ? Ni l'un ni l'autre probablement.

Il puisait un réconfort bien maigre mais indéniable dans la certitude que sa cavale était terminée. D'énormes problèmes allaient se présenter, mais il pouvait au moins oublier ce qui était derrière lui. Au vrai, Patrick n'avait jamais été en mesure de se détendre totalement pour profiter de sa nouvelle vie. Même sa fortune cachée n'avait pu apaiser ses craintes. Ce qu'il vivait maintenant était inévitable ; il l'avait toujours su. Il avait pris trop d'argent ; s'il s'était montré moins gourmand, les victimes n'auraient peut-être pas été aussi déterminées.

Au long du trajet, de petites choses attirèrent son attention. Les allées étaient pavées, ce qui était assez rare au Brésil, du moins à Ponta Pora. Les enfants jouaient en chaussures de sport ; au Brésil ils avaient la plante des pieds dure comme du caoutchouc. Il eut une pensée nostalgique pour sa rue tranquille où des groupes de gamins poussaient un ballon de football devant eux dans l'attente d'une partie.

— Tu te sens bien ? demanda Sandy.

Il inclina la tête, les yeux toujours protégés par les lunettes de soleil.

L'avocat fouilla dans sa serviette, en sortit un exemplaire du quotidien local. Un titre en gros caractères barrait la une :

LANIGAN ACCUSE LE FBI DE TORTURE ET DE SÉVICES

Les deux photos occupaient la moitié de la page ; Patrick prit le temps de les admirer.

— Je le lirai plus tard, souffla-t-il.

Assis juste devant Patrick, Cutter tendait l'oreille pour saisir le moindre murmure échangé entre son prisonnier et l'avocat. Pas question d'avoir une véritable conversation, ce qui convenait parfaitement à Patrick. La camionnette s'engagea sur le parking de l'hôpital de la base, s'arrêta devant l'entrée des urgences. Patrick et son escorte prirent une porte de service et suivirent un couloir où des infirmières attendaient pour procéder à un examen rapide de leur nouveau patient. Deux laborantins se plantèrent devant le petit groupe.

— Bienvenue à Biloxi ! lança l'un d'eux avec un sourire narquois.

Pas de paperasserie ; pas de formulaire d'admission. Pas de questions sur la couverture sociale et la prise en charge d'une mutuelle. Patrick fut conduit directement au deuxième étage, installé dans une chambre, au bout d'un couloir. Cutter fit quelques observations banales, le shérif donna des instructions simples. Utilisation limitée du téléphone, gardes devant la porte, repas servis dans la chambre. Que dire d'autre à un prisonnier ? Ils se retirèrent, laissant Sandy avec son client.

Patrick s'assit au bord du lit, les jambes ballantes.

— J'aimerais voir ma mère, fit-il.

— Elle est en route ; elle doit arriver à 13 heures.

— Merci.

— Ta femme et ta fille ?

— J'ai envie de voir Ashley Nicole, mais pas tout de suite. Je suis sûr qu'elle ne se souvient pas de moi ; elle doit me prendre pour un monstre. Pour des raisons évidentes, je ne tiens pas à voir Trudy.

On frappa un grand coup à la porte ; le shérif Sweeney apparut, un tas de papiers à la main.

— Pardon de vous déranger, Patrick, mais c'est le boulot. Je me suis dit qu'il valait mieux régler ça tout de suite.

— Bien sûr, fit Lanigan, se préparant au pire.

— J'ai tout ça à vous remettre. D'abord une inculpation d'homicide volontaire par le grand jury du comté d'Harrison.

Patrick prit le document, le tendit à Sandy sans le regarder.

— Voici une citation pour une procédure de divorce intentée par Trudy Lanigan, domiciliée à Mobile.

— Quelle surprise ! Quels motifs ?

— Je ne l'ai pas lue. Il y a aussi une citation pour une plainte déposée par M. Benjamin Aricia.

— Qui ? demanda Patrick.

L'humour tomba à plat ; le shérif n'ébaucha pas un sourire.

— Il y a une citation pour une plainte déposée par votre ancien cabinet.

— Combien veulent-ils ? demanda Patrick en prenant le document.

— Je ne l'ai pas lue. Il y a une citation pour une plainte déposée par la compagnie d'assurances Monarch-Sierra.

— Ah oui ! Je me souviens d'eux.

Il fit passer le document à Sandy qui en avait déjà une pleine main. Celle du shérif était vide.

— Désolé, Patrick, fit Sweeney.

— C'est tout ?

— Pour l'instant. Je passerai au greffe voir si d'autres procédures ont été intentées.

— Envoyez-les-nous ; mon ami Sandy travaille vite.

Ils se quittèrent sur une poignée de main, cette fois sans l'obstacle des menottes.

— J'ai toujours bien aimé Raymond, fit Patrick, les mains sur les hanches, en ployant lentement les genoux.

Il s'arrêta à mi-chemin, se releva doucement.

— Je ne suis pas au bout de mes peines, Sandy. Je suis perclus de douleurs jusqu'aux os.

— C'est bon pour notre affaire, fit l'avocat en parcourant les documents. Il semble que Trudy ait vraiment une dent contre toi. Elle veut que tu disparaisses de sa vie.

— J'ai fait mon possible. Les motifs ?

— Rupture de la vie commune et abandon de famille. Cruauté mentale.

— La pauvre !

— As-tu l'intention de les contester ?

— Tout dépend de ce qu'elle demande.

— Eh bien, fit Sandy en tournant une page, à première vue, il semble qu'elle demande le divorce, la garde de l'enfant, le retrait de tous tes droits parentaux, y compris le droit de visite, l'ensemble des biens possédés en communauté à la date de ta disparition — c'est le terme qu'elle emploie — et... tiens, tiens !... un pourcentage raisonnable des biens que tu aurais pu acquérir depuis ta disparition.

— Pas possible !

— C'est tout ce qu'elle demande, du moins pour l'instant.

— Je lui accorde le divorce avec joie, Sandy. Mais ce ne sera pas aussi facile qu'elle l'imagine.

— Quelle idée as-tu derrière la tête ?

— Nous en parlerons plus tard. Je suis fatigué.

— Il faudra parler à un moment ou à un autre, Patrick. Que tu en aies conscience ou non, nous avons pas mal de questions à aborder.

— Pas maintenant. Il faut que je me repose ; ma mère va arriver d'une minute à l'autre.

— Comme tu voudras. Entre le trajet, les embouteillages à La Nouvelle-Orléans et la recherche d'une place de stationnement, il me faut deux heures pour arriver au bureau. Quand, exactement, souhaiterais-tu que nous nous revoyions ?

— Désolé, Sandy. Je suis fatigué, tu comprends ? Veux-tu demain matin ? Je me serai reposé, nous travaillerons toute la journée.

Sandy poussa un soupir et rangea les papiers dans sa serviette.

— Bien sûr, mon vieux. Je serai là à 10 heures.

— Merci, Sandy.

Dès qu'il fut parti, Patrick s'installa confortablement pour se reposer. Huit minutes plus tard, la chambre fut envahie par un groupe de membres du personnel hospitalier, tous de sexe féminin.

— Bonjour, je suis l'infirmière en chef. Je m'appelle Rose. Nous devons vous examiner. Pouvons-nous enlever votre chemise ?

Ce n'était pas une question ; elle avait déjà commencé à tirer sur la chemise. Deux autres infirmières, aussi plantureuses que Rose, se dressèrent de chaque côté du lit et entreprirent de déshabiller Patrick ; elles semblaient y prendre du plaisir. Une quatrième se tenait prête à agir, un thermomètre dans une main, une boîte d'instruments menaçants dans l'autre. Au pied du lit, une aide-soignante suivait la scène bouche bée ; un infirmier en veste orange restait près de la porte.

L'équipe se mit au travail. Les soins durèrent quinze minutes ; il prit son mal en patience. Les infirmières disparurent aussi vite qu'elles étaient arrivées.

Patrick et sa mère ne purent retenir leurs larmes en se retrouvant. Il demanda pardon, une fois, pour tout ce qu'il avait fait. Elle pardonna, comme seule une mère aimante sait le faire. La joie qui la submergeait balaya le ressentiment et l'amertume qui s'étaient naturellement insinués en elle ces quatre derniers jours.

À soixante-huit ans, Joyce Lanigan était en bonne santé et ne souffrait que d'une légère hypertension. Le père de Patrick l'avait quittée vingt ans auparavant pour une femme plus jeune, succombant peu après à une crise cardiaque. Ni elle ni Patrick n'avaient assisté à ses obsèques, au Texas. Au moment du décès, sa seconde épouse était enceinte. À l'âge de dix-sept ans, le demi-frère de Patrick avait abattu deux agents des stups infiltrés ; il attendait son exécution à Huntsville, Texas. Ce secret de famille honteux n'avait jamais été divulgué à La Nouvelle-Orléans ni à Biloxi. Patrick ne s'en était jamais ouvert à Trudy au long de ses quatre années de mariage. Pas plus qu'à Eva. À quoi bon ?

Cruelle ironie du destin : les deux fils du père de Patrick avaient été inculpés d'homicide volontaire. L'un avait été condamné ; l'autre suivait le même chemin.

Patrick était étudiant au moment du départ de son père. Sa mère avait eu les plus grandes difficultés à s'adapter à sa nouvelle vie de quadragénaire divorcée, sans qualification ni expérience professionnelle. Le règlement du divorce lui avait attribué la maison et à peine de quoi subsister sans travailler. Elle faisait quelques remplacements dans une école élémentaire mais préférait rester chez elle, à faire de petits travaux de jardin, regarder des feuilletons à l'eau de rose ou prendre le thé avec des femmes du voisinage.

Patrick avait toujours vu sa mère d'humeur morose, surtout depuis son veuvage. Son père n'était pas un bon père, pas un bon mari non plus. Patrick avait donc encouragé sa mère à sortir, à trouver un emploi, à s'investir dans une cause, à vivre un peu. À retrouver une nouvelle jeunesse.

Mais elle se plaisait trop dans le malheur. Au fil des ans, de plus en plus pris par ses activités professionnelles, Patrick l'avait négligée. Puis il s'était installé à Biloxi, avait épousé une femme que sa mère ne supportait pas; la vie les avait éloignés l'un de l'autre.

Il s'enquit des oncles, tantes et cousins, des gens avec qui il avait perdu tout contact bien avant sa fausse mort, pour qui il n'avait pas eu une pensée ces quatre dernières années. Il demanda de leurs nouvelles parce que cela se faisait.

Non, il n'avait pas envie de les voir.

Eux tenaient beaucoup à le revoir.

Curieux. Jamais ils ne lui avaient témoigné une profonde affection.

Ils étaient très inquiets à son sujet.

Vraiment curieux.

Ils eurent une longue et affectueuse discussion de deux heures, comme si le temps avait suivi son cours normal. Elle le gronda pour sa maigreur, dit qu'elle lui trouvait un air souffreteux. Elle le pressa de questions sur son nouveau menton, son nouveau nez, ses cheveux bruns. Elle dit toutes ces choses que dit une mère, puis repartit pour La Nouvelle-Orléans. Il promit de l'appeler bientôt.

Il a toujours promis ça, songea-t-elle sur la route du retour. Mais il a rarement tenu parole.

15

De sa suite de l'hôtel Hay-Adams, Stephano passa la matinée à palabrer au téléphone avec des cadres supérieurs sous pression. Il avait été facile de convaincre Benny Aricia qu'on allait l'arrêter, le photographier, prendre ses empreintes digitales et le soumettre à toutes sortes de tracasseries ; ce fut une autre paire de manches avec des hommes du calibre de Paul Atterson, de Monarch-Sierra, et Frank Jill, de Northern Case Mutual. Les deux P-DG, respectables et grassement rétribués, avaient à leur disposition un personnel abondant pour faire barrage aux importuns. Arrestation et mise en examen étaient pour le menu fretin.

L'intervention du FBI se révéla très utile. Hamilton Jaynes envoya des agents au siège des deux sociétés, à Palo Alto pour Monarch et à Saint Paul pour Northern Case Mutual. Ils avaient pour instructions de demander à être reçus par le grand patron et de poser des tas de questions sur la poursuite et la capture du dénommé Patrick Lanigan.

Les deux P-DG jetèrent l'éponge à l'heure du déjeuner. Laissez tomber, dirent-ils à Stephano, abandonnez les recherches. Coopérez sans réserve avec le FBI et faites ce qu'il faut pour que ces agents fichent le camp. Leur présence est très embarrassante.

Ainsi fut dissous le consortium dont Stephano avait été la cheville ouvrière pendant quatre années et qui lui avait rapporté près d'un million de dollars. Il avait en outre dépensé deux millions et demi versés par ses clients et pouvait crier victoire. Ils avaient retrouvé Lanigan. Pas l'argent détourné, mais il n'avait pas été dépensé ; ils pouvaient encore le récupérer.

Benny Aricia avait passé la matinée dans la suite de Stephano à lire les journaux, à donner des coups de fil personnels et à écouter les conversations téléphoniques de son hôte. À 13 heures, il appela son avocat à Biloxi, qui l'informa de l'arrivée de Lanigan, sans la bousculade attendue. La chaîne de télévision locale passa aux informations de midi un reportage montrant l'avion-cargo militaire pendant sa descente vers la base de Keesler. La presse n'avait pu s'approcher de l'appareil. Le shérif confirma l'identité du passager.

Benny avait écouté trois fois l'enregistrement des séances de torture, l'arrêtant souvent pour repasser ses passages préférés. Deux jours plus tôt, confortablement installé dans un siège de première classe de l'avion qui l'emmenait en Floride, l'écouteur sur les oreilles, un verre à la main et un sourire aux lèvres, il avait encore pris plaisir aux hurlements à glacer le sang d'un homme implorant ses tortionnaires. Mais les occasions de sourire se faisaient rares. Il était certain que Lanigan avait dit ce qu'il savait ; ce n'était pas suffisant. Le fugitif avait confié le fric à la garde de la fille qui l'avait ensuite fait disparaître. Une manœuvre admirable.

— Que faudra-t-il pour mettre la main sur elle ? demanda Benny à Stephano tandis que les deux hommes s'attablaient devant la soupe qu'ils s'étaient fait servir.

Ce n'était pas la première fois, loin de là, qu'il posait cette question.

— Que faudra-t-il ou combien faudra-t-il ?

— Disons combien.

— Je ne peux pas répondre. Nous ignorons où elle se trouve, mais nous savons d'où elle vient. Nous pouvons supposer qu'elle réapparaîtra à Biloxi ou aux environs, maintenant que son homme est arrivé. C'est faisable.

— Combien ?

— À vue de nez, cent mille dollars, sans garantie. Apportez l'argent ; quand il n'y en aura plus, nous laisserons tomber.

— Vous croyez que les fédéraux découvriront que nous poursuivons les recherches ?

— Non.

Benny remua sa soupe de nouilles à la tomate. Après avoir englouti un million neuf cent mille dollars, il paraissait idiot de ne pas faire une dernière tentative. Les chances étaient infimes, mais il pouvait ramasser le jackpot. Il jouait à ce jeu depuis quatre ans.

— Et si vous la trouvez ?

— Nous la ferons parler, répondit Stephano.

Ils échangèrent une grimace à la perspective déplaisante de faire subir à une femme ce que Lanigan avait subi.

— Et si nous placions des micros dans le bureau de l'avocat, si nous mettions son téléphone personnel sur écoute ? poursuivit Aricia. Pour entendre ce qu'il dit à son client ; ils doivent bien parler de mon argent.

— C'est une possibilité... Vous parlez sérieusement ?

— Sérieusement ? J'ai quatre-vingt-dix millions de dollars dans la nature, Jack, dont le tiers sera ponctionné par ces sangsues d'avocats. Vous demandez si je parle sérieusement !

— C'est risqué. L'avocat n'est pas tombé de la

dernière pluie et son client ne commettra pas d'imprudences.

— Allons, Jack ! Vous êtes le meilleur, à ce qu'on dit, et certainement le plus cher.

— Nous allons prendre quelques dispositions : le suivre deux ou trois jours, étudier la disposition des lieux. Il n'y a pas d'urgence ; son client ne sortira pas pendant un certain temps. Ma préoccupation la plus urgente est de me débarrasser des fédéraux. J'ai quelques bricoles à faire ; rouvrir mon cabinet et retirer les micros des téléphones.

— Combien cela me coûtera-t-il ? coupa Aricia en écartant l'objection d'un geste de la main.

— Je ne sais pas ; nous verrons cela plus tard. Terminez votre soupe, les avocats attendent.

Stephano partit le premier. En sortant de l'hôtel, il salua au passage les deux agents fédéraux dans un véhicule stationné au bord du trottoir de I Street. Il marcha d'un pas vif jusqu'à son cabinet, distant de cinq cents mètres de l'hôtel. Benny attendit dix minutes avant d'appeler un taxi.

Ils passèrent l'après-midi dans une salle bourrée d'avocats et d'assistants. Les arrangements furent conclus entre les représentants de Stephano et ceux du FBI par un échange de fax. En définitive, les deux camps avaient obtenu ce qu'ils souhaitaient. Les charges réunies contre Stephano étaient levées, ses clients ne seraient pas poursuivis. Le FBI, en échange, reçut sa promesse écrite de divulguer tout ce qu'il savait sur la traque et la capture de Patrick Lanigan.

Stephano avait sincèrement l'intention de révéler la plus grande partie de ce qu'il savait ; la traque était terminée, il n'y avait plus rien à cacher aux autorités. La torture ne lui avait pas appris grand-chose d'autre que le nom de l'avocate brésilienne qui avait la garde du fric. Elle avait disparu et il doutait fortement que le FBI eût le temps et la volonté d'organiser des recherches pour la retrouver. Pour quelle raison le ferait-il ? L'argent ne lui appartenait pas.

Il faisait des efforts pour n'en rien montrer, mais voulait à tout prix que le FBI lui fiche la paix. Sa femme était sévèrement secouée ; la tension devenait difficile à supporter. Et si son cabinet ne rouvrait pas dans les meilleurs délais, il n'aurait plus qu'à mettre la clé sous la porte.

Il avait donc l'intention de leur dire ce qu'ils voulaient entendre, tout ou presque. Il allait prendre l'argent de Benny, ce qu'il en restait, et se lancer à la recherche de la fille ; la chance lui sourirait peut-être. Il enverrait une équipe à La Nouvelle-Orléans pour surveiller l'avocat de Lanigan. Le FBI n'avait pas à être informé de ces détails.

Comme il ne restait plus un centimètre carré de libre dans l'immeuble fédéral de Biloxi, Cutter demanda au shérif Sweeney de lui trouver un petit coin dans la prison fédérale. Sweeney accepta à son corps défendant ; l'idée de voir le FBI passer quelque temps dans ses bureaux ne lui plaisait guère. Il fit nettoyer une pièce de rangement, y installa une table et quelques chaises ; elle fut baptisée la salle Lanigan.

Le dossier ne contenait pas grand-chose. À la mort de Patrick, l'idée d'un homicide n'avait effleuré l'esprit de personne ; on n'avait donc pas cherché, du moins les six premières semaines, à réunir des indices matériels. La disparition de l'argent avait éveillé les soupçons, mais la piste était déjà froide.

Cutter et Ted Grimshaw, l'enquêteur du comté d'Harrison, examinèrent soigneusement les maigres éléments du dossier. Il y avait dix grandes photographies en couleurs de la Chevrolet Blazer calcinée, qu'ils punaisèrent sur un mur. Elles avaient été prises par Grimshaw.

Le feu avait dégagé une chaleur particulièrement élevée ; ils savaient maintenant pourquoi. Lanigan avait probablement bourré l'intérieur du véhicule de bidons d'essence en plastique. Cela pouvait expliquer que l'aluminium des sièges avait fondu, que les vitres avaient été soufflées et le tableau de bord totalement détruit, que les restes de la victime étaient si peu abondants. Six photos montraient le cadavre, du moins ce qu'il en restait : un petit tas de tissus calcinés, d'où dépassait la moitié d'un os iliaque, sur le plancher, du côté du passager avant. Après avoir quitté la route, le véhicule avait fait plusieurs tonneaux et dégringolé au fond d'un ravin. Il avait pris feu sur le côté droit.

Sweeney l'avait gardé un mois avant de l'envoyer à la casse avec trois autres épaves. Il regrettait de ne pas avoir attendu plus longtemps.

Une demi-douzaine de photos prises sur le lieu du drame montraient des arbres et des buissons noircis. Les volontaires avaient combattu le feu une heure avant d'en venir à bout.

Il était si commode que Lanigan eût souhaité se faire incinérer. Trudy déclarait dans une déposition dactylographiée remise un mois après l'enterrement que Patrick avait brusquement décidé de se faire incinérer et que ses cendres soient mises en terre à Locust Grove, le plus joli cimetière du comté. Cette décision avait été prise onze mois avant sa disparition. Il avait même modifié son testament afin que Trudy, son exécuteur testamentaire, ou Karl Huskey, au cas où son épouse viendrait à disparaître avec lui, se chargent de l'incinération. Il avait ajouté un certain nombre de détails relatifs à ses obsèques.

Il avait pris pour prétexte le décès d'un client qui avait mal préparé sa mort. Ses proches s'étaient entre-déchirés pour savoir comment il devait être enterré ; Patrick avait été mêlé à la bagarre. Il avait aussi demandé à Trudy de prendre sa propre concession ; elle choisit un emplacement contigu au sien, mais tous deux savaient qu'elle en changerait rapidement s'il disparaissait le premier.

L'ordonnateur des pompes funèbres confia à Grimshaw que l'incinération avait été réalisée à quatre-vingt-dix pour cent dans le véhicule incendié. Quand il pesa les cendres après avoir soumis les restes une heure à une chaleur de mille degrés, la balance indiqua cent quinze grammes, de loin le poids le plus faible qu'il eût jamais enregistré. Il ne pouvait absolument rien dire sur le corps — homme, femme, Noir, Blanc, jeune, vieux, vivant ou déjà mort avant d'avoir brûlé. Impossible. Pour être franc, il n'avait pas vraiment essayé de chercher.

Ils n'avaient pas de cadavre, pas de rapport d'autopsie, aucune idée de l'identité de la victime. Le feu est le moyen le plus sûr pour détruire les indices ; Lanigan avait parfaitement réussi à brouiller les pistes.

Patrick avait passé le week-end dans une vieille cabane de chasse, près de la petite ville de Leaf, dans le comté de Greene, à la lisière de la forêt domaniale De Soto. Il avait acheté la cabane deux ans auparavant avec un ami juriste de Jackson et prévoyait d'apporter de modestes améliorations à l'habitation rustique. Ils chassaient le cerf à l'automne et en hiver, le coq de bruyère au printemps. Avec ses problèmes conjugaux, il passait de plus en plus souvent le week-end dans la cabane, à une heure et demie seulement de son domicile. Il prétendait pouvoir y travailler ; l'endroit était calme, loin de tout. Son ami, le copropriétaire, semblait avoir oublié son existence.

Trudy feignait de lui en vouloir, mais Lance n'était jamais loin ; il attendait simplement le départ de Patrick.

Le soir du dimanche 9 février 1992, Patrick appela sa femme pour l'informer qu'il quittait la cabane. Il venait de terminer la rédaction délicate d'un pourvoi en appel ; il était fatigué. Lance resta une heure avant de se glisser hors de la maison.

Patrick s'arrêta à la station-service Verhall, sur la nationale 15, à la limite des comtés de Stone et d'Harrison. Il prit quarante-cinq litres d'essence pour quatorze dollars et vingt et un cents, réglés avec une carte de crédit. Il fit un brin de causette à Mme Verhall, une vieille dame avec qui il entretenait d'excellents rapports. Elle connaissait bon nombre de chasseurs passant par cette route, surtout ceux qui aimaient prendre un peu de temps pour se vanter de leurs exploits, ce qui était le cas de Patrick. Elle déclara qu'il était de bonne humeur, mais se disait fatigué, après un week-end de travail. Elle se souvint d'avoir trouvé cela bizarre. Une heure plus tard, elle entendit les avertisseurs des voitures de police et de pompiers.

À douze kilomètres de là, la Blazer de Patrick, dévorée par les flammes, venait d'être découverte au fond d'un ravin à pic. Le routier qui, le premier, avait vu l'incendie s'était arrêté à une quinzaine de mètres du brasier, les sourcils brûlés. Après avoir demandé du secours par radio, impuissant, assis sur une souche, il avait regardé la Blazer se consumer. Le véhicule était couché sur le côté droit, l'avant caché par les flammes ; impossible de voir si quelqu'un se trouvait à l'intérieur. Cela n'aurait pas changé grand-chose : toute opération de sauvetage était exclue.

À l'arrivée du premier shérif adjoint, le feu était si intense qu'il était difficile de distinguer les contours du véhicule. La végétation alentour commençait à s'enflammer. Un véhicule muni d'une pompe à incendie arriva, mais il manquait d'eau. D'autres voitures s'arrêtèrent ; une petite foule silencieuse observa la scène en écoutant le grondement des flammes. Le conducteur de la Blazer ne se trouvant pas parmi elle, tout le monde conclut qu'il était réduit en cendres, comme le reste.

Deux autres camions arrivèrent ; les pompiers réussirent à venir à bout du feu. Le shérif Sweeney laissa les débris du véhicule refroidir quelques heures. Il était près de minuit quand il distingua une masse noircie qui pouvait être des restes humains. Il appela le coroner ; l'os iliaque leva les doutes. Grimshaw prit des photos. Ils attendirent encore un peu avant de placer les restes dans un carton.

Les lettres et les chiffres en relief des plaques minéralogiques furent déchiffrés à la torche électrique ; Trudy reçut à 3 h 30 l'appel téléphonique qui faisait d'elle une veuve. Pendant quatre ans et demi.

Le shérif décida ne pas déplacer le véhicule avant le matin. L'aube venue, il revint avec cinq adjoints pour passer le lieu de l'accident au peigne fin. Ils mesurèrent vingt-sept mètres de traces de gomme sur la chaussée, émirent l'hypothèse qu'un cerf avait traversé la route, faisant perdre à la victime le contrôle de son véhicule. L'incendie s'étant propagé dans toutes les directions, les indices permettant de comprendre les causes de l'accident avaient été détruits. La seule surprise fut la découverte d'une chaussure à une distance de quarante mètres de la Blazer. C'était une Nike Air Max, taille 43, en bon état, que Trudy reconnut sans hésiter ; elle fondit en larmes quand on la lui montra.

Le shérif émit l'hypothèse que le véhicule avait dévalé la pente en faisant plusieurs tonneaux, que le corps avait été retourné en tous sens au cours de la chute, que la chaussure s'était défaite et avait été projetée à l'extérieur... Une hypothèse qui en valait bien d'autres.

La voiture fut chargée sur la plate-forme d'un

camion ; en fin d'après-midi, ce qui restait du corps de Patrick fut incinéré. Le service funèbre eut lieu le lendemain ; il fut suivi de l'inhumation qu'il observa à la jumelle du haut d'un arbre.

Cutter et Grimshaw regardèrent la chaussure posée au milieu de la table. À côté se trouvaient les différentes dépositions : Trudy, Mme Verhall, le coroner, l'ordonnateur des pompes funèbres, même celles de Grimshaw et du shérif, dont la teneur n'avait pas varié. Un seul témoin surprise se fit connaître dans les semaines qui suivirent la disparition de l'argent. Une jeune femme demeurant près de la station-service Verhall fit une déposition sous serment, dans laquelle elle affirmait avoir vu une Chevrolet Blazer rouge de 1991 garée au bord de la route, à l'endroit précis où avait eu lieu l'accident. Elle avait vu deux fois ce véhicule : d'abord le samedi soir, puis vingt-quatre heures plus tard, à peu près au moment où il avait pris feu.

Sa déposition fut prise à son domicile par Grimshaw, sept semaines après l'enterrement de Patrick. À cette époque, depuis le détournement de fonds, la réalité de son décès était sujette à caution.

16

Le médecin était un jeune interne pakistanais du nom d'Hayani, d'un naturel sensible et bienveillant, qui parlait anglais avec un accent prononcé. Il semblait se satisfaire de bavarder avec son patient aussi longtemps qu'il le désirait ; les plaies de Patrick étaient en voie de cicatrisation.

Mais le patient était profondément perturbé.

— Je ne pourrai jamais décrire avec précision ce qu'était la torture, confia Patrick au bout d'une heure de conversation.

Hayani avait abordé ce sujet dont tous les journaux parlaient depuis la plainte contre le FBI. D'un point de vue médical, c'était l'occasion ou jamais d'examiner et de soigner des lésions provoquées par des traitements indignes. Un jeune médecin ne pouvait que se réjouir d'être dans cette situation.

Hayani hocha gravement la tête ; ses yeux imploraient le patient de continuer à parler. Patrick était, ce jour-là, tout disposé à le faire.

— Je ne peux trouver le sommeil. Je dors une heure au plus avant d'entendre des voix. Puis je sens l'odeur de ma peau qui brûle et je me réveille trempé de sueur. Et cela ne s'arrange pas. Je devrais me sentir en sécurité, mais ils rôdent encore autour de moi, ils n'ont pas abandonné la partie. Je ne peux pas dormir ; je ne veux pas dormir, docteur.

— Je vais vous donner des pilules.

— Non, pas pour le moment. J'ai déjà pris assez de saloperies.

— Vos analyses de sang sont bonnes. Des résidus, rien de significatif.

— Plus de drogues, docteur.

— Il faut dormir, Patrick.

— Je sais, mais je ne veux pas. Les tortures recommenceront.

Hayani prit des notes. Les deux hommes réfléchirent à ce qu'ils allaient dire. Hayani trouvait difficile de croire qu'un homme si doux fût capable de tuer un de ses semblables d'une manière aussi atroce.

Dans la chambre, la seule lumière provenait d'un rayon de soleil qui se coulait le long d'une fenêtre.

— Puis-je vous parler franchement, docteur ? demanda Patrick d'une voix encore plus basse.

— Naturellement.

— Il faut que je reste ici, dans cette chambre, le plus longtemps possible. Dans quelques jours, ils commenceront à se démener pour me transférer dans la prison du comté d'Harrison, où je partagerai une cellule minuscule avec deux ou trois petites frappes. Je n'y survivrai pas.

— Pourquoi voudraient-ils vous transférer ?

— Un moyen de pression, docteur. Ils vont exercer une pression de plus en forte, jusqu'à ce que je leur dise ce qu'ils veulent savoir. Ils m'enfermeront avec des violeurs, des trafiquants de drogue pour me faire comprendre que j'ai intérêt à me mettre à table ; sinon, je passerai le reste de mes jours en prison, à Parchman, le pire endroit qu'on puisse imaginer. Êtes-vous déjà allé à Parchman, docteur ?

— Non.

— Moi, si. Je suis allé y voir un client, un jour ;

c'est l'enfer, littéralement. La prison du comté ne vaut guère mieux. Mais vous pouvez me garder ici, docteur : il suffira de dire et de redire au juge que je dois rester sous votre surveillance. Je vous en prie, docteur !

— Bien sûr, Patrick, fit Hayani en griffonnant quelques mots.

Un long silence suivit ; les yeux clos, Patrick respirait avec difficulté. L'évocation de la prison avait suffi à le bouleverser.

— Je vais recommander une expertise psychiatrique, reprit Hayani.

Patrick se mordit la lèvre inférieure pour ne pas sourire.

— Pourquoi ? lança-t-il en simulant l'inquiétude.

— Par curiosité. Y voyez-vous un inconvénient ?

— Je ne pense pas. Quand ?

— Dans deux ou trois jours.

— Je ne suis pas sûr d'être prêt si tôt.

— Rien ne presse.

— Je préfère ça. Rien ne nous oblige à précipiter les choses.

— Je vois. Alors, disons la semaine prochaine.

— Ou celle d'après.

La mère du jeune homme s'appelait Neldene Crouch. Elle habitait à présent dans une caravane, dans les faubourgs d'Hattiesburg, mais, à l'époque de la disparition de son fils, elle vivait avec lui, dans une autre caravane, à Lucedale, une petite ville à cinquante kilomètres de Leaf. Si sa mémoire était exacte, son fils avait disparu depuis le dimanche 9 février 1992, le jour où Patrick Lanigan avait trouvé la mort sur la nationale 15.

La main courante du bureau du shérif Sweeney indiquait que Neldene Prewitt, son nom de femme mariée, avait appelé le 13 février pour signaler l'absence anormale du jeune homme. Elle avait téléphoné aux shérifs de tous les comtés voisins, ainsi qu'au FBI et à la CIA. Elle était bouleversée, quasi hystérique.

Son fils s'appelait Pepper Scarboro, du nom de son premier mari, le père présumé de l'enfant, ce dont elle n'avait jamais été certaine. Quant à ce prénom de Pepper, nul ne se souvenait précisément d'où il venait. Sa mère lui avait donné à la maternité le prénom de LaVelle, qu'il avait toujours détesté. Très jeune, il avait choisi Pepper et refusé farouchement qu'on l'appelle autrement.

Pepper Scarboro était âgé de dix-sept ans à l'époque de sa disparition. Après avoir réussi à entrer en sixième, à sa troisième tentative, il avait abandonné ses études et travaillait comme pompiste dans une station-service de Lucedale. Le garçon étrange et bégayant avait découvert très tôt les joies de la nature ; il aimait camper et chasser ; il partait plusieurs jours d'affilée, le plus souvent seul.

Pepper n'avait pas beaucoup d'amis et sa mère ne répondait jamais à ses demandes. Elle avait deux autres enfants en bas âge, plusieurs amants réguliers, et vivait avec toute sa famille dans une caravane mal entretenue, sans climatisation. Pepper préférait dormir dans les bois, sous une canadienne ; il avait mis de l'argent de côté pour acheter son fusil et du matériel de camping. Ainsi, l'adolescent était le plus souvent dans la forêt domaniale De Soto, à vingt minutes de chez sa mère, autant dire à des milliers de kilomètres.

Il n'existait aucune preuve évidente que Pepper et Patrick s'étaient rencontrés. On savait seulement que la cabane de Patrick se trouvait dans la partie de la forêt où le jeune homme aimait chasser. Tous deux étaient de race blanche et de sexe masculin, à peu près de la même taille, mais l'avocat était beaucoup plus massif. Une découverte infiniment plus intéressante fut celle du fusil, de la tente et du sac de couchage de Pepper dans la cabane de Patrick, à la fin du mois de février 1992.

La double disparition avait eu lieu à la même époque, dans la même zone. Sweeney et Cutter eurent la preuve que toutes les personnes portées disparues dans l'État du Mississippi vers le 9 février avaient été retrouvées dans les dix semaines. Plusieurs disparitions, d'adolescents perturbés pour la plupart, avaient été signalées dans le courant du mois de février ; tous avaient été retrouvés avant la fin du printemps. En mars, une jeune femme de Corinth avait fui le domicile conjugal, à l'évidence pour échapper aux violences de son époux.

Cutter avait établi grâce aux ordinateurs du FBI, à Washington, que la dernière personne ayant disparu dans la région peu avant l'accident de Patrick était un routier aux abois de Dothan, Alabama, à sept heures de route. Il n'avait plus donné signe de vie depuis le samedi 8 février, fuyant un mariage malheureux et un monceau de factures impayées. Trois mois d'enquête avaient permis à Cutter d'acquérir la conviction qu'il n'existait aucun rapport entre le routier et Patrick.

Statistiquement, tout semblait indiquer que les disparitions de Pepper et de Patrick étaient liées. Si, par le plus grand des hasards, l'avocat n'avait pas péri dans l'incendie de sa Blazer, Cutter et Sweeney auraient mis leur main au feu que le cadavre était celui de Pepper. Mais, aussi fortes que fussent les présomptions, elles n'avaient pas de valeur devant un jury. Patrick avait pu prendre en stop un routard australien, un vagabond sans feu ni lieu, un inconnu traînant à un arrêt de car.

Ils disposaient d'une liste de huit autres noms incluant un vieux monsieur de Mobile, vu pour la dernière fois au volant de sa voiture roulant en direction du Mississippi, ou une jeune prostituée de Houston qui avait confié à des amis qu'elle allait refaire sa vie à Atlanta. Ces huit personnes avaient disparu plusieurs mois, voire des années avant l'accident de Patrick. Cutter et le shérif considéraient depuis longtemps que la liste ne valait rien.

La piste de Pepper était de loin la plus sûre, mais ils ne pouvaient rien prouver.

Neldene Crouch n'était pas de cet avis ; elle voulait à toute force faire partager son point de vue à la presse. Deux jours après la nouvelle de la capture de Patrick, elle prit rendez-vous chez un avocat, un minable qui avait réglé son dernier divorce pour trois cents dollars, demanda son assistance pour la guider dans le dédale médiatique. Il accepta avec empressement, proposa même la gratuité de ses services et fit ce que fait le plus souvent un mauvais avocat quand il tombe sur un client susceptible d'intéresser les médias : il tint une conférence de presse dans son cabinet d'Hattiesburg, à cent cinquante kilomètres au nord de Biloxi.

L'avocat montra aux journalistes sa cliente en larmes, commença à jeter l'opprobre sur le shérif de Biloxi et le FBI, incapables de retrouver Pepper. Il leur reprocha vertement d'avoir laissé traîner les choses quatre longues années tandis que sa cliente vivait dans l'incertitude et le chagrin. Jurant, tempêtant, il s'efforça de tirer le meilleur parti de son quart d'heure de célébrité. Il donna à entendre, sans entrer dans les détails, qu'une action serait intentée contre Patrick Lanigan, l'homme qui, selon toute évidence, avait impunément tué Pepper et brûlé son corps avant de disparaître avec quatre-vingt-dix millions de dollars.

Faisant fi de la prudence observée jusqu'alors, les médias gobèrent toute l'histoire. On leur remit des photographies du jeune Pepper, un garçon à l'air simple, aux cheveux en bataille, à la lèvre supérieure garnie de poils follets. Un visage fut ainsi donné à la victime anonyme ; c'était le garçon que Patrick avait tué.

La presse fit ses choux gras de l'histoire de Pepper, présenté comme la « victime présumée », le mot « présumé » étant invariablement prononcé d'une manière à peine audible. Seul dans sa chambre obscure, Patrick n'en perdit pas une miette.

Il avait eu connaissance peu après sa disparition des rumeurs selon lesquelles Pepper Scarboro aurait péri dans l'incendie de sa voiture. Il avait chassé le cerf avec le jeune homme le mois précédent, avait partagé avec lui un ragoût de veau cuit au feu de bois par une froide soirée d'hiver. Étonné d'apprendre qu'il passait le plus clair de son temps dans la forêt, où il se sentait mieux que chez lui, un sujet qu'il n'abordait que du bout des lèvres, Patrick lui avait proposé de s'abriter sous le porche de la cabane si la pluie était trop forte ou le froid trop mordant ; à sa connaissance, le jeune homme ne l'avait jamais fait.

Ils s'étaient rencontrés à plusieurs reprises dans la forêt. De la croupe d'une colline boisée distante de moins de deux kilomètres, Pepper distinguait la cabane ; quand il voyait la voiture de Patrick, il se cachait à proximité de la petite construction. Il aimait à le suivre quand il partait pour une longue promenade ou s'enfonçait dans la forêt, son fusil sous le bras. Il lançait des cailloux et des glands, jusqu'à ce que Patrick se retourne en jurant. Ils prenaient le temps de s'asseoir un moment pour discuter ; la conversation n'était pas le fort de Pepper, mais il semblait content d'avoir l'occasion de rompre sa solitude. Patrick lui apportait des biscuits salés et des bonbons.

Il ne fut pas surpris que l'on suppose qu'il avait tué le jeune homme.

Le Dr Hayani suivit les informations télévisées avec un vif intérêt. Il lut les journaux, parla longuement à sa jeune épouse de son célèbre patient. Ils regardèrent au lit le journal de la nuit.

La sonnerie du téléphone retentit au moment où ils se disposaient à dormir. C'était Patrick ; il s'excusa abondamment, mais il souffrait, il avait peur et besoin de parler à quelqu'un. Comme il était prisonnier, ses appels téléphoniques étaient limités à son avocat et à son médecin, pas plus de deux par jour chacun. Le Dr Hayani avait-il une minute ?

Bien sûr. Il s'excusa de nouveau d'appeler à une heure si tardive, mais le sommeil le fuyait et il était bouleversé par les reportages qu'il venait de voir, en particulier les insinuations donnant à croire qu'il avait tué ce jeune homme. Le Dr Hayani avait-il regardé les informations de la nuit ?

Bien sûr. Patrick était roulé en boule dans son lit, toutes les lumières éteintes. Quel soulagement de savoir qu'il y avait des policiers dans le couloir ; il avait peur, il devait l'avouer. Il entendait des choses, des voix, des bruits qu'il ne parvenait à identifier. Les voix ne venaient pas du couloir mais de l'intérieur de la chambre. Cela pouvait-il être un effet des drogues ?

Le médecin proposa différentes explications. Les médicaments, la fatigue, les répercussions de ce que Patrick avait subi, le traumatisme, aussi bien physique que psychique.

Ils passèrent une heure au téléphone.

17

Pour la troisième journée consécutive, il ne se lava pas les cheveux : il les voulait graisseux. Il ne se rasa pas non plus. Pour s'habiller, il troqua le peignoir de coton léger de l'hôpital dans lequel il avait dormi pour sa salopette turquoise toute fripée. Hayani promit de lui en trouver une autre ; mais il voulait que les faux plis se voient. Il mit sa chaussette droite, mais il avait une grosse plaie juste au-dessus de la cheville gauche ; il fallait qu'on la voie. Pas de chaussette de ce côté-là.

Il devait apparaître en public ce jour-là ; le monde entier attendait.

Sandy arriva à 10 heures avec deux paires de lunettes de soleil, conformément aux instructions de son client. Et une casquette noire de l'équipe des Saints de La Nouvelle-Orléans.

— Merci, fit Patrick en se plantant devant le miroir de la salle de bains pour essayer la casquette et admirer les lunettes de soleil.

Le Dr Hayani entra quelques minutes plus tard ; Patrick fit les présentations. Il se sentit brusquement anxieux, pris de vertiges. Il alla s'asseoir sur le bord du lit, se passa la main dans les cheveux en s'efforçant de respirer plus calmement.

— Je n'ai jamais cru que cela arriverait un jour, marmonna-t-il en s'adressant au plancher. Jamais.

Son médecin et son avocat se regardèrent sans rien trouver à dire.

Hayani demanda qu'on apporte un anxiolytique, donna deux comprimés à Patrick.

— Si cela pouvait me faire dormir jusqu'à ce soir, fit Patrick en les avalant.

— C'est moi qui parlerai, glissa Sandy. Essaie simplement de te détendre.

— Il va se détendre, affirma le médecin.

On frappa à la porte ; le shérif Sweeney entra, accompagné d'hommes en nombre suffisant pour réprimer une émeute. Des politesses guindées furent échangées. Patrick mit sa casquette des Saints et ses nouvelles lunettes, larges et noires ; il tendit les poignets pour qu'on lui passe les menottes.

— Qu'est-ce que c'est ? demanda Sandy en montrant ce que tenait un adjoint du shérif.

— Des fers de cheville, répondit Sweeney.

— Il n'en est pas question. Mon client a des brûlures sur une cheville.

— Absolument, confirma hardiment Hayani, impatient de se lancer dans la bataille. Voyez, insista-t-il en montrant la cheville gauche de Patrick.

Sweeney réfléchit un instant ; cette hésitation lui fut fatale.

— Allons, shérif, reprit Sandy en s'engouffrant dans la brèche, croyez-vous qu'il pourra s'enfuir ? Blessé, menotté, entouré par tous vos hommes. Que voulez-vous qu'il fasse ? Qu'il vous échappe et prenne la fuite ? Vos hommes ne sont pas si lents, quand même !

— J'appellerai le juge, si nécessaire, ajouta Hayani d'une voix vibrante d'indignation.

— Il est arrivé avec des fers de cheville, protesta le shérif.

— C'était le FBI, Raymond, fit Patrick. Et il s'agissait de chaînes, pas de fers ; elles m'ont fait affreusement mal.

Les fers disparurent. Patrick fut entraîné dans le couloir où les conversations d'un groupe d'hommes en uniforme brun cessèrent à sa vue. Ils se massèrent autour de lui ; la petite troupe se dirigea lentement vers l'ascenseur, Sandy resta sur la gauche de Patrick, le tenant délicatement par le coude.

La cabine était trop exiguë pour toute l'escorte. Ceux qui ne rentraient pas descendirent l'escalier quatre à quatre, retrouvèrent les autres dans le hall où ils se remirent en formation serrée pour franchir les portes vitrées. Ils débouchèrent dans la douce lumière d'automne où les attendait une armada de véhicules fraîchement lustrés. On fit monter Patrick dans une rutilante Suburban noire, couverte sur toute sa longueur d'emblèmes du comté d'Harrison. La voiture démarra, suivie par une Suburban blanche transportant ses anges gardiens, elle-même suivie par trois véhicules de police à la carrosserie luisante. Deux autres voitures flambant neuves de la police du comté ouvraient la marche du cortège qui passa les différents postes de contrôle avant de retrouver l'univers civil.

Derrière ses lunettes noires, Patrick voyait défiler le paysage. Les rues parcourues mille fois au volant de sa voiture, les maisons étrangement familières. Ils tournèrent pour prendre la nationale 90, longèrent les eaux calmes et ocre du golfe du Mexique ; rien ne semblait avoir changé depuis son départ. Puis ce fut la plage, une étroite bande de sable coincée entre l'asphalte et la mer, trop loin des hôtels et des immeubles bordant l'autre côté de la route.

La Côte avait prospéré pendant son exil, essentiellement grâce à l'implantation rapide des casinos, de simples projets quand il avait quitté Biloxi. Le cortège longea d'imposants bâtiments au luxe tapageur et aux néons clinquants, dans le style de Las Vegas ; dès le milieu de la matinée, les parkings commençaient à se remplir.

— Combien y a-t-il de casinos ? demanda-t-il au shérif, assis à sa droite.

— Treize, à ma connaissance. D'autres sont en projet.

— Difficile à croire.

Il commençait à sentir les effets de l'anxiolytique : sa respiration se faisait plus lente, son corps se détendait. Il faillit s'assoupir ; quand la voiture tourna dans Main Street, une nouvelle bouffée d'anxiété monta en lui. Plus que quelques centaines de mètres ; plus que quelques minutes avant que le passé resurgisse en force. L'hôtel de ville sur la gauche, un coup d'œil sur le Vieux Marché et puis, au milieu de la vieille rue bordée de boutiques et de grands magasins, le beau bâtiment blanc dont il avait été copropriétaire avec ses associés du cabinet Bogan, Rapley, Vitrano, Havarac et Lanigan.

Le bâtiment était toujours debout, mais le cabinet partait à vau-l'eau.

Le tribunal du comté d'Harrison se trouvait un peu plus loin, à l'angle de Howard Street, à quelques pas de ses anciens bureaux. C'était un bâtiment en brique de deux étages, à l'austère façade entourée d'une petite pelouse envahie par une foule de curieux. Des voitures emplissaient les rues, les piétons sur les trottoirs semblaient tous se diriger à grands pas vers le tribunal. Les voitures qui précédaient le cortège s'écartèrent pour le laisser passer.

Une longue houle fit déborder la foule des deux côtés du tribunal ; elle se brisa sur les barrières de police interdisant l'accès à l'arrière du bâtiment. Patrick avait vu plusieurs criminels notoires entrer et sortir par la porte de derrière ; il savait donc exactement ce qu'il en était. Le cortège s'arrêta ; des portières s'ouvrirent, une douzaine de policiers jaillit des véhicules. Ils se rassemblèrent autour de la Suburban noire dont la portière arrière s'ouvrit lentement. Patrick apparut, sa salopette turquoise contrastant vivement avec les uniformes bruns qui se pressaient autour de lui.

Une foule haletante de journalistes, de photographes et de cameramen était massée le long de la barrière la plus proche ; d'autres accouraient pour les rejoindre. Patrick eut conscience d'être sous les feux des projecteurs ; il baissa la tête, se cacha au milieu des policiers. Ils le conduisirent rapidement vers la porte de derrière sous un déluge de questions ineptes.

— C'est bon de rentrer chez soi, Patrick ?

— Où est l'argent, Patrick ?

— Qui a brûlé dans la voiture, Patrick ?

Le petit groupe s'engouffra dans l'ouverture, commença à gravir l'escalier, un trajet que Patrick avait fait plusieurs fois, quand il était pressé de mettre la main sur un juge pour une signature. Une odeur familière flottait dans la cage d'escalier ; les marches de ciment n'avaient pas été repeintes depuis son départ. Ils franchirent une porte, suivirent un petit couloir au bout duquel était rassemblé un groupe béant d'employés du tribunal. Les policiers firent entrer Patrick dans la salle du jury, contiguë à la salle d'audience ; il prit place dans un fauteuil rembourré, près d'une cafetière.

Sandy se pencha vers lui pour s'assurer que tout allait bien. Sweeney renvoya ses adjoints ; ils sortirent à la file indienne.

— Du café ? proposa Sandy.

— S'il te plaît. Noir.

— Ça va, Patrick ? demanda Sweeney.

— Oui, Raymond. Merci.

Il avait un ton humble, un air effrayé ; il ne parvenait pas à maîtriser le tremblement de ses mains et de ses genoux. Il ne toucha pas au café. Malgré les menottes qui lui entravaient les mains, il ajusta ses lunettes noires, baissa la visière de sa casquette. Ses épaules s'affaissèrent.

On frappa à la porte ; une jolie fille du nom de Belinda passa la tête dans l'embrasure.

— Le juge Huskey aimerait dire quelques mots à M. Lanigan.

Au son de cette voix familière, Patrick leva la tête, regarda la porte.

— Bonjour, Belinda, fit-il doucement.

— Bonjour, Patrick. Contente de vous revoir.

Il détourna les yeux. Belinda était une secrétaire du greffe ; tous les avocats lui faisaient du gringue. Une gentille fille à la voix si douce. Quatre ans déjà, était-ce possible ?

— Où ? lança le shérif.

— Ici. Dans quelques minutes.

— Veux-tu parler avec le juge ? demanda Sandy.

Ce n'était pas une obligation ; on pouvait même dire que c'était tout à fait inhabituel.

— D'accord, fit Patrick, très désireux de voir Karl Huskey.

La tête de Belinda disparut, la porte claqua.

— Je vais faire un tour dans le couloir, dit Sweeney. J'ai besoin d'une cigarette.

Patrick se trouva enfin seul avec son avocat ; il reprit aussitôt du poil de la bête.

— Deux choses à te dire. As-tu des nouvelles de Leah Pires ?

— Non.

— Cela ne saurait tarder ; attends-toi à un appel. Je lui ai écrit une longue lettre que j'aimerais que tu lui fasses parvenir.

— Bien sûr.

— Deuxième chose : il existe un détecteur de

micro, le DX-130, un appareil de chez LoKim, un fabricant coréen de matériel électronique. Il a la taille d'un dictaphone portable et coûte six cents dollars. Achètes-en un et apporte-le la prochaine fois. Nous inspecterons la pièce et les téléphones avant chacune de nos réunions. Je voudrais aussi que tu fasses passer ton bureau au peigne fin deux fois par semaine par une des meilleures sociétés de surveillance de La Nouvelle Orléans. C'est très cher ; je paierai. As-tu des questions ?

— Non.

On frappa de nouveau ; Patrick s'affaissa dans son fauteuil. Le juge Karl Huskey entra seul, en chemise et cravate, des lunettes sur le bout du nez. Des cheveux gris et des yeux sillonnés de rides le faisaient paraître plus vieux que ses quarante-huit ans, exactement ce qu'il recherchait.

Un sourire se dessina sur les lèvres de Patrick quand le juge lui tendit la main.

— Content de te voir, Patrick, fit-il d'un ton chaleureux.

Les deux hommes échangèrent une longue poignée de main rythmée par le cliquètement des menottes. Huskey aurait voulu lui donner l'accolade, mais sa charge lui imposait un devoir de réserve.

— Comment vas-tu, Karl ? demanda Patrick sans se lever.

— Bien. Et toi ?

— J'ai connu de meilleurs moments, mais cela me fait plaisir de te voir. Même dans les circonstances présentes.

— Merci. Je n'arrive pas à imaginer...

— Tu ne trouves pas que j'ai beaucoup changé ?

— C'est le moins qu'on puisse dire. Si je t'avais croisé dans la rue, je ne sais pas si je t'aurais reconnu.

Patrick se contenta de sourire.

Comme la poignée de ceux qui conservaient pour

Patrick une certaine amitié, Huskey s'était senti trahi mais encore plus soulagé de savoir que son vieux copain était encore de ce monde. Il nourrissait les plus vives inquiétudes pour l'inculpation d'homicide. Le divorce et les procédures civiles n'avaient pas une grande importance ; un crime capital, si.

En raison de leur amitié, Huskey ne présiderait pas le tribunal. Il comptait s'occuper des questions préliminaires mais s'effacer bien avant le temps des décisions importantes. Il avait déjà lu un article sur les liens qui l'unissaient à Patrick.

— J'imagine que tu vas plaider non coupable.

— En effet.

— Ce sera donc une première comparution de routine. Je refuserai la mise en liberté sous caution puisqu'il s'agit d'un homicide volontaire.

— Je comprends, Karl.

— Le tout ne prendra pas plus de dix minutes.

— Je sais. Je ne serai pas sur le même banc, c'est tout.

En douze années de carrière, le juge Huskey s'était maintes fois étonné de la sympathie qu'il pouvait éprouver pour des gens ordinaires qui avaient perpétré des crimes atroces. Il était sensible au côté humain de leur souffrance ; il voyait le remords les dévorer. Il avait envoyé en prison des centaines de personnes qui, si on leur en avait laissé la possibilité, seraient sorties libres du tribunal et n'auraient plus jamais commis d'actes répréhensibles. Il avait envie d'aider, de donner, de pardonner.

Là il s'agissait de Patrick ; le juge Huskey était ému aux larmes. Son vieux pote menotté, en habit de clown, les yeux cachés, le visage méconnaissable, nerveux, tremblant, terrorisé. Il aurait tant voulu l'emmener chez lui, lui préparer un bon repas, lui permettre de se reposer et l'aider à se reprendre.

— Patrick, fit-il en s'agenouillant près de lui, pour

des raisons évidentes, je ne pourrai juger cette affaire. Je vais dans l'immédiat régler les préliminaires pour m'assurer que tu es protégé. Je te garde toute mon amitié ; n'hésite pas à appeler.

Il lui tapota délicatement le genou en espérant ne pas toucher une plaie.

— Merci, Karl, fit Patrick en se mordant la lèvre.

Karl aurait voulu le regarder au fond des yeux ; c'était impossible avec les lunettes noires. Il se releva, se dirigea vers la porte.

— Tout sera de pure forme, aujourd'hui, maître, fit-il à l'adresse de Sandy.

— Il y a beaucoup de monde qui attend ? demanda Patrick.

— Beaucoup, répondit Huskey avant de sortir. Amis comme ennemis, ils sont tous là.

La Côte avait une longue et riche histoire de meurtres sensationnels et de criminels notoires. Voir une salle d'audience pleine comme un œuf n'avait rien d'exceptionnel, mais nul n'avait souvenir d'avoir vu tant de monde pour une première comparution. Arrivés de bonne heure, les journalistes avaient pris les meilleures places. Le Mississippi étant l'un des derniers États à avoir encore la sagesse d'interdire ses tribunaux aux caméras, les journalistes se voyaient contraints d'être présents, d'écouter et de regarder, puis de faire eux-mêmes le récit de ce qu'ils avaient suivi. Ils étaient obligés de se conduire en vrais journalistes, une tâche pour laquelle la plupart n'avait pas les qualités requises.

Chaque grand procès attirait une cohorte d'habitués : employés et secrétaires des bureaux du tribunal, assistants désœuvrés, policiers en retraite et avocats qui passaient le plus clair de la journée dans l'enceinte du tribunal, sirotant des cafés dans les bureaux, bavardant interminablement, examinant les ventes immobilières, attendant la signature d'un juge au bas d'une ordonnance, n'importe quoi pour ne pas regagner leur lieu de travail. Le procès de Patrick avait attiré ces piliers de prétoire et bien d'autres encore.

Nombre d'avocats, en particulier, étaient venus ce jour-là juste pour apercevoir Patrick. Les journaux publiaient des articles sur lui depuis quatre jours, mais personne n'avait vu de photo récente. Les rumeurs sur son physique allaient bon train ; les révélations sur la torture n'avaient fait qu'aiguiser la curiosité.

Charles Bogan et Doug Vitrano étaient côte à côte au cœur de la meute ; les satanés journalistes, arrivés plus tôt, avaient pris les meilleures places. Ils auraient aimé être au premier rang, près de la table à laquelle s'asseyait toujours l'inculpé. Ils voulaient le voir, croiser son regard, murmurer, si possible, des menaces et des obscénités, déverser toute leur bile dans ce cadre civilisé. Mais ils n'étaient qu'au cinquième rang, attendant patiemment ce moment qu'ils avaient cru ne jamais devoir arriver.

Le troisième associé, Jimmy Havarac, adossé au mur du fond, discutait tranquillement avec un adjoint du shérif. Il feignait de ne pas remarquer les regards que fixaient sur lui des gens de sa connaissance, des confrères pour la plupart, qui s'étaient secrètement réjouis du détournement de l'argent et de l'énorme perte subie par le cabinet Bogan. Cette somme aurait représenté les honoraires les plus élevés jamais touchés par des avocats dans l'histoire du Mississippi. La jalousie est une tendance naturelle. Il les haïssait, comme il haïssait presque tous ceux qui occupaient la salle ; une bande de vautours attendant de se jeter sur une charogne.

Fils d'un pêcheur de crevettes, Havarac avait gardé un côté fruste et intrépide ; il ne détestait pas faire le coup de poing. Qu'on le laisse cinq minutes seul à seul avec Patrick, il saurait où se trouvait l'argent.

Le dernier associé, Ethan Rapley, était chez lui, dans son bureau mansardé, en train de travailler comme d'habitude sur quelque requête insipide. Il lirait le compte rendu de l'audience dans la presse.

Quelques confrères de Patrick, de vieux copains, étaient venus l'encourager. S'enfuir avec la caisse était le rêve, inavoué le plus souvent, de nombre d'avocats de province coincés dans une profession encombrée, ennuyeuse, rarement à la hauteur de leurs espérances. Patrick avait au moins eu le cran d'essayer de réaliser ce rêve. Il y avait une explication pour le cadavre, cela ne faisait aucun doute pour eux.

Arrivé en retard, Lance avait été repoussé dans un coin. Il avait traîné derrière le bâtiment, avec les journalistes, pour évaluer les mesures de sécurité. Elles étaient impressionnantes, du moins en ce premier jour. La question était de savoir si les flics resteraient sur le pied de guerre, au cas où le procès s'éterniserait.

De nombreuses connaissances de Patrick avaient pris place dans la salle, des gens croisés au fil du temps, qui prétendaient aujourd'hui avoir été de ses intimes. Certains ne l'avaient même jamais rencontré ; cela ne les empêchait pas de discourir interminablement sur lui. De même, Trudy se découvrait de nouveaux amis venus condamner l'homme qui lui avait brisé le cœur et abandonné la chère petite Ashley Nicole. Ils parcouraient des livres de poche, feuilletaient des journaux en prenant un air blasé.

Il y eut un frémissement dans les rangs des employés du greffe et des huissiers, au pied de l'estrade ; le silence se fit instantanément dans la salle. Les journaux s'abaissèrent dans le même mouvement.

Par la porte donnant sur le banc des jurés, une file d'uniformes bruns pénétra dans la salle d'audience. Le shérif Sweeney entra à son tour, tenant Patrick par le coude, suivi par deux autres policiers et par Sandy qui fermait la marche.

Il était là ! Les cous se tendirent, se tordirent ; les têtes s'inclinèrent, se dressèrent. La représentation pouvait commencer. Patrick traversa lentement la salle jusqu'à la table de la défense, la tête baissée, fouillant l'assistance du regard derrière ses lunettes noires. Il aperçut Havarac tout au fond ; son visage grimaçant en disait long sur ce qu'il éprouvait. Juste avant de s'asseoir, il reconnut le père Phillip, son prêtre, vieilli certes, mais toujours aussi avenant.

Il s'assit, les épaules tombantes, le menton sur la poitrine, sans faire le faraud. Il ne regarda pas autour de lui ; il sentait le poids des regards convergeant sur lui. Sandy passa le bras autour de son épaule, lui murmura quelques mots sans importance à l'oreille.

La porte s'ouvrit de nouveau : T. L. Parrish, le procureur du district, fit son entrée et se dirigea vers la table voisine de celle de Patrick. Parrish était du genre studieux, réservé ; il ne lorgnait pas un poste plus élevé. Son travail était méthodique, dépourvu de toute originalité et d'une efficacité redoutable ; il avait le deuxième taux de condamnation du Mississippi. Il prit place à côté du shérif qui avait quitté la table de Patrick pour celle du ministère public. Derrière lui se trouvaient Joshua Cutter, Brent Myers et deux autres agents du FBI dont Parrish ignorait jusqu'au nom.

Le décor était planté pour un procès sensationnel, même s'il ne devait pas avoir lieu avant au moins six mois. Un huissier demanda le silence et invita l'assistance à se lever quand le juge Huskey entra pour aller se jucher en haut de l'estrade.

— Veuillez vous asseoir, fit-il pour commencer.

État du Mississippi contre Patrick S. Lanigan, affaire numéro 96-1140. L'inculpé est-il présent ?

— Oui, Votre Honneur, répondit Sandy en se levant.

— Veuillez vous lever, monsieur Lanigan, poursuivit Huskey.

Toujours menotté, Patrick repoussa lentement sa chaise et se mit debout. Il resta à demi plié à la taille, le menton et les épaules toujours baissés. Ce n'était pas du cinéma : l'anxiolytique avait engourdi des régions entières de son corps. Il se redressa légèrement.

— Monsieur Lanigan, j'ai ici une copie d'une mise en accusation du grand jury du comté d'Harrison. Vous êtes accusé d'homicide volontaire sur la personne d'un inconnu. Avez-vous eu connaissance de ce document ?

— Oui, Votre Honneur, articula Patrick, le menton en avant, d'une voix qu'il s'efforça de rendre forte.

— En avez-vous parlé avec votre avocat ?

— Oui.

— Plaidez-vous coupable ou non coupable ?

— Non coupable.

— Très bien. Vous pouvez vous asseoir. La Cour, reprit Huskey après avoir tripoté quelques papiers, interdit toute déclaration à l'accusé, aux avocats, aux forces de police, aux autorités chargées de l'enquête, ainsi qu'à tous les témoins et au personnel judiciaire. Cette décision prend effet immédiatement et restera en vigueur jusqu'à la fin du procès. Des copies seront mises à la disposition de tous. Toute violation sera considérée comme un outrage à magistrat et je me montrerai impitoyable. Pas un mot à la presse sans mon accord. Les avocats ont-ils des questions ?

Le ton du juge ne laissait aucun doute sur sa détermination ni sur le plaisir qu'il prendrait à punir ceux qui enfreindraient ses ordres. Les avocats demeurèrent cois.

— Très bien. J'ai établi un calendrier pour la communication des pièces du dossier, les requêtes, la procédure préliminaire et le procès. Il est disponible au greffe du tribunal. Des questions ?

— Juste un point de détail, Votre Honneur, fit Parrish en se levant. Nous aimerions que l'accusé soit transféré dans les meilleurs délais dans notre centre de détention. Comme vous le savez, il est actuellement à l'hôpital de la base aérienne et nous...

— Je viens de parler à son médecin, monsieur Parrish, coupa Huskey. L'accusé suit un traitement ; je puis vous assurer que nous le transférerons à la prison du comté dès que nous aurons le feu vert de la Faculté.

— Merci, monsieur le juge.

— S'il n'y a pas d'autre question, l'audience est levée.

Patrick fut entraîné par son escorte hors de la salle. Ils sortirent par la porte de derrière, s'engouffrèrent dans la Suburban noire cernée par les appareils photo et les caméras. Patrick somnola dans la voiture qui le ramenait à l'hôpital de la base.

18

Les seuls crimes pouvant être imputés à Stephano étaient l'enlèvement de Patrick et les sévices à son encontre ; une condamnation était peu probable. Les faits avaient eu lieu en Amérique du Sud, hors de la juridiction des tribunaux américains. Les sévices avaient été infligés par des tiers, dont plusieurs Brésiliens. L'avocat de Stephano était sûr de gagner si jamais ils devaient aller en justice.

Mais certains clients étaient mis en cause et avaient une réputation à préserver. L'avocat ne connaissait que trop bien la capacité du FBI à harceler quelqu'un sans véritablement engager de poursuites. Il encouragea Stephano à accepter le marché qu'on lui proposait : tout déballer contre la promesse des autorités fédérales d'accorder l'immunité à ses clients et à lui-même. Comme il ne pouvait être accusé d'autres crimes, que risquait-il ?

Il insista pour être aux côtés de Stephano pendant que l'on prenait sa déposition. Les séances étalées sur plusieurs jours dureraient de longues heures, mais l'avocat tenait à être présent. Jaynes voulait que ce soit fait par ses hommes dans l'immeuble Hoover. On servit des pâtisseries et du café ; deux caméras vidéo étaient braquées sur l'extrémité de la table où Stephano, très calme, était assis en bras de chemise à côté de son avocat.

— Voulez-vous décliner vos nom et prénoms ? commença Underhill, le premier des interrogateurs, qui connaissait le dossier Lanigan par cœur.

— Jonathan Edmund Stephano, dit Jack.

— Et le nom de votre société ?

— Edmund Associates.

— Quelles sont ses activités ?

— Elles sont multiples : conseil en sécurité, surveillance, recrutement de personnel, recherches de personnes disparues.

— À qui appartient la société ?

— À moi. Entièrement.

— Combien d'employés avez-vous ?

— C'est variable. En ce moment, onze à plein temps plus une trentaine à temps partiel ou en freelance.

— Avez-vous été engagé pour retrouver Patrick Lanigan ?

— Oui.

— Quand ?

— Le 28 mars 1992.

Stephano possédait des classeurs bourrés de notes, mais il n'en avait pas besoin.

— Qui vous a engagé ?

— Benny Aricia, l'homme dont l'argent avait disparu.

— À combien s'élevaient vos honoraires ?

— L'avance était de deux cent mille dollars.

— Combien vous a-t-il versé à ce jour ?

— Un million neuf cent mille.

— Qu'avez-vous fait après avoir été engagé par Benny Aricia ?

— Plusieurs choses. J'ai sauté dans un avion pour les Bahamas et pris rendez-vous avec la direction de la banque où le détournement avait eu lieu. La succursale à Nassau de la United Bank of Wales. Mon client et son cabinet d'avocats y avaient ouvert un compte destiné à recevoir l'argent; nous savons aujourd'hui que quelqu'un d'autre attendait l'arrivée des fonds.

— M. Aricia est-il un citoyen américain?

— Oui.

— Pourquoi a-t-il ouvert un compte à l'étranger?

— C'était une somme de quatre-vingt-dix millions de dollars, soixante pour lui et trente pour les avocats; personne ne voulait que l'argent apparaisse dans un établissement de Biloxi. M. Aricia y résidait à l'époque et tout le monde avait estimé préférable que l'opération soit discrète.

— M. Aricia essayait-il d'échapper au fisc?

— Je ne sais pas; il faudra le lui demander. Cela ne me regardait pas.

— À qui avez-vous parlé aux Bahamas?

L'avocat de Stephano émit un grognement de protestation.

— À Graham Dunlap, un Anglais. Un des vice-présidents de la banque.

— Que vous a-t-il dit?

— La même chose qu'au FBI : que l'argent avait disparu.

— D'où venait-il?

— De Washington. Le transfert a commencé le matin du 26 mars, à 9 h 30, au départ de la National Bank. C'était un virement prioritaire; l'argent devait arriver à Nassau en moins d'une heure. Le transfert fut effectué à 10 h 15. Neuf minutes plus tard, l'argent repartait vers une banque de Malte; de là, il était viré à Panamá.

— Comment l'argent a-t-il été viré du compte de Nassau?...

— C'est une perte de temps, coupa l'avocat avec irritation. Vous avez ces renseignements depuis quatre ans ; vous avez passé plus de temps que mon client avec les banquiers.

— Nous sommes en droit de poser ces questions, poursuivit imperturbablement Underhill. C'est une simple vérification des éléments en notre possession. Comment l'argent a-t-il été viré du compte de Nassau, monsieur Stephano ?

— À l'insu de mon client et de ses avocats, quelqu'un ayant accès à ce compte — nous supposons qu'il s'agit de M. Lanigan — avait préparé les instructions de transfert vers la banque de Malte en prévision de l'arrivée de l'argent. Ces instructions émanant prétendument de son ancien cabinet, celui des avocats de mon client, lui ont permis de réexpédier l'argent vers un autre établissement neuf minutes après son arrivée. Ses confrères le croyaient mort et n'avaient aucune raison de soupçonner que quelqu'un cherchait à s'approprier l'argent. Le plus grand secret avait entouré le versement des quatre-vingt-dix millions ; à l'exception de mon client, de ses avocats et d'une poignée de fonctionnaires de la Justice, nul ne savait exactement quand ni où l'argent serait viré.

— Si j'ai bien compris, quelqu'un se trouvait en chair et en os à la banque au moment où l'argent est arrivé.

— Nous sommes presque certains que c'était Patrick Lanigan. Le matin du transfert, il s'est présenté à Graham Dunlap sous le nom de Doug Vitrano, un des associés du cabinet. Il a montré des pièces d'identité — passeport, permis de conduire — et connaissait les détails du mouvement de fonds. Il était en possession d'une procuration l'autorisant à recevoir l'argent pour le compte du cabinet, puis à effectuer le transfert vers la banque de Malte.

— Je sais pertinemment que vous avez des copies de ces documents, glissa l'avocat.

— En effet, acquiesça distraitement Underhill en feuilletant ses notes.

Le FBI avait suivi le trajet de l'argent jusqu'à Malte, puis Panamá où il avait perdu sa trace. Il existait une photo floue prise par la caméra de surveillance de la banque montrant l'homme qui s'était fait passer pour Doug Vitrano. Pour le FBI et les quatre associés il ne faisait aucun doute qu'il s'agissait de Patrick, même s'il était totalement méconnaissable. Beaucoup plus mince, les cheveux courts, très bruns, il portait la moustache et d'élégantes lunettes à monture d'écaille. Il s'était déplacé, avait-il expliqué à Graham Dunlap, pour assurer en personne la réception et le transfert des fonds ; la transaction provoquait une grande nervosité chez ses associés et son client. Dunlap ne s'en était pas étonné et s'était montré fort obligeant. Il fut viré une semaine plus tard et renvoyé à Londres.

— Nous sommes donc allés à Biloxi, poursuivit Stephano. Nous y avons passé un mois à chercher des indices.

— Et vous avez découvert des micros cachés dans le cabinet.

— Absolument. Pour des raisons évidentes, nos soupçons se sont immédiatement portés sur M. Lanigan. Notre objectif était double : d'abord, le retrouver et récupérer l'argent, ensuite, déterminer de quelle manière il avait réalisé le détournement de fonds. Ses associés nous ont ouvert leurs bureaux un week-end et nos techniciens les ont passés au peigne fin. Ils étaient infestés de micros. Nous en avons trouvé à l'intérieur de tous les combinés, dans chaque pièce, sous chaque bureau, dans les couloirs, même dans les toilettes du premier étage. Seul le bureau de Charles Bogan était préservé ; il le fermait toujours avec soin. Les micros, au nombre de vingt-deux, étaient d'excellente qualité. Leurs signaux convergeaient vers un récepteur dissimulé dans une partie des combles où personne n'avait mis les pieds depuis des années.

Underhill n'écoutait pas vraiment ; ses supérieurs pourraient étudier plus tard l'enregistrement vidéo de la déposition. Il avait l'habitude de ces préliminaires. Il sortit un rapport technique analysant en quatre paragraphes le détail de l'installation réalisée par Patrick. Les micros étaient du matériel dernier cri ; miniaturisés, puissants, coûteux, fabriqués par une société malaisienne réputée. Leur vente et leur possession étaient illégales sur le territoire américain, mais il était assez facile de s'en procurer en Europe. Cinq semaines avant sa mort, Patrick avait passé le nouvel an à Rome avec Trudy.

Le récepteur découvert dans le grenier du cabinet Bogan avait impressionné les experts du FBI, obligés de reconnaître qu'il avait au moins un an d'avance sur leur matériel le plus récent. Fabriqué en Hongrie, il recevait séparément les signaux des vingt-deux micros dissimulés dans les bureaux et les retransmettait un par un ou tous ensemble vers une antenne parabolique.

— Avez-vous pu déterminer où les signaux étaient relayés ? demanda Underhill.

C'était une bonne question, dont le FBI ne connaissait pas la réponse.

— Non. La portée de l'émetteur étant de cinq kilomètres dans toutes les directions, il était impossible de le savoir.

— Avez-vous une idée ?

— Oui, une très bonne. Je doute que Lanigan ait été assez stupide pour installer une antenne parabolique en plein centre de Biloxi. Il lui aurait fallu louer un espace, dissimuler la parabole, passer beaucoup de temps à écouter des heures de conversations. Il a prouvé qu'il était méthodique ; j'ai toujours soupçonné qu'il utilisait un bateau. Une solution plus simple et plus sûre. Les bureaux ne sont qu'à cinq cents mètres de la plage et il y a des quantités de bateaux dans les eaux du golfe. Sur un bateau au mouillage à trois kilomètres en mer on peut ne jamais voir âme qui vive.

— Possédait-il un bateau ?

— Nous n'avons rien trouvé.

— Avez-vous la preuve qu'il utilisait un bateau ?

— Peut-être, répondit Stephano.

Il marqua une hésitation ; il entrait dans un territoire inconnu du FBI. Son silence irrita rapidement Underhill.

— Ce n'est pas un contre-interrogatoire, monsieur Stephano.

— Je sais. Nous avons interrogé toutes les sociétés de location de la Côte, de Destin à La Nouvelle-Orléans, et trouvé une seule piste. Une petite société basée à Orange Beach, Alabama, a loué un voilier de trente-deux pieds, le 9 février 1992 ; le tarif était de mille dollars par mois. Le client a proposé le double en demandant à payer en espèces, sans trace écrite. Flairant un trafic de stupéfiants, la société de location a refusé catégoriquement. Le client a ensuite proposé de verser une caution de cinq mille dollars et deux mille par mois pour deux mois. Les affaires étaient calmes, le voilier assuré contre le vol ; ils ont pris le risque.

Underhill écouta sans ciller ; il ne prit pas une seule note.

— Avez-vous montré une photo ? demanda-t-il.

— Oui : ils ont dit que cela pouvait être Patrick. Mais la barbe avait disparu, les cheveux étaient bruns, il portait une casquette de base-ball, des lunettes noires. C'était avant qu'il découvre son régime amaigrissant. Quoi qu'il en soit, ils ne l'ont pas formellement reconnu.

— Quel nom a-t-il utilisé ?

— Randy Austin. Il avait un permis de conduire délivré en Georgie et a refusé de présenter une autre pièce d'identité. Il a rappelé qu'il payait en espèces, cinq mille dollars ; le patron lui aurait vendu le bateau pour vingt mille.

— Qu'est devenu le voilier ?

— Le patron a fini par le récupérer. Sa méfiance s'est accrue en voyant que Randy ne semblait pas connaître grand-chose à la navigation. Il l'a questionné, a essayé de lui tirer les vers du nez. Randy a prétendu qu'il mettait le cap au sud après un mariage raté à Atlanta, qu'il avait pas mal d'argent de côté et en avait marre de la foire d'empoigne. Il avait beaucoup navigué dans sa jeunesse ; il comptait se laisser porter jusqu'au sud de la Floride en restant toujours en vue de la côte. L'histoire était bien ficelée ; le patron se sentit rassuré. Le lendemain, Randy apparut comme par enchantement, sans voiture ni taxi, comme s'il était venu à pied ou en stop. Le bateau avait un gros moteur diesel qui lui permettait de marcher à huit nœuds, sans avoir besoin du vent. Il disparut, cap à l'est ; comme le patron n'avait rien de mieux à faire, il suivit la route du littoral, s'arrêtant en chemin dans deux ou trois bars, pour garder un œil sur le bateau qui ne s'éloignait guère de plus de cinq cents mètres de la côte. Randy se mit à quai dans une marina de Perdido Bay, partit au volant d'une Taurus de location, immatriculée dans l'Alabama. Cela se reproduisit le lendemain. Le patron continua de surveiller le bateau. Randy commença à s'amuser ; il tira des bords, à un mille de la côte pour commencer, puis il s'aventura plus loin. Le troisième ou quatrième jour, il mit le cap à l'ouest, vers Mobile et Biloxi, et ne revint qu'au bout de trois jours. Il repartit, encore vers l'ouest, jamais vers la Floride. Le patron cessa de s'inquiéter pour son bateau ; Randy ne s'éloignait pas beaucoup. Il pouvait partir une semaine mais revenait toujours.

— Vous pensez que c'était Patrick ?

— J'en suis convaincu ; tout concorde. Isolé sur le voilier, il pouvait passer plusieurs jours sans voir personne et glaner ses renseignements en suivant la côte, entre Biloxi et Gulfport. Sans compter que le bateau était l'endroit idéal pour son régime drastique.

— Qu'est-il devenu, ce bateau ?

— Randy l'a laissé à quai et s'est évanoui dans la nature. Le patron a récupéré son voilier et gardé les cinq mille dollars de caution.

— Avez-vous examiné le bateau ?

— Au microscope. Rien. Le patron a dit qu'il ne l'avait jamais vu aussi propre.

— À quelle date Randy a-t-il disparu ?

— Le patron n'a pu le dire avec précision ; il avait cessé de venir tous les jours. Il a trouvé le bateau le 30 mars, quatre jours après le détournement de fonds. Nous avons parlé à un gamin qui travaillait sur le quai ; il croyait se souvenir que Randy avait accosté le 24 ou le 25 mars et n'était jamais revenu. Les dates concordent

— Et la voiture de location ?

— Elle a été louée au comptoir Avis de l'aéroport de Mobile, le 10 février au matin, une dizaine d'heures après l'incendie de la voiture de Lanigan. Le client rasé de près avait des cheveux bruns coupés court et des lunettes à monture d'écaille ; il portait un manteau et une cravate. Il a prétendu qu'il venait d'arriver par la navette d'Atlanta. Nous avons montré des photos à l'hôtesse ; elle a reconnu Lanigan après bien des hésitations. À l'évidence, il a utilisé le même permis de conduire de Georgie ainsi qu'une fausse carte Visa au nom de Randy Austin, avec un numéro pris sur un compte existant à Decatur, Georgie. Il s'est présenté comme un promoteur indépendant venu voir des terrains pour l'implantation d'un casino; il n'avait donc pas de nom de société à inscrire sur le formulaire. Il voulait la voiture pour une semaine; elle n'a été retrouvée que quatorze mois plus tard.

— Pourquoi ne l'a-t-il pas rendue? demanda Underhill, l'air songeur.

— C'est simple : quand il l'a louée, l'accident venait de se produire. Le lendemain, sa photo s'étalait à la une des quotidiens de Biloxi et de Mobile. Il a probablement jugé trop risqué de rendre la voiture; quand on l'a retrouvée à Montgomery, c'était une épave.

— Où Lanigan est-il allé?

— À mon avis, il a quitté la zone d'Orange Beach le 24 ou le 25 mars, sous l'identité de Doug Vitrano, son ex-associé. Il a pris l'avion le 25 mars de Montgomery à Atlanta, puis un vol en première classe à destination de Miami d'où il s'est rendu à Nassau, toujours en première classe. Tous les billets étaient au nom de Doug Vitrano; il a utilisé le faux passeport au départ de Miami et à son arrivée aux Bahamas. L'avion a atterri à Nassau le matin du 26, à 8 h 30; Lanigan était à l'ouverture de la banque, à 9 heures. Son coup réussi, il a pris un avion pour New York; il s'est débarrassé des papiers au nom de Vitrano pour en utiliser d'autres et nous avons perdu sa trace.

Quand le chiffre atteignit cinquante mille dollars, Trudy accepta. La proposition émanait d'un magazine télévisé intitulé « Le dessous des cartes », disposant d'un indice d'écoute élevé et d'abondantes liquidités. Des techniciens installèrent les projecteurs, couvrirent les fenêtres et tirèrent des câbles dans le salon. La journaliste s'appelait Nancy de Angelo; elle arriva tout droit de Los Angeles avec sa suite de coiffeuses et de maquilleuses.

Pour ne pas être en reste, Trudy passa deux heures devant son miroir; quand elle apparut, elle était rayonnante. Nancy la trouva trop bien. Trudy devait être une femme blessée, bouleversée, brisée, assiégée par les journalistes, persécutée par la justice, furieuse de ce que son mari leur avait fait subir, à sa fille et à elle. Elle se retira en larmes; Lance mit une demi-heure à la consoler. Elle paraissait presque aussi radieuse quand elle revint en jean et pull de coton.

On installa Ashley Nicole sur le canapé, près de sa mère.

— Prends un air très triste, dit Nancy à la fillette tandis que les techniciens réglaient les projecteurs. Il nous faut des larmes, ajouta-t-elle à l'adresse de Trudy. De vraies larmes.

Elles discutèrent une heure de toutes les choses affreuses que Patrick leur faisait subir. Trudy versa des pleurs à l'évocation de l'enterrement. Elles avaient gardé une photo de la chaussure trouvée sur le lieu de l'accident. Son chagrin avait duré des mois, des années. Non, elle ne s'était pas remariée. Non, elle n'avait pas eu de nouvelles de son mari depuis son retour; elle n'était pas sûre d'en avoir envie. Non, il n'avait jamais essayé de revoir sa fille. Elle fondit derechef en larmes.

L'idée de divorcer lui déplaisait profondément, mais que faire d'autre? Ce procès, quelle horreur! Et la compagnie d'assurances qui s'acharnait sur elle!

Patrick était un être abject. Si on retrouvait l'argent, s'attendait-elle à en recevoir une partie? Bien sûr que non! Elle trouvait l'idée choquante.

L'interview fut réduite à vingt minutes au montage; Patrick la regarda dans sa chambre obscure, un sourire aux lèvres.

19

La secrétaire de Sandy agrafait la photo et l'article relatant la brève audience de la veille, qu'elle venait de découper dans le quotidien de La Nouvelle-Orléans, quand on demanda le patron au téléphone. Elle le trouva sans tarder, l'arracha à une déposition urgente, lui mit le combiné entre les mains.

Leah Pires donnait enfin de ses nouvelles. Elle demanda d'emblée à Sandy s'il s'était assuré qu'il n'y avait pas de micros dans son bureau ; il répondit par l'affirmative. Elle était dans un hôtel de Canal Street, à proximité du cabinet ; elle proposa à Sandy de l'y rejoindre. Une proposition de Leah avait plus de poids qu'une consigne d'un juge fédéral. Sandy ferait ce qu'elle voulait ; le seul son de sa voix le remplissait d'aise.

Comme elle n'était pas pressée, il suivit tranquillement Poydras Street, puis Magazine Street avant de tourner dans la rue de l'hôtel. Il refusa de surveiller ses arrières. La paranoïa de Patrick était compréhensible ; le pauvre avait mené trop longtemps l'existence d'un homme traqué. Mais nul n'aurait pu convaincre Sandy que quelqu'un s'amuserait à lui filer le train ; il était l'avocat de l'accusé dans une affaire retentissante. Il faudrait être fou pour placer des micros dans son bureau ou le suivre dans ses déplacements. La moindre bévue pourrait avoir des conséquences fâcheuses pour la partie adverse.

Il avait quand même appelé une société de surveillance de La Nouvelle-Orléans et pris rendez-vous pour une inspection de ses bureaux. Tel était le désir de son client, pas le sien.

Leah l'accueillit avec une solide poignée de main et un franc sourire, mais il la sentit très préoccupée. Elle était pieds nus, en jean et tee-shirt blanc, l'allure décontractée, comme il imaginait les Brésiliens. Par la porte ouverte de la penderie, il vit quelques vêtements suspendus. Sans cesse en mouvement, avec le contenu d'une valise pour tout viatique, Leah menait la vie errante d'un fugitif comme Patrick l'avait fait jusqu'à la semaine précédente. Elle servit deux tasses de café, l'invita à s'asseoir à la table.

— Comment va-t-il ?

— Comme un convalescent ; d'après le médecin, tout ira bien.

— C'était grave, n'est-ce pas ? poursuivit-elle d'une voix douce, avec ce léger accent qui ravissait Sandy.

— Assez méchant, oui.

Il fouilla dans sa serviette, prit une chemise qu'il fit glisser sur la table.

— Tenez.

Le front de Leah se plissa à la vue de la première photo ; elle murmura quelque chose en portugais. Quand elle passa à la suivante, les larmes lui montèrent aux yeux.

— Pauvre Patrick, fit-elle à mi-voix. Pauvre chéri.

Elle prit son temps pour regarder les photos, s'essuyant doucement les yeux du dos de la main jusqu'à ce que Sandy pense enfin à lui tendre un mouchoir en papier. Elle n'avait pas honte de ses larmes ; quand elle eut terminé, elle rangea soigneusement les photos dans la chemise.

— Je suis désolé, fit Sandy, incapable de trouver autre chose à dire. J'ai une lettre de Patrick, ajouta-t-il.

Elle s'essuya les yeux, versa deux autres tasses de café.

— Aura-t-il des lésions définitives ?

— Probablement pas, toujours d'après le médecin. La cicatrisation prendra du temps, mais, à la longue, tout devrait guérir.

— Psychologiquement, comment est-il ?

— Bien. Il dort encore moins qu'avant et fait des cauchemars jour et nuit. Mais son état s'améliore grâce au traitement qu'il suit. Je n'arrive pas à imaginer par quoi il doit passer. Je pense qu'il peut s'estimer heureux d'être encore en vie, ajouta-t-il en prenant une gorgée de café.

— Il a toujours dit qu'ils ne le tueraient pas.

Sandy avait tant à lui demander ; il se retenait pour ne pas déclencher un feu roulant de questions. Patrick savait-il que les autres étaient sur ses talons ? Savait-il que la longue traque allait prendre fin ? Où était-elle au moment de la capture ? Vivait-elle avec lui ? Comment s'y étaient-ils pris pour faire disparaître l'argent ? Où était-il maintenant ? En lieu sûr ? Je vous en prie, Leah, dites-moi quelque chose. Je suis son avocat, vous pouvez vous en remettre à moi.

— Parlons du divorce, fit-elle, changeant brusquement de sujet pour détourner sa curiosité.

Elle se leva, ouvrit un tiroir où elle prit un épais dossier qu'elle posa devant lui.

— Avez-vous vu Trudy à la télévision, hier soir ?

— Oui. Navrant, n'est-ce pas ?

— Elle est très jolie.

— C'est vrai. Je crains que Patrick n'ait commis l'erreur de l'épouser pour son physique.

— Il ne serait pas le premier.

— Exact.

— Elle ne lui inspire plus que du mépris. Elle est méchante, elle lui a été infidèle depuis le début de leur mariage.

— Infidèle ?

— Tout est dans ce dossier. La dernière année où ils vivaient ensemble, Patrick a engagé un détective privé pour la faire surveiller. Son amant s'appelait Lance Maxa ; ils se voyaient tout le temps. Il y a des photos de Lance entrant et sortant de la maison des Lanigan quand Patrick était absent. D'autres montrent Lance et Trudy prenant le soleil au bord de la piscine, dans le plus simple appareil, bien entendu.

Sandy prit le dossier, le feuilleta jusqu'à ce qu'il trouve les photos. Nus comme des vers.

— Voilà des pièces à verser au dossier du divorce, fit-il avec un sourire mauvais.

— Patrick veut divorcer, vous comprenez ? Il ne s'y opposera pas. Mais il faut faire taire Trudy ; elle prend trop de plaisir à raconter toutes ces horreurs sur Patrick.

— Cela devrait lui clouer le bec. Et la petite ?

Leah revint s'asseoir et plongea les yeux dans ceux de Sandy.

— Patrick aime Ashley Nicole, mais il y a un problème : il n'est pas son père.

— Qui est-ce ? fit Sandy avec un haussement d'épaules, comme s'il entendait tous les jours des révélations de ce genre.

— Patrick ne sait pas ; Lance, probablement. Il semble que Lance et Trudy soient amants depuis un bout de temps ; cela remonterait au lycée.

— Comment Patrick sait-il qu'il n'est pas le père ?

— Quand la petite avait quatorze mois, Patrick a prélevé quelques gouttes de son sang en lui piquant le doigt. Il l'a envoyé, avec un peu du sien, dans un laboratoire qui a effectué des analyses d'ADN. Ses soupçons étaient fondés : il n'est pas le père de l'enfant. Le rapport d'analyse se trouve dans le dossier.

Sandy éprouva le besoin de faire quelques pas pour mettre de l'ordre dans ses idées. Il se planta devant la fenêtre, regarda les voitures dans Canal Street. Une nouvelle pièce du puzzle venait de se mettre en place. La question était maintenant de savoir combien de temps il avait fallu à Patrick pour préparer son départ. Une mauvaise épouse, un enfant illégitime, un accident horrible, pas de cadavre, un détournement de fonds sophistiqué, puis sa disparition. L'élaboration de ce plan était d'une stupéfiante précision ; tout avait fonctionné à la perfection, jusqu'à ces derniers jours.

— Pourquoi se battre pour le divorce ? reprit Sandy, le regard fixé sur la rue. S'il ne veut pas de l'enfant, pourquoi remuer la boue ?

Il connaissait la réponse, mais voulait l'entendre de la bouche de Leah. En donnant les explications, elle tirerait un coin du voile.

— On ne montre la boue qu'à l'avocat de Trudy. Vous lui présentez le dossier, sans rien en soustraire. Ils sauteront à pieds joints sur un arrangement.

— De nature pécuniaire ?

— Absolument.

— Quel genre d'arrangement ?

— Elle n'aura rien.

— Que pourrait-elle obtenir ?

— Cela dépend. Une petite fortune ou bien une grosse.

Sandy se retourna, agacé.

— Je ne peux pas négocier la répartition des biens en ignorant ce que possède mon client. Il faudra bien, tôt ou tard, que vous m'en donniez une idée.

— Un peu de patience, fit-elle sans s'émouvoir le moins du monde. Vous finirez par le savoir.

— Patrick pense-t-il réellement pouvoir s'en sortir grâce à son argent ?

— Il essaiera, c'est sûr.
— Ça ne marchera pas.
— Avez-vous une meilleure idée ?
— Non.
— C'est bien ce qu'il me semblait. C'est notre seule chance.

Sandy se détendit et s'adossa à un mur.

— Cela me serait bien utile si vous acceptiez de m'en dire un peu plus.

— Nous le ferons, vous avez ma parole. Mais il faut d'abord régler la question du divorce. Trudy doit renoncer à sa part de tous les biens de Patrick.

— Ce devrait être facile. Et amusant.

— Faites-le ; nous reparlerons la semaine prochaine.

Le moment était venu pour Sandy de prendre congé. Elle se leva, commença à rassembler des papiers ; il prit les dossiers, les rangea dans sa serviette.

— Combien de temps resterez-vous ici ?

— Pas longtemps, fit-elle en lui tendant une enveloppe. C'est une lettre pour Patrick ; dites-lui que je vais bien, que je me déplace beaucoup et que je n'ai encore vu personne me suivre.

Sandy prit l'enveloppe en cherchant le regard de Leah. Elle était nerveuse, impatiente de le voir partir. Il voulait l'aider, au moins lui proposer son aide, mais il savait que tout ce qu'il dirait maintenant serait mal perçu.

— Vous avez une tâche à accomplir, conclut-elle en se forçant à sourire. Patrick et moi, nous nous préoccupons du reste.

Tandis que Stephano racontait son histoire à Washington, Benny Aricia et Guy prirent leurs quartiers à Biloxi. Ils louèrent un appartement avec trois chambres donnant sur la baie, installèrent des téléphones et un fax.

Leur idée était que la fille devait réapparaître à Biloxi. Patrick était enfermé ; son avenir, pendant un certain temps, était prévisible. Il n'irait nulle part ; elle viendrait donc à lui. À eux de ne pas la rater quand cela se produirait.

Aricia avait prévu cent mille dollars pour cette dernière petite campagne ; il s'était juré de ne pas mettre un sou de plus. Après avoir dépensé près de deux millions, il ne pouvait plus continuer à claquer le fric qui lui restait. Northern Case Mutual et Monarch-Sierra, les deux autres associés, avaient jeté l'éponge. Tandis que Stephano amusait le FBI avec ses histoires, Guy et sa bande mettraient la main sur la fille. Si la chance était avec eux.

Osmar et ses hommes continuaient de traîner dans les rues de Rio en surveillant les mêmes lieux jour après jour. Si elle revenait, elle ne pourrait leur échapper. Osmar avait une armée avec lui ; la main-d'œuvre était bon marché dans ces pays-là.

Ce retour sur la Côte avait un goût amer pour Benny Aricia. Il s'y était établi en 1985, quand il travaillait chez Platt & Rockland Industries, un conglomérat géant qui l'avait expédié vingt ans aux quatre coins du monde, pour résoudre les problèmes qui se présentaient. Une des divisions de Platt & Rockland était le chantier naval New Coastal, à Pascagoula, entre Biloxi et Mobile. En 1985, le chantier naval reçut une commande du ministère de la Marine d'un montant de douze milliards de dollars pour la construction de quatre sous-marins nucléaires Expedition. Aricia y avait été envoyé.

Il ne supportait pas de vivre sur la côte du Mississippi. Loin du New Jersey et de Boston, coupé de la direction générale, il y avait été très malheureux ; sa femme l'avait quitté au bout de deux ans.

Platt & Rockland était une énorme entreprise publique comptant quatre-vingt mille salariés dans ses trente-six divisions établies dans cent trois pays. C'était un enchevêtrement d'entreprises décentralisées. Comme c'est la règle en pareil cas, la main gauche savait rarement ce que faisait la droite.

Pour Aricia, cette nomination à Biloxi était un coup d'arrêt donné à sa carrière par ses ennemis de la direction générale. Il détestait les contrats d'armement avec les ministères, la bureaucratie tatillonne, l'arrogance des fonctionnaires du Pentagone. Il ne supportait pas la lenteur des travaux de construction des sous-marins.

En 1988, sa demande de mutation fut refusée. L'année suivante, des rumeurs de graves dépassements dans le programme Expedition commencèrent à se répandre. Les travaux furent interrompus, le Pentagone expédia des auditeurs et quelques huiles à Pascagoula. Benny était en première ligne ; le couperet allait tomber.

Chez Platt & Rockland les dépassements de crédit, les surcoûts et les fausses déclarations étaient des pratiques habituelles. Quand l'entreprise se faisait prendre, elle avait coutume de virer tous ceux qui, de près ou de loin, avaient été mêlés au scandale et de négocier un remboursement modeste avec le Pentagone.

Benny s'adressa à un avocat de Biloxi, Charles Bogan, dont le cousin était un sénateur du Mississippi. Très apprécié des militaires, le sénateur présidait la sous-commission des finances pour la Défense. C'est pour cette raison qu'Aricia avait choisi le cabinet Bogan.

La loi sur les déclarations frauduleuses était destinée à encourager ceux qui avaient connaissance de surcoûts dans les contrats signés avec le gouvernement à le faire savoir. Benny avait minutieusement étudié la loi ; il se l'était fait expliquer en détail par un avocat maison avant de s'adresser à Charles Bogan.

Il prétendait être en mesure de prouver que Platt & Rockland avait un surcoût de six cents millions de dollars pour le programme Expedition. Il refusait de servir de bouc émissaire. En dénonçant l'entreprise, il perdait toute chance de trouver un poste comparable. Il serait mis sur la liste noire, on répandrait les pires rumeurs sur son compte. Il connaissait parfaitement les règles du jeu.

Aux termes de la loi, celui qui a vendu la mèche peut recevoir quinze pour cent de la somme remboursée au gouvernement. Benny disposait de tous les documents nécessaires pour prouver ses dires. Il avait besoin de la compétence et de l'influence de Bogan pour empocher les quinze pour cent.

Bogan engagea des ingénieurs et des consultants pour lui permettre de s'y retrouver dans la montagne de documents. La combine fonctionnait bien ; somme toute, elle n'était pas si compliquée. L'entreprise faisait ce qu'elle avait toujours fait ; elle facturait plusieurs fois le même matériel et trafiquait les comptes. Benny prétendait l'avoir découvert par hasard.

Un dossier clair et convaincant fut constitué par les avocats qui intentèrent une action devant un tribunal fédéral en septembre 1990. Benny démissionna le jour même.

Le sénateur avait été mis dans le coup bien avant l'introduction de l'instance ; il suivit l'affaire de près à Washington. Bogan n'était pas bon marché ; le sénateur non plus. Les honoraires du cabinet s'élèveraient comme d'habitude au tiers de la somme encaissée, à savoir quinze pour cent des six cents millions de dollars.

Bogan et le sénateur prenant soin d'alimenter la presse en ragots, l'affaire fit une publicité déplorable à Platt & Rockland dont les actionnaires étaient furieux. Les crédits furent coupés, une douzaine de cadres supérieurs du chantier naval paya les pots cassés.

Comme à son habitude, l'entreprise négocia pied à pied avec le ministère de la Justice, en vain cette fois. Au bout d'un an, elle se résigna à rembourser les six cents millions de dollars, promit de ne pas recommencer. Deux des sous-marins étant à moitié construits, le Pentagone accepta de ne pas rompre le contrat.

Benny se prépara à toucher sa fortune ; Bogan et ses associés se disposèrent à dépenser la leur. C'est alors que Patrick disparut et que l'argent suivit le même chemin.

20

Le fusil de Pepper Scarboro était un Remington à pompe, acheté à l'âge de seize ans chez un prêteur sur gages de Lucedale ; il n'avait pas l'âge requis pour aller dans une armurerie. D'après sa mère, cette arme payée deux cents dollars était son bien le plus précieux. Sweeney et son collègue Tatum, le shérif du comté de Greene, découvrirent le fusil ainsi qu'un vieux sac de couchage et une petite tente une semaine après la mort de Patrick, au cours d'une inspection de routine de sa cabane. Trudy les avait autorisés à procéder à cette fouille, ce qui constituait un problème majeur ; elle n'avait aucun droit de propriété sur la cabane. Toute tentative pour présenter le fusil, le sac de couchage et la tente comme preuves à charge se heurterait à une farouche opposition de la défense ; ils avaient agi sans mandat de perquisition. Les représentants de l'autorité pouvaient toutefois alléguer qu'ils ne cherchaient pas des preuves ; à l'époque, il n'y avait pas de crime. Ils rassemblaient simplement les effets personnels de Patrick pour les remettre à sa famille.

Trudy n'avait pas voulu du sac de couchage ni de la tente, maintenant catégoriquement qu'ils n'appartenaient pas à Patrick. Jamais elle ne les avait vus et Patrick n'aurait certainement pas acheté du matériel de si mauvaise qualité. Sans compter qu'il ne campait pas ; il avait la cabane pour dormir. Sweeney les avait étiquetés et mis de côté. Il comptait attendre un ou deux ans avant de s'en débarrasser à l'occasion de la vente annuelle du bureau du shérif. Six semaines plus tard, Neldene Crouch éclatait en sanglots devant le matériel de camping de Pepper.

Le fusil, découvert sous un lit de la pièce où Patrick dormait, à côté de la tente et du sac de couchage, avait été traité différemment. Sweeney était d'avis que quelqu'un avait glissé précipitamment tout ce matériel sous le lit ; sa curiosité avait été aussitôt éveillée par la présence du fusil. Passionné de chasse lui-même, il savait qu'aucun chasseur digne de ce nom ne laisserait traîner un fusil ni aucun objet de valeur dans une cabane isolée, où des voleurs n'auraient qu'à se servir. Un examen attentif lui avait permis de remarquer que le numéro de série avait été limé ; il s'agissait donc d'une arme volée.

Il en discuta avec Tatum ; les deux policiers expérimentés et patients étaient sûrs que cela ne les mènerait nulle part, mais ils décidèrent de faire relever les empreintes digitales.

Plus tard, contre la promesse répétée qu'il ne serait pas inquiété, le prêteur sur gages finit par avouer qu'il avait vendu le fusil à Pepper.

Sweeney et Ted Grimshaw, l'enquêteur du comté d'Harrison, frappèrent à la porte de la chambre de Patrick ; ils n'entrèrent qu'après y avoir été invités. Sweeney avait appelé pour prévenir Patrick de leur visite et l'informer de son objet. Simple formalité ; Patrick n'était pas encore officiellement écroué.

Ils le photographièrent dans un fauteuil, en tee-shirt et short de sport, les cheveux en désordre, la mine revêche, tenant le numéro d'écrou qu'ils avaient apporté. Ils relevèrent les empreintes digitales du prisonnier ; Grimshaw effectua le travail tandis que Sweeney lui faisait la conversation. Quand Sweeney commença à poser des questions sur Pepper Scarboro, Patrick lui rappela qu'il avait un avocat et que son défenseur devait être présent lors d'un interrogatoire. Il ajouta qu'il n'avait rien à dire sur quoi que ce soit, avec ou sans avocat.

Ils se retirèrent en le remerciant. Cutter et un spécialiste en empreintes digitales venu de Jackson attendaient à la prison. Le fusil de Pepper portait plus d'une douzaine d'empreintes exploitables relevées par Grimshaw ; elles avaient été classées et mises en lieu sûr. Elles étaient maintenant étalées sur la table. Le fusil se trouvait sur une étagère, à côté de la tente et du sac de couchage, mais aussi de chaussures de jogging, de photographies et des rares autres preuves matérielles destinées à être utilisées contre Patrick.

Les quatre hommes burent un café dans un gobelet en plastique et parlèrent de pêche pendant que le spécialiste comparait à la loupe les anciennes empreintes et les toutes fraîches de Lanigan. Il ne lui fallut pas longtemps pour se prononcer.

— Plusieurs coïncident parfaitement, déclara-t-il. La crosse du fusil était couverte d'empreintes de Patrick Lanigan.

Excellente nouvelle, se dirent les autres. Et après ?

Patrick demanda qu'une autre pièce soit mise à sa disposition pour les futures rencontres avec son avocat ; le Dr Hayani s'empressa de prendre les dispositions nécessaires. Il demanda aussi à être transporté en fauteuil roulant jusqu'à cette salle du premier étage. Il quitta sa chambre dans le fauteuil poussé par une infirmière, passa devant les deux policiers placides en faction dans le couloir et l'agent Brent Myers, entra dans la cabine de l'ascenseur qui le conduisit au premier étage. Un des policiers suivit de loin.

C'était la salle de réunions des médecins ; l'hôpital n'était pas grand, la pièce semblait ne servir qu'au compte-gouttes. Sandy avait commandé l'appareil de détection dont Patrick avait parlé, mais il ne l'aurait que quelques jours plus tard.

— Dépêche-toi !

— Allons, Patrick, tu ne crains quand même pas qu'ils aient placé des micros dans cette pièce ! Il y a une heure, personne ne savait que nous serions ici.

— On n'est jamais trop prudent.

Patrick quitta son fauteuil roulant, fit le tour de la longue table ; Sandy remarqua qu'il n'y avait pas la plus légère claudication dans sa démarche.

— Essaie de te détendre un peu, Patrick. Je sais que tu as longtemps vécu comme un homme traqué, que la peur ne te quittait pas, que tu regardais toujours par-dessus ton épaule. Je sais tout ça. Mais ce temps n'est plus ; ils t'ont rattrapé. Détends-toi.

— Ils n'ont pas abandonné la partie. Ils me tiennent, moi, pas l'argent ; c'est le plus important à leurs yeux. N'oublie jamais, Sandy, qu'ils ne baisseront pas les bras avant d'avoir l'argent.

— Qui pourrait nous espionner ici ? Les bons ou les méchants ? Les flics ou les truands ?

— Ceux qui ont perdu l'argent ont englouti des sommes colossales pour tenter de le retrouver.

— Comment le sais-tu ?

Patrick répondit par un haussement d'épaules, comme si le temps des devinettes était revenu.

— Qui sont ces gens ? insista Sandy.

Il y eut un long silence, semblable à ceux de Leah quand elle était désireuse de changer de sujet.

— Assieds-toi, fit Patrick.

Sandy prit place de l'autre côté de la table ; il posa devant lui le gros dossier que Leah lui avait remis quatre heures plus tôt, le dossier contenant les saletés sur Trudy.

Patrick le reconnut aussitôt.

— Quand l'as-tu vue ? demanda-t-il d'un ton anxieux.

— Ce matin. Elle va bien, elle t'embrasse tendrement et pense ne pas avoir été suivie. Elle m'a chargé de te remettre ceci.

Il fit glisser l'enveloppe sur la table ; Patrick la saisit avidement, la déchira pour en sortir une lettre de trois pages qu'il entreprit de lire lentement, sans s'occuper de son avocat.

Sandy parcourut le dossier, s'attarda sur les photos de Trudy dans le plus simple appareil, étendue au bord de la piscine aux côtés de son gigolo. Il était impatient de les montrer au confrère de Mobile avec qui il avait rendez-vous trois heures plus tard.

Quand Patrick eut terminé sa lecture, il plia soigneusement la lettre, la remit dans son enveloppe.

— J'en ai une pour elle, fit-il.

Il hocha la tête à la vue des photos étalées sur la table.

— Voilà du bon boulot.

— Stupéfiant. Je n'ai jamais vu des preuves aussi accablantes dans une affaire de divorce.

— Il y avait de quoi faire. Nous étions mariés depuis près de deux ans quand j'ai fait la connaissance, tout à fait par hasard, de son premier mari, à l'occasion d'un cocktail à La Nouvelle-Orléans, avant un match des Saints. Nous avons bu quelques verres, il m'a parlé de Lance, l'étalon que tu vois sur les photos.

— Leah m'a expliqué.

— Comme la grossesse de Trudy était très avancée, je n'ai rien dit. Notre couple battait de l'aile ; nous espérions que la venue de l'enfant le sauverait. J'ai décidé de jouer le jeu, d'être un père attentionné, fier de sa progéniture; un an plus tard, j'ai commencé à réunir des preuves. J'ignorais quand elles me seraient utiles, mais je savais que notre couple était condamné. Tous les prétextes m'étaient bons pour partir : voyages d'affaires, chasse, pêche, week-ends entre copains. Jamais elle n'a semblé y voir d'inconvénient.

— J'ai rendez-vous avec son avocat, à 17 heures.

— Parfait; tu joueras sur du velours. Brandis toutes les menaces que tu veux, mais arrache sa signature. Je veux qu'elle renonce à tous ses droits, Sandy. Elle n'aura pas un sou de mon capital.

— Quand parlerons-nous de ton capital?

— Bientôt, je te le promets. Il y a quelque chose de plus urgent.

Sandy saisit son calepin, se mit en position pour prendre des notes.

— J'écoute.

— Lance est une petite frappe. Il a passé son enfance dans les bars de la Pointe Cadet, laissé tomber ses études et fait trois ans de taule pour trafic de stupéfiants : de la graine de voyou. Il a conservé des amitiés dans le milieu. Il connaît des gens qui feraient n'importe quoi pour de l'argent. Il y a un autre gros dossier sur lui; je suppose que Leah ne te l'a pas donné.

— Je n'ai que celui-ci.

— Demande-le-lui la prochaine fois. Le privé que j'avais engagé pour Trudy a réuni des indices contre Lance pendant un an. C'est un demi-sel, mais il est dangereux; il a des amis. Et Trudy a de l'argent. Je ne sais pas ce qu'il lui reste, mais elle n'a pas dû tout dépenser.

— Tu crois qu'il va essayer de te faire la peau?

— Probablement. Quand on y réfléchit, Trudy est la seule personne qui préfère aujourd'hui me savoir mort. Si je disparais, elle garde ce qu'il lui reste et n'a plus à s'inquiéter pour l'assurance. Je la connais : le fric et la frime sont tout pour elle.

— Mais comment pourrait-il... ?

— C'est faisable, Sandy. Crois-moi, c'est faisable.

Il prononça ces mots avec le calme et l'assurance de celui qui a commis un meurtre et s'en est sorti. L'espace d'un instant, le sang se glaça dans les veines de Sandy.

— C'est très faisable, répéta Patrick, les yeux étincelants, les paupières plissées.

— Que dois-je faire ? Tu veux que je monte la garde avec les flics dans le couloir ?

— Tu lis trop de romans policiers, Sandy.

— J'écoute.

— Tu diras à l'avocat de Trudy que tu as reçu au bureau un coup de fil anonyme t'avertissant que Lance cherche à engager un tueur ; garde ça pour la fin du rendez-vous. Il sera tellement abasourdi par votre entretien qu'il croira tout ce que tu dis. Explique-lui que tu as l'intention d'en parler à la police. Tu peux être certain qu'il appellera sa cliente ; elle niera tout avec véhémence, mais sa crédibilité sera sérieusement entamée. À l'idée que quelqu'un les suspecte de nourrir de noirs desseins, Trudy reculera. Tu iras ensuite voir le shérif et le FBI pour raconter ton histoire, dire que tu es inquiet pour ma sécurité. Demande-leur d'interroger Trudy et Lance sur le bien-fondé de ces rumeurs. Je la connais bien, Sandy : elle sacrifierait Lance pour garder l'argent, mais pas si elle court le risque de se faire prendre aussi. Si elle a affaire à des policiers soupçonneux, elle fera machine arrière.

— Je vois que tu as bien réfléchi à tout ça. Autre chose ?

— Oui. Il te restera à le faire discrètement savoir à la presse. Il faut que tu trouves un journaliste...

— Ce ne devrait pas être trop difficile.

— En qui tu aies confiance.

— Beaucoup plus difficile.

— Pas sûr. J'ai lu les journaux et j'ai relevé deux ou trois noms. Prends tes renseignements, choisis quelqu'un qui te plaît. Demande-lui de publier ces rumeurs, de source anonyme ; réserve-lui en échange la primeur des vraies nouvelles. C'est ainsi qu'ils travaillent. Dis-lui que le bureau du shérif enquête sur des bruits selon lesquels Trudy Lanigan cherche à recruter un tueur à gages pour pouvoir garder l'argent de l'assurance. Il gobera ton histoire et n'aura pas à faire de recoupement ; ces gars-là n'hésitent pas à publier ce qui n'est que rumeur.

Sandy continua de prendre des notes en s'émerveillant des dispositions prises par son client. Il referma son calepin, le tapota du bout de son stylo.

— En as-tu beaucoup ? demanda-t-il.

— De quoi ?

— De ces saletés ?

— Une vingtaine de kilos. Tout est entreposé dans un casier à Mobile, depuis ma disparition.

— Y a-t-il autre chose ?

— D'autres saletés.

— Sur qui ?

— Mes ex-associés, entre autres. Nous verrons cela plus tard.

— Quand ?

— Bientôt, Sandy.

J. Murray Riddleton, l'avocat de Trudy, était un sexagénaire jovial au cou de taureau, qui avait deux spécialités : les gros divorces juteux et les conseils financiers destinés à frauder le fisc. C'était un homme tout en contrastes : prospère mais ficelé comme l'as de pique, intelligent mais affligé d'un visage ingrat, souriant mais vicieux, la voix douce mais le verbe fielleux. Dans son bureau spacieux, au centre de Mobile, s'accumulaient des dossiers en souffrance et des ouvrages juridiques périmés. Il se leva pour accueillir Sandy, l'invita à s'asseoir et lui offrit un verre ; il était 17 heures passées. Sandy refusa, contraignant son confrère à la sobriété.

— Comment va notre ami ? demanda Riddleton avec un sourire qui découvrit toutes ses dents.

— De qui parlez-vous ?

— De Patrick, bien sûr ! Avez-vous trouvé l'argent ?

— Je ne savais pas que j'en cherchais.

Riddleton dut trouver la réplique hilarante ; il éclata d'un gros rire. Il ne faisait aucun doute dans son esprit qu'il maîtrisait parfaitement la situation ; il avait tous les atouts dans son jeu.

— J'ai vu votre cliente à la télévision, hier soir, reprit Sandy. Comment s'appelle cette émission ignoble ?

— « Le dessous des cartes ». N'était-elle pas merveilleuse ? Et la petite, un amour ! Les pauvres !

— Mon client demande à votre cliente de bien vouloir s'abstenir dorénavant de toute déclaration publique relative à leur mariage et à leur divorce.

— Votre client peut aller se faire voir. Et vous pouvez aller vous faire voir, maître.

— Je ne relèverai pas l'insulte, mon client non plus.

— Je suis un farouche partisan du premier amendement. Je crois à la liberté d'expression, d'action et de publication ; tout est garanti par la Constitution.

Riddleton indiqua une étagère garnie d'ouvrages couverts de toiles d'araignées.

— Demande rejetée, poursuivit-il. Ma cliente a le droit de déclarer en public tout ce quelle souhaite, aussi souvent qu'elle le souhaite. Elle a été humiliée par votre client et son avenir est incertain.

— Très bien. Je voulais juste déblayer le terrain.

— Est-il assez déblayé ?

— Oui. Nous ne nous opposons pas réellement au désir de votre cliente d'obtenir le divorce ; elle peut même avoir la garde de l'enfant.

— Mille mercis. Tant de générosité vous honore.

— En fait, mon client n'a pas l'intention de demander un droit de visite.

— Très habile. Après l'avoir abandonnée quatre ans, il aurait du mal à se faire accepter par l'enfant.

— Il y a une autre raison, poursuivit Sandy en ouvrant son dossier.

Il prit une copie du test d'ADN, la fit passer à son confrère dont le sourire s'était effacé et qui regardait les papiers d'un air méfiant.

— Qu'est-ce que c'est ? demanda-t-il d'un ton soupçonneux.

— Pourquoi ne lisez-vous pas ?

Riddleton extirpa ses lunettes d'une poche de son veston, les colla sur son nez épaté. Il éloigna le document, le plaça à la bonne distance, commença à lire soigneusement.

En arrivant au bas de la première page, il leva les yeux, l'air interdit ; à la fin de la deuxième, ses épaules s'étaient légèrement affaissées.

— Accablant, n'est-ce pas ? fit Sandy quand il eut terminé.

— Pas de condescendance, je vous prie. Je suis sûr qu'il y a une explication.

— J'en doute. La législation de l'Alabama reconnaît un test d'ADN comme une preuve concluante. Je ne suis pas aussi attaché que vous au premier amendement, mais si ce document devait être publié, ce serait très embarrassant pour votre cliente. Imaginez un peu : élever l'enfant d'un autre en prétendant filer le parfait amour avec son époux légitime. Ce ne serait pas bien perçu par ici.

— Publiez-le, fit Riddleton sans conviction. Je m'en balance.

— Vous devriez demander à votre cliente ce qu'elle en pense.

— Cela n'a aucune valeur légale. Même si elle a commis un adultère, votre client a continué à vivre avec elle après l'avoir découvert ; il a donc accepté cette situation, ce qui lui interdit d'invoquer l'adultère.

— Ne parlons plus du divorce ; elle l'obtiendra. Ne parlons plus de l'enfant non plus.

— Je vois ; vous voulez l'arnaquer. Si elle renonce à sa part des biens de votre client, il ne divulgue pas ce document.

— Quelque chose comme ça.

— Votre client est complètement cinglé, vous aussi ! lança Riddleton, les joues empourprées, les poings serrés.

Sandy continua tranquillement de feuilleter son dossier d'où il sortit sa nouvelle bombe. Il fit glisser un papier sur le bureau.

— Qu'est-ce que c'est ?

— Lisez.

— J'ai assez lu comme ça.

— C'est un rapport du détective privé qui a suivi votre cliente et son amant pendant un an, avant la disparition de mon client. Il les a vus, seuls, en différents lieux mais le plus souvent au domicile conjugal, à l'intérieur de la maison, au lit selon toute vraisemblance. En seize occasions au minimum.

— La belle affaire.

— Jetez un coup d'œil là-dessus, poursuivit Sandy en posant sur le rapport deux photos couleurs de format 20 × 24, des photos de nus.

Riddleton y lança d'abord un regard distrait, puis les saisit prestement pour les étudier de plus près.

— Elles ont été prises au bord de la piscine de

mon client pendant qu'il participait à un séminaire à Dallas. Vous reconnaissez quelqu'un ?

Riddleton émit un grognement étouffé.

— Il y en a quantité d'autres, ajouta Sandy en attendant que son confrère referme la bouche. Je dispose de trois autres rapports de détectives privés ; mon client est un homme très soupçonneux.

Sandy vit son implacable confrère se muer, tel un caméléon, en négociateur attendrissant, une volte-face courante chez les avocats lorsqu'ils se trouvent brusquement privés de munitions. Il soupira profondément, vaincu, et s'enfonça dans son fauteuil de cuir pivotant.

— Ils ne nous disent jamais tout.

C'était nous contre eux, les avocats contre leurs clients. Sandy et lui avançaient maintenant la main dans la main ; que convenait-il de faire ?

Sandy, de son côté, n'était pas disposé à faire équipe avec lui.

— Je ne suis pas le farouche défenseur de la liberté d'expression que vous prétendez être, mais si jamais ces photos étaient publiées dans la presse à sensation, ce serait pour le moins embarrassant pour Trudy.

Riddleton haussa les épaules en regardant sa montre.

— Vous êtes sûr de ne rien vouloir boire ?

— Absolument.

— Combien a-t-il ?

— Franchement, je n'en ai aucune idée. Ce n'est pas l'important ; la seule chose qui compte, c'est ce qu'il lui restera quand les choses se seront tassées. Aujourd'hui, personne ne peut le savoir.

— Il doit avoir conservé la majeure partie des quatre-vingt-dix millions.

— On lui en réclame beaucoup plus en justice. Sans parler de la possibilité d'une longue peine de prison, voire d'une condamnation à mort. Ce divorce, maître, est le cadet de ses soucis.

— Alors, pourquoi nous menacez-vous ?

— Il veut qu'elle la boucle ; elle obtiendra le divorce et disparaîtra de sa vie en renonçant à toutes ses exigences. Il veut en avoir l'assurance dès maintenant.

— Sinon ?

Riddleton desserra son nœud de cravate et se tassa un peu plus dans son fauteuil. Il commençait à se faire tard ; il avait envie de rentrer chez lui.

— Elle va tout perdre, reprit-il au bout d'une longue minute de réflexion. La compagnie d'assurances va la nettoyer. Le sait-il ?

— Il n'y aura pas de gagnant dans cette affaire, maître.

— Laissez-moi parler à Trudy.

Sandy rassembla ses affaires, amorça un mouvement vers la porte tandis que Riddleton esquissait un pauvre sourire. Au moment où ils allaient se quitter sur une poignée de main, Sandy, comme si cela lui revenait brusquement à l'esprit, mentionna l'appel anonyme reçu à son bureau, l'avertissant que Lance cherchait à engager un tueur. Il ne savait pas s'il fallait y attacher de l'importance, mais se sentait obligé d'en faire part au shérif et au FBI.

Riddleton promit d'en toucher un mot à sa cliente.

21

Le Dr Hayani termina sa tournée par la chambre de Patrick. La nuit était presque tombée, l'heure depuis longtemps passée de rentrer chez lui. Il trouva son célèbre patient en short, devant un bureau de fortune installé dans le seul angle libre de la pièce. Le bureau était une petite table sur laquelle Patrick avait posé une lampe empruntée à un infirmier. Un gobelet en plastique contenait des crayons et des stylos ; un autre le début d'une collection de trombones, d'élastiques et de punaises offerts par le personnel soignant. Il avait même trois blocs de papier à lettres.

Patrick était au travail. Un tas imposant de documents était empilé sur un angle de la table ; il était en train d'étudier un dossier quand le médecin entra, pour la troisième fois de la journée.

— C'est gentil de passer me voir au bureau, dit Patrick.

Il avait un téléviseur grand écran juste au-dessus de la tête ; le dossier de son fauteuil n'était pas à plus de trente centimètres du pied du lit.

— C'est très mignon, fit Hayani.

Les rumeurs circulent encore plus vite dans un hôpital que dans les couloirs d'un tribunal. Depuis deux jours, des murmures amusés faisaient allusion au nouveau cabinet qui venait de s'ouvrir dans la chambre 312.

— J'espère que vous n'intentez pas des procès contre le corps médical.

— Jamais, répondit Patrick en se levant. En treize ans d'exercice, je n'ai jamais engagé de poursuites contre un médecin. Ni un hôpital.

— Voilà pourquoi je vous ai à la bonne, reprit Hayani en examinant avec délicatesse les brûlures de la poitrine de son patient. Comment vous sentez-vous ?

— Bien, répondit Patrick pour la énième fois de la journée.

Les infirmières, curieuses et émoustillées par la présence d'une célébrité, faisaient irruption dans sa chambre toutes les demi-heures, sous un prétexte quelconque, lançant d'une voix enjouée un « Comment ça va ? ».

— Vous êtes-vous reposé aujourd'hui ? poursuivit Hayani en s'accroupissant pour palper la cuisse gauche.

— Non, j'ai du mal à dormir sans les pilules et je déteste en prendre dans la journée.

En vérité, l'incessant défilé du personnel soignant lui interdisait de se reposer.

Il s'assit au bord du lit, tourna vers le médecin un regard empreint de franchise.

— Puis-je vous dire quelque chose ?

— Bien sûr.

Patrick tourna la tête de droite et de gauche, comme si les murs de la chambre pouvaient avoir des oreilles.

— Du temps où j'étais avocat, commença-t-il, j'ai eu pour client un banquier qui s'est fait prendre pour détournement de fonds. Quarante-quatre ans, marié, trois grands enfants, un type bien qui a fait une bêtise. On l'a arrêté à son domicile, une nuit, pour le conduire à la prison du comté. Comme il n'y avait pas de place, on l'a jeté dans une cellule occupée par deux jeunes voyous, des Noirs, des vicieux. Ils ont commencé par le bâillonner pour qu'on n'entende pas ses cris, puis ils l'ont tabassé et lui ont fait subir des horreurs. Deux heures après avoir quitté le canapé de son salon où il regardait la télévision, il était à moitié mort dans une cellule, à cinq kilomètres de chez lui.

Patrick laissa tomber son menton sur sa poitrine et se pinça l'arête du nez. Le médecin posa la main sur son épaule.

— Vous ne voulez pas qu'il m'arrive la même chose, docteur, fit Patrick d'une voix étranglée, les yeux larmoyants.

— Ne vous inquiétez pas.

— Cette idée me donne la chair de poule ; elle me fait faire des cauchemars.

— Vous avez ma parole, Patrick.

— Dieu sait que j'ai assez souffert.

— Je vous le promets.

L'interrogateur suivant était un petit bonhomme au visage chafouin du nom de Warren, qui fumait comme un sapeur et voyait le monde à travers d'épais verres noirs. Ses yeux demeuraient invisibles. Il tenait sa cigarette de la main gauche, son stylo de la droite ; rien d'autre ne remuait, à part les lèvres. Assis derrière ses petits tas de documents soigneusement empilés, il lançait ses questions vers l'autre côté de la table où Stephano jouait avec un trombone tandis que son avocat tripotait un ordinateur portable.

— Quand avez-vous créé votre consortium ?

— Après avoir perdu la trace de Lanigan à New York, nous avons pris du recul et laissé un peu de temps s'écouler. Nous avons tendu l'oreille, suivi d'anciennes pistes : rien. Nous avons décidé d'y passer le temps qu'il faudrait. J'ai rencontré Benny Aricia qui a accepté de financer les recherches ; j'ai aussi rencontré des représentants de Monarch-Sierra et de Northern Case Mutual qui ont donné leur accord du bout des lèvres. Northern Case Mutual venait d'allonger plus de deux millions et demi à la veuve. Ils ne pouvaient l'assigner en justice pour qu'elle leur restitue l'argent ; il n'existait aucune preuve que Lanigan était encore vivant. Ils ont accepté de verser un demi-million. Pour Monarch-Sierra, ce fut plus compliqué : ils n'avaient encore rien payé. Il y avait quatre millions en jeu.

— Monarch couvrait les risques du cabinet ?

— En gros. Il s'agissait d'un avenant à la police d'assurance habituelle, qui protégeait le cabinet de la fraude et du vol par ses associés et ses employés. Lanigan ayant détourné l'argent du cabinet, Monarch-Sierra était obligé de verser les quatre millions.

— Mais votre client, M. Aricia, a reçu son argent ?

— Oui. Il a d'abord attaqué le cabinet Bogan pour récupérer la totalité des soixante millions, mais le cabinet n'avait pas beaucoup de liquidités ; il a accepté de reverser les indemnités de l'assurance. Nous nous sommes tous réunis afin de trouver un accord. Monarch a accepté de payer sans barguigner à la condition que mon client finance les recherches à hauteur d'un million ; il a demandé que l'assurance y consacre la même somme.

— Aricia a donc versé un million, Monarch un million et Northern Case Mutual un demi-million. Total : deux millions et demi.

— C'était l'accord initial.

— Quelle était la position des associés du cabinet ?

— Ils ont choisi de ne pas se joindre à nous. D'une part, ils ne disposaient pas des fonds nécessaires, d'autre part, ils étaient assommés, incapables de réagir. Au début, ils nous ont donné un coup de main.

— Tout le monde a tenu ses engagements ?

— Oui. L'argent a été viré sur le compte de ma société.

— Maintenant que les recherches ont abouti, combien en reste-t-il ?

— Presque rien.

— Combien avez-vous dépensé ?

— Trois millions et demi, à peu de chose près. Il y a un an, nous nous sommes retrouvés à sec. Les compagnies d'assurances ont refusé de verser une rallonge. Mon client a ajouté un demi-million, puis trois cent mille ; il en est aujourd'hui à un million neuf.

En réalité, cela faisait deux millions, un compte rond, depuis que Benny avait décidé à contrecœur de rechercher la fille. Le FBI n'était évidemment pas censé le savoir.

— Comment cet argent a-t-il été dépensé ?

Stephano baissa les yeux vers ses notes, juste une fraction de seconde.

— Près d'un million en frais de personnel, voyages et autres dépenses liées aux recherches. Un million et demi en récompenses ; un autre million pour ma société à titre d'honoraires.

— Vous avez touché un million de dollars ? fit Warren sans bouger un muscle, mais d'une voix plus vive.

— Sur une période de quatre ans.

— Parlez-moi des récompenses.

— C'est le nerf de la guerre.

— Nous écoutons.

— L'une de nos premières décisions a été de promettre une récompense pour tout renseignement concernant la disparition de Patrick Lanigan. Le FBI était au courant, mais vous pensiez qu'elle était offerte par les avocats ; nous avons réussi à convaincre Charles Bogan d'annoncer que son cabinet offrait une prime de cinquante mille dollars. Nous nous étions entendus avec lui pour qu'il nous fasse discrètement savoir s'il y avait des pistes.

— Le FBI n'était pas au courant.

— Non. Vous connaissiez l'existence de la récompense et vous en approuviez le principe, mais notre accord avec Bogan a été tenu secret. Nous voulions avoir la primeur des renseignements. Nous ne doutions pas des capacités du FBI ; nous voulions simplement retrouver nous-mêmes Lanigan et l'argent.

— Combien d'hommes aviez-vous sur l'affaire à cette époque ?

— Une douzaine.

— Où étiez-vous ?

— Ici, mais je me rendais au moins une fois par semaine à Biloxi.

— Le FBI était-il au courant de ce que vous faisiez ?

— Pas du tout. À ma connaissance, le FBI a appris la semaine dernière que nous étions mêlés à l'affaire.

Cette affirmation devait être confirmée par le contenu du dossier de Warren.

— Poursuivez.

— Il ne s'est rien passé pendant deux mois, trois mois, quatre. Le montant de la prime a été porté à soixante-quinze mille, puis à cent mille dollars. Bogan a reçu des coups de fil de tous les cinglés de la région ; il les a dirigés sur le FBI. Au mois d'août, il a reçu un appel d'un confrère de La Nouvelle-Orléans prétendant qu'une de ses clientes savait quelque chose sur la disparition. Il avait l'air très sérieux ; nous lui avons donc rendu visite.

— Comment s'appelle-t-il ?

— Raul Lauziere, Loyola Street.

— Vous étiez présent à cet entretien ?

— Oui.

— Qui d'autre de votre société ?

Stephano lança un regard en direction de son avocat qui s'était raidi et réfléchissait rapidement.

— Nous travaillons dans la discrétion ; je préférerais ne pas dévoiler l'identité de mes collaborateurs.

— Rien ne nous oblige à le faire, déclara l'avocat d'une voix forte, mettant un terme à l'indécision de son client.

— Bien, fit Warren. Continuez.

— Lauziere semblait sérieux, honnête, crédible. Il s'était bien préparé et paraissait tout savoir de la disparition de Lanigan et de l'argent. Il avait un dossier bourré de coupures de presse ; tout était indexé, il connaissait tout sur le bout du doigt. Il nous a remis un récit de quatre pages en double interligne de ce que savait sa cliente.

— Pouvez-vous m'en faire un résumé ; je le lirai plus tard.

— Certainement. La cliente en question était une jeune femme nommée Erin, étudiante en médecine à Tulane. Divorcée depuis peu, sans le sou, elle était obligée, pour joindre les deux bouts, de travailler le soir dans la librairie d'un centre commercial, la succursale d'une grande chaîne. Un soir de janvier 1992, son attention avait été attirée par le manège d'un client dans le rayon voyages et langues étrangères. Massif, vêtu d'un complet sombre, la barbe poivre et sel bien taillée, il paraissait assez nerveux. Il était près de 21 heures, le magasin était pratiquement désert. Le client avait enfin choisi une méthode comprenant douze cassettes et des manuels ; il se dirigeait vers la caisse d'Erin quand un autre homme entra. Le barbu se jeta aussitôt entre les présentoirs et reposa la méthode sur son étagère. Il ressortit de l'autre côté, essaya de passer derrière le nouvel arrivant, un homme qu'il connaissait à l'évidence et à qui il n'avait pas envie de parler. Mais il ne réussit pas ; l'autre homme tourna la tête et le vit. « Patrick, comment vas-tu, depuis le temps ? » Une brève conversation suivit, au cours de laquelle les deux hommes parlèrent de leur profession d'avocat. Erin s'affaira à sa caisse en tendant l'oreille ; elle n'avait pas mieux à faire. La jeune femme était très curieuse, rien ne lui échappait. En tout état de cause, l'homme prénommé Patrick était pressé de partir ; il finit par trouver le bon moment et s'échappa avec élégance. Il revint trois jours plus tard, à peu près à la même heure. Erin n'était pas à la caisse ; elle garnissait les rayons. Elle le vit entrer, le reconnut, se rappela son nom et décida de l'observer. Il regarda attentivement la caissière, vit que ce n'était pas la même et fit le tour de la librairie avant de s'arrêter au rayon voyages et langues étrangères. Il prit la même méthode, fila vers la caisse, paya en espèces et sortit rapidement. Près de trois cents dollars. Il n'avait pas vu Erin ou ne l'avait pas reconnue.

— De quelle langue s'agissait-il ?

— C'était la grande question. Trois semaines plus tard, Erin vit dans le journal la photo d'un certain Patrick Lanigan qui avait trouvé la mort dans un terrible accident de voiture ; elle le reconnut. Un mois et demi après, elle lut un article sur le détournement de fonds au préjudice du cabinet d'avocats, accompagné de la même photo.

— La librairie était-elle équipée de caméras de surveillance ?

— Non. Nous avons vérifié.

— Alors, quelle langue ?

— Lauziere n'a pas voulu nous le dire, du moins au début. Nous offrions cent mille dollars pour des renseignements fiables sur l'endroit où se trouvait Lanigan. L'avocat et sa cliente demandaient tout naturellement la totalité de cette somme contre le nom de la langue. Nous avons négocié trois jours ; impossible de le faire changer d'avis. Il nous a autorisés à interroger Erin. Nous avons passé six heures avec elle ; comme tous les détails de son récit correspondaient, nous avons accepté de verser les cent mille dollars.

— La langue était le portugais ?

— Oui. D'un seul coup, la planète n'était plus aussi vaste.

Comme tous ses confrères, J. Murray Riddleton, à son grand dam, avait souvent connu cette situation. Un dossier en béton prend brusquement l'eau ; la roue de la fortune tourne en un clin d'œil.

Pour le plaisir, même avec une certaine délectation, il laissa Trudy se trémousser un moment et prendre des poses avant de porter le coup fatal.

— Adultère ! lança-t-elle d'une voix étranglée, avec la véhémence d'une vierge puritaine outragée dans sa vertu.

Lance lui-même parvint à prendre un air scandalisé ; il se pencha vers elle, lui tendit la main.

— Je sais, je sais, murmura Riddleton en faisant durer le plaisir. C'est la même chose dans tous les divorces ou presque ; tous les moyens sont bons.

— Je le tuerai, grommela Lance.

— Nous y viendrons plus tard, fit l'avocat.

— Avec qui l'aurais-je trompé ?

— Avec ce monsieur. Ils prétendent que vous avez eu des relations sexuelles avant, pendant et après le mariage. En vérité, ils prétendent que cela remonte à vos années de lycée.

— Quel imbécile ! grogna Lance sans conviction.

Trudy acquiesça de la tête, déclara que ces allégations étaient ridicules.

— Quelles preuves prétend-il avoir ?

— Vous le niez ? demanda Riddleton en refermant le piège.

— Absolument, répondit-elle sèchement.

— Bien sûr, ajouta Lance. Ce type ment comme il respire.

Riddleton fouilla au fond d'un tiroir, en sortit un des rapports de filature que lui avait remis Sandy.

— Il semble que votre mari ait eu des soupçons dès les premiers temps de votre mariage. Il vous a fait surveiller par plusieurs détectives privés ; voici le rapport de l'un d'eux.

Trudy et Lance échangèrent un regard furtif ; ils comprirent qu'ils étaient coincés. Il leur parut soudain difficile de nier une liaison qui s'était étalée sur plus de deux décennies. Ils prirent en même temps un air détaché. Et après ? La belle affaire !

— Je vais le résumer, dit Riddleton.

Il commença à énumérer des dates, des heures, des lieux. Ils n'avaient pas honte de leurs activités, mais il était troublant de savoir que les détails en étaient connus.

— Vous niez toujours ? demanda l'avocat quand il eut termine.

— N'importe qui peut écrire n'importe quoi, fit Lance.

Trudy garda le silence.

Riddleton prit un autre rapport ; celui-ci couvrait les sept mois précédant la disparition de Patrick. Dates, heures, lieux. Dès que le mari s'absentait, l'amant sonnait à la porte. Un manège immuable.

— Ces privés peuvent-ils témoigner en justice ? demanda Lance à la fin de l'énumération.

— Nous n'irons pas en justice.

— Pourquoi ? lança Trudy.

— À cause de ceci.

L'avocat fit glisser sur son bureau les photos en couleurs sur papier brillant. Trudy en saisit une, ouvrit démesurément la bouche en se voyant allongée au bord de la piscine, en tenue d'Ève, aux côtés de son amant. Lance eut un mouvement de surprise, mais parvint à former un mince sourire. Les photos étaient plutôt réussies.

Ils se les passèrent sans un mot ; Riddleton buvait du petit lait.

— Vous avez été trop imprudents.

— Dispensez-nous de la leçon de morale, fit Lance.

Comme il fallait s'y attendre, Trudy fondit en pleurs. Ses yeux s'embuèrent, ses lèvres se mirent à trembler, elle commença à renifler, puis de grosses larmes coulèrent. Riddleton avait déjà vu ça cent fois : elles finissaient toujours par chialer. Non pour ce qu'elles avaient fait, mais pour le prix à payer.

— Il n'aura pas ma fille ! lança-t-elle rageusement à travers ses larmes.

Ils l'écoutèrent pleurnicher un moment ; toujours attentionné, Lance lui tapota l'épaule en s'efforçant de la consoler.

— Je suis désolée, dit-elle enfin en séchant ses larmes.

— Détendez-vous, fit Riddleton sans la plus petite trace de compassion dans la voix. Il ne veut pas de l'enfant.

— Pourquoi ?

— Il n'est pas son père.

Les yeux plissés par la réflexion, Trudy et Lance essayèrent de mettre de l'ordre dans leur esprit.

Riddleton leur tendit un autre document.

— Il a prélevé un peu de sang de la petite, quand elle avait quatorze mois, et a fait faire un test d'ADN. Il est exclu qu'il soit le père.

— Alors, qui... ? commença Lance, incapable d'achever sa phrase.

— Cela dépend de qui d'autre il y avait, fit obligeamment Riddleton.

— Il n'y avait personne d'autre, riposta Trudy en le singeant avec méchanceté.

— Sauf moi, hasarda Lance.

Il ferma lentement les yeux, sentit d'un seul coup le poids de la paternité sur ses épaules. Lance méprisait les enfants ; il ne supportait Ashley Nicole que parce qu'elle faisait partie de la vie de Trudy.

— Félicitations, dit Riddleton en prenant dans un tiroir un petit cigare qu'il poussa vers Lance. C'est une fille, ajouta-t-il avec un rire gras.

Lance fit tourner le cigare entre ses doigts tandis que Trudy enrageait en attendant que l'avocat se calme.

— Où en sommes-nous ? demanda-t-elle.

— C'est simple. Vous renoncez à tous ses biens, quels qu'ils soient, et il vous laisse le divorce, l'enfant, tout ce que vous voudrez d'autre.

— Parlez-moi de ses biens.

— Même son avocat ne sait pas très bien ce qu'ils représentent. Il risque la peine capitale et il n'est pas sûr qu'on retrouve l'argent.

— Mais je vais tout perdre ! Regardez ce qu'il m'a fait ! J'ai touché deux millions et demi à sa mort ; aujourd'hui, l'assurance veut me mettre sur la paille.

— Elle a bien mérité la grosse galette, glissa Lance.

— Je ne peux pas le poursuivre pour cruauté mentale, fraude ou autre chose ? insista Trudy d'une voix implorante.

— Non. Écoutez, c'est très simple : vous divorcez, vous gardez l'enfant et votre mari conserve l'argent qu'il a mis en lieu sûr. Tout se fera discrètement. Sinon, acheva l'avocat en tapotant les papiers et les photos, il montrera tout cela à la presse et vous serez affreusement humiliée. Vous avez voulu laver votre linge sale en public ; il est impatient de vous rendre la pareille.

— Où dois-je signer ?

J. Murray Riddleton prépara trois vodkas bien tassées ; la deuxième tournée ne fut pas longue à venir. Il aborda pour finir le sujet de ces rumeurs stupides selon lesquelles Lance serait en quête d'un tueur à gages. Les dénégations fusèrent rageusement ; l'avocat avoua qu'il ne croyait pas vraiment à de telles sornettes.

Il y avait tellement de rumeurs qui circulaient le long de la Côte.

22

Ils commencèrent à filer Sandy McDermott dès 8 heures, quand il quitta La Nouvelle-Orléans pour s'engager sur l'autoroute A10. Ils suivirent la voiture jusqu'à ce que la circulation devienne plus fluide, à l'approche du pont du lac Pontchartrain, téléphonèrent pour signaler qu'il était en route vers Biloxi. Le suivre ne présentait aucune difficulté ; écouter ses conversations serait une autre paire de manches. Guy avait préparé des micros pour le bureau et le domicile de l'avocat ; il y en avait même un pour sa voiture. Mais la décision de les poser n'avait pas encore été prise. Les risques étaient élevés ; Aricia en particulier était sur ses gardes. Il avait fait valoir à Stephano et à Guy que McDermott pouvait s'attendre à être mis sur écoute et leur faire gober toutes sortes de conneries sans valeur. Lanigan avait largement fait la preuve de sa perspicacité. La question n'avait pas été tranchée.

Sandy ne regardait pas dans son rétroviseur ; il ne voyait pas non plus grand-chose devant. Il se contentait de conduire en évitant les accrochages, l'esprit, comme d'habitude, à des années-lumière de la route.

D'un point de vue stratégique, les différentes batailles de l'affaire Lanigan se présentaient bien. Les procédures civiles engagées par Monarch-Sierra, les ex-associés de Patrick et Benny Aricia avaient été mises sur des rôles déjà surchargés ; Sandy avait un mois devant lui. La communication des pièces du dossier ne commencerait pas avant trois mois et s'étalerait sur un an. Les procès n'auraient pas lieu au mieux avant deux ans. Il en irait de même de l'action intentée par Patrick contre le FBI ; il faudrait ultérieurement citer Stephano et ses complices. Ce procès serait un régal, mais Sandy doutait d'avoir l'occasion de le suivre.

Le divorce était une affaire réglée.

L'accusation d'homicide volontaire, sur laquelle se concentrait l'attention générale, était plus épineuse. Selon la loi de l'État, Patrick devait être jugé dans les deux cent soixante-dix jours suivant son inculpation ; le temps était compté.

Sandy estimait qu'une condamnation était peu probable. Trop d'éléments essentiels manquaient encore : des faits significatifs tels que l'identité de la victime, la manière dont elle avait trouvé la mort, la certitude que Patrick l'avait tuée. Le tribunal devrait se contenter, au mieux, de preuves indirectes ; les suppositions étaient trop nombreuses.

Une condamnation tenant compte de l'opinion publique n'en était pas moins prévisible. À Biloxi et à cent cinquante kilomètres à la ronde, tout un chacun connaissait l'affaire dans ses détails et pensait que Patrick avait commis un meurtre afin de se faire passer pour mort et de subtiliser tranquillement les quatre-vingt-dix millions. Il avait bien quelques admirateurs, ceux qui rêvaient d'avoir une nouvelle vie, un nouveau nom et de l'argent plein les poches, mais ils ne feraient pas partie du jury. L'écrasante majorité, s'il fallait se fier aux sondages officieux des conversations de bistrot et des bruits de couloir, le croyait coupable et estimait qu'il devait faire de la prison. La peine de mort n'avait que de rares partisans ; elle était réservée aux violeurs et aux tueurs de flics.

Le plus urgent, dans l'immédiat, était de garder Patrick en vie. Le dossier sur Lance, que lui avait remis la veille au soir la ravissante Leah, le présentait comme un homme au tempérament instable, enclin à la violence. Il aimait les armes à feu et avait déjà été inculpé de recel par un grand jury fédéral. Les charges avaient été abandonnées par la suite. Outre sa condamnation à trois ans de détention pour trafic de stupéfiants, il avait écopé de deux mois de prison pour sa participation à une rixe dans une boîte de nuit de Gulfport, une peine assortie d'un sursis, pour cause de surpopulation carcérale. Il avait deux autres arrestations à son passif, pour des faits mineurs. Lance pouvait se rendre présentable et ne laissait pas le sexe faible insensible ; il savait s'habiller et débiter d'amusantes banalités dans les cocktails. Mais ses incursions dans la bonne société étaient épisodiques. Son cœur était resté dans la rue, tout près du ruisseau, où il traînait avec des usuriers, des bookmakers, des fourgues et de respectables trafiquants de drogue, les cols blancs de la pègre locale. C'étaient ses amis, les vieux potes de son quartier. Patrick s'était renseigné sur eux : le dossier contenait une douzaine de notices biographiques des copains de Lance, tous avec un casier bien fourni.

Dans un premier temps, Sandy avait soupçonné Patrick de paranoïa ; il avait changé d'avis. Il ne connaissait pas bien le milieu, mais la nature de sa profession le mettait occasionnellement en contact avec des criminels. Il lui était souvent venu aux oreilles qu'on pouvait se débarrasser de quelqu'un contre cinq mille dollars. Peut-être moins sur la Côte.

Lance avait largement de quoi payer un contrat ; il avait aussi un puissant mobile pour éliminer Patrick. La police de cette assurance vie qui avait fait la fortune de Trudy n'excluait aucune cause de décès autre que le suicide. Une balle dans la tête avait la même valeur qu'un accident de voiture ou un infarctus. Un mort est un mort.

La Côte n'était pas le territoire de Sandy. Il ne connaissait ni les shérifs ni leurs hommes, ni les juges ni leurs manies, pas plus que les autres membres du barreau. Il soupçonnait Patrick de l'avoir choisi précisément pour cette raison.

Sweeney ne s'était guère montré accueillant au téléphone. Le shérif s'était dit très occupé, avait ajouté qu'un entretien avec un avocat était le plus souvent une perte de temps. Il lui avait accordé quelques minutes, à partir de 9 h 30, sauf si une urgence l'appelait ailleurs. Sandy arriva en avance ; il vit une cafetière près du distributeur d'eau, se servit un gobelet. Des policiers circulaient en tous sens ; la prison du comté était toute proche. Sweeney vint le chercher pour le conduire dans son bureau, une pièce au confort spartiate, meublée de bric et de broc, décorée de portraits jaunis de politiciens souriants.

— Asseyez-vous.

Le shérif indiqua une pauvre chaise tandis qu'il prenait place à son bureau.

— Vous permettez que j'enregistre, poursuivit-il en enfonçant une touche sur un gros magnétophone trônant sur le bureau. J'enregistre tout.

— Bien sûr, fit Sandy, comme s'il avait eu le choix. Merci d'avoir trouvé un moment pour me caser.

— De rien.

Sweeney n'avait pas encore souri, rien fait ou dit qui ne donnât l'impression qu'il s'appuyait une corvée. Il alluma une cigarette en prenant une gorgée de café fumant.

— Je vais aller droit au but, commença Sandy.

Mon cabinet a reçu un appel anonyme prétendant que la vie de mon client pouvait être en danger.

Ce mensonge lui faisait horreur, mais, compte tenu des circonstances, il n'avait guère le choix. C'est ce que Patrick lui avait demandé.

— Pourquoi quelqu'un téléphonerait-il à votre cabinet pour avertir que votre client est en danger ?

— J'ai mis des informateurs sur cette affaire ; ils connaissent des tas de gens. Des bruits sont venus aux oreilles d'un de mes informateurs.

Rien dans le comportement de Sweeney n'indiqua s'il prenait l'affaire au sérieux. Il réfléchit en tirant sur sa cigarette. Depuis une semaine circulaient toutes les rumeurs possibles et imaginables sur Patrick Lanigan ; il n'était bruit que de ses aventures. Celles du tueur à gages se présentaient sous plusieurs versions. Sweeney se dit que son propre réseau d'informateurs était meilleur que celui d'un avocat de La Nouvelle-Orléans. Il allait le cuisiner un peu.

— Des suspects ?

— Oui. Un certain Lance Maxa ; vous devez le connaître.

— En effet.

— Il a pris la place de Patrick auprès de Trudy, peu après sa disparition.

— D'aucuns diraient que Patrick avait pris sa place, fit Sweeney en ébauchant son premier sourire.

Sandy n'était vraiment pas chez lui ; le shérif en savait plus long que l'avocat.

— J'imagine que vous êtes au courant de la relation entre Lance et Trudy, poursuivit Sandy, quelque peu déconcerté.

— Nous avons l'œil, par ici.

— Je n'en doute pas. Quoi qu'il en soit, vous devez savoir que Lance est un type dangereux ; mes informateurs ont entendu dire qu'il était à la recherche d'un tueur à gages.

— Combien offre-t-il ? demanda Sweeney, l'air sceptique.

— Je ne sais pas, mais il a l'argent et le mobile.

— J'ai déjà entendu ça.

— Bien. Que comptez-vous faire ?

— À quel propos ?

— Pour protéger la vie de mon client.

Sweeney prit une longue inspiration, décida de tenir sa langue et de contenir sa colère.

— Votre client est sur une base aérienne, dans une chambre d'hôpital dont la porte est gardée par mes hommes et le couloir surveillé par des agents du FBI. Que voulez-vous de plus ?

— Écoutez, shérif, je ne cherche pas à vous apprendre votre boulot.

— Vraiment ?

— Je vous assure. Mais essayez de comprendre que mon client est terrifié ; je suis ici à sa demande. Il a été traqué quatre longues années avant de se faire prendre. Il entend des voix que nous n'entendons pas ; il voit des ombres que nous ne voyons pas. Il est persuadé qu'on va essayer de le tuer et compte sur moi pour le protéger.

— Il ne risque rien.

— Dans l'immédiat. Ne pourriez-vous parler à Lance, le cuisiner sérieusement et lui dire que vous avez eu vent de certains bruits. S'il sait que vous le tenez à l'œil, il serait stupide de tenter quelque chose.

— Lance est stupide.

— Lui, peut-être ; pas Trudy. Si elle craint de se faire prendre, elle se débarrassera de Lance.

— Elle a fait ça toute sa vie.

— Précisément. Elle ne voudra pas courir ce risque.

Sweeney alluma une nouvelle cigarette en jetant un coup d'œil à sa montre.

— Autre chose ?

— Une dernière chose ; soyez assuré que je n'essaie pas de me mêler de vos affaires. Patrick a le plus grand respect pour vous, mais il pense être mieux protégé là où il est.

— Vous m'en direz tant.

— La prison peut être dangereuse pour lui.

— Il aurait dû y penser avant de supprimer l'inconnu de la voiture.

— Il sera plus facile de le protéger à l'hôpital, poursuivit Sandy sans relever l'allusion.

— Avez-vous visité ma prison ?

— Non.

— Alors, ne me reprochez pas je ne sais quel manque de sécurité. Je fais ce boulot depuis longtemps, vous savez.

— Je ne vous reproche rien.

— Mon œil ! Il vous reste cinq minutes ; avez-vous autre chose à dire ?

— Non.

— Parfait.

Sweeney se leva d'un bond et sortit.

Le juge Karl Huskey arriva à la base aérienne de Keesler en fin d'après-midi ; il franchit lentement les différents postes de contrôle avant d'atteindre l'hôpital. Il était au beau milieu du procès d'un réseau de trafiquants de drogue et se sentait fatigué. Patrick l'avait appelé pour lui demander de passer, si cela lui était possible.

Aux côtés de Sandy McDermott, Karl avait porté en terre le cercueil de Patrick dont, contrairement à Sandy, il était un ami de fraîche date. Ils s'étaient rencontrés à l'occasion d'un procès au civil, peu après l'arrivée de Patrick à Biloxi. Ils avaient noué des rapports d'amitié, comme peuvent le faire un juge et un avocat qui se voient toutes les semaines. Ils discutaient à l'occasion du déjeuner mensuel du barreau, s'étaient soûlés ensemble un soir de Noël et jouaient au golf deux fois par an.

Ces relations amicales étaient restées assez superficielles les trois premières années que Patrick avait passées à Biloxi. Leurs liens s'étaient resserrés dans les mois précédant sa disparition. Il était facile, après coup, de voir les changements qui s'étaient produits chez Patrick.

Après sa disparition, ceux qui le connaissaient le mieux parmi les gens de justice, au nombre desquels figurait Karl, aimaient à se réunir le vendredi en fin de journée devant un verre, au bar du restaurant Mary Mahoney, pour essayer de mettre en place les pièces du puzzle.

Une partie de la responsabilité était rejetée sur Trudy, même si, de l'avis de Karl, elle faisait une cible trop facile. Leur couple, en apparence, ne fonctionnait pas si mal ; en tout cas, Patrick n'en avait parlé à aucun de ceux qui se réunissaient chez Mary Mahoney. Le comportement de Trudy après l'enterrement, en particulier l'acquisition de la Rolls rouge, l'installation d'un amant sous son toit et son attitude méprisante dès qu'elle avait empoché le montant de l'assurance vie, avait dressé tout le monde contre elle et rendu un jugement objectif impossible. Nul ne pouvait affirmer avec certitude qu'elle avait trompé Patrick avant sa disparition. Buster Gillespie, le greffier du tribunal civil, un habitué de ces réunions du vendredi, professait même une certaine admiration pour Trudy. Depuis qu'elle avait participé avec son épouse à la préparation d'une soirée de bienfaisance, il se sentait obligé de dire un mot gentil sur elle. Il était à peu près le seul. Trudy attirait facilement la critique.

Sa vie stressante avait certainement contribué à pousser Patrick au point de rupture. Les affaires battaient leur plein, il aspirait de tout son être à être promu associé. Il travaillait sans compter son temps, acceptait les affaires délicates dont les autres ne voulaient pas. Même la venue d'Ashley Nicole n'avait pas suffi à le retenir chez lui. Trois ans après son arrivée, il était devenu le nouvel associé du cabinet Bogan ; peu de gens de l'extérieur le savaient. Patrick l'avait glissé un jour à Karl, à la fin d'une audience, mais il n'avait rien d'un vantard.

Il était fatigué, stressé, comme la plupart des avocats que Karl voyait défiler dans sa salle d'audience. Les changements les plus curieux étaient de nature physique. Il mesurait plus d'un mètre quatre-vingts, affirmait ne jamais avoir été mince. Il prétendait avoir été un bon coureur quand il faisait son droit, parcourant jusqu'à soixante-dix kilomètres par semaine. Mais comment un avocat surmené pouvait-il trouver le temps de courir ? Son poids n'avait cessé d'augmenter pour s'envoler véritablement la dernière année. Il semblait indifférent aux railleries et aux commentaires amusés du Palais. Karl l'avait mis en garde plus d'une fois, mais il continuait de s'empiffrer. Un mois avant sa disparition, il avait confié au juge qu'il pesait cent cinq kilos et que Trudy poussait les hauts cris. Bien sûr, quand on a le temps de faire deux heures d'aérobic par jour en compagnie de Jane Fonda, on garde la taille mannequin.

Patrick disait qu'il souffrait d'hypertension, qu'il allait suivre un régime ; Karl l'avait encouragé dans cette voie. Il avait appris par la suite que la tension artérielle de Patrick était normale.

La prise de poids et la perte rapide qui avait suivi devenaient faciles à expliquer à la lumière des événements.

La barbe aussi. Son apparition remontait au mois de novembre 1990 ; il disait que c'était sa barbe de chasseur de cerf. Il n'était pas le seul avocat dans ce cas. L'air devenait plus frais, le taux de testostérone s'élevait ; c'était puéril. Patrick ne s'était pas rasé, ce qui avait rendu Trudy furieuse. Plus le temps passait, plus la barbe grisonnait. Ses amis s'y étaient faits ; pas Trudy.

Il commença aussi à porter les cheveux un peu plus longs, plus épais sur le sommet du crâne, à mi-hauteur des oreilles. Karl parlait en rigolant d'une coupe à la Jimmy Carter, version 1976 ; Patrick prétendait avoir perdu son coiffeur et ne pouvoir en trouver un autre qui lui convenait.

Il s'habillait bien, gardait de la prestance malgré son poids mais il était trop jeune pour se laisser aller de la sorte.

Trois mois avant de tirer sa révérence, Patrick avait réussi à convaincre ses associés que le cabinet avait besoin d'une brochure ; il mit beaucoup de cœur dans ce modeste projet. Patrick n'était pas censé le savoir, mais le règlement Aricia était proche, l'argent n'allait pas tarder à arriver. Un cabinet respecté allait bientôt rouler sur l'or ; pourquoi ne pas flatter un peu plus leur amour-propre en faisant réaliser une brochure professionnelle ? C'était aussi un moyen de faire plaisir à Patrick. Ils posèrent donc tous les cinq pour un photographe professionnel qui passa une heure sur la photo de groupe. Patrick fit tirer la brochure à cinq mille exemplaires et reçut les félicitations de ses confrères. Son portrait s'étalait en page deux ; gras, barbu, hirsute, il n'avait rien à voir avec l'homme qu'on avait retrouvé au Brésil.

Cette photo fut utilisée par la presse à l'annonce de son décès ; elle était de loin la plus récente. De plus, tout à fait par hasard, Patrick avait fait parvenir un exemplaire de la brochure au quotidien local, pour le cas où le cabinet déciderait de faire de la publicité dans ses colonnes. On avait beaucoup ri chez Mary Mahoney en se représentant Patrick organisant la séance de photographie, en imaginant les quatre autres en complet marine, essayant de paraître à la fois sérieux et souriants pendant que leur nouvel associé préparait le terrain pour sa sortie. Au cours des mois qui avaient suivi sa disparition, la bande réunie au bar avait porté plus d'un toast en son honneur en s'amusant à deviner où il pouvait bien être. Ils lui avaient souhaité bonne chance en pensant au magot. Au fil du temps, l'excitation était retombée. Quand ils eurent minutieusement analysé la vie du cher disparu, les réunions commencèrent à s'espacer, puis elles cessèrent. On ne retrouverait jamais Patrick.

Karl entra seul dans la cabine de l'ascenseur, appuya sur le bouton du troisième étage ; il avait encore de la peine à croire au retour de son ami.

Il se demanda s'il avait jamais perdu espoir de le revoir. Les images étaient trop fortes pour s'effacer rapidement. Après une mauvaise journée au tribunal, il imaginait Patrick lisant un roman sur une plage inondée de soleil ou buvant un verre en regardant passer les filles. Après une nouvelle année sans augmentation, il se demandait ce que les quatre-vingt-dix millions étaient devenus. Quand des rumeurs couraient sur la fin prochaine du cabinet Bogan, il en voulait à Patrick des malheurs qu'il avait provoqués. En vérité, pour une raison ou pour une autre, Karl avait pensé à Patrick au moins une fois par jour depuis son départ.

Il n'y avait ni infirmières ni patients dans le couloir. Les deux adjoints du shérif se levèrent à son approche.

— Bonsoir, monsieur le juge, fit l'un d'eux.

Il leur serra la main, poussa la porte de la chambre obscure.

23

Assis sur son lit, torse nu, Patrick regardait un feuilleton télévisé. Les stores étaient tirés, une veilleuse restait allumée sur la table de chevet.

— Assieds-toi là, dit-il à Karl en indiquant le pied du lit.

Il lui laissa juste le temps de voir les brûlures de sa poitrine avant d'enfiler un tee-shirt. Le drap était remonté jusqu'à sa taille.

— Merci d'être venu.

Il éteignit la télévision, plongeant un peu plus la chambre dans l'obscurité. Karl s'assit tout au bout du lit, le pied droit ballant.

— Tu as de sales brûlures.

Patrick replia les genoux sur sa poitrine ; sous le drap, il paraissait affreusement maigre.

— C'était un sale moment à passer, dit-il en serrant les bras autour de ses genoux. D'après le médecin, la guérison est en bonne voie, mais il faut que je reste encore ici quelque temps.

— Cela ne pose pas de problème, Patrick. Personne ne demande que tu sois transféré.

— Pas encore. Mais je parie que la presse va bientôt se déchaîner.

— Pas de panique ; la décision m'appartient.

— Merci, Karl. Tu sais que je ne survivrai pas dans cette prison. Tu la connais.

— Et Parchman ? C'est cent fois pire.

Dans le long silence qui suivit, Karl se mordit la langue. Sa réplique avait été instinctive et cruelle.

— Excuse-moi. Je n'aurais pas dû dire ça.

— Je préférerais me tuer que d'aller à Parchman.

— Je ne peux te donner tort. Si nous parlions de choses plus agréables ?

— Tu ne pourras pas juger cette affaire, n'est-ce pas ?

— Bien sûr que non. Il faudra que je m'en dessaisisse.

— Quand ?

— Bientôt.

— Qui te remplacera ?

— Trussel ou Lanks. Probablement Trussel.

Karl le regardait intensément, mais Patrick semblait avoir du mal à soutenir son regard. Le juge attendait de voir briller dans ses yeux une étincelle complice suivie d'un sourire, puis d'un grand rire quand il craquerait et commencerait à narrer ses aventures. Il avait envie de s'écrier : « Allez, Patrick, raconte-moi tout ! Tu vois bien que je meurs d'impatience ! »

Mais les yeux demeuraient distants ; ce n'était plus le même Patrick.

— Où as-tu trouvé ce menton ? se sentit-il obligé de demander.

— Je me le suis payé à Rio.

— Et le nez ?

— Même endroit, même jour. Tu aimes ?

— Très réussi.

— Il y a à Rio des ateliers de chirurgie esthétique.

— Il paraît qu'il y a aussi des plages.

— Des plages incroyables.

— Tu as rencontré des filles ?

— Deux ou trois.

Le sexe n'était pas un sujet sur lequel Patrick aimait s'étendre. Il prenait plaisir à lancer un regard admiratif à une femme séduisante, mais, à la connaissance de Karl, il était resté fidèle à Trudy au long de leur mariage. Un soir de chasse, au bivouac, ils avaient fait une étude comparative de leurs épouses. Patrick avait reconnu qu'il n'était pas facile de se montrer à la hauteur avec Trudy.

Un nouveau silence s'installa entre eux ; Karl comprit que Patrick n'était pas pressé de parler. Une minute s'écoula, puis une seconde. Aussi heureux qu'il fût de s'être déplacé pour revoir son ami, Karl ne pouvait rester éternellement dans le silence et l'obscurité, le regard fixé sur le mur.

— Comme je ne jugerai pas ton affaire, reprit-il pour rompre le silence, ne me considère pas comme un juge. Je ne suis pas non plus ton avocat ; je suis ton ami. Tu peux me parler.

Patrick tendit le bras pour prendre une petite boîte de jus d'orange de laquelle dépassait une paille.

— Veux-tu boire quelque chose ?

— Non.

Patrick prit une gorgée, reposa la boîte.

— J'imagine que tout cela a un côté romantique. On rêve de se volatiliser ; on disparaît dans la nuit et, le matin venu, le soleil se lève sur un homme nouveau. Un homme qui a laissé tous ses problèmes derrière lui : la charge écrasante du travail, la douleur d'un mariage raté, la pression de la réussite sociale. C'est un rêve que tu fais, n'est-ce pas, Karl ?

— Je suppose que tout le monde le fait à un moment ou à un autre de sa vie. Depuis combien de temps préparais-tu ta sortie ?

— Longtemps. Je doutais sérieusement que le bébé soit de moi. J'ai donc décidé...

— Qu'est-ce que tu dis ?

— C'est vrai, Karl, je ne suis pas le père. Trudy n'a cessé de me tromper pendant notre mariage. J'ai fait mon possible pour aimer la petite, mais j'étais malheureux. J'ai réuni des preuves, je me suis juré de les montrer à Trudy, mais je remettais toujours cela au lendemain. Aussi étrange que cela puisse paraître, je m'étais plus ou moins fait à l'idée qu'elle avait un amant. J'avais l'intention de partir, sans savoir comment m'y prendre. J'ai acheté deux ou trois livres publiés sous le manteau, qui traitaient de la manière de changer d'identité et de se procurer des faux papiers. Ce n'est pas compliqué ; il suffit d'un peu de réflexion et de préparation.

— Tu t'es donc laissé pousser la barbe et tu as pris vingt-cinq kilos.

— Je n'en revenais pas de voir à quel point la barbe me changeait. C'était à l'époque où je suis devenu associé ; j'étais déjà au bout du rouleau. J'étais marié avec une femme infidèle, je jouais avec un enfant qui n'était pas de moi, je travaillais avec des gens que je ne supportais plus. Un jour, un déclic s'est fait dans mon esprit. J'étais sur l'autoroute A90, en route vers un rendez-vous important, pris dans un embouteillage ; je regardais le golfe du Mexique. Il y avait un petit voilier, tout seul, qui avançait à peine à l'horizon. J'ai eu une envie folle d'être sur ce bateau, de naviguer vers des lieux où personne ne me connaissait. J'étais là, au volant de ma voiture, je regardais ce voilier et je voulais me jeter à l'eau pour le rejoindre à la nage. Tu ne me croiras pas, Karl, mais je me suis mis à pleurer.

— Tout le monde passe par là un jour ou l'autre.

— Je suis revenu sur terre, mais je n'ai plus jamais été le même homme. Je savais que je disparaîtrais.

— Combien de temps t'a-t-il fallu ?

— Je me suis armé de patience. La plupart de

ceux qui décident de disparaître agissent dans la précipitation et commettent des erreurs. J'avais le temps ; pas de problèmes financiers, pas de créanciers à fuir. J'ai souscrit une police d'assurance vie pour un montant de deux millions ; cela a pris trois mois. Je ne pouvais pas laisser Trudy et le bébé sans rien. J'ai commencé à manger comme un goinfre et à prendre du poids. J'ai modifié mon testament et convaincu Trudy sans éveiller ses soupçons qu'il fallait prendre des dispositions pour organiser nos obsèques.

— L'incinération était une idée magnifique.

— Merci. Je la recommande vivement.

— Elle empêche, entre autres avantages, de déterminer la cause du décès, l'identité du défunt.

— Ne parlons pas de ça, veux-tu ?

— Excuse-moi.

— Puis j'ai entendu parler de Benny Aricia et de sa petite guerre avec le Pentagone et Platt & Rockland. Bogan avait mis l'affaire sous le boisseau. En fouillant un peu, j'ai découvert que Vitrano, Rapley et Havarac étaient dans le coup ; tous les associés, sauf moi. Ils avaient changé, Karl ; ils étaient devenus sournois. Bien sûr, j'étais le petit nouveau, mais un associé de plein droit ; ils m'avaient accepté à l'unanimité. Deux mois plus tard, ils me mettaient sur la touche. J'ai commencé à me taper tous les déplacements, ce qui faisait les affaires de tout le monde. Trudy pouvait organiser ses rendez-vous galants, les autres rencontrer Aricia sans avoir à se cacher. Ils m'envoyaient aux quatre coins du pays, ce qui m'arrangeait aussi et faisait avancer mes projets. À l'occasion d'un voyage de trois jours à Fort Lauderdale, j'ai trouvé à Miami un type qui fabriquait des faux papiers irréprochables. Pour deux mille dollars, j'ai eu un permis de conduire, un passeport, une carte de Sécurité sociale et une carte d'électeur dans le comté d'Harrison. Le tout au nom de Carl Hildebrand, en ton honneur.

— Je suis très touché.

— À Boston, j'ai déniché un type qui organise les disparitions ; pour mille dollars, j'ai eu droit à un séminaire individuel sur les moyens à employer pour disparaître. À Dayton, je me suis offert les services d'un spécialiste de la surveillance qui m'a tout dit sur les écoutes, les micros et toutes ces saletés. Je me suis montré patient, Karl, très patient. J'allais au bureau à des heures inhabituelles pour rassembler toutes les bribes d'informations sur le contrat Aricia ; je tendais l'oreille, je questionnais les secrétaires, je fouillais dans les corbeilles. Puis j'ai placé des micros dans les bureaux, un ou deux pour commencer, juste pour voir ce que cela donnait. J'ai surpris une conversation dans celui de Vitrano ; je n'en ai pas cru mes oreilles. Ils s'apprêtaient à me virer, Karl. Ils savaient qu'il leur reviendrait trente millions sur le contrat Aricia ; ils voulaient faire part à quatre. Les portions ne seraient pas égales. Bogan devait se tailler la part du lion, une dizaine de millions ; il avait des gens à arroser à Washington. Les trois autres devaient toucher cinq millions, le solde étant pour le cabinet. Et je devais me retrouver sans le sou.

— Cela remonte à quand ?

— Dans le courant de l'année 1991. Aricia a eu le feu vert du ministère de la Justice pour un règlement au 14 décembre ; il fallait trois mois pour toucher l'argent. Même le sénateur ne pouvait précipiter les choses

— Parle-moi de l'accident de voiture.

Patrick se tourna sur le côté ; il fit basculer ses jambes pardessus le bord du lit et se leva.

— Une crampe, marmonna-t-il.

Il s'arrêta devant la porte du cabinet de toilette, se

balança lentement d'un pied sur l'autre, les yeux fixés sur Karl.

— C'était un dimanche.

— Le 9 février.

— Exact, le 9 février. J'avais passé le week-end dans ma cabane ; sur la route du retour, j'ai eu un accident, j'ai péri dans l'incendie et je suis monté au ciel.

Karl l'observa attentivement, sans esquisser un sourire.

— Veux-tu recommencer ?

— Pourquoi, Karl ?

— Curiosité morbide.

— C'est tout ?

— Promis. C'était un petit chef-d'œuvre d'habileté, Patrick. Comment as-tu fait ?

— Je serai peut-être obligé de sauter quelques détails.

— Je n'en doute pas.

— Allons faire quelques pas ; cette chambre me sort par les yeux.

Ils sortirent dans le couloir ; Patrick expliqua à ses gardes que le juge et lui avaient besoin de marcher. Les policiers les suivirent à distance. Ils croisèrent une infirmière qui demanda en souriant s'ils désiraient quelque chose. Deux Coca light, répondit Patrick, pour lui faire plaisir. Pieds nus dans ses sandales de cuir, il allait d'un pas lent et régulier ; il n'ouvrit pas la bouche avant d'arriver au bout du couloir, où des fenêtres aux vitres épaisses donnaient sur le parking. Ils prirent place sur une banquette en vinyle, face au couloir ; les policiers attendaient à une quinzaine de mètres, le dos tourné.

— As-tu vu des photos du lieu de l'accident ? demanda-t-il à voix basse.

— Oui.

— Je l'avais découvert la veille. Les versants du

ravin sont assez raides, l'endroit m'avait paru idéal. J'ai attendu 22 heures, le dimanche, pour quitter la cabane. Je me suis arrêté à une station-service, à la limite du comté.

— Chez Verhall.

— C'est ça, Verhall. J'ai fait le plein.

— Quarante-cinq litres. Quatorze dollars et vingt et un cents, réglés avec une carte de crédit.

— Ce doit être ça. J'ai échangé quelques mots avec Mme Verhall avant de reprendre la route. Il y avait très peu de circulation. Trois kilomètres plus loin, j'ai tourné dans un chemin de pierres ; j'ai parcouru un bon kilomètre jusqu'à l'endroit que j'avais choisi. J'ai arrêté la voiture, ouvert le coffre et commencé à me changer. J'avais emporté une tenue de motard — casque, épaulettes, genouillères, protège-poignets. Je l'ai passée sur mes vêtements — tout sauf le casque — et j'ai rejoint la route pour repartir vers le sud. La première fois, une voiture me suivait ; la deuxième, j'ai vu des phares au loin. J'ai quand même écrasé la pédale de frein pour laisser des traces sur la chaussée. La troisième fois, la route était libre. J'ai mis le casque, respiré un grand coup ; la voiture a basculé dans le ravin. J'avais une de ces trouilles.

Karl se dit qu'à ce moment-là il y avait dans le véhicule un autre individu, mort ou vivant. Il préféra ne pas poser de questions, du moins pour l'instant.

— La voiture roulait à peine à cinquante kilomètres à l'heure quand elle a quitté la route, mais, quand tu es dans le vide et que tu vois les arbres défiler autour de toi, tu as l'impression d'aller trois fois plus vite. La voiture a commencé à faire des bonds en brisant des branches, le pare-brise s'est fêlé ; je tournais le volant comme un malade en m'efforçant d'éviter les obstacles, mais un gros pin a touché à l'avant gauche. L'airbag a explosé, j'ai été sonné un instant. J'ai eu l'impression de continuer à dégringoler, puis tout s'est arrêté. Quand j'ai ouvert les yeux, j'ai senti une violente douleur dans mon épaule droite. Pas de sang. Je me suis rendu compte que la Blazer s'était immobilisée, couchée sur le côté droit. Je suis sorti en rampant; j'ai compris que j'avais eu de la chance. Je n'avais pas de fracture de l'épaule, juste une contusion. J'ai fait le tour de la voiture, stupéfait de voir dans quel état je l'avais mise. Le toit s'était enfoncé juste au-dessus de ma tête. Quinze centimètres de plus et je ne sais pas si j'aurais pu sortir.

— Cela semble incroyablement risqué; tu aurais pu te tuer ou te blesser grièvement. Pourquoi ne t'es-tu pas contenté de pousser la voiture dans le ravin?

— Cela n'aurait pas marché, Karl; il fallait que cela fasse vrai. Le versant du ravin n'était pas assez escarpé.

— Pourquoi ne pas avoir placé une brique sur la pédale d'accélérateur et sauté au dernier moment?

— Une brique ne brûle pas. Si on avait trouvé une brique dans la voiture, cela aurait pu éveiller les soupçons. J'avais bien réfléchi et estimé que je pouvais rester au volant au milieu des arbres et m'en sortir. J'avais une ceinture de sécurité, un airbag, un casque.

L'infirmière apporta les boissons; elle avait envie de bavarder.

— Où en étais-je? demanda Patrick quand elle se fut retirée.

— Je pense que tu t'apprêtais à mettre le feu.

— Voilà... J'ai tendu l'oreille : le seul bruit était celui de la roue arrière gauche qui continuait à tourner. Je ne voyais pas la route; j'ai levé les yeux et je n'ai rien entendu. Absolument rien; une belle sortie. La maison la plus proche était à plus d'un kilomètre.

J'étais certain que personne n'avait rien entendu, mais je n'avais pas de temps à perdre. J'ai retiré le casque et les protections; j'ai lancé le tout dans la voiture. Je suis descendu un peu plus bas dans le ravin, jusqu'à l'endroit où j'avais caché l'essence.

— Quand?

— Dans la matinée. Très tôt, à l'aube. J'avais quatre bidons en plastique de huit litres; je les ai remontés jusqu'à la Blazer. Il faisait noir comme dans un four et je ne pouvais utiliser une torche, mais j'avais tracé un petit chemin. J'ai placé trois bidons dans la voiture, j'ai écouté : pas un bruit, nulle part. Le cœur battant, je sentais l'adrénaline courir dans mes veines. J'ai versé le contenu du dernier bidon sur les sièges et la carrosserie, puis je l'ai jeté à l'intérieur. Je me suis écarté d'une dizaine de mètres, j'ai allumé une cigarette que j'avais dans ma poche. Je l'ai lancée vers la voiture; j'ai encore fait quelques pas en arrière pour m'abriter derrière un arbre. La cigarette est tombée sur la voiture, l'essence a pris feu. On aurait dit une bombe qui explosait; en quelques secondes, tout s'est embrasé, des flammes sortaient par les vitres. J'ai gravi l'autre versant du ravin, trouvé un poste d'observation à une trentaine de mètres de la voiture. Je voulais voir sans me faire prendre. Le brasier rugissait; je n'aurais jamais imaginé que cela faisait tant de bruit. Quand des broussailles ont commencé à s'enflammer, je me suis dit que j'avais peut-être déclenché un feu de forêt. Par chance, il avait plu le vendredi, une grosse pluie qui avait détrempé le sol et mouillé les arbres.

Patrick s'interrompit pour prendre une gorgée de Coca.

— Je viens de me rendre compte que je n'ai même pas demandé des nouvelles de ta famille. Excuse-moi, Karl. Comment va Iris?

— Bien, merci. Nous pourrons parler de la famille plus tard ; pour l'instant, j'aimerais entendre la suite de l'histoire.

— Bien sûr. Où en étais-je ? J'ai le cerveau en capilotade, à cause de toutes ces drogues.

— Tu regardais la voiture brûler.

— Oui, la chaleur du brasier devient de plus en plus forte ; le réservoir d'essence explose, comme une autre bombe. J'ai peur d'être brûlé. Des débris projetés au loin fracassent des branches. Enfin, j'entends quelque chose venant de la route. Des voix. Des cris. Je ne vois rien, mais il y a du remue-ménage. Un long moment s'écoule, le feu s'étend autour de la voiture. Il avance vers moi, je suis obligé de m'éloigner. J'entends une sirène qui s'approche. J'essaie de trouver le ruisseau que j'avais vu la veille, dans les arbres, à une centaine de mètres. Je vais le suivre. Je vais récupérer ma moto de cross.

Karl n'avait pas perdu une miette du récit. Il avait bu chacun des mots de Patrick, l'avait suivi pas à pas. L'itinéraire choisi par Patrick pour sa fuite avait fait l'objet de discussions passionnées ; nul n'en avait la moindre idée.

— Une moto de cross ?

— Une vieille que j'avais depuis quelques mois. Je l'avais achetée cinq cents dollars à un vendeur de voitures d'occasion, à Hattiesburg. Je m'étais amusé à rouler dans les bois ; personne n'était au courant.

— Pas de papiers, pas d'immatriculation ?

— Bien sûr que non. Tu sais, Karl, en courant à travers les arbres, à la recherche de ce ruisseau, terrifié mais indemne, tandis que le grondement du feu et les voix s'estompaient, malgré les hurlements de la sirène, j'avais le sentiment d'aller vers la liberté. Patrick était mort ; il emportait dans sa tombe une mauvaise vie. On rendrait honneur à sa mémoire, tout le monde lui ferait ses adieux. Il ne faudrait pas longtemps pour qu'on commence à l'oublier. Et moi, je courais éperdument vers une nouvelle vie ; peut-on imaginer quelque chose de plus grisant ?

— Et le cadavre carbonisé dans la voiture, Patrick ? Pendant que tu courais joyeusement à travers bois, quelqu'un mourait à ta place. Karl eut de la peine à se contenir ; son ami semblait oublier qu'il avait commis un meurtre.

— D'un seul coup, reprit Patrick, je suis perdu. La végétation est dense, je me suis trompé de direction. J'allume ma petite torche ; j'espère ne pas commettre une imprudence. Je reviens sur mes pas, j'erre dans le bois, je n'entends plus la sirène. À un moment, affolé, je m'assieds sur une souche pour reprendre mes esprits. Quelle absurdité ! Survivre à l'accident pour mourir de faim et de froid ! Je me remets en marche, j'ai la chance de tomber sur le ruisseau. Je retrouve assez vite la moto. Je la pousse sur une centaine de mètres, à flanc de colline, jusqu'à une ancienne piste de bûcherons. J'ai du mal à hisser mes cent kilos, je suis à bout de forces. Pas une habitation à trois kilomètres à la ronde ; je mets la moto en marche et je remonte la piste. J'ai parcouru plusieurs fois les environs à moto ; je connais bien le coin. Je trouve une route empierrée et je vois la première maison. J'avais bricolé des tubes en aluminium sur la moto pour étouffer le bruit du moteur. Il ne me faut pas longtemps pour rejoindre une route goudronnée du comté de Stone. Je reste à l'écart des grandes voies, je ne quitte pas les petites routes. Deux heures plus tard, je suis de retour à la cabane.

— Pourquoi es-tu reparti là-bas ?

— Il fallait que je retrouve mon calme.

— Tu n'avais pas peur que Pepper te voie ?

Karl avait attendu le moment propice pour poser la question ; il guetta une réaction. Patrick ne sourcilla pas ; il contempla ses pieds quelques secondes avant de répondre.

— Pepper n'était plus là.

24

Underhill était de retour ; il sortait de huit heures de visionnage de l'enregistrement vidéo et d'étude de ses notes dans une autre pièce. Il entra avec un bonjour rapide à l'adresse de Stephano et de son avocat, se mit aussitôt au travail.

— Si nous pouvions reprendre où nous en étions restés hier, monsieur Stephano.

— Où en étions-nous donc ?

— Votre expédition au Brésil.

— D'accord. Le Brésil est un grand pays. Cent soixante millions d'habitants, une superficie voisine de la nôtre, la réputation d'offrir une cachette idéale à un homme en fuite. Les nazis en ont fait de longues années leur terre d'élection. Nous avons constitué un dossier sur Lanigan et l'avons fait traduire en portugais. Nous avons demandé à un dessinateur de la police, secondé par des informaticiens, de réaliser un jeu de portraits en couleurs du nouveau Lanigan. Nous avons passé des heures en compagnie de l'homme qui lui avait loué le voilier à Orange Beach ainsi qu'avec les banquiers de Nassau ; ils nous ont aidés à réaliser des dessins de Lanigan. Nous avons pris rendez-vous avec ses ex-associés pour leur présenter les portraits ; ils les ont à leur tour montrés aux secrétaires. Bogan s'est même rendu chez la veuve de Lanigan pour lui soumettre le plus réussi.

— Maintenant que vous l'avez attrapé, vos portraits étaient-ils ressemblants ?

— Plutôt. Le menton et le nez nous avaient posé des problèmes.

— Veuillez poursuivre.

— Dès notre arrivée au Brésil, nous nous sommes adressés à trois des meilleures agences de détectives privés du pays. Une à Rio, une à São Paulo, la troisième à Recife. Nos ressources nous permettaient d'engager les meilleurs. Nous avons réuni tout le monde une semaine à São Paulo ; nous les avons écoutés. Ils se sont entendus pour présenter Lanigan comme un Américain en fuite, recherché pour l'enlèvement et l'assassinat de la fille d'un riche industriel, dont le père offrait une forte récompense pour tout renseignement. Le meurtre d'un enfant était évidemment destiné à susciter une sympathie plus vive qu'un détournement de fonds au préjudice d'un cabinet d'avocats. Nous avons commencé par les écoles de langues, montré les photos de Lanigan et offert de l'argent. Les établissements les plus réputés nous ont claqué la porte au nez ; ailleurs, on a regardé les photos sans pouvoir nous aider. À ce stade de nos recherches, nous avions déjà un profond respect pour Lanigan. Nous avons estimé qu'il n'aurait pas couru le risque de suivre des cours dans un endroit où l'on posait des questions et où des dossiers étaient établis. Nous nous sommes donc tournés vers les professeurs de langues donnant des cours particuliers, qui ne sont guère plus d'un million au Brésil. Une tâche de longue haleine.

— Proposiez-vous d'emblée de l'argent ?

— Nous avons fait ce que nos agents brésiliens nous conseillaient, à savoir montrer les photos, raconter l'histoire de l'assassinat de l'enfant et observer notre interlocuteur. S'il y avait une réaction, nous pouvions faire discrètement allusion à une récompense.

— Des réactions ?

— Quelques-unes, de-ci de-là. Mais nous n'avons jamais rien versé, du moins aux professeurs de langues.

— À d'autres ?

Stephano acquiesça de la tête en regardant une feuille de papier.

— En avril 1994, nous avons trouvé à Rio un plasticien qui a manifesté de l'intérêt en voyant la photo de Lanigan. Il nous a fait attendre un mois avant de nous convaincre qu'il avait opéré Lanigan. Il avait ses propres photos, avant et après l'intervention. Il a joué le coup à la perfection ; nous avons fini par accepter de lui verser deux cent cinquante mille dollars en espèces, à l'étranger, contre la totalité de son dossier.

— Que contenait-il ?

— Pas grand-chose. Des photos de face de notre homme avant et après l'intervention de chirurgie esthétique. C'était curieux ; Lanigan avait refusé qu'il prenne des photos. Il ne voulait pas laisser de traces et avait proposé de payer en espèces. Il n'avait pas voulu donner son identité, avait prétendu être un homme d'affaires canadien désireux de se rajeunir. Le chirurgien avait l'habitude de ce discours ; il savait avoir affaire à un homme recherché. Il avait un appareil caché dans son bureau, ce qui explique les photos.

— Pouvons-nous les voir ?

— Certainement.

L'avocat apporta sa modeste contribution en faisant glisser sur la table une enveloppe en kraft. Underhill l'ouvrit, se contenta de jeter un coup d'œil au contenu.

— Comment avez-vous trouvé ce médecin ?

— En même temps que les écoles et les professeurs de langues, nous nous intéressions de près à d'autres professions. Faussaires, plasticiens, importateurs.

— Importateurs ?

— Il existe un mot en portugais ; importateur est une traduction approximative. Ce sont des hommes de l'ombre, des spécialistes qui font entrer leurs clients au Brésil et les aident à disparaître — nouvelle identité, nouveaux papiers, les meilleures planques, les endroits les plus sûrs. Un milieu impénétrable. Nous n'avons pas eu plus de chance avec les faussaires qui ne peuvent se permettre de parler de leurs clients ; ce serait mauvais pour les affaires.

— Les spécialistes de la chirurgie esthétique étaient différents ?

— Pas vraiment, ils ne parlent pas non plus. Nous avons engagé l'un d'eux à titre de consultant ; il nous a donné le nom de certains confrères peu scrupuleux, qui travaillaient avec des clients préférant garder l'anonymat. C'est ainsi que nous avons trouvé le plasticien de Rio.

— Cela se passait deux ans après la disparition de Lanigan.

— Exact.

— Était-ce le premier indice de sa présence au Brésil ?

— Le tout premier.

— Qu'avez-vous fait ces deux premières années ?

— Nous avons dépensé des quantités d'argent, frappé à des quantités de portes, suivi des quantités de fausses pistes. C'est un grand pays, je le répète.

— Combien d'hommes travaillaient pour vous au Brésil ?

— J'ai eu jusqu'à soixante agents. Les salaires ne sont pas aussi élevés qu'aux États-Unis.

Le juge voulait une pizza. On alla la chercher chez Hugo, un petit restaurant de famille dans Division Street, près de la Pointe, à l'écart des fast-foods bordant la plage. Un adjoint du shérif l'apporta chambre 312. Patrick en huma le parfum dès l'ouverture de la porte de l'ascenseur. Il la regarda avec convoitise quand Karl ouvrit le carton au pied du lit. Les yeux fermés, il aspira goulûment les arômes divins d'olives noires, de champignons, de saucisse italienne, de poivre vert et des six fromages. Il avait mangé d'innombrables pizzas chez Hugo, en particulier les deux dernières années de son ancienne vie ; il rêvait de celle-là depuis une semaine. Il y avait certains avantages à rentrer au pays.

— Tu n'y tiens plus, fit Karl. Mange donc.

Dans un silence religieux, Patrick dévora à belles dents sa première portion de pizza ; il en prit une autre.

— Comment as-tu fait pour n'avoir plus que la peau sur les os ? poursuivit Karl.

— Pourrions-nous avoir une bière ?

— Non. As-tu oublié que tu étais en prison ?

— Quand on veut perdre du poids, tout se passe dans la tête. Avec de la volonté, c'est facile. J'étais très motivé.

— Quel poids as-tu atteint ?

— Deux jours avant ma disparition, je pesais cent sept kilos ; j'en ai perdu vingt et un en six semaines. Ce matin, je faisais soixante-douze kilos.

— Tu as l'air squelettique. Mange.

— Merci.

— Tu es donc revenu à la cabane.

Patrick s'essuya le menton avec une serviette en papier, reposa sa pizza dans le carton. Il prit une gorgée de Coca.

— J'y suis arrivé vers 23 h 30. Je suis entré sans allumer les lumières ; il y a une autre cabane à sept ou huit cents mètres, sur une éminence, visible de la mienne. Elle appartient à des gens de Hattiesburg ; je ne les avais pas vus ce week-end-là, mais il fallait être prudent. J'ai masqué la fenêtre du cabinet de toilette avec une serviette sombre avant d'allumer. Je me suis d'abord rasé, puis coupé les cheveux. Ensuite, je les ai teints en brun foncé, presque noir.

— Je regrette de ne pas avoir vu ça.

— C'était très seyant. Très étrange aussi ; je me suis senti un autre homme en me regardant dans le miroir. Après, j'ai tout nettoyé, balayé les cheveux et les poils de barbe ; je savais que la cabane serait passée au peigne fin. J'ai mis des vêtements chauds, bu deux bols de café fort, versé le reste de la cafetière dans une Thermos, pour le voyage. À 1 heure du matin, je suis sorti en hâte ; je ne pensais pas que les flics passeraient dans la nuit, mais ce n'était pas impossible. Je savais qu'il leur faudrait un certain temps pour remonter jusqu'au propriétaire de la voiture et appeler Trudy. Quelqu'un pouvait leur suggérer d'aller jeter un coup d'œil dans la cabane ; je n'y croyais pas, mais j'étais pressé de partir.

— Tu ne t'es pas inquiété pour Trudy ?

— Pas vraiment. Je savais qu'elle supporterait le choc et qu'elle m'accompagnerait dignement à ma dernière demeure. Elle se comporterait en veuve modèle un mois, puis toucherait le pactole de l'assurance vie. Entourée d'attentions, les poches pleines, elle aurait tout ce dont elle rêvait. Non, Karl, je n'avais plus d'amour pour elle ; pas d'inquiétude non plus.

— Es-tu jamais retourné dans la cabane ?

— Non.

Karl ne put, ne voulut s'empêcher de poser la question qui lui brûlait les lèvres.

— Le fusil de chasse et le matériel de camping de

Pepper ont été retrouvés sous un lit. Comment y sont-ils arrivés ?

Patrick leva fugitivement les yeux, comme si la question le prenait au dépourvu, puis il détourna la tête. Karl enregistra cette réaction, à laquelle il devait souvent penser dans les jours à venir. Un tressaillement, un regard, puis, dans l'impossibilité d'offrir une réponse sincère, un mouvement de la tête en direction du mur.

Une réplique d'un vieux film lui revint en mémoire. « Qui commet un meurtre commet vingt-cinq erreurs ; celui qui peut en éviter quinze est un génie. » Malgré la méticulosité apportée à son plan, Patrick avait peut-être simplement oublié les affaires de Pepper. Peut-être, dans sa précipitation, avait-il été négligent.

— Je ne sais pas, répondit-il d'une voix indistincte, le regard toujours tourné vers le mur.

— Où es-tu allé ensuite ?

— J'ai fait une balade en enfer, répondit vivement Patrick, impatient de passer à autre chose. Il faisait 5 °C, j'étais frigorifié. Je suis resté sur les petites routes en roulant lentement à cause du vent qui me mordait la chair. Je suis passé en Alabama, en restant à l'écart des grands axes. La vue d'une moto de cross sur une autoroute, à 3 heures du matin, aurait pu donner des idées à un flic cherchant à tuer son ennui ; j'ai évité les agglomérations. À 4 heures, j'ai enfin atteint les faubourgs de Mobile. Le mois précédent, j'avais trouvé un petit motel où on acceptait les espèces sans poser de questions. Je me suis glissé dans le parking, j'ai caché la moto derrière les bâtiments et je suis entré à pied, comme si je venais de descendre d'un taxi. Trente dollars la chambre, cash, pas de fiche. Il m'a fallu une heure pour me réchauffer ; j'ai dormi deux heures et je me suis levé avec le soleil. Quand as-tu appris la nouvelle, Karl ?

— Pendant que tu faisais de la moto dans la campagne. Doug Vitrano m'a appelé un peu après 3 heures. Ça m'est resté en travers de la gorge ! Perdre du sommeil et pleurer un ami pendant qu'il joue à *Easy Rider* et file vers une vie de rêve.

— Je n'étais pourtant pas au bout de mes peines.

— Non, mais tu ne t'es pas soucié de tes amis.

— Je m'en veux, Karl.

— Je n'en crois rien.

— Tu as raison, ce n'est pas vrai.

Patrick était détendu, animé, dans son histoire ; il avait le sourire aux lèvres.

— Tu t'es levé avec le soleil ; un homme nouveau dans un monde nouveau. Oubliés les soucis et les problèmes.

— Pour la plupart. C'était extrêment excitant, effrayant aussi. Impossible de dormir ; j'ai regardé la télévision jusqu'à 8 h 30. Rien sur ma mort. Après, je me suis douché, changé et...

— Attends... Qu'avais-tu fait du nécessaire à teinture ?

— Je l'avais jeté dans un conteneur à ordures en Alabama, quelque part dans le comté de Washington. J'ai appelé un taxi, ce qui, à Mobile, n'est pas la chose la plus aisée du monde. Le chauffeur s'est garé devant ma chambre et je suis parti en laissant la moto derrière le bâtiment. Le taxi m'a déposé dans un centre commercial où j'ai acheté dans un grand magasin, dès l'ouverture, une blazer bleu marine, un pantalon et des chaussures de bateau.

— Comment as-tu réglé ?

— En espèces.

— Tu n'avais pas de carte de crédit ?

— Si, une fausse carte Visa que je m'étais procurée à Miami et que je ne pouvais utiliser que pour un certain nombre d'opérations avant de m'en débarrasser. Je la gardais pour la location d'une voiture.

— Combien avais-tu en argent liquide ?

— À peu près vingt mille dollars.

— Comment t'y étais-tu pris ?

— J'en mettais de côté depuis un moment. Je gagnais bien ma vie, même si Trudy faisait de son mieux pour dépenser l'argent plus vite qu'il ne rentrait. J'avais expliqué à la comptable du cabinet que je devais faire virer une partie de mes honoraires sur un autre compte afin que ma femme n'en voie pas la couleur ; elle a dit que c'était une pratique courante chez les avocats. Je faisais des retraits périodiques et cachais l'argent dans un tiroir. Tu es satisfait ?

— Oui. Tu venais donc d'acheter des vêtements.

— Dans un autre magasin j'ai acheté une chemise blanche et une cravate. Je me suis changé dans les toilettes publiques ; en sortant, je ressemblais à n'importe quel voyageur de commerce. J'ai acheté d'autres vêtements et des accessoires, fourré le tout dans un sac de voyage et appelé un taxi. Il m'a déposé à l'aéroport de Mobile où j'ai pris un petit déjeuner en attendant un vol Northern Airlink en provenance d'Atlanta. Je me suis glissé dans le flot de passagers qui débarquaient, pressés, impatients de se lancer à la conquête de Mobile ; j'ai fait la queue avec deux autres voyageurs au comptoir Avis. Leurs véhicules étaient réservés. Pour moi, c'était un peu plus compliqué. J'avais un permis de conduire délivré en Georgie et mon passeport, en cas de besoin. J'ai utilisé la carte Visa, la peur au ventre. Le numéro était bon — elle appartenait à un pauvre type de Decatur, Georgie — et j'avais la trouille qu'une alarme informatique se déclenche. Il ne s'est rien passé. J'ai rempli les papiers et je suis parti en vitesse.

— Quel nom utilisais-tu ?

— Randy Austin.

— Une question me brûle les lèvres, Randy, dit Karl en prenant une bouchée de pizza. Puisque tu étais dans l'aéroport, pourquoi n'as-tu pas simplement sauté dans un avion ?

— J'y ai pensé. En prenant mon petit déjeuner, j'ai suivi le décollage de deux appareils ; j'aurais tellement voulu être à bord. Mais j'avais une affaire à régler. Crois-moi, la décision n'a pas été facile.

— Quelle affaire à régler ?

— Je pense que tu le sais. J'ai donc pris la direction de Gulf Shores, puis j'ai suivi la côte jusqu'à Orange Beach où j'ai loué un petit appartement.

— Sur lequel tu t'étais déjà renseigné ?

— Naturellement. Je savais qu'ils accepteraient un règlement en espèces. Nous étions en février, il faisait froid, le client était rare. J'ai pris un tranquillisant ; j'ai dormi six heures d'une traite. En regardant les informations du soir, j'ai vu l'endroit où j'avais péri dans l'incendie de ma voiture. Mes amis étaient effondrés.

— Connard !

— Je suis sorti acheter un kilo de pommes et des pilules amaigrissantes. À la nuit tombée, je suis allé sur la plage et j'ai marché trois heures ; je l'ai fait toutes les nuits pendant que je me cachais près de Mobile. Le lendemain matin, je me suis rendu à Pascagoula où j'ai acheté un journal ; j'ai vu mon visage bouffi et souriant à la une, j'ai lu l'article relatant la tragédie et citant tes propos touchants, j'ai appris que mes obsèques auraient lieu le jour même, à 15 heures. Je suis reparti à Orange Beach où j'ai loué un voilier, avant de prendre la route de Biloxi où je suis arrivé à temps pour mon enterrement.

— D'après les journaux, tu as assisté à la cérémonie.

— C'est vrai. Je suis monté dans un arbre du bois qui borde le cimetière et j'ai tout suivi avec des jumelles.

— Cela semble incroyablement stupide.

— Absolument, mais c'était plus fort que moi. Il fallait que je sois sûr, que je voie de mes yeux si ma ruse avait marché. Je suppose qu'à ce moment-là j'avais la certitude que rien ne pouvait m'arriver.

— J'imagine que tu avais choisi ton arbre.

— Pas du tout. En réalité, je n'étais pas sûr de vouloir le faire. Sur l'autoroute, je n'avais cessé de me répéter qu'il ne fallait pas y aller, que je ne devais pas m'approcher de Biloxi.

— Comment as-tu réussi à hisser ton gros postérieur dans un arbre ?

— J'étais très motivé. C'était un chêne avec de grosses branches.

— Heureusement. J'aurais aimé qu'une branche se brise et que tu tombes sur la tête.

— Tu ne penses pas un mot de ce que tu dis.

— Je t'assure que si. Nous étions rassemblés autour de ta tombe, en refoulant nos larmes et en consolant ta veuve pendant que tu te moquais de nous, perché sur ta branche comme un gros crapaud.

— Tu essaies seulement de te mettre en colère, Karl.

Patrick avait raison. Les quatre ans et demi qui s'étaient écoulés depuis ce jour avaient eu raison de la colère que Karl avait pu éprouver. En vérité, il était ravi d'être assis sur ce lit d'hôpital et de partager une pizza avec son ami en écoutant avidement les détails de son récit.

Ils n'allèrent pas au-delà de l'enterrement ; Patrick avait assez parlé. Ils regagnèrent sa chambre, une pièce qu'il ne pouvait considérer comme absolument sûre.

— Et maintenant, dit-il, parle-moi de Bogan, de Vitrano et des autres.

Il enfonça la tête dans son oreiller, savourant à l'avance ce qu'il allait entendre.

25

Le dernier coup de téléphone de la fille de Paulo Miranda remontait à deux jours. Elle avait appelé d'un hôtel de La Nouvelle-Orléans, toujours dans le cadre de son voyage professionnel pour ce nouveau et mystérieux client. Elle avait réitéré ses mises en garde contre des gens qui pourraient se renseigner sur elle et surveiller son père ; son client avait des ennemis au Brésil. Cet appel, comme les précédents, avait été bref et vague ; il avait perçu dans sa voix une peur qu'elle faisait de son mieux pour dissimuler. Il s'était mis en colère, avait exigé des détails. Elle s'était montrée inquiète pour sa sécurité ; il lui avait demandé de revenir. Perdant patience, il avait avoué qu'il avait rencontré ses anciens associés et savait qu'ils s'étaient séparés d'elle. Elle avait posément expliqué qu'elle était maintenant indépendante, qu'elle travaillait en solo avec ce riche client dans l'import-export, que des voyages prolongés comme celui-ci seraient monnaie courante.

Cette dispute au téléphone avait fait de la peine à Paulo, d'autant plus qu'il nourrissait pour elle de vives inquiétudes.

Il commençait aussi à en avoir assez de ces silhouettes furtives qui traînaient dans sa rue et lui filaient le train dès qu'il se rendait à pied au marché ou en voiture à son bureau de l'université catholique. Il les guettait ; ils n'étaient jamais loin. Il leur avait même donné des sobriquets. Paulo s'était entretenu à plusieurs reprises avec le gérant de l'immeuble d'Eva : là aussi des hommes rôdaient en s'efforçant de passer inaperçus.

Son dernier cours, un tour d'horizon de la philosophie germanique, s'achevait à 13 heures. Il garda une demi-heure dans son bureau un étudiant qui avait des difficultés avant de rentrer chez lui. Il pleuvait ; il avait oublié son parapluie. Sa voiture était garée sur un petit parking réservé aux professeurs, derrière un des bâtiments de l'université.

Osmar était à l'affût. Plongé dans ses pensées, Paulo sortit du bâtiment, les yeux baissés, un journal sur la tête ; il passa sous un arbre au feuillage dégouttant de pluie et marcha dans une flaque en s'approchant de sa voiture. Elle était garée à côté d'une camionnette de livraison, une petite Fiat rouge. Le conducteur sortit, Paulo ne fit pas attention à lui. L'homme ouvrit la porte arrière de la camionnette, Paulo ne vit ni n'entendit rien. Il cherchait ses clés quand Osmar, d'un coup d'épaule, le poussa brutalement dans la camionnette. La serviette du professeur tomba par terre.

La porte se referma en claquant. Le canon d'un pistolet vint se poser entre les yeux de Paulo, une voix lui intima de garder le silence.

La portière avant gauche de sa voiture était ouverte ; des papiers tombés de la serviette étaient éparpillés sur le bitume, du siège avant au pneu arrière.

La camionnette démarra sèchement.

Un appel anonyme informa la police de l'enlèvement.

Après la traversée de la ville qui dura une heure et demie, la camionnette roula sur une route de campagne ; Paulo n'avait aucune idée de l'endroit où ils se trouvaient. Il faisait une chaleur étouffante dans l'espace exigu, sans vitre ni lumière ; Paulo distinguait les silhouettes de deux hommes armés, assis de chaque côté de lui. La voiture s'arrêta devant une grande ferme ; le prisonnier fut conduit à l'intérieur. On lui avait aménagé un logement à l'arrière du bâtiment : une chambre avec cabinet de toilette, un salon avec la télévision. Il y avait de la nourriture en quantité. On l'assura qu'on ne lui ferait aucun mal, sauf s'il commettait l'erreur d'essayer de s'échapper. Il serait détenu une huitaine de jours avant d'être relâché, s'il se conduisait bien.

Paulo donna un tour de clé à la porte, regarda par une fenêtre. Assis sous un arbre, deux hommes riaient en buvant du thé, une arme automatique à portée de main.

Des appels anonymes furent adressés au fils de Paulo, au gérant de l'appartement d'Eva, à son ancien cabinet et à un de ses amis qui travaillait dans une agence de voyages. Le message était le même : Paulo Miranda avait été enlevé. La police enquêtait.

Eva était à New York où elle avait pris une chambre à l'hôtel Pierre ; elle faisait du shopping dans la Cinquième Avenue, passait des heures dans les musées. Elle avait pour instructions de rester en mouvement, de ne faire que des allers et retours rapides à La Nouvelle-Orléans. Elle avait reçu trois lettres de Patrick et lui en avait écrit deux, le tout par l'intermédiaire de Sandy. Les sévices qu'il avait subis n'avaient en rien altéré son sens du détail. Ses lettres exposaient avec toutes leurs particularités des plans, des listes, des procédures d'urgence.

Elle appela son père ; pas de réponse. Elle appela son frère ; le ciel lui tomba sur la tête. Il la supplia de revenir immédiatement ; c'était une nature fragile, la pression et l'adversité lui étaient étrangères. Les décisions de famille les plus difficiles étaient toujours laissées à Eva.

Elle resta une demi-heure au téléphone pour essayer de le calmer, de se calmer elle-même. Il n'avait reçu aucune demande de rançon, aucune nouvelle des ravisseurs.

Elle appela Patrick, passant outre à ses instructions. D'un téléphone public de l'aéroport de La Guardia, regardant par-dessus son épaule derrière d'épaisses lunettes noires, se tortillant nerveusement les cheveux, elle composa le numéro de sa chambre.

— Patrick, c'est Leah, fit-elle en portugais, d'un ton aussi neutre que possible.

Si les autres écoutaient, ils devraient au moins se donner la peine de trouver un traducteur.

— Que se passe-t-il ? demanda Patrick dans la même langue.

Il n'avait pas entendu depuis quelque temps sa voix mélodieuse, mais n'en éprouvait aucun plaisir dans ces circonstances.

— Pouvons-nous parler ?

— Oui. Que se passe-t-il ?

Patrick s'assurait toutes les trois ou quatre heures que le téléphone de sa chambre n'était pas sur écoute. Il promenait aussi dans la pièce le détecteur de micros que Sandy lui avait apporté, passant en revue toutes les cachettes possibles. Sachant sa porte gardée vingt-quatre heures sur vingt-quatre, il était un peu plus détendu. Mais les lignes extérieures restaient une source d'inquiétude.

— C'est mon père. Il faut que je rentre à Rio.

Elle raconta tout ce qu'elle savait de la disparition de Paulo.

— Non, Leah, fit doucement Patrick, c'est un

piège. Ton père n'a pas de fortune, personne n'a demandé de rançon. C'est toi qu'ils veulent.

— Je ne peux pas abandonner mon père.

— Tu ne pourras pas le retrouver non plus.

— Tout est ma faute.

— Non, je suis le seul responsable. Mais n'aggrave pas les choses en te jetant tête baissée dans leur piège.

Elle tortilla une mèche entre ses doigts en regardant le défilé de voyageurs pressés.

— Que dois-je faire ?

— Va à La Nouvelle-Orléans, appelle Sandy dès ton arrivée. Laisse-moi le temps de réfléchir.

Elle acheta un billet, gagna la salle d'embarquement, trouva un siège dans un angle. Le visage tourné vers le mur et caché derrière une revue, elle pensa à son père, aux choses affreuses que les ravisseurs pouvaient lui faire subir. Les deux seuls hommes qu'elle aimait avaient été enlevés par les mêmes personnes ; Patrick était encore hospitalisé à cause de ses blessures. Son père était plus âgé, moins robuste. Ils lui faisaient du mal à cause d'elle et elle ne pouvait rien faire.

À 22 h 20, après une journée de recherches, un policier de Biloxi vit la voiture de Lance quitter le Grand Casino. La voiture fut arrêtée, Lance retenu sans motif valable, en attendant l'arrivée du shérif. Sweeney et Lance eurent une conversation à l'arrière d'une voiture de patrouille, sur le parking d'un Burger King.

Le shérif demanda comment allait le trafic de drogue ; Lance répondit que les affaires étaient bonnes.

— Et Trudy ? poursuivit Sweeney, un cure-dents entre les lèvres.

Sur la banquette arrière éclairée par l'éclat intermittent du gyrophare, un affrontement implacable avait lieu entre les deux hommes pour savoir lequel serait le plus relax ; Lance mit ses Ray-Ban dernier cri.

— Elle va bien. Et votre épouse ?

— Je n'en ai pas. Écoutez, Lance, nous avons appris de bonne source que vous étiez à la recherche d'une gâchette.

— Mensonges. Mensonges éhontés.

— Ce n'est pas notre avis. Vous voyez, Lance, tous vos potes sont exactement dans la même situation que vous. À peine en fin de liberté surveillée ou faisant leur possible pour retourner au trou. Des ordures, rien que des ordures. Toujours à la recherche d'un mauvais coup, toujours prêts à aller au-devant des ennuis. Dès qu'une rumeur intéressante circule, ils s'empressent de refiler le tuyau aux fédéraux. Cela pourra toujours servir pour leur prochaine période de liberté surveillée.

— Je trouve ça sympa. Vraiment sympa.

— Comme ça, nous savons que vous avez du blé et que vous êtes avec cette femme qui va perdre un gros paquet. Tout irait beaucoup mieux pour vous si M. Lanigan restait mort, en quelque sorte.

— Qui ?

— D'accord. Voici donc ce que nous allons faire, nous et les fédéraux. Nous allons vous placer sous surveillance, cette femme et vous. Une surveillance de tous les instants ; si vous remuez une oreille, nous le saurons. Les ennuis de Lanigan ne sont rien à côté de ce qui vous attend, Trudy et vous.

— Je devrais avoir peur, shérif ?

— Si vous aviez quelque chose dans la tête, vous devriez.

— Je peux partir maintenant ?

— Je vous en prie.

Les deux portières furent ouvertes de l'extérieur ; on raccompagna Lance à sa voiture.

À peu près à la même heure, l'agent Cutter sonna à la porte de Trudy, espérant qu'elle était endormie. Il venait de passer un long moment dans un café, dans l'attente d'un coup de fil lui annonçant que Lance était retenu par la police locale.

Trudy était éveillée ; elle tira le verrou de la porte d'entrée. Carter montra sa plaque, articula « FBI » d'une voix forte. Elle le reconnut.

— Que voulez-vous ? demanda-t-elle dans l'entre-bâillement de la porte retenue par la chaîne de sûreté.

— Puis-je entrer ?

— Non.

— Lance a été arrêté par la police. Je pense que nous devrions parler.

— Quoi ?

— Il est aux mains de la police de Biloxi.

Elle retira la chaîne, ouvrit la porte. Ils restèrent tous deux dans le vestibule, face à face. Cutter buvait du petit-lait.

— Qu'a-t-il fait ?

— Je pense qu'il sera relâché d'ici peu.

— Je vais appeler mon avocat.

— Comme vous voudrez, mais je dois d'abord vous dire quelque chose. Nous tenons de bonne source que Lance a essayé de trouver un tueur à gages pour supprimer votre mari, Patrick Lanigan.

— Non ! s'écria-t-elle en portant la main à sa bouche.

Sa surprise ne semblait pas feinte.

— Si. Et il se pourrait que vous soyez impliquée. C'est votre argent que Lance essaie de préserver ; je crains que vous ne soyez tenue pour complice. Si quelque chose devait arriver à Lanigan, nous viendrions ici sans hésiter.

— Je n'ai rien fait.

— Pas encore. Nous vous surveillons de très près, madame Lanigan.

— Ne m'appelez pas comme ça !

— Pardon.

Cutter se retira, la laissant plantée dans le vestibule.

Sandy trouva une place de stationnement près de Canal Street ; il suivit Decatur Street d'un pas vif pour gagner le cœur du Vieux Carré. Il était minuit. Patrick lui avait recommandé de prendre mille précautions, surtout lorsqu'il avait rendez-vous avec Leah. Sandy était le seul à pouvoir les conduire à elle ; il ne devait négliger aucune mesure de prudence. « Elle est en grave danger, Sandy, prends toutes les précautions », lui avait-il dit une heure plus tôt.

Il fit trois fois le tour du même pâté de maisons ; quand il fut certain que personne ne le filait, il entra dans un bar de nuit où il but un soda en surveillant le trottoir. Puis il traversa la rue pour entrer au Royal Sonestra. Il se mêla dans le hall à un groupe de touristes, prit l'ascenseur jusqu'au troisième étage. Leah ouvrit la porte de sa chambre, la referma prestement. Elle paraissait épuisée, ce qui n'avait rien d'étonnant.

— Je suis désolé pour ce qui est arrivé à votre père, commença Sandy. Avez-vous des nouvelles ?

— Non. J'étais dans l'avion.

Il y avait un plateau avec du café sur le téléviseur ; Sandy se servit une tasse avec un sucre.

— Patrick m'a parlé de l'enlèvement, reprit-il. Qui sont les ravisseurs ?

— Il y a un dossier là-bas, fit-elle en indiquant de la tête une petite table. Asseyez-vous.

Son café à la main, Sandy s'installa au pied du lit

et attendit. Le moment était venu d'avoir une conversation.

— Nous nous sommes rencontrés à Rio il y a deux ans, après son opération de chirurgie esthétique. Il s'est présenté comme un homme d'affaires canadien à la recherche d'un avocat ayant l'expérience de l'import-export. En réalité, il avait besoin d'un ami ; j'ai été cette amie quarante-huit heures, puis nous sommes tombés amoureux. Il m'a tout dit sur son passé, sans rien cacher. Sa disparition avait été magnifiquement organisée, il avait une fortune à sa disposition, mais il ne pouvait oublier le passé. Il était résolu à savoir qui le traquait, si ses poursuivants étaient sur ses talons. En août 1994, je suis venue aux États-Unis prendre contact avec une société de surveillance basée à Atlanta et composée d'anciens du FBI, qui portait un drôle de nom, le groupe Pluton ; Patrick les avait choisis avant sa disparition. J'ai donné un faux nom, je me suis fait passer pour une Espagnole qui avait besoin de renseignements sur les recherches menées pour retrouver Patrick Lanigan. J'ai versé cinquante mille dollars. Pluton a envoyé des hommes à Biloxi pour prendre langue avec les ex-associés de Patrick. Ils ont prétendu avoir des renseignements permettant de retrouver sa trace ; les avocats les ont discrètement aiguillés sur un certain Jack Stephano, à Washington. Ce Stephano est un fin limier aux honoraires astronomiques, qui dirige une agence spécialisée dans l'espionnage industriel et la recherche de personnes disparues. Les agents de Pluton l'ont rencontré à Washington. Il ne leur a pas révélé grand-chose, mais à l'évidence il conduisait les recherches. Ils l'ont revu, l'idée d'une récompense a fait son chemin. Ils ont proposé de monnayer leurs renseignements ; Stephano a accepté de verser cinquante mille dollars si cela le menait à Patrick. Dans le courant de ces conversations, ils ont appris que Stephano avait de bonnes raisons de croire que Patrick s'était réfugié au Brésil. Cela nous a terrifiés, comme vous pouvez l'imaginer.

— C'était la première indication que les autres étaient sur sa piste ?

— Absolument. Il avait déjà passé plus de deux ans au Brésil ; quand il m'avait révélé la vérité sur son passé, il ignorait si ses poursuivants étaient sur le bon continent. Il a reçu un coup terrible en apprenant qu'ils le traquaient déjà au Brésil.

— Pourquoi n'a-t-il pas pris la fuite vers une autre destination ?

— Pour plusieurs raisons. Il l'a envisagé ; nous en avons parlé interminablement et je serais partie avec lui. Après mûre réflexion, il a décidé qu'il lui serait possible d'effacer sa trace en restant dans ce pays. Il connaissait bien la langue, les mœurs, les cachettes, et ne voulait pas que je m'éloigne de chez moi. Je suppose que nous aurions dû fuir en Chine ou ailleurs.

— Ce n'était peut-être pas possible.

— Peut-être. Je suis restée en contact avec Pluton que nous avons engagé pour suivre les progrès de Stephano dans ses recherches. Ses agents se sont mis en rapport avec Benny Aricia pour lui servir la même histoire sur des renseignements à monnayer et ont pris contact avec la compagnie d'assurances. Chaque fois, on les a dirigés vers Jack Stephano. Je me rendais à Atlanta tous les trois ou quatre mois, toujours au départ d'une ville européenne, et Pluton me tenait au courant de l'état des recherches.

— Comment Stephano a-t-il retrouvé Patrick ?

— Il ne m'appartient pas de vous raconter ce chapitre de l'histoire. C'est à Patrick de le faire.

Encore un blanc et d'importance. Sandy posa sa tasse, essaya de mettre de l'ordre dans ses idées. Les choses seraient bien plus faciles si ces deux-là décidaient de tout lui dire. En commençant par le début et en suivant le fil des événements, de sorte que leur avocat soit en mesure de les aider. Mais peut-être n'avaient-ils pas besoin d'aide.

Patrick savait donc comment on l'avait retrouvé.

Leah prit le gros dossier, le lui tendit.

— Ce sont eux qui retiennent mon père captif.

— Les hommes de Stephano ?

— Oui. Je suis la seule personne à savoir où se trouve l'argent, Sandy. L'enlèvement de mon père est un piège qu'ils me tendent.

— Comment Stephano connaît-il votre existence ?

— Patrick le leur a dit.

— Patrick ?

— Vous avez vu les brûlures, non ?

— Dans ce cas, poursuivit Sandy, perplexe, pourquoi Patrick n'a-t-il pas révélé où se trouve l'argent ?

— Il ne le sait pas.

— Il a tout mis à votre nom ?

— Quelque chose comme ça. Disons que je suis la seule à y avoir accès. Maintenant ils me pourchassent et mon pauvre père est pris dans la tourmente.

— Que voudriez-vous que je fasse ?

Elle ouvrit un tiroir, prit un dossier semblable au premier mais plus mince.

— Celui-ci contient des renseignements sur les recherches menées par le FBI pour retrouver la trace de Patrick. Nous n'avons pas appris grand-chose, pour des raisons qui tombent sous le sens. L'agent responsable de l'opération s'appelle Cutter, du bureau de Biloxi. Dès que j'ai appris la capture de Patrick, j'ai appelé Cutter ; cela lui a probablement sauvé la vie.

— Pas si vite ; c'est difficile à suivre.

— J'ai informé Cutter que Patrick Lanigan avait été retrouvé et qu'il était retenu par des gens travaillant pour Jack Stephano. Nous supposons que le FBI s'est rendu directement chez Stephano pour le menacer. Ses agents au Brésil ont torturé Patrick quelques heures et failli le tuer avant de le remettre entre les mains du FBI.

Les yeux fermés, Sandy ne perdait pas un mot des paroles de la jeune femme.

— Continuez.

— Deux jours plus tard, Stephano était arrêté et son agence fermée.

— Comment le savez-vous ?

— Je continue à rétribuer grassement les services de Pluton ; ils sont très bons. Nous soupçonnons Stephano de déballer son histoire au FBI tout en essayant, dans la plus grande discrétion, de mettre la main sur moi. Et sur mon père.

— Que voulez-vous que je dise à Cutter ?

— Pour commencer, parlez-lui de moi. Dites-lui que je suis avocate, très proche de Patrick, que je prends les décisions pour lui et que je suis au courant de tout. Ensuite, expliquez-lui ce qui est arrivé à mon père.

— Vous croyez que le FBI fera pression sur Stephano ?

— Je l'ignore, mais nous n'avons rien à perdre.

Il était près de 1 heure du matin ; la fatigue se lisait sur les traits de Leah. Sandy ramassa les dossiers, se dirigea vers la porte.

— Nous aurons encore beaucoup à nous dire, fit-elle.

— Ce serait bien de tout savoir.

— Donnez-nous un peu de temps.

— Vous n'en avez plus beaucoup.

26

Le Dr Hayani commençait sa tournée du matin à 7 heures tapantes. Sachant que Patrick avait du mal à trouver le sommeil, il se glissait sans bruit dans la chambre obscure pour jeter un coup d'œil à son patient. Le plus souvent, il dormait ; ce matin-là, bien réveillé, il était assis dans un fauteuil devant la fenêtre. Il ne portait que son short de coton blanc. Il avait les yeux fixés sur le store hermétiquement clos ; il regardait devant lui sans rien voir, car il n'y avait rien à voir. La seule lumière était celle de la veilleuse de sa table de chevet.

— Tout va bien, Patrick ? demanda Hayani en s'avançant dans la chambre.

Il ne répondit pas. Le médecin tourna la tête vers la table dont Patrick avait fait un bureau de fortune. Tout était impeccablement rangé : pas un livre ouvert, pas un dossier de travers.

— Tout va bien, docteur, répondit Patrick après un long silence.

— Avez-vous dormi ?

— Non, je n'ai pas fermé l'œil.

— Vous ne risquez rien, Patrick. Le jour est levé.

Il ne dit pas un mot, ne fit pas un mouvement. Hayani le laissa dans la position où il l'avait trouvé, les mains crispées sur les accoudoirs du fauteuil, les yeux fixés sur le store.

Patrick entendit des voix enjouées dans le couloir : celle du médecin parlant aux policiers de faction, celles des infirmières toujours pressées. Le petit déjeuner serait bientôt servi ; peu lui importait. Après quatre années et demie de régime draconien, il avait appris à maîtriser le désir de nourriture. Quelques bouchées de-ci de-là, des tranches de pommes et des rondelles de carottes quand la faim le tenaillait. Les premiers jours, les infirmières avaient eu à cœur de le remplumer ; Hayani était intervenu et avait imposé un régime sans graisses ni sucre, à base de légumes cuits à la vapeur et de fibres.

Patrick se leva. Il se dirigea vers la porte, l'ouvrit doucement, salua les adjoints du shérif, Pete et Eddie, deux de ceux qui veillaient habituellement sur lui.

— Avez-vous bien dormi ? demanda Eddie, comme il le faisait chaque matin.

— J'ai dormi en sachant que je ne risquais rien, répondit-il selon la formule rituelle. Merci, Eddie.

Près de l'ascenseur, assis sur une banquette, il vit l'agent Brent Myers, l'incapable qui l'avait escorté depuis Porto Rico. Il le salua d'un signe de tête, mais Brent était plongé dans la lecture du journal. Patrick rentra dans sa chambre, commença une série d'exercices d'assouplissement. Les muscles étaient guéris, mais les brûlures demeuraient douloureuses et il avait gardé des raideurs. Les pompes et les abdominaux lui étaient encore interdits.

Une infirmière frappa, poussa la porte.

— Bonjour, Patrick, lança-t-elle joyeusement. C'est l'heure du petit déjeuner, ajouta-t-elle en posant le plateau sur une table. Avez-vous passé une bonne nuit ?

— Merveilleuse. Et vous ?

— Merveilleuse. Avez-vous besoin de quelque chose ?

— Non, merci.

— N'hésitez pas à appeler.

L'ordinaire de l'hôpital ne variait guère d'un jour à l'autre. Aussi ennuyeux qu'il fût, Patrick ne perdait pas de vue que les choses auraient pu être pires. Dans la prison du comté d'Harrison, le petit déjeuner était servi sur un plateau métallique passé à travers les barreaux et pris en présence des divers compagnons de cellule qui changeaient quotidiennement.

Il but son café, se dirigea vers son petit bureau d'angle, sous le téléviseur. Il alluma la lumière, considéra ses dossiers d'un regard songeur.

Il était à Biloxi depuis une semaine. Son autre vie s'était achevée treize jours plus tôt, sur une petite route poussiéreuse qui semblait être à des millions de kilomètres. Il avait envie de redevenir Danilo, le Senhor Silva, avec sa vie tranquille dans son modeste logis, d'entendre la bonne lui parler de sa voix mélodieuse dont l'accent trahissait les racines indiennes. Il avait la nostalgie des longues marches dans les rues surchauffées de Ponta Pora, des longues courses dans la campagne. La nostalgie des conversations à bâtons rompus avec les anciens du village sirotant interminablement leur thé vert à l'ombre des arbres et toujours disposés à faire un brin de causette aux passants. La nostalgie du marché quotidien.

Il avait la nostalgie du Brésil, la patrie de Danilo, de ses immensités, de ses beautés et de ses violents contrastes. De ses cités grouillantes, de ses villages reculés, de la gentillesse des habitants. Eva surtout lui manquait : la douceur de sa peau, la beauté de son sourire, les merveilles de son corps, la chaleur de son âme. Il ne pourrait vivre sans elle.

Pourquoi un homme ne pourrait-il avoir plus d'une vie ? Était-il écrit quelque part que l'on ne pouvait repartir de zéro ? Et repartir à nouveau ? Patrick était mort, Danilo avait été capturé.

Il avait survécu à la mort du premier et à l'enlèvement du second. Pourquoi ne pourrait-il s'échapper une nouvelle fois ? Une troisième vie s'offrait à lui, sans les chagrins de la première ni les ombres de la deuxième. La vie parfaite avec Eva. Peu importait où, du moment qu'ils étaient ensemble et que le passé ne pouvait les rattraper. Ils habiteraient une vaste demeure et se reproduiraient comme des lapins.

Elle était forte, mais avait ses limites, comme tout un chacun. L'amour qu'elle portait à son père, l'attrait magique de Rio. Les vrais Cariocas ont pour leur ville une passion sans partage.

Il l'avait mise en danger ; son devoir était maintenant de la protéger.

Pouvait-il encore réussir, ou bien la chance l'avait-elle abandonné ?

Cédant à l'insistance de Sandy McDermott, Cutter avait accepté un rendez-vous à 8 heures. Des frémissements se faisaient sentir dans l'immeuble fédéral avec l'arrivée des premiers fonctionnaires à cette heure matinale ; le gros de la troupe ne ferait son entrée qu'à 9 heures.

Sans être véritablement brusque, Cutter ne se montra pas très accueillant ; faire la causette à un de ces baveux qui se haussent du col ne faisait pas partie de ses activités préférées. Il servit deux cafés fumants dans des gobelets en polystyrène, dégagea un coin de son petit bureau encombré.

Sandy le remercia en souriant d'avoir accepté de le recevoir ; Cutter se radoucit.

— Vous souvenez-vous, commença l'avocat, de cet appel que vous avez reçu il y a près de deux semaines. Une Brésilienne.

— Bien sûr.

— Je l'ai vue plusieurs fois. Elle est avocate et travaille pour Patrick.

— Elle est ici ?

— Dans les environs.

Sandy souffla sur son café brûlant, avança les lèvres pour le goûter. Il expliqua succinctement ce qu'il savait sur Leah, sans jamais l'appeler par son nom, puis demanda comment avançait l'enquête sur Stephano.

Cutter devint méfiant ; il griffonna quelques mots avec un stylo à bille, essaya d'inverser les rôles.

— Comment connaissez-vous l'existence de Stephano ?

— Cette avocate brésilienne qui représente également mon client en justice sait tout sur Stephano. N'oubliez pas que c'est elle qui vous a donné son nom.

— Comment a-t-elle entendu parler de lui ?

— C'est une longue histoire, compliquée, dont j'ignore la plus grande partie.

— Pourquoi aborder ce sujet ?

— Parce que Stephano n'a pas renoncé à mettre la main sur mon client et que j'aimerais l'en empêcher.

Cutter reprit son griffonnage en buvant une gorgée de café. Il savait en gros ce qui se passait à Washington, il était au courant du déballage de Stephano, mais il restait des lacunes. Il avait certainement été convenu que Stephano mette un terme à la traque.

— Comment le savez-vous ?

— Ses agents au Brésil ont enlevé le père de l'avocate en question.

La surprise empêcha Cutter de garder les lèvres serrées et la tête parfaitement droite. Il leva les yeux au plafond tandis que cette révélation faisait son chemin dans son esprit.

— Se pourrait-il que cette avocate brésilienne sache où se trouve l'argent ?

— C'est une possibilité.

Tout devenait parfaitement clair.

— Le rapt de son père, poursuivit Sandy, a pour but de l'attirer au Brésil pour l'enlever à son tour et lui faire subir le même traitement qu'à mon client. On en revient à l'argent.

— Quand cet enlèvement a-t-il eu lieu ? articula Cutter avec gravité.

— Hier.

Un des assistants de Sandy avait découvert un article sur Internet deux heures plus tôt : un entrefilet en page six de *O Globo,* un quotidien populaire de Rio. La victime portait le nom de Paulo Miranda. Sandy ignorait encore le vrai nom de Leah, mais on pouvait raisonnablement supposer que le FBI serait en mesure de l'identifier quand il tomberait sur l'article. Sandy n'aurait vu aucun inconvénient à révéler son nom au FBI, mais il ne le savait pas.

— Nous ne pouvons pas faire grand-chose, reprit Cutter.

— Bien sûr que si ; c'est Stephano qui tire les ficelles. Faites pression sur lui, dites-lui que l'avocate ne se laissera pas attirer dans ce piège, qu'elle se dispose à fournir aux autorités brésiliennes le nom de Jack Stephano.

— Je vais voir ce que je peux faire.

Cutter n'avait pas oublié que Sandy McDermott avait intenté au FBI un procès qui pouvait lui coûter des millions de dollars pour des crimes qu'il n'avait pas commis. Il n'avait rien à gagner à aborder ce sujet maintenant ; plus tard, peut-être.

— La seule chose qui intéresse Stephano est l'argent, poursuivit Sandy ; si le vieux meurt, il n'en verra pas la couleur.

— Dois-je comprendre qu'il y a une possibilité de négociation ?

— Qu'est-ce que vous croyez ? Quand on risque la

peine de mort ou la prison à vie, on accepte de négocier.

— Alors, que disons-nous à Stephano ?

— Dites-lui de relâcher son prisonnier ; après, nous pourrons parler argent.

La journée de Stephano avait commencé de bonne heure. La réunion, la quatrième, devait durer jusqu'au soir et mettre un terme au récit de ses recherches pour retrouver Lanigan. Son avocat était absent ; une plaidoirie à laquelle il n'avait pu échapper. Stephano n'avait pas besoin d'un avocat pour lui tenir la main et, en toute franchise, il en avait assez de débourser quatre cent cinquante dollars de l'heure. L'interrogateur était un nouveau : Oliver quelque chose. Peu importait son nom ; ils étaient tous faits sur le même moule.

— Vous parliez donc du plasticien de Rio, fit Oliver, comme s'ils venaient simplement d'être interrompus par un coup de téléphone.

Les deux hommes ne s'étaient jamais rencontrés et cela faisait au moins treize heures que Jack n'avait parlé à personne de Patrick Lanigan.

— Oui.

— C'était bien en avril 1994 ?

— Exact.

— Vous pouvez poursuivre.

Stephano prit le temps de s'installer confortablement dans son fauteuil.

— Nous avons perdu sa piste quelque temps. Longtemps, à vrai dire. Nous ne relâchions pas nos efforts, mais les mois s'écoulaient et rien ne venait ; absolument rien. Pas l'ombre d'un indice. Fin 1994, une agence d'investigation d'Atlanta, le groupe Pluton, a pris contact avec nous.

— Pluton ?

— Oui, le groupe Pluton. Ils sont bons ; certains

d'entre eux avaient travaillé pour vous. Ils ont posé des questions sur les recherches que nous menions sur Patrick Lanigan en laissant entendre qu'ils pourraient avoir des renseignements. Je les ai reçus deux ou trois fois à Washington ; ils avaient un mystérieux client qui prétendait savoir quelque chose sur Lanigan. Il va sans dire que j'étais intéressé. Ils n'étaient pas pressés ; leur client semblait très patient. Un client qui, nul ne s'en étonnera, voulait toucher un gros paquet. C'était encourageant.

— Pourquoi ?

— Si ce client en savait assez long pour s'attendre à toucher une forte récompense, il devait savoir que Lanigan avait encore beaucoup d'argent. En juillet 1995, les représentants de Pluton m'ont fait une proposition. Cela m'intéresserait-il si leur client m'indiquait un endroit du Brésil où Lanigan avait récemment vécu ? Bien sûr que cela m'intéressait. Ils ont demandé combien cela valait. Nous nous sommes mis d'accord sur la somme de cinquante mille dollars ; j'étais pris à la gorge. L'argent a été viré sur un compte d'une banque de Panamá. On m'a dit de me rendre à Itajaí, une petite ville de l'État de Santa Catarina, dans le Sud, au fin fond du pays. L'adresse qu'on m'avait donnée était celle d'un petit immeuble, dans un beau quartier de la ville. Le gérant s'est montré cordial, surtout après s'être fait graisser la patte. Nous avons présenté des photos de Lanigan après l'opération ; il a dit peut-être. Pour quelques billets de plus, il l'a formellement reconnu. L'homme avait donné le nom de Jan Horst ; un Allemand, probablement, qui parlait bien le portugais. Il avait loué pour deux mois un trois-pièces, avait réglé en numéraires, ne fréquentait personne et n'était pas resté longtemps. Il était sympathique, prenait volontiers le café avec le gérant et son épouse ; elle aussi l'a formellement reconnu. Horst se prétendait écrivain ; il disait travailler sur un ouvrage traitant de l'immigration allemande et italienne au Brésil. Il avait dit en partant qu'il se rendait à Blumenau pour y étudier l'architecture de style bavarois.

— Êtes-vous allés à Blumenau ?

— Naturellement. Nous avons aussitôt ratissé la ville ; au bout de deux mois, nous avons jeté l'éponge. Après l'excitation du début, nous avons repris le train-train de la surveillance des hôtels et des marchés, recommencé à montrer les photos et à proposer de l'argent.

— Et les agents de Pluton ?

— Ils ont pris leurs distances ; j'insistais pour leur parler, mais ils n'avaient pas grand-chose à dire. Leur client avait dû prendre peur ou s'était contenté des cinquante mille dollars. Quoi qu'il en soit, six mois se sont écoulés sans nouvelles ou presque de Pluton. À la fin du mois de janvier de cette année, ils sont revenus à la charge. Leur client avait besoin d'argent ; il était disposé à tout révéler. Après un round d'observation, ils ont fait éclater une bombe : contre un million de dollars, ils nous donnaient le lieu précis où vivait notre homme. J'ai refusé, non parce que je ne disposais pas d'une telle somme, mais parce que les risques étaient trop élevés. Leur client ne voulait rien dire avant d'avoir touché l'argent ; je ne voulais pas payer avant d'avoir mon renseignement. Il était absolument impossible de déterminer si leur client savait quelque chose ; en réalité, je ne savais même pas s'il y avait encore un client. Le ton est monté, nous avons rompu les discussions.

— Mais elles ont repris ?

— Nous ne pouvions faire autrement. Leur client tenait trop à empocher l'argent, nous à mettre la main sur Lanigan. On nous a fait une nouvelle proposition : on nous donnerait, en échange de cinquante mille dollars, le nom d'un autre endroit où Lanigan avait vécu après son départ d'Itajaí. Nous avons accepté ; la somme n'était pas énorme et, si la chance nous souriait, nous pouvions tomber sur un indice. De leur point de vue, la manœuvre était habile, elle renforçait la crédibilité de leur client. C'était, bien entendu, un pas de plus vers le million de dollars. Quelqu'un tirait les ficelles derrière Pluton. J'étais déterminé à jouer le jeu et j'aurais volontiers allongé le million de dollars ; il me fallait pourtant des garanties.

— Quelle était la deuxième ville ?

— São Mateus, dans l'État d'Espírito Santo, au nord de Rio. Une jolie petite ville côtière de soixante mille habitants ; nous avons passé un mois parmi ces gens accueillants, à montrer nos photos. Les conditions de location de l'appartement étaient semblables à celles d'Itajaí : durée de deux mois, règlement en espèces par un certain Derrick Boone, de nationalité britannique. Sans rien demander, le gérant a formellement reconnu Lanigan. Il gardait une dent contre Boone qui, semble-t-il, était resté une semaine de plus, sans payer. Contrairement à Itajaí, Boone ne s'était lié avec personne et le gérant ignorait tout de ses activités. N'ayant rien appris d'autre, nous avons quitté São Mateus au début du mois de mars de cette année. Nous nous sommes regroupés à São Paulo et à Rio pour établir une nouvelle stratégie.

— Quelle stratégie ?

— Nous avons retiré tous nos agents du nord du pays pour concentrer nos recherches sur les agglomérations de taille moyenne des États proches de Rio et de São Paulo. Par ailleurs, j'ai durci le ton avec les hommes de Pluton. Leur client ne voulait pas baisser son prix ; le mien refusait de payer les yeux fermés. Personne ne voulait céder ni rompre les négociations : nous étions dans une impasse.

— Avez-vous découvert comment leur client en savait si long sur les déplacements de Lanigan ?

— Nous nous sommes longuement interrogés. Une des hypothèses était que leur client traquait Lanigan pour son propre compte, pour des raisons qui nous échappaient. Nous avons pensé à quelqu'un du FBI qui voulait se remplir les poches ; c'était peu probable, mais nous ne pouvions écarter aucune explication. La seconde hypothèse, la plus vraisemblable, était que leur client avait la confiance de Lanigan et qu'il était prêt à le vendre. En tout état de cause, j'ai décidé, en accord avec mon client, de ne pas laisser passer l'occasion. Les recherches qui duraient depuis près de quatre ans ne nous menaient nulle part. Nous avions constaté qu'il existe d'innombrables cachettes au Brésil et Lanigan semblait savoir ce qu'il faisait.

— Comment êtes-vous sortis de cette impasse ?

— Ils ont fait, au mois d'août, une nouvelle proposition qui nous a pris à l'improviste : des photos récentes de Lanigan contre un nouveau versement de cinquante mille dollars. Nous avons accepté ; l'argent a été viré sur un compte à l'étranger. Ils ont apporté les photos dans mon bureau. Il y en avait trois, en noir et blanc, de format 20 × 24.

— Me serait-il possible de les voir ?

— Certainement.

Stephano prit les photos dans sa serviette soigneusement rangée, les fit glisser sur la table. La première montrant Lanigan sur un marché grouillant de monde avait à l'évidence été prise de loin. Les yeux protégés par des lunettes noires, il tenait un fruit arrondi, probablement une tomate. La deuxième, prise juste avant ou juste après, le montrait sur un trottoir, un sac en papier à la main. Il portait un jean et ne se distinguait en rien de la population locale. La troisième était la plus intéressante : Patrick, en short et tee-shirt, lavait le capot de sa Coccinelle. Les plaques minéralogiques n'étaient pas plus visibles que la quasi-totalité de la maison devant laquelle il se trouvait. Sans les lunettes noires, on reconnaissait nettement son visage.

— Pas de nom de rue, fit Oliver, pas de plaque d'immatriculation.

— Rien. Nous les avons étudiées des heures, sans rien trouver. Il y avait, je le répète, quelqu'un qui tirait les ficelles.

— Qu'avez-vous fait ?

— Nous avons accepté de verser le million de dollars.

— Quand ?

— En septembre. L'argent a été déposé sur un compte bloqué, à Genève, où il devait être conservé en attendant le feu vert des deux parties. L'accord stipulait que leur client disposait de quinze jours pour divulguer le nom de la ville et celui de la rue où habitait Lanigan. Nous sommes restés sur des charbons ardents jusqu'à la dernière minute ; le seizième jour, après des échanges de propos virulents, ils ont craché le morceau. Ponta Pora, Rua Tiradentes. Nous avons filé vers notre objectif, où nous sommes entrés aussi discrètement que possible. L'habileté dc Lanigan nous inspirait le plus grand respect ; nous savions qu'il excellait à aller de l'avant tout en surveillant ses arrières. Nous l'avons trouvé à l'adresse indiquée et l'avons observé une semaine, pour être sûrs de ne pas nous tromper. Son nom d'emprunt était Danilo Silva.

— Une semaine ?

— Oui, il fallait être patient ; Lanigan n'avait pas choisi Ponta Pora sans raison. Les fonctionnaires locaux savent se montrer coopératifs s'ils sont suffisamment arrosés, comme les Allemands l'avaient découvert après la guerre. Un faux mouvement, la police informée intervient aussitôt pour le protéger. Nous avons attendu, envisagé diverses possibilités et choisi de l'enlever sur une petite route de campagne, loin de la ville, sans témoins. Une opération propre. Nous l'avons fait passer au Paraguay où nous avions une planque.

— C'est là que vous l'avez torturé ?

Stephano prit son temps avant de répondre ; il but lentement une gorgée de café, les yeux fixés sur Oliver.

— On peut dire ça.

27

Patrick cessa de marcher pour s'étirer au fond de la salle tandis que Sandy, assis à la table, griffonnait distraitement sur un carnet. Une infirmière avait apporté un plat de cookies auquel personne n'avait touché. Sandy se demanda combien de prisonniers accusés d'homicide pouvaient piocher dans un plat de cookies, combien avaient des gardes du corps derrière leur porte, combien partageaient une pizza avec le juge.

— La situation évolue, Sandy, fit Patrick sans le regarder. Il faut agir vite.

— Agir comment ?

— Tant que son père ne sera pas libéré, elle ne voudra pas rester ici.

— Je nage complètement, comme d'habitude ; les questions s'accumulent, vous parlez tous deux par énigmes. Mais je ne suis qu'un simple avocat, pourquoi me mettrait-on au courant de tout ?

— Les dossiers, tous les documents sont en sa possession ; il faut que tu ailles la voir.

— Je l'ai vue hier soir.

— Elle t'attend.

— Allons donc, elle m'attend ? Où ?

— Elle est à Perdido, dans une maison donnant sur la plage.

— Dois-je comprendre que je dois y aller toute affaire cessante ?

— C'est important, Sandy.

— Mes autres clients aussi, répliqua Sandy avec agacement. Tu aurais pu me prévenir un peu à l'avance, non ?

— Désolé.

— Je dois être au Palais dans l'après-midi et ma fille a une leçon de danse. Serait-ce trop demander qu'un peu de temps pour m'organiser ?

— Je ne pouvais pas prévoir l'enlèvement, Sandy. Reconnais que les circonstances sont particulières ; essaie de comprendre.

Sandy prit une longue inspiration, laissa son stylo courir sur le papier. Patrick vint s'asseoir sur le bord de la table, tout près de lui.

— Tu m'en veux ?

— De quoi allons-nous parler ?

— D'Aricia.

— D'Aricia, répéta Sandy en détournant la tête.

Il connaissait l'histoire dans ses grandes lignes, ce qu'il en avait lu dans les journaux.

— Cela prendra du temps ; à ta place, j'emporterais des affaires pour la nuit.

— Tu voudrais que je dorme là-bas ?

— Oui.

— Avec Leah ?

— La maison est grande.

— Et que vais-je raconter à ma femme ? Que je passe la nuit dans une maison donnant sur la plage avec une beauté brésilienne ?

— Je ne crois pas. Dis-lui simplement que c'est une réunion des défenseurs de ton client.

— Jolie formule.

— Merci, Sandy.

Underhill vint se joindre à Oliver à la fin d'une

pause café. Ils étaient assis côte à côte, la caméra vidéo derrière eux, de sorte que tous les yeux convergeaient sur Stephano.

— Qui a interrogé Lanigan ? demanda Underhill.

— Je ne suis pas tenu de donner le nom de mes associés.

— Cette personne avait-elle l'expérience des interrogatoires musclés ?

— Une expérience limitée.

— Décrivez les méthodes utilisées.

— Je ne suis pas sûr de...

— Nous avons vu les photos des brûlures, monsieur Stephano. Et une action a été intentée contre le FBI pour les sévices infligés par vos hommes. Dites-nous comment ils ont fait.

— Je n'étais pas sur place. Je n'ai pas préparé l'interrogatoire ; je n'ai guère d'expérience en la matière. Je savais en gros que des séries de décharges électriques devaient être envoyées en différents points du corps de M. Lanigan. C'est ce qui s'est passé ; j'ignorais que cela provoquerait de graves brûlures.

Dans le silence qui suivit, Underhill et Oliver échangèrent un regard de franche incrédulité ; Stephano se payait leur tête.

— Combien de temps cela a-t-il duré ?

— Cinq à six heures.

Ils consultèrent un dossier, murmurèrent quelques mots. Underhill posa des questions sur la méthode d'identification ; Stephano expliqua comment ils avaient pris les empreintes digitales. Oliver avait des difficultés avec le déroulement chronologique des faits ; il passa près d'une heure à établir précisément l'heure de l'enlèvement de Lanigan, la durée du trajet et celle de l'interrogatoire. Les agents fédéraux cuisinèrent Stephano sur l'itinéraire suivi pour rejoindre le terrain d'aviation de Concepción. Quand ils eurent tout scruté, tout exploré, ils se penchèrent l'un vers l'autre pour discuter à voix basse et revinrent à la question essentielle.

— Qu'avez-vous appris sur l'argent au cours de l'interrogatoire de M. Lanigan ?

— Pas grand-chose. Il a dit où il avait été déposé, mais il n'y était plus.

— Nous pouvons supposer que ces révélations ont été faites sous la contrainte.

— Une supposition raisonnable.

— Avez-vous la conviction qu'il ignorait à ce moment-là où se trouvait l'argent ?

— Je n'y étais pas. L'homme qui a conduit l'interrogatoire m'a affirmé qu'il ne faisait aucun doute pour lui que M. Lanigan ne le savait pas précisément.

— Cet interrogatoire a-t-il été enregistré sur cassette audio ou vidéo ?

— Bien sûr que non, répondit Stephano, comme si cela ne lui était jamais venu à l'esprit.

— M. Lanigan a-t-il fait mention d'un complice ?

— Pas à ma connaissance.

— Ce qui signifie ?

— Que je n'en sais rien.

— Et l'homme qui a conduit l'interrogatoire ? A-t-il entendu M. Lanigan faire mention d'un complice ?

— Pas à ma connaissance.

— Ainsi, à votre connaissance, M. Lanigan n'a jamais fait mention d'un complice ?

— Exact.

Ils recommencèrent à tripoter des papiers et à échanger des murmures ; le silence qui se prolongeait devint fort inquiétant pour Stephano. Malgré ses deux mensonges coup sur coup — pas d'enregistrement, pas de complice — il se dit qu'il ne risquait pas grand-chose. Comment ces deux bureaucrates auraient-ils pu savoir ce qui s'était dit au fin fond du

Paraguay ? Mais c'était le FBI ; Stephano attendit nerveusement la suite.

La porte s'ouvrit brusquement ; Hamilton Jaynes entra, accompagné de Warren, le troisième interrogateur.

— Bonjour, Jack, lança Jaynes d'une voix forte en prenant place sur le côté de la table tandis que Warren s'installait près de ses collègues.

— Bonjour, Hamilton, répondit Stephano, de plus en plus nerveux.

— J'écoutais dans la pièce voisine, poursuivit Jaynes avec un grand sourire, et je me demande si vous avez bien dit la vérité.

— Naturellement.

— Naturellement. Le nom d'Eva Miranda vous dit quelque chose ?

Stephano le répéta lentement, comme s'il était plongé dans un abîme de perplexité.

— Je ne crois pas.

— Une avocate de Rio, une amie de Patrick.

— Ça ne me dit rien.

— C'est bien ce qui m'ennuie, Jack ; je pense que vous savez exactement de qui je parle.

— Jamais entendu parler de cette femme.

— Alors, pourquoi êtes-vous après elle ?

— Je ne vois pas de quoi vous parlez, protesta Stephano d'une voix plus faible.

Underhill ouvrit le feu ; les yeux fixés sur Stephano, il s'adressa à Jaynes.

— Il ment.

— Assurément, ajouta Oliver.

— Cela ne fait aucun doute, glissa Warren.

Le regard de Stephano passa successivement de l'un à l'autre. Il ouvrit la bouche pour dire quelque chose ; Jaynes leva les mains pour lui imposer silence. La porte s'ouvrit de nouveau, un autre membre du groupe d'interrogateurs passa la tête dans l'embrasure.

— L'analyse vocale démontre à l'évidence qu'il a menti.

Sitôt l'annonce terminée, la tête disparut.

Jaynes prit une feuille, commença à lire.

— Voici un article publié dans un quotidien du matin, à Rio ; il fait état de l'enlèvement d'un certain Paulo Miranda. Il se trouve, Jack, que la fille de ce monsieur est l'amie de Lanigan ; nous nous sommes renseignés auprès des autorités locales. Il n'y a pas eu de demande de rançon, aucune nouvelle des ravisseurs.

Il fit glisser la feuille en direction de Stephano, mais elle resta hors de sa portée.

— Où est M. Miranda, Jack ?

— Je ne sais pas. Je ne comprends pas de quoi vous parlez.

Jaynes se tourna vers l'autre bout de la table.

— Il ment encore, déclara Underhill.

Oliver et Warren hochèrent la tête à l'unisson.

— Nous avons conclu un accord, Jack : vous nous dites la vérité et nous levons les charges contre vous. Nous nous sommes aussi engagés, si je ne me trompe, à ne pas inquiéter vos clients. Dites-moi ce que je dois faire maintenant.

Stephano se tourna vers Underhill et Oliver qui semblaient prêts à réagir à toutes ses déclarations et fixaient sur lui un regard sans aménité.

— Elle sait où se trouve l'argent, fit Stephano avec un soupir résigné.

— Savez-vous où elle est ?

— Non. Elle a quitté Rio quand nous avons retrouvé Lanigan.

— Elle ne s'est pas manifestée ?

— Non.

Jaynes regarda les membres de son équipe ; Stephano ne mentait plus.

— J'ai accepté de tout vous dire, reprit Stephano. Je n'ai pris aucun autre engagement ; nous pouvons continuer à la chercher.

— Nous ignorions son existence.

— Dommage. Si nécessaire, nous pouvons revoir les termes de notre accord ; je me ferai un plaisir d'appeler mon avocat.

— Nous vous avons déjà pris en flagrant délit de mensonge.

— Toutes mes excuses. Cela ne se reproduira pas.

— Laissez tomber cette fille, Jack. Et relâchez son père.

— Je vais réfléchir.

— Non. Faites-le tout de suite.

C'était une maison moderne, sur trois niveaux, faisant partie d'un chapelet de constructions apparemment identiques qui s'étirait le long d'une bande littorale récemment aménagée. Elles semblaient pour la plupart inoccupées en ce mois d'octobre ; c'était la basse saison. Sandy se gara derrière une berline rutilante, immatriculée en Louisiane ; une voiture de location, supposa-t-il. Le soleil descendant sur l'horizon atteignait presque la surface lisse de la mer ; pas un navire, pas un voilier sur les eaux du golfe du Mexique. Sandy grimpa les marches, suivit la terrasse panoramique jusqu'à ce qu'il trouve une porte.

Il frappa ; Leah ouvrit aussitôt, avec un petit sourire. C'était une nature chaleureuse, qui n'avait pas pour habitude de se laisser abattre par les coups du sort.

— Entrez.

Le séjour voûté et spacieux avait des baies vitrées sur trois côtés et une cheminée en son centre.

— C'est gentil, chez vous, fit Sandy en humant une odeur exquise venant de la cuisine.

Il avait sauté le déjeuner, à cause de Patrick.

— Avez-vous faim ? demanda-t-elle.

— Une faim de loup.

— Je suis en train de faire de la cuisine.

— Merveilleux.

Le parquet en chêne craqua sous ses pas tandis qu'il la suivait dans la salle à manger. Sur la table se trouvait un carton ouvert à côté d'un tas de papiers soigneusement empilés ; Leah travaillait. Elle s'arrêta devant la table, se tourna vers Sandy.

— C'est le dossier Aricia.

— Qui l'a préparé ?

— Patrick, naturellement.

— Où était-il pendant ces quatre années ?

— À Mobile, en lieu sûr.

Chacune de ces réponses laconiques suscitait chez Sandy des questions qu'il eût aimé poser en rafale.

— Nous en reparlerons, ajouta-t-elle avec un petit geste désinvolte de la main, en se dirigeant vers la cuisine.

Un poulet rôti attendait sur la planche à découper, près de l'évier ; du riz complet accompagné de légumes mijotait dans une poêle.

— Ce sera un repas simple. J'ai du mal à cuisiner quand je ne suis pas chez moi.

— Ça a l'air délicieux. À qui est cette maison ?

— C'est une location ; je l'ai prise pour le mois.

Elle découpa le poulet, invita Sandy à servir le vin, un excellent pinot noir de Californie. Ils prirent place à une petite table d'angle, avec une vue magnifique sur les eaux du golfe et les derniers feux du soleil couchant.

— Santé ! fit-elle en levant son verre.

— À Patrick !

— Oui, à Patrick !

Elle ne fit pas mine de commencer son assiette ; Sandy se fourra une grosse bouchée de blanc de poulet dans la bouche.

— Comment va-t-il ?

Sandy prit le temps de mâcher sa viande, de boire une gorgée de vin et de s'essuyer la bouche.

— Il va bien ; les brûlures guérissent vite. Le chirurgien qui l'a examiné hier estime que des greffes réparatrices ne seront pas nécessaires. Les cicatrices resteront visibles quelques années mais finiront par s'estomper. Les infirmières lui apportent des cookies, le juge de la pizza ; pas moins de six hommes en armes gardent sa porte jour et nuit. Je dirais que Patrick est plutôt mieux traité que la plupart de ceux qui sont accusés d'homicide.

— Vous parlez du juge Huskey ?

— Oui, Karl Huskey. Vous le connaissez ?

— Patrick m'a souvent parlé de lui ; ils étaient très liés. Patrick m'a aussi dit un jour que, s'il devait être capturé, il espérait que Karl serait encore en fonction.

— Il ne va pas tarder à prendre sa retraite, fit Sandy en se disant que la coïncidence était heureuse.

— Il ne pourra pas juger Patrick, n'est-ce pas ?

— Non, il va bientôt se dessaisir de l'affaire.

Il prit une autre bouchée, plus petite. Il continuait à manger seul ; Leah n'avait pas touché son couvert. Elle tenait le verre de vin près de sa joue, le regard fixé sur les nuages orange et violets qui ourlaient la ligne d'horizon.

— J'ai oublié de demander si vous aviez des nouvelles de votre père. Je suis confus.

— Rien. J'ai parlé à mon frère il y a trois heures : pas la moindre nouvelle.

— Je suis sincèrement désolé, Leah. J'aimerais pouvoir faire quelque chose.

— Moi aussi ; rien n'est plus pénible que cette

incertitude. Je ne peux ni rentrer chez moi ni rester ici.

— Je suis désolé, répéta Sandy, qui ne trouvait rien de mieux à dire.

Il poursuivit son repas en silence ; elle effleura le riz du bout de sa fourchette sans cesser de regarder l'océan.

— Délicieux, déclara Sandy avec conviction.

— Merci, répondit-elle avec un pauvre sourire.

— Que fait votre père ?

— Il est professeur d'université.

— Où ?

— À Rio, à l'université catholique.

— Où habite-t-il ?

— À Ipanema, dans l'appartement où j'ai grandi.

Le sujet était délicat, mais Sandy se réjouissait d'obtenir des réponses à ses questions ; cela lui faisait peut-être du bien de parler de son père. Sandy posa d'autres questions, très générales, sans rapport avec l'enlèvement.

Elle ne toucha pas à son assiette.

— Voulez-vous un café ? demanda-t-elle quand il eut terminé.

— Nous en aurons certainement besoin.

— En effet.

Ils débarrassèrent la table, posèrent la vaisselle en plastique dans l'évier. Sandy fit le tour de la maison tandis qu'elle préparait le café. Ils se retrouvèrent dans la salle à manger, prirent place l'un en face de l'autre à la table de verre. Le temps des politesses était terminé.

— Que savez-vous exactement sur Aricia ? commença-t-elle.

— À en croire les journaux, c'est le client dont les quatre-vingt-dix millions ont été détournés par Patrick. Un cadre de chez Platt & Rockland qui a dénoncé sa boîte au fisc pour surfacturation et intenté une action pour fausse déclaration. Platt & Rockland s'est fait pincer pour six cents millions de dollars. Aux termes de la loi, la récompense d'Aricia se montait à quinze pour cent de cette somme. Il était représenté par le cabinet Bogan, où travaillait notre ami Patrick ; c'est à peu près tout ce que je sais.

— Pas si mal. Tout ce que je vais vous dire pourra être confirmé par les documents et les bandes dont vous prendrez connaissance. Nous étudierons tout ; il vous sera nécessaire de les connaître parfaitement.

— J'ai déjà fait ça, vous savez.

Le sourire de Sandy ne trouva pas d'écho ; rien ne servait de se forcer à faire de l'humour.

— La plainte d'Aricia avait une intention frauduleuse, poursuivit-elle en détachant les syllabes, comme quelqu'un qui a tout son temps.

Elle attendit quelques secondes, pour laisser à son affirmation le temps de pénétrer dans l'esprit de Sandy.

— Benny Aricia, poursuivit-elle, est un homme corrompu qui a élaboré une combine dans le but de frauder le fisc et d'escroquer la société qui l'employait. Il avait l'appui de quelques avocats fort compétents et de puissantes personnalités à Washington.

— Vous parlez du sénateur Nye, le cousin germain de Bogan.

— Principalement, oui. Mais vous n'êtes pas sans savoir que le sénateur a une influence considérable dans la capitale.

— Je me le suis laissé dire.

— Après avoir soigneusement mis sa combine au point, Aricia est venu la présenter à Charles Bogan. Patrick était un associé de fraîche date ; il n'avait jamais entendu parler d'Aricia. L'atmosphère du cabinet changea, Patrick sentit que quelque chose était différent. Il se mit à creuser, à écouter des conversations, et finit par découvrir que le nouveau client du nom d'Aricia était la cause de tous ces mystères. Il s'arma de patience, feignit de ne rien remarquer et entreprit de réunir discrètement des preuves. Une grande partie se trouve là-dedans, conclut Leah en posant la main sur le carton.

— Commençons par le commencement. Expliquez-moi pourquoi la plainte d'Aricia était frauduleuse.

— Il dirigeait le chantier naval New Coastal, à Pascagoula, une division de Platt & Rockland.

— Je connais. Un gros fournisseur de l'armée au passé trouble et à la réputation douteuse.

— C'est ça. New Coastal construisait les sous-marins nucléaires Expedition ; il y avait déjà des dépassements de budget. New Coastal trafiquait la comptabilité sur les salaires, ajoutait des milliers d'heures de travail fictif, rétribuait des employés qui n'existaient pas. Le chantier achetait du matériel à des prix invraisemblables — l'ampoule électrique à seize dollars, la tasse à trente dollars pièce, et j'en passe. La liste est interminable.

— Vous avez cette liste ?

— Seulement le gros matériel : systèmes radar, missiles, munitions. Aricia travaillait depuis longtemps dans cette boîte ; il savait comment ne pas se faire repérer. Il remplissait des tonnes de paperasse, faisait contresigner toutes ses commandes bidon par quelqu'un du siège. Le système était simple dans son principe, surtout pour quelqu'un d'aussi habile qu'Aricia. Il a conservé tous les documents, les a remis à ses avocats.

— Patrick a réussi à mettre la main sur eux ?

— Une partie seulement.

Sandy regarda le carton dont les rabats étaient ouverts.

— Il est donc resté en lieu sûr depuis la disparition de Patrick ?

— Oui.

— Il n'est jamais venu en vérifier le contenu ?

— Non.

— Et vous ?

— Il y a deux ans, je suis venue renouveler le contrat de location du casier. J'ai jeté un coup d'œil à l'intérieur du carton, mais je n'ai pas eu le temps d'en examiner le contenu. J'étais nerveuse, j'avais peur, je ne voulais pas venir ; j'étais convaincue que ces documents ne seraient jamais utilisés, que Patrick ne se ferait pas prendre. Mais il a toujours su que cela arriverait.

Sandy s'apprêtait à poursuivre le contre-interrogatoire, à tirer une nouvelle salve de questions sans rapport avec Aricia, mais il se ravisa. Détends-toi, se dit-il, ne donne pas l'impression d'être pressé ; tu finiras peut-être par avoir les réponses.

— La combine d'Aricia a donc marché et il a pris contact avec Charles Bogan dont le cousin est un vieux schnock qui a le bras long et l'ancien patron un juge fédéral. Bogan savait-il qu'Aricia était responsable des dépassements de crédit ?

Elle se leva, fouilla dans le carton, en sortit un magnétophone à piles et un tas de minicassettes soigneusement étiquetées. Elle passa les cassettes en revue, trouva celle qu'elle cherchait, la glissa dans le magnétophone. Il était évident pour Sandy qu'elle avait fait maintes fois cette opération.

— Écoutez. Nous sommes le 11 avril 1991 ; la première voix est celle de Bogan, la seconde celle d'Aricia. C'est lui qui a appelé ; Bogan a pris la communication dans la salle de réunions du deuxième étage.

Sandy se pencha, les coudes sur la table. La bande commença à tourner.

BOGAN : J'ai reçu aujourd'hui un coup de fil d'un des avocats de chez Platt, un certain Krasny.

ARICIA : Je le connais. Le type même du connard newyorkais.

BOGAN : C'est vrai, il n'était pas très sympathique. Il a dit qu'ils avaient peut-être la preuve que vous étiez au courant de la double facturation pour les écrans Stalker. Je lui ai demandé de me la montrer ; il a dit que c'était l'affaire d'une semaine.

ARICIA : Ne craignez rien, Charlie. Ils ne pourront absolument rien prouver : je n'ai rien signé.

BOGAN : Mais vous étiez au courant ?

ARICIA : Naturellement. C'est moi qui ai tout arrangé et mis les choses en branle. Une de mes idées de génie. Leur problème, voyez-vous, est qu'ils ne peuvent rien prouver. Aucun document, aucun témoin.

Un blanc sur la cassette ; Leah se tourna vers Sandy.

— Même conversation, une dizaine de minutes plus tard.

ARICIA : Comment va le sénateur ?

BOGAN : Fort bien. Il a rencontré hier le ministre de la Marine.

ARICIA : Comment s'est passée la rencontre ?

BOGAN : Bien. Ce sont de vieux amis, vous savez. Le sénateur a exprimé avec force son désir de punir Platt & Rockland de leur cupidité sans faire de tort au projet Expedition. Le ministre partage ses vues ; il a dit qu'il recommanderait une lourde sanction pécuniaire.

ARICIA : Est-il en mesure d'accélérer les choses ?

BOGAN : Pourquoi ?

ARICIA : Je veux le fric, Charlie ! Je le sens ! Je le vois !

Leah enfonça une touche pour arrêter la bande. Elle retira la cassette, la remit à sa place.

— Patrick a commencé les enregistrements en 1991. Les autres projetaient de se débarrasser de lui fin février 1992, sous prétexte qu'il ne rapportait pas assez.

— Le carton est rempli de bandes ?

— Il y en a une soixantaine. Patrick a fait des coupes, de sorte qu'on peut tout écouter en trois heures.

Sandy regarda sa montre.

— Nous avons du pain sur la planche, fit Leah.

28

On refusa d'abord à Paulo la radio qu'il demandait. Quand ses gardiens comprirent qu'il souhaitait seulement écouter de la musique, ils apportèrent un vieux magnétophone et deux cassettes de l'orchestre philharmonique de Rio ; il préférait le classique. Il baissa le volume, commença à fouiller dans une pile de vieilles revues apportées à sa demande. La nourriture était jusqu'à présent plus que satisfaisante ; ils semblaient vouloir faire en sorte qu'il ne manque de rien. Les ravisseurs étaient jeunes ; ils travaillaient pour le compte de quelqu'un. Paulo savait que leur employeur resterait un inconnu. S'il décidait de le relâcher, les ravisseurs disparaîtraient dans la nature. On ne les retrouverait jamais.

Le deuxième jour de captivité s'écoula lentement. Eva était trop prudente pour se jeter tête baissée dans ce piège. Un jour, il connaîtrait le fin mot de l'histoire ; il saurait se montrer aussi patient qu'eux.

Ce soir-là, le juge arriva avec la pizza. La première lui avait fait tellement plaisir qu'il avait appelé Patrick dans l'après-midi pour savoir s'ils pouvaient recommencer. Avide de compagnie, Patrick accepta avec joie.

Huskey fouilla dans sa serviette, prit un paquet d'enveloppes qu'il lança sur la table de travail.

— Des tas de gens ont tenu à te saluer, surtout les gens du Palais. Je leur ai dit qu'ils pouvaient écrire.

— J'ignorais avoir tant d'amis.

— Pas des amis, des employés qui ont tout le temps d'écrire. Ils ont l'impression d'être dans le coup.

— Merci infiniment.

Huskey approcha une chaise du lit, posa les pieds sur un tiroir ouvert de la table de chevet. Après avoir englouti deux parts de pizza, Patrick était rassasié.

— Je vais bientôt devoir me dessaisir de l'affaire, dit le juge, comme s'il avait à se justifier.

— Je sais.

— J'ai eu une longue conversation avec Trussel ce matin. Je sais que tu n'as pas une très haute opinion de lui, mais c'est un bon magistrat. Il est disposé à prendre l'affaire.

— Je préférerais Lanks.

— Malheureusement tu n'as pas le choix. Lanks a des problèmes d'hypertension ; nous nous efforçons de le tenir à l'écart des affaires les plus délicates. Tu n'ignores pas que Trussel a plus d'expérience que Lanks et moi-même réunis, surtout en matière criminelle.

Patrick réprima un léger tressaillement, un brusque plissement des yeux, un affaissement fugitif des épaules en entendant la dernière phrase de son ami. *En matière criminelle.* La peur le saisit, comme cela arrivait souvent quand il se regardait assez longtemps dans un miroir. Rien de tout cela n'échappa à Huskey.

On dit que n'importe qui est capable de commettre un meurtre ; au long de ses douze années de magistrature, Huskey avait eu maintes occasions de s'entretenir avec des tueurs. C'était la première fois pourtant qu'un de ses amis encourait la peine de mort.

— Pourquoi veux-tu mettre fin à tes fonctions ?

— Pour les raisons les plus banales qui soient. J'éprouve de la lassitude et, si je ne n'arrête pas maintenant, je ne ne le ferai jamais. Les enfants grandissent ; il me faudra gagner plus pour payer leurs études.

Huskey s'interrompit, perplexe.

— Simple curiosité, reprit-il. Comment savais-tu que j'allais mettre fin à mes fonctions ? Je ne l'ai pas crié sur les toits.

— Un bruit qui court.

— Jusqu'au Brésil ?

— J'avais un espion, Karl.

— Quelqu'un d'ici ?

— Bien sûr que non. Je n'aurais jamais couru le risque de rester en contact avec quelqu'un d'ici.

— C'était donc quelqu'un de là-bas.

— Une avocate que j'ai rencontrée.

— Tu lui as tout dit ?

— Oui, je lui ai tout dit.

— J'imagine que c'est une bonne solution, poursuivit Huskey en tapotant du bout des doigts sur la table.

— Je te la recommande, quand ce sera ton tour de disparaître.

— Je m'en souviendrai. Et où est-elle, cette avocate ?

— Pas loin, sans doute.

— Je comprends mieux ; ce doit être elle qui a l'argent.

Patrick commença par sourire, puis il lâcha un petit rire.

— Que veux-tu savoir sur l'argent, Karl ?

— Tout. Comment tu l'as détourné, où il se trouve, combien il reste.

— Quelle est la rumeur la plus amusante qui te soit venue aux oreilles ?

— Il y en a des centaines. Celle que je préfère prétend que le magot a doublé, que tu as tout enfermé dans des coffres en Suisse et que tu passais quelques années au Brésil en attendant de pouvoir dépenser librement ton pognon.

— Pas mal.

— Te souviens-tu de Bobby Doak, cet avocaillon boutonneux, à la tête de fouine, qui fait le divorce à quatre-vingt-dix-neuf dollars et bave sur ses confrères plus onéreux ?

— Bien sûr. Il se fait de la pub dans les bulletins paroissiaux.

— C'est ça. Je l'ai vu hier à la cafétéria du greffe ; il m'a dit tenir de source sûre que tu avais claqué tout le fric en défonces avec des prostituées mineures et que cela expliquait pourquoi tu vivais comme un paysan au Brésil.

— C'est lui tout craché.

Patrick reprenait son sérieux après cet intermède léger ; Huskey n'allait pas laisser passer l'occasion.

— Alors, où est ton trésor ?

— Je ne peux pas le dire, Karl.

— Combien reste-t-il ?

— Un gros paquet.

— Plus que ce que tu as pris ?

— Bien plus.

— Comment as-tu fait ?

Patrick balança les jambes de l'autre côté du lit, se dirigea vers la porte pour s'assurer qu'elle était fermée. Il s'étira, but une longue gorgée d'eau minérale. Puis il revint s'asseoir au bord du lit.

— J'ai eu de la chance, dit-il d'une voix réduite à un murmure dont Karl ne perdit pourtant pas une syllabe. Je serais parti, avec ou sans l'argent. Je savais qu'il allait être viré sur le compte du cabinet et j'avais un plan pour le subtiliser. Même si cela avait raté, je serais parti. Je ne pouvais supporter Trudy une journée de plus, je détestais mon boulot et j'allais me faire jeter comme un malpropre. Bogan et les autres étaient au cœur d'une gigantesque magouille que personne d'autre que moi ne soupçonnait.

— Quelle magouille ?

— La plainte d'Aricia ; nous y reviendrons. J'ai donc soigneusement préparé ma fuite et j'ai eu la chance de réussir. La chance ne m'a abandonné qu'il y a une quinzaine de jours. Une chance incroyable.

— Nous nous étions arrêtés à ton enterrement.

— Exact. J'ai donc regagné le petit appartement que je louais à Orange Beach. J'y suis resté enfermé deux jours, sans mettre le nez dehors, à écouter des cassettes et à apprendre par cœur le vocabulaire portugais. J'ai aussi passé des heures à faire le montage des conversations enregistrées dans les bureaux. Il y avait des quantités de documents à mettre en forme ; j'ai travaillé dur. La nuit, je faisais de longues marches sur la plage pour essayer de perdre des kilos aussi vite que possible. Je me suis totalement désintéressé de la nourriture.

— Quel genre de documents ?

— Le dossier Aricia. Je me suis aventuré en mer sur le voilier de location. Mes connaissances étaient rudimentaires ; j'ai eu envie de devenir un bon marin. Le bateau était assez grand pour pouvoir y passer plusieurs jours d'affilée ; il est devenu ma planque sur l'eau.

— Où ?

— Ici. Je jetais l'ancre près de Ship Island et je voyais la côte de Biloxi.

— Quelle idée !

— J'avais placé des micros partout, Karl. Dans chaque téléphone, dans chaque bureau, sauf celui de Bogan. Il y en avait même un dans les toilettes du premier étage, entre le bureau de Bogan et celui de Vitrano. Ils émettaient vers un récepteur caché dans les combles. Le cabinet occupe un bâtiment ancien; des montagnes de dossiers sont stockées dans les combles où personne ne met jamais les pieds. Il y avait sur le toit une vieille antenne de télévision fixée sur la cheminée; j'ai fait passer mes câbles par là. Le récepteur transmettait ensuite en direction d'une parabole de vingt-cinq centimètres installée sur le voilier. Le dernier cri de la technologie, un petit bijou acheté à Rome, au marché noir, qui m'avait coûté les yeux de la tête. Je voyais la cheminée à la jumelle et les signaux étaient faciles à capter. Les conversations étaient retransmises sur le bateau. J'enregistrais tout et je faisais le tri la nuit. Je savais où ils avaient déjeuné, si leur femme était de bonne humeur; rien ne m'échappait.

— Incroyable!

— Tu aurais dû les entendre, après mon enterrement, quand ils essayaient de prendre un ton grave. Ils recevaient des tas d'appels téléphoniques, des condoléances, et répondaient avec componction. Quand ils se retrouvaient entre eux, ma mort était un sujet de plaisanterie; elle leur évitait un conflit désagréable. Bogan avait été désigné pour m'annoncer que j'étais viré du cabinet. Le lendemain des obsèques, il a pris un scotch avec Havarac dans la salle de réunions; je les ai entendus dire en riant que j'avais eu de la chance, que j'étais mort à point nommé.

— Tu as les bandes?

— Bien sûr. J'ai même l'enregistrement de la conversation entre Trudy et Doug Vitrano dans mon ancien bureau, quelques heures avant l'enterrement, quand ils ont ouvert mon coffre et découvert la police d'assurance vie d'un montant de deux millions. C'est à se tordre de rire. Il a fallu au moins vingt secondes à Trudy pour reprendre ses esprits et demander : « Quand est-ce que je touche l'argent ? »

— Quand me la feras-tu écouter ?

— Je ne sais pas. Bientôt. Il y a des centaines de bandes ; j'ai passé douze heures par jour au montage, pendant des semaines. Tu imagines tous ces coups de téléphone dans lesquels il a fallu faire le tri.

— Ont-ils eu des soupçons ?

— Pas vraiment. Un jour, Rapley a fait remarquer à Vitrano que j'avais bien choisi mon moment, que je n'avais souscrit la police d'assurance que huit mois avant ma mort. Il y a eu quelques propos sur la bizarrerie de mon comportement, mais cela ne portait pas à conséquence. Ils étaient tellement heureux que je ne sois plus un obstacle.

— As-tu aussi placé des micros sur les téléphones de Trudy ?

— J'y ai pensé, mais à quoi bon ? Ses réactions étaient prévisibles ; elle ne pouvait rien m'apporter.

— Contrairement à Aricia.

— Absolument. J'étais au courant de chacune des étapes du transfert de fonds. Je savais qu'il serait viré à l'étranger, dans quelle banque et à quelle date.

— Comment as-tu procédé ?

— Cette fois encore, j'ai eu beaucoup de chance. Bogan dirigeait les opérations, mais la plupart des discussions avec les banquiers étaient menées par Vitrano. J'ai pris l'avion pour Miami avec des papiers au nom de Doug Vitrano. J'avais son numéro de Sécurité sociale, tous les éléments nécessaires. L'homme que j'ai vu à Miami disposait d'un catalogue informatique comprenant des milliers de visages ; il suffit d'en indiquer un et hop ! le visage se retrouve sur un permis de conduire. J'ai choisi un visage entre celui de Vitrano et le mien. De Miami, je me suis rendu à Nassau ; la situation devenait plus délicate. Je me suis présenté à la banque, la United

Bank of Wales. Le responsable de l'établissement avec qui Vitrano avait eu tous les contacts était un certain Graham Dunlap. J'ai montré mes faux papiers ainsi qu'une fausse procuration sur papier à en-tête du cabinet, m'autorisant à transférer les fonds dès la réception du virement électronique. Dunlap n'attendait pas Vitrano ; il était étonné, flatté même, qu'un représentant du cabinet Bogan eût fait le voyage pour une opération si simple. Il m'a préparé un café, a envoyé une secrétaire chercher des croissants. J'en mangeais un dans son bureau quand le virement est arrivé.

— Il n'a pas pensé à appeler le cabinet Bogan ?

— Non. Tu sais, Karl, si Dunlap s'était montré tant soit peu méfiant, j'aurais filé sans demander mon reste. Je l'aurais assommé, je serais sorti de la banque et j'aurais sauté dans un taxi pour aller à l'aéroport. J'avais trois billets pour trois destinations.

— Où serais-tu allé ?

— J'étais mort, ne l'oublions pas. Probablement au Brésil. J'aurais travaillé dans un bar et passé le reste de mes jours sur la plage. Tout compte fait, je me demande si je n'aurais pas été mieux sans l'argent. Du moment que je l'avais, ils étaient obligés de me donner la chasse ; voilà pourquoi je suis ici aujourd'hui. Dunlap a donc posé les questions qu'il fallait, j'ai donné les réponses qu'il attendait. Il a confirmé la réception du virement, j'ai immédiatement autorisé le transfert des fonds vers une banque de Malte.

— En totalité ?

— Presque. Dunlap a eu un moment d'hésitation quand il s'est rendu compte qu'il ne resterait rien dans sa banque. J'avais la gorge serrée. Il a parlé d'une commission pour ses services ; j'ai demandé ce qui se pratiquait habituellement. Il est devenu d'une écœurante obséquiosité, a lâché que cinquante mille dollars lui paraissaient une somme convenable ; j'ai accepté. Les cinquante mille dollars restés sur le compte ont été reversés à Dunlap. La banque est à Nassau...

— Était à Nassau. Elle a fermé ses portes six mois après ton passage.

— J'ai appris ça. Dommage ! En sortant de la banque, quand j'ai posé le pied sur le trottoir, j'ai eu toutes les peines du monde à m'empêcher de courir ventre à terre. J'avais envie de hurler de joie, de bondir dans la rue, mais je me suis maîtrisé. J'ai sauté dans le premier taxi libre, j'ai dit au chauffeur que j'avais un avion à prendre, que j'étais en retard ; il a démarré sur les chapeaux de roues. L'avion à destination d'Atlanta partait une heure plus tard, celui de Miami une demi-heure après. L'embarquement du vol pour La Guardia avait commencé ; je suis allé à New York.

— Avec quatre-vingt-dix millions de dollars.

— Moins les cinquante mille empochés par Dunlap. Ce fut le vol le plus long de ma vie, Karl. J'ai sifflé trois Martinis, je ne tenais pas en place. Dès que je fermais les yeux, je voyais des douaniers qui m'attendaient à l'arrivée, l'arme au poing. J'avais la certitude que Dunlap avait eu des soupçons et appelé le cabinet, qu'on avait suivi ma piste jusqu'à l'aéroport et qu'on savait quel vol j'avais pris. Jamais de ma vie je n'ai eu autant envie de descendre d'un avion. L'appareil s'est enfin posé, a roulé jusqu'au terminal, les passagers ont débarqué. J'ai vu l'éclair d'un flash et je me suis dit : « Ça y est ! Ils m'ont eu ! » C'était un gamin avec un petit Kodak. J'ai filé aux toilettes, je m'y suis enfermé vingt minutes. Je regardais à mes pieds le sac de toile contenant toutes mes possessions.

— Tu oublies les quatre-vingt-dix millions.

— Pardon.

— Comment le magot est-il arrivé à Panamá ?

— Comment sais-tu qu'il est parti à Panamá ?

— Je suis le juge, ici ; les flics me parlent. Biloxi est une petite ville.

— Cela figurait dans les instructions de virement au départ de Nassau. Les fonds ont été virés sur un compte à Malte, d'où ils sont repartis presque aussitôt à Panamá.

— Comment es-tu devenu un génie de la monétique ?

— Il suffisait d'apprendre ; j'ai passé un an à potasser la question. Dis-moi, Karl, quand as-tu été informé de la disparition de l'argent ?

Huskey éclata de rire, la tête rejetée en arrière, les mains croisées sur la nuque.

— Tes potes du cabinet Bogan n'avaient pas fait beaucoup d'efforts pour garder le secret sur leur petite magouille.

— J'en suis scandalisé.

— En fait, tout le monde savait qu'ils allaient être pleins aux as. Ils prenaient des mines de conspirateurs, mais claquaient du fric comme des malades. Havarac s'était offert la plus grosse Mercedes noire du catalogue, l'architecte de Vitrano achevait les plans de sa nouvelle maison de mille mètres carrés. Ripley avait signé pour l'achat d'un voilier de quatre-vingts pieds ; il disait songer à la retraite. J'ai entendu parler deux ou trois fois d'un jet privé. Trente millions de dollars d'honoraires auraient été difficiles à cacher dans une petite ville. Ils n'ont pas vraiment essayé ; ils voulaient que cela se sache.

— Un comportement d'avocats.

— C'est bien un jeudi que tu as subtilisé l'argent ?

— Oui. Le 26 mars.

— Le lendemain, je m'apprêtais à juger une affaire civile quand un des défenseurs a reçu un coup de fil du cabinet Bogan. Il y avait des problèmes avec le gros virement attendu ; l'argent avait disparu dès son arrivée à la banque. Dans sa totalité.

— A-t-on mentionné mon nom ?

— Pas le premier jour, mais il n'a pas fallu longtemps. Le bruit s'est répandu que les caméras de surveillance de la banque avaient filmé quelqu'un qui te ressemblait vaguement. D'autres pièces du puzzle se sont mises en place et les rumeurs se sont multipliées.

— As-tu cru que c'était moi ?

— Au début, comme tout le monde, j'étais trop bouleversé pour y croire. Nous t'avions accompagné à ta dernière demeure, nous avions prié sur ta tombe. Mais, au fil des jours, la surprise passée, tout s'est mis en place. Le testament récent, l'assurance vie, la demande d'incinération ; il y avait de quoi éveiller les soupçons. Quand on a découvert que les bureaux grouillaient de micros, le FBI s'est mis à interroger tout le monde. Une semaine après le détournement de fonds, tout le monde pensait que tu avais fait le coup.

— Étais-tu fier de moi ?

— Fier n'est certainement pas le mot. Disons étonné ; abasourdi, même. Je n'oubliais pas qu'il y avait un cadavre. J'étais aussi très intrigué.

— Pas la plus petite trace d'admiration ?

— Pas dans mon souvenir, Patrick. Un innocent avait péri pour te permettre de détourner de l'argent ; sans compter que tu laissais derrière toi une épouse et une petite fille.

— L'épouse avait touché le gros lot ; l'enfant n'est pas de moi.

— À l'époque, je ne le savais pas. Personne ne le savait. Non, je ne crois pas que tu suscitais de l'admiration.

— Et mes ex-associés ?

— Ils ne se sont pas montrés pendant des mois. Aricia s'est retourné contre eux et ils ont eu d'autres plaintes sur le dos. Comme ils avaient jeté l'argent par les fenêtres, ils ont fait le plongeon. Divorces, alcool, un cercle infernal. L'exemple typique de l'autodestruction.

Patrick buvait du petit-lait ; il s'étendit sur le flanc, replia lentement les jambes, un mauvais sourire aux lèvres. Huskey se leva, s'avança jusqu'à la fenêtre.

— Combien de temps es-tu resté à New York ? reprit-il en regardant à travers les lamelles du store.

— Une petite semaine. Comme je ne voulais pas que l'argent revienne aux États-Unis, j'ai pris des dispositions pour effectuer des transferts dans une banque de Toronto. Celle de Panamá était une succursale de la Banque de l'Ontario ; rien de plus facile que d'y faire virer ce dont j'avais besoin.

— Tu as commencé à le dépenser.

— Pas grand-chose. J'étais devenu un citoyen canadien, transplanté de Vancouver, avec des papiers bien faits, qui pouvait se payer un petit appartement et obtenir des cartes de crédit. J'ai trouvé un professeur de portugais avec qui je travaillais six heures par jour. Je suis allé plusieurs fois en Europe pour faire viser et contrôler mon passeport. Tout s'est parfaitement passé. Au bout de trois mois, j'ai mis l'appartement en vente et je suis parti pour Lisbonne où j'ai passé deux autres mois à étudier la langue. Le 5 août 1992, j'ai pris l'avion pour São Paulo.

— Le premier jour de ta nouvelle vie.

— La liberté absolue, Karl. J'ai posé le pied sur le sol brésilien avec deux petits sacs et je me suis fondu dans un océan de vingt millions d'habitants. À la nuit tombée, sous une pluie battante, blotti à l'arrière du taxi immobilisé dans un embouteillage, j'ai pensé que pas un seul être au monde ne savait où j'étais. Et qu'on ne me retrouverait jamais. Les larmes me sont montées aux yeux ; c'était la liberté totale, sans entraves. En regardant les gens qui couraient sur le trottoir, je me suis dit que j'étais maintenant l'un d'eux. J'étais un Brésilien du nom de Danilo ; plus jamais je ne serai un autre.

29

Sandy dormit trois heures sur un mauvais matelas, dans une chambre mansardée, au-dessus du salon, loin d'elle : il fut réveillé par les premiers rayons du soleil filtrant sous le store. Il était 6 h 30. Ils s'étaient séparés à 3 heures du matin, après sept heures passées à étudier minutieusement des documents et à écouter des dizaines de conversations interceptées par Patrick.

Il se doucha, s'habilla et descendit dans la cuisine où Leah était installée à la table du petit déjeuner devant un café fumant, avec une mine d'une étonnante fraîcheur. Elle lui prépara des toasts de pain de campagne à la confiture tandis qu'il parcourait les quotidiens du matin. Sandy était prêt à partir, à regagner La Nouvelle-Orléans et à faire tranquillement le tri des documents Aricia dans son bureau.

— Des nouvelles de votre père ? demanda-t-il.

Les voix du matin étaient sourdes, les phrases courtes.

— Non. Je ne peux pas appeler d'ici. J'irai faire des courses tout à l'heure ; je téléphonerai d'une cabine.

— Je dirai une prière pour lui.

— Merci.

Ils chargèrent la totalité du dossier Aricia dans le

coffre de la voiture de Sandy. Elle promit d'appeler dans les vingt-quatre heures ; elle ne partirait pas dans les jours qui venaient. Les problèmes de leur client devenaient urgents.

L'air était frais en ce matin d'octobre ; l'automne se faisait sentir jusque sur la Côte. Leah mit sa parka pour aller faire un tour sur la plage, pieds et jambes nus, son café dans une main, l'autre dans une poche. Ses lunettes noires l'agaçaient. La plage était déserte ; avait-elle vraiment besoin de dissimuler son visage ?

Comme tous les Cariocas, elle avait passé une bonne partie de sa vie sur la plage. L'appartement de son père se trouvait à Ipanema, le plus chic des quartiers de Rio, où les enfants grandissaient sur le sable blond.

Elle n'avait pas l'habitude de faire de longues promenades au bord de l'eau sans être entourée d'une multitude de baigneurs s'ébattant joyeusement. Son père avait été l'un des pionniers du combat contre le développement incontrôlé d'Ipanema. Il s'opposait dédaigneusement à l'accroissement de la population, à l'urbanisation anarchique, et travaillait inlassablement au sein des associations de protection du site. En sa qualité d'avocate, Eva consacrait une partie de son temps à des associations de sauvegarde des quartiers d'Ipanema et de Leblon.

Le soleil se cacha derrière des nuages, le vent se leva. Elle revint sur ses pas, suivie par un vol de mouettes piaillardes. Après avoir fermé les portes et les fenêtres, elle prit sa voiture pour se rendre au supermarché le plus proche, où elle voulait acheter du shampoing et des fruits, avant de se mettre en quête d'une cabine téléphonique.

Elle ne vit pas l'homme de prime abord ; quand elle le remarqua, elle eut l'impression qu'il était près d'elle depuis une éternité. Elle étudiait l'étiquette d'un flacon de baume démêlant quand il renifla, comme s'il était enrhumé. Elle tourna la tête, regarda par-dessus ses lunettes noires et fut surprise par l'intensité de son regard. Il avait entre trente et quarante ans, il était blanc et mal rasé ; elle n'eut pas le temps d'enregistrer autre chose.

Il fixait sur elle le regard farouche de ses yeux verts brillant comme deux émeraudes dans son visage hâlé. Elle s'éloigna tranquillement dans l'allée, son flacon à la main. Peut-être était-ce un personnage local, un pervers inoffensif qui rôdait dans les rayons pour effrayer les jolies vacancières. Peut-être tout le monde le connaissait-il et le laissait-il agir à sa guise, sachant qu'il ne ferait pas de mal à une mouche.

Elle le revit quelques minutes plus tard, près de la boulangerie, le visage caché derrière une pizza, suivant tous ses gestes de ce regard à l'éclat métallique. Pourquoi dissimulait-il son visage ? Elle remarqua qu'il portait un short et des sandales.

Elle sentit l'affolement la gagner, ses jambes se mirent à trembler. Sa première idée fut de s'enfuir ; elle parvint à garder son calme assez longtemps pour prendre un panier. Elle avait été repérée mais pouvait tourner la situation à son avantage en le surveillant elle-même. Comment savoir si leurs chemins ne se croiseraient pas de nouveau ? Elle traîna dans le rayon légumes, longea nonchalamment les fromages ; quand elle le revit, il lui tournait le dos, une bouteille de lait à la main.

Quelques minutes plus tard, par les grandes baies vitrées du magasin, elle l'aperçut sur le parking, la tête penchée, un portable sur l'oreille. Qu'avait-il fait de la bouteille de lait ? Elle aurait voulu s'éclipser par une porte latérale, mais sa voiture était garée devant. Elle régla ses emplettes aussi calmement que possible, mais sa main tremblait quand elle ramassa la monnaie.

Il y avait une trentaine de voitures en stationnement ; l'homme attendait dans l'une d'elles. Elle ne pouvait toutes les inspecter et ne tenait pas à le faire ; elle voulait simplement partir sans être suivie. Elle quitta rapidement le parking, prit la direction de la maison ; elle savait qu'elle n'y remettrait jamais les pieds. Elle roula un kilomètre, fit brusquement demi-tour. Elle eut le temps de le voir, trois voitures derrière la sienne, au volant d'une Toyota rutilante. Ses yeux verts lancèrent un éclair au dernier moment ; elle se demanda pourquoi il ne les dissimulait pas.

Tout paraissait tellement étrange à Eva. Rouler sur une autoroute inconnue dans un pays étranger, avec un faux passeport au nom d'une personne qu'elle n'avait jamais voulu être, vers une destination dont elle ne savait encore rien. Oui, tout était étrange, d'un flou terrifiant. Elle avait besoin, elle avait tellement envie de voir Patrick, pour tempêter tout son soûl contre lui ; ce n'était pas ce qui était convenu. Que Patrick soit rattrapé par son passé, soit, mais elle n'avait rien fait de mal. Sans parler de ce qui était arrivé à son père.

Comme tout Brésilien qui se respecte, Eva avait appris à conduire un pied sur l'accélérateur, l'autre sur la pédale dc frein. La circulation était telle sur la route du littoral que son expérience lui fut bien utile. Mais elle se força à rester calme ; on ne s'affole pas quand on est en cavale. Patrick l'avait dit et redit. On réfléchit, on observe, on calcule.

Elle observa les véhicules qui la suivaient, respecta scrupuleusement le code de la route. On doit toujours savoir où on est, avait aussi dit Patrick ; elle avait soigneusement étudié l'atlas routier. Elle prit la direction du nord, s'arrêta à une station-service pour voir si elle avait quelqu'un à ses basques. Personne. L'homme aux yeux verts ne la suivait plus, mais c'était une mince consolation. Il savait qu'elle l'avait vu, qu'il s'était fait repérer ; il avait utilisé son portable pour prévenir ses copains qui étaient à l'affût.

Une heure plus tard, elle entrait dans le terminal de l'aéroport de Pensacola, où il lui fallut attendre quatre-vingts minutes un vol pour Miami. N'importe quelle destination lui eût convenu ; un hasard malheureux voulut que ce fût Miami.

Assise à la table d'un bar, cachée derrière une revue, elle ne perdit rien de ce qui se passait autour d'elle. Un agent de surveillance prenait un plaisir évident à la regarder ; elle fit mine de ne rien remarquer. Sinon, l'aéroport était presque dépourvu d'activité humaine.

Le vol régulier à destination de Miami était assuré par un avion à turbopropulseur ; il lui parut interminable. Dix-huit des vingt-quatre sièges étaient inoccupés ; les cinq autres passagers avaient l'air inoffensif. Elle réussit même à sommeiller quelques minutes.

Elle resta une heure dans un bar de l'aéroport de Miami, à boire de l'eau minérale en suivant les allées et venues de la foule des voyageurs. Au comptoir Varig, elle acheta un aller simple pour São Paulo, sans bien savoir pourquoi. Ce n'est pas là qu'elle voulait aller, mais c'était la bonne direction. Elle pourrait rester cachée quelques jours dans un hôtel agréable. Elle ignorait où était son père, mais elle serait plus près de lui. Il y avait des avions en partance pour les cinq continents ; pourquoi ne pas s'offrir une petite visite dans son pays natal ?

Selon la procédure habituelle, le FBI transmit un avis de recherche au service des douanes et à la police de l'air et des frontières, ainsi qu'aux compagnies aériennes. Le signalement était celui d'une femme de trente et un ans, passeport brésilien, de son vrai nom Eva Miranda, voyageant probablement sous une identité d'emprunt. Ayant appris qui était son père, il avait été facile au FBI de trouver son vrai nom. Quand Leah Pires passa au contrôle des passeports, elle ne s'attendait pas à rencontrer des difficultés ; elle pensait encore à ceux qui étaient à ses trousses.

La pièce d'identité au nom de Leah Pires n'avait posé aucun problème depuis quinze jours.

L'agent des douanes avait vu l'avis de recherche une heure plus tôt, pendant la pause café. Il appuya sur la touche d'alarme de son scanner tout en examinant minutieusement le document. Leah fut d'abord agacée par sa lenteur, puis elle comprit que quelque chose clochait. Les voyageurs des autres files passaient rapidement, ralentissant à peine, juste le temps d'ouvrir leur passeport et d'attendre le signe de tête les autorisant à avancer. Un contrôleur en veste marine surgit à ses côtés, se pencha pour tenir un conciliabule avec le douanier.

— Voulez-vous me suivre, mademoiselle Pires ? demanda-t-il d'un ton courtois mais ferme en indiquant une rangée de portes dans le large couloir.

— Il y a un problème ?

— Non, juste quelques questions.

Un garde en uniforme, une bombe incapacitante et un pistolet à la ceinture, attendait un peu plus loin. Le contrôleur saisit le passeport ; des dizaines de voyageurs suivaient la scène avec curiosité.

— Quel genre de questions ? demanda-t-elle en suivant le contrôleur et le garde au premier étage.

— Juste quelques questions, répéta le contrôleur.

Il ouvrit la porte d'une pièce carrée, sans fenêtres. Elle remarqua le nom de Rivera sur le revers de sa veste ; il n'avait pas l'air d'un Latino.

— Rendez-moi ce passeport, fit-elle sèchement dès qu'ils furent seuls.

— Pas si vite, mademoiselle Pires. J'ai quelques questions à vous poser.

— Je n'ai pas à y répondre.

— Calmez-vous, s'il vous plaît et prenez un siège. Désirez-vous un café ou un verre d'eau ?

— Non.

— Est-ce votre véritable adresse à Rio ?

— Naturellement.

— D'ou arrivez-vous ?

— De Pensacola.

— Sur quel vol ?

— Airlink 855.

— Et votre destination ?

— São Paulo.

— Où à São Paulo ?

— C'est une question de caractère privé.

— Voyage d'affaires ou d'agrément ?

— Quelle importance ?

— C'est important. D'après votre passeport, vous êtes domiciliée à Rio. Où descendez-vous à São Paulo ?

— À l'hôtel.

— Lequel ?

Elle chercha désespérément le nom d'un hôtel ; une courte et fatale hésitation.

— Le... euh... l'Inter-Continental, répondit-elle enfin d'une voix manquant singulièrement de conviction.

Rivera nota le nom de l'établissement, poursuivit son interrogatoire.

— J'imagine que vous y avez réservé une chambre au nom de Leah Pires ?

— Bien sûr, répondit-elle vivement.

Un simple coup de fil prouverait qu'il n'en était rien.

— Où sont vos bagages ? poursuivit Rivera.

Une autre fêlure dans sa façade, encore plus révélatrice. Elle hésita, détourna les yeux.

— Je voyage avec peu de bagages.

On frappa à la porte ; Rivera l'entrouvrit, prit la feuille de papier qu'on lui tendait, murmura quelques mots à un collègue invisible. Leah s'assit, essaya de se détendre. La porte se referma tandis que Rivera étudiait le document.

— D'après nos renseignements, vous êtes entrée sur le territoire national il y a huit jours, à Miami, en provenance de Londres, sur un vol au départ de Zurich. Huit jours, pas de bagages ; cela semble curieux, non ?

— Est-ce un crime de voyager avec peu de bagages ?

— Non, mais c'est un délit d'utiliser un faux passeport. Du moins sur le territoire américain.

Elle regarda le passeport posé sur la table, aussi faux que pouvait être un document.

— Ce n'est pas un faux passeport ! s'écria-t-elle d'un ton indigné.

— Connaissez-vous une femme du nom d'Eva Miranda ? poursuivit Rivera.

Leah eut un coup au cœur, son menton s'affaissa sur sa poitrine ; elle comprit que la traque était terminée.

Rivera se dit qu'ils venaient d'en pincer une autre.

— Je vais devoir en informer le FBI, reprit-il. Cela prendra un peu de temps.

— Suis-je en état d'arrestation ?

— Pas encore.

— Je suis avocate. Je...

— Nous le savons. Et nous sommes en droit de vous garder pour vous interroger dans nos bureaux. Allons-y.

Elle se laissa entraîner, les mains serrées sur son sac, les yeux cachés par les lunettes noires.

Sur la longue table où s'entassaient documents et dossiers traînaient des feuillets de bloc froissés, des serviettes en papier, des tasses vides et même des restes de sandwiches de la cafétéria de l'hôpital. Les avocats avaient déjeuné cinq heures auparavant, mais aucun des deux n'avait pensé au dîner. Le temps était mesuré à l'extérieur de la chambre ; à l'intérieur, il ne comptait pas.

Les deux hommes étaient pieds nus. Patrick portait un tee-shirt et un short, Sandy une chemise de coton froissée et un pantalon kaki, la tenue qu'il avait depuis le petit déjeuner avec Leah.

Le carton Aricia, vide, était dans un coin de la pièce, son contenu sur la table.

On frappa, la porte s'ouvrit aussitôt, l'agent Joshua Cutter entra sans attendre qu'on l'y invite.

— C'est une réunion privée, déclara Sandy en approchant son visage de celui de Cutter.

Les documents entassés sur la table ne devaient en aucun cas être vus par quiconque. Patrick s'avança vers la porte pour masquer la table.

— Vous pourriez frapper avant d'entrer ! lança-t-il hargneusement.

— Pardon, fit posément Cutter. J'en ai pour une minute ; je pensais que cela vous intéresserait de savoir qu'Eva Miranda est entre nos mains. Elle s'est fait pincer à l'aéroport de Miami, d'où elle tentait de rentrer au Brésil avec un faux passeport.

Hébété de stupeur, Patrick s'efforça en vain de trouver quelque chose à dire.

— Eva ? fit Sandy.

— *Alias* Leah Pires. C'est le nom qui figure sur son faux passeport.

Tout en répondant à l'avocat, Cutter ne quittait pas Lanigan des yeux.

— Où est-elle ? parvint à articuler Patrick.

— En prison, à Miami.

Patrick se retourna, marcha vers la table. La prison devait être horrible en toutes circonstances, mais la prison à Miami éveillait des images particulièrement sinistres.

— Avez-vous un numéro où nous pouvons l'appeler ? demanda Sandy.

— Non.

— Elle a le droit de téléphoner.

— Nous nous en occupons.

— Trouvez-moi un numéro, voulez-vous ?

— Nous verrons, fit Cutter qui continuait à observer Patrick sans accorder un regard à Sandy. Elle partait précipitamment, sans bagages. Elle voulait rentrer au Brésil, en vous abandonnant à votre triste sort.

— La ferme !

— Vous pouvez nous laisser, fit Sandy.

— Je pensais que cela vous intéresserait, répéta Cutter avec un grand sourire avant de se retirer.

Patrick s'assit, se massa doucement les tempes. Sa tête déjà douloureuse avant l'arrivée de Cutter était près d'exploser.

Il avait maintes fois étudié avec Eva les trois scénarios à envisager s'il se faisait prendre. Le premier, le plus vraisemblable, prévoyait qu'elle reste dans l'ombre, apporte son aide à Sandy et se déplace à sa guise. Dans le deuxième, de loin l'éventualité la plus effrayante, elle était capturée par les hommes de Stephano et d'Aricia. Dans le troisième, elle tombait aux mains du FBI, ce qui n'était pas aussi terrible que le précédent, mais posait d'énormes problèmes. Au moins, sa vie n'était pas en danger.

Ils n'avaient pas envisagé ce quatrième scénario, le retour d'Eva au Brésil sans lui. Patrick refusait de croire qu'elle l'avait abandonné.

Sandy ramassa les dossiers et débarrassa la table sans bruit.

— À quelle heure l'as-tu quittée ? demanda Patrick.

— Vers 8 heures. Elle allait bien, je te l'ai dit.

— Elle n'a pas parlé de Miami ni du Brésil ?

— Absolument pas. Je suis parti avec l'impression qu'elle resterait quelque temps dans cette maison. Elle m'a dit qu'elle l'avait louée pour un mois.

— Alors, quelque chose lui a fait peur. Sinon, pourquoi se serait-elle enfuie ?

— Je ne sais pas.

— Trouve un avocat à Miami, Sandy. Il n'y a pas de temps à perdre.

— J'en connais deux ou trois.

— Elle doit être morte de peur.

— A[illegible] qui [illegible]-t-il, [illegible] ? demanda [illegible].

— [illegible]. Elle m'a [illegible]

— Elle n'a pas parlé de M[illegible] ou du [illegible] ?

— Absolument pas. Je [illegible] m'[illegible] quelque [illegible] cette maison. Elle n'a [illegible] qu'elle l'avait [illegible] plus d'un mois.

— Alors, quelqu'un [illegible] pourquoi se serait-elle enfuie.

— [illegible]

— [illegible] Smith [illegible] [illegible] à partir.

— [illegible] compter deux ou trois.

— Elle doit être morte de peur.

30

Comme il était plus de 18 heures, Havarac devait être dans un casino, à une table de black-jack, en train de siroter un bourbon et de reluquer les filles ; les rumeurs sur ses dettes de jeu allaient bon train. Rapley était assurément bouclé dans son grenier, ce qui rassurait tout le monde. Les assistants et les secrétaires avaient terminé leur journée de travail. Doug Vitrano ferma la porte d'entrée de l'immeuble et se dirigea vers le bureau du fond, le plus spacieux et le mieux décoré, où Charlie Bogan attendait en bras de chemise.

Patrick avait réussi à placer des micros partout, sauf dans le bureau de l'associé principal, ce que Bogan n'avait pas manqué de souligner lors des violentes empoignades ayant suivi la disparition de l'argent. Quand Bogan ne se trouvait pas dans son bureau ou à proximité immédiate, la porte était fermée au verrou de sûreté ; ses associés avaient été beaucoup trop imprudents, il l'avait dit et redit. Surtout Vitrano dont le téléphone avait servi pour les dernières et fatidiques conversations avec Graham Dunlap, ce qui avait permis à Lanigan d'apprendre où l'argent devait arriver. L'associé principal l'avait ressassé au point qu'ils avaient failli en venir aux mains.

Bogan ne pouvait honnêtement prétendre avoir eu

des soupçons. S'il avait pensé être espionné dans ses propres bureaux, pourquoi n'avait-il pas mis en garde ses associés moins méfiants ? Lui avait pris ses précautions ; la chance avait fait le reste. Les conversations les plus importantes avaient lieu dans son bureau ; il suffisait de quelques secondes pour mettre le verrou dont il ne se séparait jamais de l'unique clé. Même les gardiens ne pouvaient entrer en son absence.

Vitrano ferma soigneusement la porte, se laissa tomber dans un moelleux fauteuil de cuir.

— J'ai vu le sénateur ce matin, commença Bogan. Il m'a invité à passer chez lui.

Le sénateur était de dix ans plus âgé que l'avocat ; leurs parents étaient frère et sœur.

— Était-il optimiste ? demanda Vitrano.

— Ce n'est pas le mot que j'emploierais. Il voulait faire le point sur Lanigan ; j'ai dit ce que je savais. Toujours aucune nouvelle de l'argent. Il est inquiet de ce que notre ex-associé pourrait savoir. J'ai voulu le rassurer en affirmant une fois de plus que nos conversations téléphoniques avaient eu lieu dans ce bureau, qu'il n'y avait donc aucun danger.

— Cela n'a pas suffi pour dissiper ses inquiétudes ?

— Bien sûr que non. Il m'a encore demandé s'il existait des documents permettant d'établir un lien avec Aricia ; j'ai encore répondu non.

— C'est la vérité.

— Oui. Le nom du sénateur ne figure dans aucun document. Tout a été fait de vive voix, essentiellement sur le parcours de golf. Je l'ai déjà dit cent fois, il voulait encore l'entendre.

— Vous ne lui avez pas parlé du Placard ?

— Non.

Les yeux baissés sur le bureau de Bogan, les deux hommes revécurent ce qui s'était passé dans le Placard. En janvier 1992, un mois après l'accord du ministère de la Justice et deux mois avant la date du règlement, Aricia était passé au cabinet à l'improviste et de méchante humeur. Patrick y travaillait encore, c'était trois semaines avant son enterrement. D'importants travaux de rénovation des locaux étaient en cours ; Bogan n'avait pu recevoir Aricia dans son bureau. Des peintres étaient perchés sur des échelles, des housses recouvraient le mobilier. L'associé principal avait conduit le pugnace visiteur dans une pièce située en face de son bureau, que tout le monde appelait le Placard à cause de son exiguïté. Elle ne contenait qu'une petite table carrée, un fauteuil de chaque côté, et n'avait pas de fenêtre. Le plafond était en pente du fait de la présence d'un escalier.

Bogan envoya chercher Vitrano, son bras droit ; la réunion impromptue pouvait commencer. Elle ne dura pas longtemps. Aricia était en rogne contre les avocats qui s'apprêtaient à empocher trente millions de dollars. Maintenant que le ministère avait accepté, la réalité était dure à avaler ; il trouvait indécent le montant de leurs honoraires. Bogan et Vitrano lui opposèrent une fin de non-recevoir ; la discussion s'envenima rapidement. Les avocats proposèrent d'aller chercher le contrat. Aricia répliqua qu'il s'en contrefichait.

Emporté par la colère, Aricia demanda quelle était la part du sénateur sur les trente millions. Bogan le prit mal, répondit que ce n'étaient pas ses oignons. Aricia rétorqua que si, que c'était son argent. Après quoi, il se lança dans une violente diatribe contre le sénateur et les politiciens en général. Il revint sur les efforts déployés par le parlementaire à Washington, au Pentagone et aux ministères de la Marine et de la Justice, insista pour savoir combien il touchait.

Bogan s'efforça d'esquiver les coups. Il se

contenta de reconnaître que le sénateur n'aurait pas affaire à des ingrats et rappela à Aricia qu'il avait choisi son cabinet pour les relations politiques qu'il entretenait dans la capitale. Il ajouta avec vivacité que les soixante millions qui iraient dans la poche d'Aricia étaient plutôt une bonne affaire pour une plainte bidon.

C'en était trop.

Aricia proposa de réduire le montant des honoraires à dix millions ; Bogan et Vitrano refusèrent catégoriquement. Aricia sortit en claquant la porte du Placard et en jurant comme un charretier.

Bien qu'il n'y eût pas de téléphone dans la petite pièce, deux micros y furent découverts. Un sous la table, à la jonction de deux entretoises, maintenu en place par du mastic. L'autre se trouvait entre deux ouvrages juridiques poussiéreux, sur l'unique étagère de la pièce.

Depuis le choc provoqué par le détournement de fonds et la découverte des micros pullulant dans leurs locaux, Bogan et Vitrano n'avaient jamais évoqué la réunion orageuse qui avait eu lieu dans le Placard. Ils n'avaient pas eu l'occasion d'en reparler à Aricia qui s'était promptement retourné contre les avocats et ne voulait plus entendre parler d'eux. Le souvenir de l'incident s'était estompé ; peut-être ne s'était-il rien passé.

Maintenant que Patrick était de retour, ils avaient été forcés de revenir, non sans crainte, sur cette réunion. Il y avait des chances que les micros n'aient pas fonctionné ou que Lanigan, dans sa précipitation, soit passé à côté de l'enregistrement. Les micros étaient assez nombreux pour qu'il n'ait pas eu le temps de tout écouter et trier. Au fond d'eux-mêmes, ils avaient décidé que Lanigan avait raté la réunion dans le Placard.

— De toute façon, il n'aurait pas gardé les bandes quatre ans.

Bogan ne répondit pas. Les mains croisées sur le ventre, il regardait la poussière tomber sur son bureau en songeant à ce qui aurait pu être. Il aurait touché cinq millions, tout comme le sénateur, aurait échappé à la faillite et au divorce. Il aurait encore sa femme, ses enfants, sa maison et sa position sociale. Les cinq millions auraient fait des petits, il serait aujourd'hui à la tête d'une vraie fortune, libre de faire ce que bon lui semblait. À cause de Lanigan, tout lui était passé sous le nez.

La griserie provoquée par la nouvelle de la capture de Lanigan était vite retombée, quand il était devenu évident que l'argent non seulement ne reviendrait pas à Biloxi avec le prisonnier mais paraissait de jour en jour plus inaccessible.

— Croyez-vous que nous reverrons notre argent, Charlie ? demanda Vitrano d'une voix à peine audible, les yeux fixés sur le plancher.

Il n'avait pas appelé Bogan par son prénom depuis des années. Une telle familiarité n'était pas de mise dans ce cabinet où la haine était un ciment si fort.

— Non..., répondit Bogan. Nous aurons de la chance, ajouta-t-il après un long silence, si nous ne sommes pas inquiétés par la justice.

Sachant qu'il avait une heure à passer au téléphone, Sandy commença par le plus embarrassant. De sa voiture garée sur le parking de l'hôpital il appela sa femme pour lui dire qu'il rentrerait tard, si tard qu'il serait peut-être obligé de dormir à Biloxi. Son fils avait un match de football scolaire. Il s'excusa, mit ses retards sur le dos de Patrick, promit de tout expliquer. Elle le prit mieux qu'il ne l'aurait cru.

Il appela ensuite son cabinet ; une secrétaire sur le

départ lui communiqua les numéros de téléphone qu'il demandait. Il connaissait deux avocats à Miami ; ni l'un ni l'autre n'était à son bureau à 19 h 15. Il appela l'un d'eux à son domicile : pas de réponse. L'autre était sur liste rouge. Il passa ensuite plusieurs coups de téléphone à des confrères de La Nouvelle-Orléans, réussit à obtenir le numéro personnel de Mark Birck, un avocat au criminel réputé de Miami. Interrompu au milieu de son repas, Birck se força à écouter. Sandy lui donna un abrégé de la saga de Patrick, en insistant sur les derniers développements de l'affaire et l'incarcération d'Eva à Miami, la raison de son appel. Birck se montra intéressé, affirma que les lois sur l'immigration n'avaient pas plus de secrets pour lui que le code pénal. Il promit de passer deux coups de fil après dîner ; Sandy proposa de rappeler une heure plus tard.

À la troisième tentative, il réussit à joindre Cutter, qui se laissa amadouer au bout de vingt minutes et accepta de le retrouver dans un fast-food. Sandy s'y rendit en voiture ; en attendant l'agent du FBI, il rappela Birck.

Eva Miranda était bien à Miami, dans un centre de détention fédéral. Aucune charge n'avait encore été officiellement retenue contre elle, mais la journée n'était pas terminée. Il ne serait pas possible de la voir dans la soirée, difficile le lendemain. La loi autorisait le FBI et l'administration des douanes à maintenir quatre jours en garde à vue un étranger voyageant avec un faux passeport, avant que l'on puisse présenter une demande de mise en liberté. Birck expliqua qu'en l'occurrence la loi avait du bon ; ces gens-là glissent comme des anguilles.

Birck était allé à plusieurs reprises dans ce centre de détention, pour y voir des clients ; dans le genre, il y avait pire. Eva avait sa propre cellule ; d'une manière générale, elle ne risquait pas grand-chose.

Avec un peu de chance, il lui serait permis de téléphoner dès le lendemain matin.

Sans donner trop de détails, Sandy affirma qu'il n'y avait pas d'urgence à la faire libérer sous caution ; on la recherchait dehors. Birck promit de faire jouer ses relations dès le lendemain matin pour essayer de la voir.

Ses honoraires se monteraient à dix mille dollars ; Sandy accepta sans barguigner. Il raccrocha en voyant Cutter entrer dans le fast-food et s'asseoir, comme convenu, à une table donnant sur la rue. Il verrouilla les portières de sa voiture pour aller rejoindre l'agent fédéral.

Présenté en barquettes réchauffées au micro-ondes, le dîner était servi sur un plateau en plastique qui avait connu des jours meilleurs. Elle avait faim, mais l'idée de manger lui traversa à peine l'esprit. Le plateau fut apporté dans la cellule aux murs de parpaings par deux gardiennes massives en uniforme ; à leur ceinture pendait un trousseau de clés retenu par une chaîne. La première demanda si tout allait bien ; elle murmura quelque chose en portugais avant de tourner les talons. Eva resta seule derrière la lourde porte de fer percée d'une petite ouverture carrée. De loin en loin des voix de prisonnières se faisaient entendre, mais, dans l'ensemble, le calme régnait.

Elle n'était jamais allée dans une prison, même en sa qualité d'avocate. À part Patrick, pas un seul de ses amis ne s'était retrouvé derrière les barreaux.

À la stupeur de l'arrestation avaient succédé la peur puis l'humiliation d'être enfermée comme une criminelle. Seule la pensée de son pauvre père lui permit de tenir le coup pendant les premières heures ; il devait en baver encore plus qu'elle. Eva pria pour qu'on ne lui fasse pas de mal.

Les prières viennent plus facilement quand on est

entre quatre murs : elle pria pour son père, puis elle pria pour Patrick. Elle résista à la tentation de rejeter sur lui la responsabilité de ses ennuis ; c'eût été trop facile. Elle n'avait à s'en prendre qu'à elle-même ; elle s'était affolée, avait cherché à fuir précipitamment. Patrick lui avait enseigné comment se déplacer et disparaître sans laisser de trace. Elle était la seule responsable.

Les conséquences de l'utilisation du faux passeport ne seraient pas trop fâcheuses ; tout devrait être réglé en peu de temps. Dans un pays où les prisons étaient surpeuplées, un simple délit commis par quelqu'un au passé sans tache devait pouvoir s'arranger avec une amende modeste et une expulsion rapide.

La pensée de l'argent était réconfortante. Dès le lendemain matin, elle exigerait d'être assistée d'un avocat, un bon, qui avait le bras long. Elle téléphonerait à Brasília ; elle connaissait le nom de plusieurs fonctionnaires. L'argent pourrait servir à acheter qui il fallait. Elle serait libre en peu de temps et volerait aussitôt au secours de son père. Il ne lui serait pas difficile de se cacher à Rio.

La cellule était chaude, les verrous solides, des tas de gens armés gardaient les portes. Elle décida qu'elle ne risquait rien. Ceux qui avaient torturé Patrick et qui détenaient son père ne pouvaient l'atteindre.

Elle éteignit le plafonnier, s'étendit sur l'étroite couchette. Le FBI s'était certainement empressé d'annoncer son arrestation à Patrick ; il devait déjà être au courant. Elle l'imaginait en train d'écrire fébrilement, d'analyser ce rebondissement imprévu sous tous les angles. Il avait déjà élaboré des dizaines de plans pour la tirer d'affaire et ne s'endormirait pas avant d'avoir réduit sa liste aux trois meilleurs.

Tout le plaisir est dans la préparation, aimait-il à dire.

Cutter commanda un Coca sans caféine et un beignet au chocolat. N'étant pas en service, il avait troqué le complet sombre et la chemise blanche réglementaires contre un jean et une chemisette. L'agent fédéral était suffisant par nature ; maintenant qu'ils avaient mis la main sur la fille et qu'elle était derrière les barreaux, il en rajoutait.

Sandy ne fit qu'une bouchée de son sandwich au jambon. Il était près de 21 heures ; il n'avait rien avalé depuis le déjeuner pris dans la chambre de Patrick.

— Le moment est venu d'avoir une conversation sérieuse, commença-t-il à voix basse en faisant du regard le tour de la salle bondée.

— J'écoute, fit Cutter.

Sandy déglutit, s'essuya la bouche et se pencha un peu plus sur la table.

— Ne le prenez pas mal, mais il faudra y ajouter d'autres participants.

— À qui pensez-vous ?

— À des gens de Washington, vos supérieurs hiérarchiques.

Cutter prit le temps de réfléchir. Il regarda les voitures filer sur l'autoroute ; la côte était juste derrière.

— D'accord, mais il faut que j'aie quelque chose à proposer.

Sandy lança un nouveau regard circulaire dans la salle. Pas un seul client ne s'intéressait à eux.

— Et si j'étais en mesure de prouver que la plainte d'Aricia contre Platt & Rockland était frauduleuse, qu'il s'est entendu avec le cabinet Bogan pour escroquer le gouvernement et que le cousin du même Bogan, le sénateur, était de mèche avec eux et devait recevoir un dessous-de-table de plusieurs millions de dollars ?

— Une merveilleuse histoire.

— Dont je peux apporter la preuve.

— Si nous devions vous croire, j'imagine que nous permettrions à M. Lanigan de s'en sortir moyennant la restitution d'une partie de l'argent.

— Pourquoi pas ?

— Pas si vite. Il reste le problème du cadavre dans sa voiture.

Cutter prit une petite bouchée de beignet, la mâcha pensivement.

— Des preuves de quelle nature ? reprit-il.

— Des documents, des enregistrements de conversations téléphoniques, toutes sortes de choses.

— Recevables en justice ?

— Pour la plupart.

— En quantité suffisante pour l'inculper ?

— Un plein carton.

— Où est-il ?

— Dans le coffre de ma voiture.

Cutter jeta instinctivement un coup d'œil par-dessus son épaule dans la direction du parking.

— Les enregistrements faits par Lanigan avant sa disparition ?

— Exact. Il avait eu vent de l'affaire Aricia et ses associés avaient l'intention de se débarrasser de lui ; il a patiemment réuni les preuves nécessaires.

— Un mariage raté, et cetera. Il a pris le fric et filé.

— Non, il a filé avant de prendre le fric.

— Peu importe. Il cherche maintenant à trouver un arrangement ?

— Naturellement. Que feriez-vous à sa place ?

— Et le cadavre ?

— C'est du ressort de l'État du Mississippi. Cela ne vous concerne pas ; nous aviserons en temps voulu.

— Cela pourrait nous concerner.

— Je crains que non. Vous avez une inculpation pour le vol des quatre-vingt-dix millions, l'État du

Mississippi en a une pour le meurtre. La police fédérale ne peut débarquer maintenant et prendre le meurtre en charge. Malheureusement pour vous.

Cutter détestait les avocats précisément pour cette raison : ils ne bluffaient pas souvent.

— Écoutez, poursuivit Sandy, cet entretien est une formalité. Je voulais passer par la filière pour ne pas vous court-circuiter. Je peux commencer à donner des coups de fil à Washington demain à la première heure. Je m'étais dit qu'il serait bien d'avoir cette conversation, dans l'espoir de vous convaincre que nous sommes prêts à négocier. Sinon, je décroche mon téléphone.

— Que voulez-vous ?

— Quelqu'un investi de l'autorité nécessaire par le FBI et le ministère de la Justice. Nous nous rencontrerons quelque part et j'exposerai l'affaire.

— Je vais appeler Washington. Mais vous avez intérêt à avoir ce qu'il faut.

Ils échangèrent une poignée de main guindée ; Sandy sortit le premier.

31

Mme Stephano avait retrouvé le sommeil. Les jeunes gens collants en costume sombre avaient enfin levé le camp, les voisins ne passaient plus poser des questions indiscrètes. Les conversations aux tables de bridge roulaient sur des sujets plus normaux ; Jack était détendu.

Elle dormait profondément quand le téphone sonna. Il était 5 h 30 ; elle décrocha en tâtonnant.

— Allô ?

— J'aimerais parler à Jack Stephano, fit une grosse voix.

— De la part de qui ?

— Hamilton Jaynes, FBI.

— Mon Dieu ! souffla-t-elle en posant la main sur le microphone du combiné. Jack, c'est encore le FBI !

Stephano alluma sa lampe de chevet, regarda l'heure, prit le combiné.

— Qui est à l'appareil ?

— Bonjour, Jack. C'est Hamilton Jaynes ; navré d'appeler si tôt.

— Rien ne vous y oblige.

— Je voulais juste vous informer que nous tenons la fille, Eva Miranda. Elle est à l'abri, sous bonne garde ; vous pouvez rappeler vos chiens.

Stephano fit basculer ses jambes au bord du lit, se

rapprocha de la table de nuit. Leur dernier espoir venait de s'envoler ; la longue quête de l'argent était achevée.

— Où est-elle ? demanda-t-il sans vraiment attendre une réponse.

— Entre nos mains, Jack. Elle est avec nous.

— Félicitations.

— Je voudrais dire aussi que j'ai envoyé des hommes à Rio pour régler la situation de son père. Je vous donne vingt-quatre heures, Jack. S'il n'est pas libéré avant 5 h 30, demain matin, j'aurai un mandat d'arrêt contre vous, un autre contre Aricia. Par la même occasion, j'arrêterai sans doute MM. Atterson, de Monarch-Sierra, et Jill, de Northern Case Mutual, juste pour le plaisir. Cela fait longtemps que j'ai envie de parler à ces messieurs, ainsi qu'à Aricia.

— Vous prenez votre pied, hein ?

— J'adore ça. Nous aiderons les Brésiliens à vous faire extrader, ce qui prendra deux mois. Pas de caution possible dans le cadre d'une procédure d'extradition ; vous passerez Noël en prison avec vos salauds de clients. Pour une fois, la demande d'extradition pourrait aboutir. Vous vous retrouverez à Rio ; il paraît que les plages sont magnifiques. Vous êtes toujours là, Jack ?

— J'écoute.

— Vous avez vingt-quatre heures.

Un déclic ; la communication était terminée. Sa femme s'était enfermée dans la salle de bains, trop bouleversée pour rester en sa présence.

Jack descendit, se fit un café. Il s'installa dans la pénombre à la table de la cuisine, attendant le lever du soleil. Il en avait sa claque de Benny Aricia.

Il avait été engagé pour retrouver le magot et Lanigan, pas pour poser des questions sur l'origine de l'argent. Il connaissait dans ses grandes lignes l'histoire d'Aricia et de Platt & Rockland, et ne l'avait jamais trouvée très claire. Il avait essayé une ou deux fois d'en savoir plus long, mais Aricia avait refusé de parler des événements ayant précédé la disparition de Lanigan.

Jack avait soupçonné d'emblée que les bureaux du cabinet Bogan étaient sur écoute, ce pour deux raisons. D'abord pour réunir des renseignements sur les associés et leurs clients, Aricia en particulier, ensuite pour guider Lanigan vers l'argent, après sa disparition. Ce que tout le monde ignorait, à l'exception possible d'Aricia et des avocats, c'étaient la somme et la nature des éléments compromettants enregistrés et conservés par Lanigan.

Quand l'argent s'était envolé et que Stephano avait commencé ses recherches, Bogan et ses associés avaient préféré ne pas être de ses clients. Avec trente millions de dollars en jeu, ils avaient choisi de s'en aller la queue basse. La raison alléguée était le manque d'argent ; il ne leur restait rien, la situation ne pouvait qu'empirer, ils n'avaient tout simplement pas les moyens de participer à la traque. Le raisonnement ne manquait pas de logique, mais Stephano ne les avait pas sentis très désireux de retrouver leur ex-associé.

Il y avait quelque chose sur les enregistrements ; Lanigan les avait pris la main dans le sac. Aussi malheureuse que soit devenue leur existence, avec la capture de Lanigan le pire était encore à venir.

Aricia aussi était menacé. Il allait attendre une heure, puis il l'appellerait.

À 6 h 30, le bureau d'Hamilton Jaynes grouillait de monde. Assis sur un coin de canapé, deux agents fédéraux étudiaient le dernier rapport de leurs contacts à Rio ; un autre, debout près du bureau de Jaynes, attendait de faire un topo sur Aricia qui occupait encore l'appartement de location à Biloxi.

Un quatrième, un peu en retrait, tenait une fiche sur Eva Miranda ; une secrétaire apporta un carton rempli de dossiers. Assis à son bureau, au téléphone, l'air hagard, Jaynes ne s'occupait de personne.

Joshua Cutter entra, l'air épuisé, les vêtements froissés. Il avait dormi deux heures dans l'aéroport d'Atlanta, en attendant le premier vol pour Washington. À son arrivée, un agent l'avait conduit directement à l'immeuble Hoover. Jaynes raccrocha aussitôt et ordonna à tout le monde de sortir.

— Allez nous chercher du café, des litres ! aboya-t-il à l'adresse de la secrétaire.

La pièce se dégagea, Cutter s'assit avec raideur devant l'imposant bureau. Il s'efforça, malgré sa fatigue, de garder l'œil éveillé ; c'était la première fois qu'il entrait dans le bureau du sous-directeur.

— J'écoute, grogna Jaynes.

— Lanigan veut trouver un arrangement. Il prétend détenir assez de preuves pour faire inculper Aricia, les avocats et un sénateur anonyme.

— Quel genre de preuves ?

— Un plein carton de documents et d'enregistrements accumulés par Lanigan avant sa disparition.

— Avez-vous vu ce carton ?

— Non. McDermott a dit qu'il était dans le coffre de sa voiture.

— Et l'argent ?

— Nous ne sommes pas allés jusque-là. Il veut vous rencontrer, vous et quelqu'un du ministère de la Justice, pour étudier les possibilités d'un accord. J'ai le sentiment qu'il pense que son client pourra acheter sa liberté.

— Cette possibilité existe toujours quand on a volé de l'argent sale. Où veut-il que nous nous voyions ?

— Chez eux, à Biloxi.

— Je vais voir ça avec Sprawling, à la Justice, murmura Jaynes entre ses dents.

Il se pencha pour saisir le combiné.

Mark Birck tapota son stylo sur la table du parloir du centre de détention fédéral. Il n'était pas encore 9 heures, beaucoup trop tôt pour qu'un avocat rende visite à un client, mais il avait un ami dans l'administration de l'établissement ; il avait expliqué que c'était une urgence. La table était munie de deux panneaux latéraux et d'une épaisse plaque de verre sur le devant. Il parlerait à travers un guichet.

Pendant une demi-heure, il tapota sur la table en croisant et décroisant les jambes. La détenue fit enfin son entrée, vêtue d'un vêtement jaune d'une seule pièce, une sorte de combinaison portant des caractères noirs à la hauteur de la poitrine. La gardienne ôta ses menottes ; elle se frotta les poignets.

Dès qu'ils furent seuls, elle prit place sur la chaise, leva les yeux vers lui. Il fit glisser une carte professionnelle par une étroite fente. Elle la prit, l'examina attentivement.

— Je viens de la part de Patrick.

Elle ferma les yeux.

— Comment allez-vous ? reprit Birck.

Elle s'appuya sur les coudes, se pencha vers le guichet.

— Ça va ; merci d'être venu. Quand vais-je sortir ?

— Pas avant quelques jours. Les autorités fédérales ont le choix entre deux possibilités. La première, la plus ennuyeuse, consiste à vous mettre en examen pour utilisation d'un faux passeport. Cela ne devrait pas aller très loin ; vous êtes étrangère et vous n'avez pas de casier judiciaire. La seconde, la plus vraisemblable, consiste à vous expulser en vous faisant promettre de ne jamais revenir. En tout état de cause, il leur faudra quelques jours pour se décider.

En attendant, vous êtes coincée ici ; nous ne pouvons dans l'immédiat vous faire libérer sous caution.

— Je comprends.

— Patrick s'inquiète beaucoup pour vous.

— Je sais ; dites-lui que je vais bien. Et que je m'inquiète pour lui.

— Il veut le récit détaillé de la manière dont vous vous êtes fait prendre, poursuivit Birck en prenant son carnet.

Elle sourit, sembla se détendre ; bien sûr qu'il voulait les détails. Elle commença par l'homme aux yeux verts, raconta posément son histoire.

Benny Aricia avait toujours eu du mépris pour la plage de Biloxi. Une étroite bande de sable bordée d'un côté par une voie rapide que l'on traversait à pied au péril de sa vie, de l'autre par des eaux troubles et saumâtres, impropres à la baignade. Elle attirait en été une clientèle de vacanciers au budget modeste, le week-end des étudiants qui jouaient au Frisbee et louaient des jet-skis. La multiplication des casinos avait amené de nouveaux touristes sur la petite plage, mais ils n'y passaient qu'un moment avant de retourner aux tables de jeu.

Il se gara devant la jetée, alluma un long cigare et se déchaussa pour faire un tour sur le sable. La plage était plus propre depuis la construction des casinos ; ce jour-là, elle était déserte. Quelques bateaux de pêche prenaient la mer.

Le coup de téléphone de Stephano avait gâché sa matinée et compromis son avenir. La fille sous les verrous, il n'avait plus aucune chance de retrouver l'argent. Elle ne pourrait plus l'y conduire ni être utilisée comme moyen de pression sur Lanigan.

Les fédéraux brandissaient la menace d'une inculpation contre Lanigan qui, de son côté, était en possession de l'argent et de preuves compromettantes. Un arrangement était inévitable ; il allait être pris entre deux feux. Dès que des pressions seraient exercées sur Bogan et les autres, ils se mettraient à table. Il était l'homme à abattre ; il ne le savait que trop. Depuis longtemps. Son rêve était de récupérer l'argent et de disparaître, exactement comme Lanigan.

Mais le temps des rêves était passé. Il avait un million de dollars de côté, de bons amis à l'étranger, des contacts dans le monde entier. Le moment était venu de se faire la malle, exactement comme Lanigan.

Sandy fut tenté de remettre le rendez-vous de 10 heures avec Parrish, afin de passer la matinée à travailler sur les documents. Quand il quitta son bureau à 8 h 30 pour se rendre chez le procureur, ses deux associés et tout le personnel du cabinet s'affairaient à photocopier et à agrandir les pages les plus importantes.

Le rendez-vous avait été pris à la demande de Parrish ; Sandy était sûr de savoir pourquoi. Le dossier de l'accusation présentait des failles profondes ; l'excitation retombée, il était temps de passer aux affaires sérieuses. Le ministère public fait en sorte de présenter au tribunal des dossiers solides, ce qui ne manque pas ; un dossier mal ficelé dans un procès médiatisé est une source de déconvenue.

Parrish voulait un dossier plus solide et savoir où aurait lieu le procès. Aucun jury ne pouvait éprouver de sympathie pour un avocat ayant tué pour de l'argent. Sandy écouta dans un premier temps. Parrish évoqua avec complaisance son taux de réussite, insistant sur le fait qu'il n'avait jamais perdu dans une affaire d'homicide. Il conclut en affirmant, sans se vanter, qu'il avait obtenu huit condamnations à la peine capitale.

Sandy avait mieux à faire que l'écouter ; il voulait

avoir une conversation sérieuse avec Parrish, mais pas ce jour-là. Il demanda au procureur comment il comptait prouver que le meurtre avait été commis sur le territoire du comté d'Harrison. Et la cause du décès, comment la prouver ? Son client refuserait certainement de témoigner pour leur donner un coup de main. Restait la grande question : qui était la victime ? Les recherches effectuées par le cabinet de Sandy montraient qu'il n'y avait jamais eu dans le Mississippi une seule condamnation dans une affaire où la victime n'avait pas été identifiée.

Parrish s'attendait à ces interrogations gênantes ; il s'en sortit honorablement, en évitant de donner des réponses concrètes.

— Votre client envisage-t-il de plaider coupable pour réduire la gravité des charges ? finit-il par demander.

— Non.

— Serait-il disposé à le faire ?

— Non.

— Pourquoi ?

— Vous avez réuni en hâte un grand jury, obtenu votre inculpation pour homicide volontaire et convoqué la presse pour vous faire mousser ; à vous maintenant d'apporter des preuves. Vous n'avez pas voulu prendre le temps de les vérifier ; débrouillez-vous.

— Je peux obtenir une condamnation pour homicide par imprudence ! lança hargneusement Parrish. Il en prendra pour vingt ans.

— Peut-être, répliqua Sandy d'un ton détaché. Mais mon client n'est pas accusé d'homicide par imprudence.

— Je peux y remédier dès demain.

— Parfait. Transformez l'homicide volontaire en homicide par imprudence ; après, nous parlerons.

32

Baptisé la suite Camille, l'appartement occupait le tiers du dernier étage du Nugget de Biloxi, le plus récent, le plus clinquant, le plus grand et le plus fréquenté des casinos qui poussaient comme des champignons le long de la Côte. La direction de Las Vegas avait trouvé malin de donner aux suites et aux salons de l'établissement le nom des plus terribles ouragans ayant frappé la Côte. Le client lambda qui voulait simplement avoir ses aises payait sept cent cinquante dollars la nuit, ce qu'avait déboursé Sandy. Mais la suite était mise gracieusement à la disposition du flambeur amené de loin en avion. Sandy n'avait assurément pas la tête au jeu ; de l'hôpital militaire distant de trois kilomètres, son client avait accepté de régler la note. La suite Camille était composée de deux chambres, une cuisine, un séjour et deux petits salons, des pièces en nombre suffisant pour recevoir des groupes séparés. Elle disposait également de quatre lignes téléphoniques, un fax et un magnétoscope. L'assistant de Sandy apporta de La Nouvelle-Orléans un ordinateur et le reste du matériel, ainsi que le premier lot des documents Aricia.

Le premier visiteur reçu dans le cabinet provisoire de M[e] McDermott fut J. Murray Riddleton, l'avocat vaincu de Trudy. L'air penaud, il tendit une proposition de répartition des biens et de droit de visite à l'enfant. Ils en discutèrent en déjeunant. Les termes de la reddition avaient été dictés par Patrick ; comme il menait le jeu, Sandy trouva de quoi pinailler sur une infinité de détails.

— C'est une bonne première mouture, répétait-il à chacune de ses annotations à l'encre rouge.

Riddleton courba l'échine comme un professionnel se doit de le faire. Il se battit sur chaque point, ergota sur chaque modification, mais les deux juristes savaient que Patrick aurait gain de cause sur toute la ligne. Les tests d'ADN et les photos de nus étaient des arguments décisifs.

Le visiteur suivant était Talbot Mims, l'avocat-conseil à Biloxi de Northern Case Mutual. Jovial, toujours pressé, il se déplaçait dans une camionnette confortablement aménagée, avec chauffeur, sellerie en cuir, une petite table de travail, deux téléphones, un fax, un bip, un téléviseur et un magnétoscope qui lui permettait d'étudier sur la route des dépositions enregistrées. Il y avait aussi un ordinateur portable et une banquette pour se reposer, même s'il ne succombait au sommeil qu'après une journée d'audience particulièrement éprouvante. Son escorte se composait d'une secrétaire et d'un assistant, tous deux munis d'un téléphone portable, et, pour faire bonne mesure, d'un collaborateur lui permettant de gonfler ses honoraires. Ils se présentèrent tous les quatre à la porte de la suite Camille où Sandy les accueillit en jean. Il proposa des boissons gazeuses ; tout le monde refusa. La secrétaire et l'assistant trouvèrent sans tarder un prétexte pour sortir leur portable. Sandy conduisit Mims et son collaborateur dans un petit salon où ils prirent place devant une large fenêtre donnant sur le parking du Nugget et sur les premiers piliers d'acier d'un nouveau casino en construction.

— Je vais aller droit au but, commença Sandy. Connaissez-vous un nommé Jack Stephano ?

Mims réfléchit rapidement.

— Non.

— C'est bien ce qu'il me semblait. Stephano est un détective de choc engagé par Aricia, Monarch-Sierra et vos clients pour retrouver Patrick Lanigan.

— Et alors ?

— Alors, regardez, fit Sandy avec un sourire en prenant dans un classeur un paquet de photos en couleurs.

Mims les étala sur la table : elles montraient les horribles brûlures de Patrick.

— Ce sont celles du journal ?

— Certaines.

— Vous avez dû les distribuer à tout le monde quand vous avez porté plainte contre le FBI.

— Ce n'est pas le FBI qui a fait cela à mon client, maître.

— Vraiment ?

Mims reposa les photos, attendit la suite.

— Le FBI n'a pas retrouvé Lanigan, poursuivit Sandy.

— Alors, pourquoi l'avez-vous attaqué ?

— Un coup de publicité destiné à susciter de la sympathie pour mon client.

— Ça n'a pas marché.

— Pour vous, peut-être, mais vous ne ferez pas partie du jury. Quoi qu'il en soit, ces brûlures sont le résultat d'une longue séance de torture infligée par des hommes à la solde de Jack Stephano, qui travaillait lui-même pour le compte de plusieurs clients, au nombre desquels figurait Northern Case Mutual, une entreprise publique jouissant d'une flatteuse réputation et disposant de six milliards en fonds propres.

Talbot Mims était un homme pragmatique ; il ne pouvait en aller autrement. Avec trois cents dossiers en cours et la clientèle de dix-huit grosses compagnies d'assurances, il n'avait pas de temps à perdre.

— Deux questions, dit-il. D'abord, pouvez-vous prouver ce que vous avancez ?

— Oui. Le FBI le confirmera.

— Ensuite, que voulez-vous ?

— Je veux voir demain dans cette pièce un représentant de la direction de Northern Case Mutual, un homme dont l'autorité soit incontestée.

— Ils sont très occupés.

— Nous le sommes tous. Je ne brandis pas la menace d'une action en justice, mais songez à quel point cette affaire pourrait être embarrassante.

— Pour moi, cela ressemble à une menace.

— Prenez-le comme vous voulez.

— Quelle heure, demain ?

— 16 heures.

— Nous serons là, fit Mims en se levant pour serrer la main de Sandy.

Il sortit précipitamment ; ses larbins lui emboîtèrent le pas.

Les collaborateurs de Sandy arrivèrent en milieu d'après-midi. Une secrétaire répondait au téléphone dont la sonnerie retentissait toutes les dix minutes. Sandy avait appelé Cutter, Parrish, le shérif Sweeney, Mark Birck à Miami, le juge Huskey, une poignée d'avocats de Biloxi et Maurice Mast, le procureur fédéral. Il avait aussi donné quelques coups de fil personnels : deux à sa femme pour prendre des nouvelles des enfants, un au directeur de l'école de son fils.

Il avait parlé deux fois au téléphone avec Hal Ladd, mais c'était leur première rencontre. Ladd représentait Monarch-Sierra. Il arriva seul, ce que Sandy trouva surprenant ; les avocats des compagnies d'assurances se déplacent toujours par deux. Quelle que soit la nature de leur tâche, il faut qu'ils soient deux à écouter, à regarder, à parler, à prendre des notes et surtout à facturer des honoraires au client pour le même travail.

Sandy connaissait deux gros cabinets prospères de La Nouvelle-Orléans où les avocats se mettaient à trois pour traiter les dossiers des assurances.

Ladd était un quadragénaire du genre sérieux, à la réputation assez bien établie pour ne pas avoir besoin du concours d'un confrère. Il accepta le Coca light qu'on lui proposait, prit place dans le même siège que Mims. Sandy lui posa la même question.

— Connaissez-vous un nommé Jack Stephano ?

Il répondit par la négative ; Sandy brossa un portrait du privé. Il étala sur la table les photos des brûlures de Patrick. Il expliqua que le FBI n'était pour rien dans les sévices infligés à son client ; Ladd comprit à demi-mot. Il représentait des compagnies d'assurances depuis de longues années et ne s'étonnait plus de leurs bassesses. Il n'en fut pas moins scandalisé par ce qu'il avait sous les yeux.

— En admettant que vous soyez en mesure d'apporter des preuves, dit Ladd, je suis sûr que mon client préférerait que le silence soit fait sur cette affaire.

— Nous sommes prêts à abandonner les poursuites contre le FBI et à attaquer votre client, Northern Case Mutual, Aricia, Stephano, tous les responsables des tortures. Mon client est un citoyen américain qui gardera à jamais les cicatrices de blessures intentionnellement infligées par des citoyens américains. Il y a des millions de dollars à la clé ; nous irons en justice ici même, à Biloxi.

Pas si Ladd avait son mot à dire. Il s'engagea à appeler immédiatement son client et à demander au chef du contentieux de la compagnie de venir à Biloxi, toute affaire cessante. Il semblait furieux de savoir que son client avait financé les recherches sans l'en avoir informé.

— Si vous dites vrai, je ne les représenterai plus.

— Croyez-moi, c'est la vérité.

La nuit était presque tombée quand on fit sortir Paulo de la maison, un bandeau sur les yeux, des menottes aux poignets. Il ne sentit pas le canon d'une arme dans son dos, n'entendit pas de menaces. Il n'entendit pas même le son d'une voix. Il resta seul à l'arrière d'une petite voiture ; la radio diffusait de la musique classique.

La voiture s'arrêta, les deux portières avant s'ouvrirent, on l'aida à descendre.

— Venez avec moi, fit une voix sur sa gauche.

Une grosse main le prit par le coude. Le sol était inégal ; ils parcoururent une centaine de mètres avant de s'arrêter.

— Vous êtes sur une route, à vingt kilomètres de Rio, dit la voix. Sur votre gauche, à trois cents mètres, se trouve une ferme où il y a le téléphone. Allez chercher du secours. J'ai une arme ; si vous vous retournez, je serai obligé de vous tucr.

— Je ne me retournerai pas, assura Paulo en tremblant comme une feuille.

— Bien. Je vais d'abord ôter les menottes, puis le bandeau.

— Je ne me retournerai pas, répéta Paulo.

Il sentit qu'on libérait ses poignets.

— Maintenant, le bandeau, reprit la voix. Marchez droit devant vous, vite.

Dès que le bandeau fut enlevé, Paulo se mit à courir, tête baissée. Il n'entendit rien derrière lui, n'osa pas regarder par-dessus son épaule. De la ferme, il appela la police, puis son fils.

33

Les deux sténographes furent les premières à arriver, à 8 heures tapantes. Elles s'appelaient Linda et Lynda. Après avoir présenté leur carte à Sandy, elles le suivirent dans le séjour où il avait repoussé les meubles contre les murs et ajouté quelques sièges. Il fit installer Lynda d'un côté de la pièce, le dos tourné à la fenêtre, le store baissé, Linda à l'autre bout, près du bar, dans un renfoncement d'où elle aurait une vue dégagée sur tous les participants. Les deux femmes avaient très envie d'en griller une dernière ; Sandy les expédia dans la chambre du fond.

Jaynes arriva ensuite avec son escorte composée d'un chauffeur, un agent sur le retour faisant aussi office de garde du corps, de guetteur et de coursier, ainsi que d'un avocat, de Cutter et du supérieur direct de ce dernier. Le ministre de la Justice avait délégué Sprawling, un fonctionnaire blanchi sous le harnais, avare de paroles, mais auquel rien n'échappait. Les six hommes en complet sombre présentèrent leur carte ; l'assistant de Sandy les rassembla. Sa secrétaire proposa un café au groupe compact qui traversa le salon pour gagner le séjour.

Puis ce fut le tour de Maurice Mast, le procureur fédéral pour le district occidental du Mississippi, qui ne s'était fait accompagner que d'un assistant.

T.L. Parrish arriva le dernier, seul. La réunion pouvait commencer.

Le chauffeur de Jaynes et l'assistant de Mast regagnèrent le salon où des beignets et les quotidiens du matin les attendaient.

Sandy ferma la porte, salua les participants d'un ton enjoué, les remercia d'être venus. Pas un seul ne sourit, mais ils ne semblaient pas mécontents d'être là.

Sandy présenta les deux sténographes, expliqua qu'il conserverait le double du compte rendu de la réunion et le considérerait comme confidentiel. Cela sembla satisfaire tout le monde. Il n'y eut ni question ni commentaire ; personne ne connaissait l'objet de la réunion.

Sandy prit un bloc sur lequel il avait classé des notes ; il aurait pu se trouver face à un jury. Il présenta les respects de son client, indiqua que les brûlures allaient mieux. Puis il récapitula les charges pesant sur Patrick Lanigan : homicide volontaire par l'État du Mississippi, détournement de fonds, usurpation d'identité et fuite par les États-Unis. Pour l'homicide volontaire, il risquait la peine de mort ; pour les autres, jusqu'à trente ans de détention.

— Les chefs d'accusation fédéraux sont sérieux, poursuivit gravement Sandy, mais de peu d'importance en comparaison de l'homicide volontaire. Pour ne rien vous cacher et sans vouloir offenser personne, nous aimerions nous débarrasser des charges portées par les autorités fédérales de manière à concentrer nos efforts sur l'homicide volontaire.

— Comment comptez-vous vous débarrasser de nous ? demanda Jaynes.

— Nous avons une proposition.

— Inclut-elle le remboursement de l'argent détourné ?

— Absolument.

— Nous n'avons pas à le récupérer; il n'a pas été dérobé au gouvernement fédéral.

— Vous faites erreur.

— Croyez-vous réellement pouvoir vous en tirer en payant? lança Sprawling qui n'y tenait plus.

Il avait parlé sur un ton de défi, d'une voix bourrue et mordante.

Le jury répliquait, mais Sandy était résolu à suivre son script.

— Un peu de patience. Permettez-moi d'exposer mes arguments, puis nous en discuterons. Je suppose que tout le monde ici est au courant de l'action intentée en 1991 par M. Aricia contre son ancien employeur. Elle a été présentée par le cabinet Bogan qui, à l'époque, comprenait un associé du nom de Patrick Lanigan. Mon client en a eu vent, puis il a découvert que ses associés avaient l'intention de se débarrasser de lui. Mon client a passé plusieurs mois à rassembler des indices prouvant à l'évidence la volonté de M. Aricia et de ses avocats d'escroquer quatre-vingt-dix millions de dollars au gouvernement. Ces preuves existent sous la forme de documents et d'enregistrements.

— Où sont-elles? demanda Jaynes.

— En la possession de mon client.

— Nous pouvons les lui prendre, vous savez. Nous pouvons obtenir un mandat de perquisition et mettre la main sur ces preuves.

— Et si mon client refuse? S'il détruit les preuves ou les cache ailleurs? Que ferez-vous? Vous l'enfermerez? Vous l'inculperez d'autre chose? En toute franchise, il n'a pas peur de vous ni de votre mandat.

— Et vous? poursuivit Jaynes. Si les preuves sont en votre possession, nous pouvons avoir un mandat contre vous.

— Je ne les fournirai pas. Tout ce que mon client me confie est confidentiel et relève du secret professionnel, vous le savez. N'oubliez pas que M. Aricia a porté plainte contre mon client. Les documents en ma possession sont protégés. En aucun cas je ne les remettrai sans l'accord de mon client.

— Et si nous avons une ordonnance ?

— Tant pis ; je ferai appel.

Nul ne parut surpris ; ils semblèrent accepter leur défaite.

— Combien de personnes sont en cause ? demanda Jaynes.

— Les quatre associés du cabinet Bogan et M. Aricia.

Il se fit un silence pesant ; tout le monde attendait que Sandy prononce le nom du sénateur. Il se contenta de consulter ses notes.

— Le marché est simple. Nous vous remettons les documents et les bandes. Patrick rend l'argent, dans sa totalité. En échange, les charges fédérales sont levées. Le fisc accepte de passer l'éponge. Eva Miranda, son avocate brésilienne, est libérée sur-le-champ.

Il énuméra posément ces conditions, comme quelqu'un qui a bien appris sa leçon. Le jury n'en perdit pas un mot. Sprawling prit soigneusement des notes ; Jaynes garda les yeux fixés à terre, sans sourire ni se renfrogner. Les autres n'eurent aucune réaction, mais les questions se bousculaient dans leur esprit.

— Ce doit être fait aujourd'hui, ajouta Sandy. Le temps presse.

— Pourquoi ? demanda Jaynes.

— Parce qu'elle est enfermée. Parce que les personnes réunies dans cette pièce ont autorité pour prendre toute décision. Parce que mon client a fixé une heure limite — 17 heures aujourd'hui — pour conclure un accord, faute de quoi il conservera l'argent, détruira les preuves et purgera sa peine en espérant retrouver un jour la lumière du soleil.

Rien n'aurait pu les étonner de la part de cet homme qui avait réussi à passer la durée de son incarcération dans une chambre confortable où il était comme un coq en pâte.

— Parlons du sénateur, lança Sprawling.

— Excellente idée, fit Sandy.

Il ouvrit une porte donnant dans le salon, murmura quelque chose à un assistant qui revint avec une table roulante sur laquelle étaient disposés deux enceintes et un magnétophone flambant neuf.

— L'enregistrement est en date du 14 janvier 1992, reprit Sandy en consultant ses notes, trois semaines avant la disparition de Patrick Lanigan. La conversation a eu lieu au premier étage du cabinet Bogan, dans une pièce appelée le Placard, utilisée à l'occasion pour des réunions en petit comité. La première voix que vous allez entendre est celle de Charles Bogan ; celles de Benny Aricia et de Doug Vitrano suivront. Aricia est arrivé à l'improviste ; comme vous le constaterez, il est de méchante humeur.

Sandy s'avança vers la table, examina les différentes touches. Tout le monde avait les yeux braqués sur lui ; quelques-uns se penchèrent imperceptiblement en avant.

— Je répète, fit Sandy en enfonçant une touche. Dans l'ordre Bogan, Aricia, Vitrano.

Il y eut un blanc de dix secondes, puis des voix fusèrent des enceintes. Des voix vibrantes.

Bogan : Nous nous sommes mis d'accord sur un tiers ; c'est le taux habituel de nos honoraires. Vous avez signé le contrat ; vous savez depuis un an et demi qu'un tiers doit nous revenir.

Aricia : Vous ne valez pas trente millions de dollars.

VITRANO : Vous n'en valez pas soixante.

ARICIA : Je veux savoir comment l'argent sera réparti.

BOGAN : Deux tiers, un tiers. Soixante, trente.

ARICIA : Non, non. Je parle des trente millions pour le cabinet. Qui touchera combien ?

VITRANO : Ça ne vous regarde pas.

ARICIA : Bien sûr que ça me regarde ! C'est de l'argent que je verse à titre d'honoraires ; je suis en droit de savoir qui touche combien.

BOGAN : Absolument pas.

ARICIA : Quelle somme ira dans la poche du sénateur ?

BOGAN : Ça ne vous regarde pas.

ARICIA : *(criant)* : Si, ça me regarde ! Ce type a passé les douze derniers mois dans les ministères, à forcer la main aux gens qu'il fallait à la Marine, à la Justice et au Pentagone. Il a consacré plus de temps à mon dossier qu'à sa circonscription.

VITRANO : Inutile de crier, Benny.

ARICIA : Je veux savoir combien ce vieux filou va se mettre dans la poche. C'est mon argent, j'ai le droit de savoir combien vous lui filerez de la main à la main.

VITRANO : Tout est versé de la main à la main, Benny.

ARICIA : Combien ?

BOGAN : Il n'aura pas à se plaindre, Benny, croyez-moi. Pourquoi en faites-vous toute une histoire ? Il n'y a rien de nouveau.

VITRANO : Je crois me souvenir que vous avez choisi notre cabinet précisément pour les relations qu'il cultive à Washington.

ARICIA : Cinq millions ? Dix millions ? Quel est son prix ?

BOGAN : Vous ne le saurez jamais.

ARICIA : On parie ? Je vais appeler ce vieux salaud pour lui poser la question moi-même.

BOGAN : Faites donc.

VITRANO : Quelle mouche vous pique, Benny ? Vous allez empocher soixante millions de dollars et vous en voulez encore plus ?

ARICIA : Je n'ai pas de leçons à recevoir de vous, surtout pour ce qui est de la cupidité. Quand je suis venu ici, votre tarif était de deux cents dollars de l'heure ; regardez-vous aujourd'hui en train d'essayer de justifier des honoraires de trente millions. Vos bureaux sont déjà en travaux, vos voitures de luxe en commande ! À quand les bateaux, les jets, les joujoux des vrais riches ? Tout ça avec mon argent.

BOGAN : Votre argent ? Il me semble que vous oubliez quelque chose, Benny ; faut-il vous rafraîchir les idées ? Votre plainte était bidon.

ARICIA : Oui, mais sans moi, il ne se serait rien passé. C'est moi qui les ai pris au piège.

BOGAN : Alors, pourquoi nous avoir engagés ?

ARICIA : Je me le demande.

VITRANO : Vous avez la mémoire courte, Benny. Nous avions le bras long, vous aviez besoin de nous. Nous avons préparé le dossier de procédure, ce qui représente quatre mille heures de travail, et usé de nos relations à Washington. Vous n'ignorez rien de tout cela.

ARICIA : Laissons le sénateur sur la touche ; cela fera économiser dix millions. Retranchons dix autres millions, il vous en restera dix. Le juste prix de vos services, à mon avis.

VITRANO *(riant)* : Vous avez le sens des affaires, Benny. Quatre-vingts pour vous, dix pour nous.

ARICIA : Et nous entubons les politiciens.

BOGAN : Pas question, Benny. Vous oubliez quelque chose de très important : sans nous et sans les politiciens, vous n'auriez pas touché un centime.

Sandy appuya sur la même touche ; la bande s'arrêta, mais les voix semblèrent résonner longuement dans la pièce. Tous les regards se fixèrent sur le plancher, le plafond ou les murs ; chacun savoura les meilleurs passages de ce qu'il venait d'entendre, en s'efforçant de les retenir.

— Messieurs, fit Sandy avec un sourire satisfait, c'était pour vous mettre l'eau à la bouche.

— Quand aurons-nous le reste ? demanda Jaynes.

— Dans les heures qui viennent, peut-être.

— Votre client acceptera-t-il de faire une déposition devant un grand jury fédéral ? demanda Sprawling.

— Oui, mais il ne s'engage pas à témoigner à l'audience.

— Pourquoi ?

— Il n'a pas d'explications à donner ; c'est sa position.

Sandy fit rouler la table jusqu'à la porte, frappa ; son assistant ouvrit, prit le matériel.

— Vous devez avoir envie de parler entre vous, reprit Sandy en se retournant. Je vais sortir ; mettez-vous à l'aise.

— Nous n'allons pas parler ici, lança Jaynes en se levant d'un bond. Nous allons dans notre chambre.

Il pouvait y avoir des micros partout ; compte tenu du passé de Lanigan, aucune pièce ne pouvait être considérée comme sûre.

Tout le monde se leva, prit sa serviette. Ils avancèrent à la file indienne, traversèrent le salon et sortirent. Lynda et Linda filèrent dans la chambre du fond pour en allumer une.

Sandy se prépara un café et attendit.

Ils se tassèrent deux étages plus bas dans une chambre à deux lits qui fut aussitôt trop petite. Des vestes sombres recouvrirent les lits. Jaynes demanda à son chauffeur d'attendre dans le couloir avec l'assistant de Mast. Certains sujets n'étaient pas faits pour toutes les oreilles.

Maurice Mast était celui qui avait le plus à perdre dans l'affaire ; si les autorités fédérales abandonnaient les poursuites, il n'aurait plus rien à se mettre sous la dent. Un procès d'importance lui filerait sous le nez ; il se sentit obligé de manifester sa désapprobation avant le début de la discussion.

— Nous paraîtrons ridicules en le laissant acheter sa liberté, commença-t-il, principalement à l'intention de Sprawling qui s'efforçait vainement de trouver une position confortable dans un fauteuil trop étroit pour lui.

Sprawling était un des principaux collaborateurs du ministre en personne, ce qui le plaçait plusieurs échelons au-dessus de Mast. Il laisserait poliment s'exprimer les sous-fifres, puis il prendrait la décision qui convenait en accord avec Hamilton Jaynes.

— Estimez-vous probable, demanda le sous-directeur du FBI en se tournant vers Parrish, que Lanigan sera reconnu coupable d'homicide volontaire ?

Parrish était un fin renard ; il savait fort bien que ce qu'il pouvait promettre ne tomberait pas dans l'oreille d'un sourd.

— Ce ne sera pas facile ; l'homicide par imprudence est dans la poche.

— Quelle est la peine encourue ?

— Vingt ans.

— Combien en ferait-il ?

— Cinq, à peu de chose près.

Cela sembla satisfaire Jaynes, un fonctionnaire pour qui toute faute méritait un châtiment.

— Vous êtes d'accord, Cutter ? reprit-il en faisant quelques pas le long d'un lit.

— Nous manquons de preuves. Qui, comment, quand, où, nous ne pouvons rien prouver ; nous pensons savoir pourquoi, mais nous risquons la catastrophe. L'homicide par imprudence sera plus sûr.

— Et le juge ? demanda Jaynes à Parrish. Le condamnera-t-il au maximum ?

— S'il est reconnu coupable, je pense qu'il écopera de vingt ans. La libération conditionnelle dépend de l'administration pénitentiaire.

— Pouvons-nous raisonnablement supposer que Lanigan passera les cinq prochaines années derrière les barreaux ? poursuivit Jaynes en parcourant l'assistance du regard.

— Certainement, répondit Parrish, sur la défensive. Et nous ne nous avouons pas battus pour l'homicide volontaire. Nous ferons tout pour prouver que Lanigan a tué quelqu'un afin de voler l'argent. Il y a peu de chances que nous obtenions la peine de mort, mais, s'il est reconnu coupable, il risque de passer le reste de ses jours en prison.

— Qu'est-ce que cela change pour nous qu'il soit incarcéré à Parchman ou dans un établissement fédéral ? demanda Jaynes pour qui, à l'évidence, cela ne changeait rien.

— Je suis sûr que Lanigan a son avis sur la question, déclara Parrish, ce qui lui valut quelques petits sourires.

Il était enchanté de la tournure que prenaient les choses ; cette situation ferait de lui le seul représentant du ministère public. Mast et le FBI abandonnant les poursuites, il avait une belle place au soleil à se faire ; il décida de pousser définitivement Mast sur la touche.

— Je ne doute pas que Lanigan fera de la prison à Parchman, ajouta-t-il obligeamment.

Mast n'était pas disposé à s'incliner si facilement. Il secoua gravement la tête, le front plissé.

— Je ne sais pas. Je pense que cela donnerait de nous une mauvaise image. Celui qui se fait prendre après avoir dévalisé une banque ne peut demander que les charges pesant sur lui soient abandonnées s'il rend l'argent ; la justice n'est pas à vendre.

— C'est un peu plus compliqué, coupa Sprawling. Nous cherchons maintenant à attraper du plus gros gibier et Lanigan est l'homme clé. L'argent qu'il a dérobé était de l'argent sale. Nous voulons simplement le récupérer pour le rendre aux contribuables.

Mast ne voulait pas argumenter contre Sprawling.

— Avec tout le respect que je vous dois, monsieur le procureur, reprit Jaynes en se tournant vers Parrish, je vous demande de bien vouloir sortir un moment. Les fonctionnaires fédéraux ont des choses à se dire.

— Naturellement.

Parrish se leva, sortit dans le couloir.

Trêve de bavardages ! Le moment était venu pour Sprawling de trancher.

— Messieurs, la situation est simple. Des gens très importants suivent cette affaire de près à la Maison-Blanche. Le sénateur Nye n'a jamais été un ami du président ; pour ne rien vous cacher, un bon vieux scandale remplirait d'aise le gouvernement. Le mandat de Nye s'achève dans deux ans. Ces allégations lui donneront de quoi s'occuper ; si elles sont confirmées, il est fini.

— Nous nous chargerons de l'enquête, dit Jaynes à Mast. Et vous de l'accusation.

Il devint soudain évident pour Mast qu'il avait tout à gagner dans l'histoire. La décision de conclure un marché avec Lanigan avait été prise par des gens plus haut placés que Sprawling et Jaynes qui essayaient simplement de lui faire plaisir, de ne pas le court-circuiter.

La perspective d'inculper un sénateur était riche de promesses ; elle avait de quoi enthousiasmer Mast. Il se vit dans une salle d'audience bourrée à craquer, en train de passer les enregistrements de Lanigan dont les jurés et le public ne perdaient pas un mot.

— Alors, nous allons accepter le marché? fit-il avec un petit haussement d'épaules faussement indifférent.

— Oui, répondit Sprawling, il n'y a pas à hésiter. Nous avons le beau rôle en récupérant l'argent. Lanigan passe des années derrière les barreaux. Nous prenons de gros poissons dans nos filets.

— Sans compter, ajouta Mast en souriant, que c'est la volonté du président.

— Je n'ai pas dit ça, riposta Sprawling. Je n'en ai pas parlé au président; mes supérieurs ont abordé le sujet avec son entourage. Je n'en sais pas plus.

Jaynes fit rentrer Parrish; ils passèrent près d'une heure à étudier la proposition de Lanigan dans tous ses détails. La fille pouvait être libre dans une heure. Ils décidèrent que Lanigan verserait des intérêts sur l'argent détourné. Et les poursuites engagées contre le FBI? Jaynes dressa une liste des différents points à aborder avec Sandy McDermott.

Mark Birck vint annoncer en personne la bonne nouvelle à Eva : son père avait été relâché. Non seulement on ne lui avait pas fait de mal, mais il avait été bien traité.

Il lui confia qu'avec un peu de chance elle pourrait, elle aussi, recouvrer la liberté dans un ou deux jours.

34

Le visage grave, l'air impassible, ils regagnèrent la suite Camille, reprirent leurs sièges. La plupart avaient laissé leur veste dans la chambre, retroussé leurs manches et desserré leur cravate, comme pour montrer qu'ils étaient en plein travail. D'après la montre de Sandy, ils s'étaient absentés près d'une heure et demie. Sprawling était leur nouveau porte-parole.

— Commençons par l'argent, fit-il.

Sandy comprit aussitôt qu'ils acceptaient le marché ; ce n'était qu'une question de détails.

— Combien votre client est-il disposé à rendre ?

— La totalité.

— À savoir ?

— Les quatre-vingt-dix millions.

— Et les intérêts ?

— Qui se soucie des intérêts ?

— Nous.

— Pourquoi ?

— Question d'honnêteté.

— Vis-à-vis de qui ?

— Euh... du contribuable.

Sandy faillit lui rire au nez.

— Allons, vous travaillez tous pour le gouvernement fédéral. Depuis quand vous préoccupez-vous des intérêts du contribuable ?

— C'est la règle dans les affaires d'escroquerie et de détournement de fonds, glissa Maurice Mast.

— Combien ? Quel taux ?

— Le taux de base est de neuf pour cent, répondit Sprawling. Cela me paraît honnête.

— Vraiment ? Combien verse le fisc quand il rembourse un trop-perçu ?

Personne ne connaissait la réponse.

— Six pour cent, poursuivit Sandy. Six malheureux pour cent, voilà ce que verse le fisc.

Il avait évidemment l'avantage d'avoir préparé son affaire. Il s'attendait aux questions, avait soigné les réponses. Il s'amusait beaucoup de les voir si mal à l'aise.

— Vous proposez donc six pour cent ? demanda Sprawling en détachant les mots.

— Certainement pas. Nous avons l'argent ; à nous de décider ce que nous verserons. C'est le principe appliqué par le Trésor. Nous supposons que l'argent retournera simplement dans la caisse noire du Pentagone.

— Ce n'est pas de notre ressort, lança Jaynes, déjà fatigué et qui n'était pas d'humeur à se faire sermonner.

— De la manière dont nous voyons les choses, reprit Sandy, l'argent aurait été définitivement perdu ; il aurait fini dans la poche d'escrocs de haut vol. Mon client a permis d'éviter cela ; il a conservé l'argent et accepte de le rendre.

— Cela mérite sans doute une récompense, glissa Jaynes.

— Non. Laissez seulement tomber les intérêts.

— Il va falloir convaincre des gens à Washington, fit Sprawling. Aidez-nous, faites un geste.

— Nous payons la moitié du taux retenu par le fisc, pas un sou de plus.

— Je vais soumettre votre proposition au ministre de la Justice, déclara Sprawling, le visage impassible. J'espère qu'il sera de bonne humeur.

— Présentez-lui mes respects, fit Sandy.

Jaynes leva le nez de son calepin.

— Trois pour cent, c'est ça ?

— C'est ça. Du 26 mars 1992 au 1er novembre 1996. Le total s'élève à cent treize millions et des poussières dont vous nous ferez grâce. Cent treize millions tout rond.

Le chiffre sonnait bien aux oreilles des représentants de l'État ; chacun l'inscrivit sur son carnet. C'était une somme respectable. Qui allait pinailler sur une proposition remplissant de si belle façon, le porte-monnaie du contribuable ?

Une proposition si généreuse ne pouvait signifier qu'une chose : Lanigan avait réalisé d'excellents investissements. Sprawling avait demandé que l'on fasse quelques calculs. En supposant le capital placé au taux de huit pour cent par an, le magot avait maintenant une valeur de cent trente et un millions ; à dix pour cent, la fortune de Lanigan s'élevait à cent quarante-quatre millions. Non imposables, évidemment. Comme il n'avait apparemment pas dépensé grand-chose, il serait encore très riche.

— Nous sommes aussi préoccupés par l'action intentée au nom de M. Lanigan, poursuivit Sprawling.

— Nous retirerons la plainte contre le FBI, mais j'aurai besoin d'une petite faveur de M. Jaynes. Nous pourrons en parler plus tard ; c'est un détail.

— Très bien, poursuivons. Quand votre client acceptera-t-il de déposer devant un grand jury ?

— Dès que vous le jugerez utile. Il est physiquement en état de le faire.

— Nous avons l'intention d'aller vite.

— Pour mon client, le plus tôt sera le mieux.

— Nous attachons la plus grande importance à ce que cela demeure confidentiel, poursuivit Sprawling en entourant quelques mots sur sa liste. La presse doit être tenue à l'écart ; cet arrangement sera l'objet de nombreuses critiques.

— Nous ne dirons pas un mot, promit Sandy.

— Quand souhaitez-vous que Mlle Miranda soit relâchée ?

— Demain. Il faudra l'escorter de la prison à l'aérodrome privé de Miami. Nous aimerions que le FBI la protège jusqu'à ce qu'elle soit à bord de l'avion.

— Pas de problème, acquiesça Jaynes en haussant les épaules comme s'il ne comprenait pas.

— Autre chose ? demanda Sandy en se frottant les mains.

— Rien du gouvernement, répondit Sprawling

— Bien, voici ce que je propose, poursuivit Sandy, comme si les autres avaient le choix. J'ai fait venir deux secrétaires avec leur PC. Nous avons préparé un premier jet du projet d'accord et de l'ordonnance de non-lieu. Il ne devrait pas falloir trop longtemps pour aplanir les derniers obstacles. Je porterai ensuite la version définitive à mon client ; si tout se passe bien, ce sera terminé dans deux heures. Je suggère à M. Mast d'appeler le juge fédéral pour organiser dès que possible une audio-conférence. Nous lui faxerons l'ordonnance de non-lieu.

— Quand nous remettrez-vous les documents et les bandes ? demanda Jaynes.

— Si tout est signé et approuvé dans les heures qui viennent, vous les aurez à 17 heures.

— Il me faut un téléphone, lança Sprawling en se levant.

Jaynes et Mast l'imitèrent ; ils s'éparpillèrent dans la suite.

Un détenu normal avait la permission de sortir une heure par jour. En ce matin froid et nuageux d'octobre, Patrick décida de demander à bénéficier de ce droit. Les policiers en faction dans le couloir refusèrent.

Patrick appela Karl Huskey, qui régla aussitôt le problème. Il demanda aussi à Karl s'il pouvait passer chez Rosetti, dans Division Street, près de la Pointe, pour acheter deux Vancleave Special — des po-boys à la chair de crabe et au fromage — et venir déjeuner avec lui, en plein air. Karl répondit qu'il en serait ravi.

Ils mangèrent leur gros casse-croûte sur un banc de bois, près d'une petite fontaine et d'un érable au feuillage morose. Les différents bâtiments de l'hôpital se déployaient autour d'eux. Karl avait aussi apporté des po-boys pour les policiers qui s'étaient installés un peu plus loin, hors de portée de voix.

Karl ignorait tout de la réunion qui se déroulait à l'hôtel ; Patrick ne le mit pas au courant. Parrish y assistait ; le juge en serait informé sous peu.

— Que raconte-t-on sur moi ? demanda Patrick en posant le sandwich dont il avait dévoré le tiers.

— Les rumeurs se sont taries ; les choses ont repris leur cours normal. Tes amis sont restés tes amis.

— Je suis en train d'écrire quelques lettres. Accepterais-tu de les leur remettre ?

— Naturellement.

— Merci.

— Il paraît que ton amie s'est fait arrêter à Miami.

— Elle sortira bientôt. Juste un petit problème avec son passeport.

Huskey prit une grosse bouchée, mastiqua tranquillement. Il s'habituait aux longs silences dont leurs conversations étaient entrecoupées. Il chercha ce qu'il pourrait dire.

— C'est bon d'être au grand air, déclara enfin Patrick. Merci.

— La Constitution te garantit le droit au grand air.

— Es-tu déjà allé au Brésil ?

— Non.

— Tu devrais.

— Comme tu l'as fait ou avec ma famille ?

— Non, en touriste.

— Voir les plages ?

— Laisse tomber les plages et les villes. Il faut aller au cœur du pays, dans ces vastes étendues où le ciel est bleu et limpide, l'air pur, la végétation magnifique, les gens souriants, pas compliqués. Je suis chez moi là-bas, Karl ; j'ai hâte d'y retourner.

— Ce n'est peut-être pas pour demain.

— Peut-être, mais je saurai attendre. Je ne suis plus Patrick, Karl ; Patrick est mort. Il était coincé, malheureux, il était gros et triste. Par bonheur, il a pu s'échapper. Maintenant, je suis Danilo Silva, un homme beaucoup plus heureux, qui mène une vie tranquille dans un autre pays. Danilo saura attendre.

Il a aussi une femme superbe et une fortune de côté, faillit ajouter Karl.

— Comment Danilo retournera-t-il au Brésil ?

— Je n'ai pas encore trouvé la solution.

— Écoute, Patrick... Je peux t'appeler Patrick, pas Danilo ?

— Bien sûr.

— Je crois que le moment est venu pour moi de me retirer et de passer l'affaire à Trussel. Plusieurs requêtes vont être déposées ; il faudra donner des réponses. J'ai fait tout ce que je pouvais pour t'aider.

— Tu subis des pressions ?

— Un peu, rien de très gênant. Je ne veux pas te

nuire ; si je garde l'affaire plus longtemps, je crains que cela ne provoque de vives réactions. Tout le monde sait que nous sommes amis. N'oublie pas que tu m'as choisi pour porter ton cercueil.

— T'ai-je jamais remercié ?

— Tu étais mort à ce moment-là ; n'en parlons plus. C'était sympa.

— Je sais.

— Je disais donc que j'ai parlé à Trussel ; il est prêt à prendre l'affaire. J'ai mentionné tes affreuses brûlures, j'ai dit qu'il était important pour toi de rester ici le plus longtemps possible. Il comprend.

— Merci.

— Il faut être réaliste ; tôt ou tard, tu te retrouveras en prison. Et il se peut que tu y restes longtemps.

— Crois-tu que j'ai tué ce jeune homme, Karl ?

Huskey mit le reste de son po-boy dans une poche en papier, termina son thé glacé. Il n'avait pas envie de mentir.

— Cette histoire paraît louche. D'abord, il y avait des restes humains dans ta voiture : quelqu'un a donc été tué. Ensuite, le FBI a fait établir par ses ordinateurs la liste exhaustive de toutes les personnes dont la disparition a été signalée le 9 février 1992 ou les semaines précédentes. Pepper est le seul dans un rayon de cinq cents kilomètres à ne pas avoir été retrouvé.

— Cela ne suffit pas à me condamner pour son assassinat.

— Tu ne parlais pas de condamnation.

— Exact. Crois-tu que je l'ai tué ?

— Je n'en sais rien, Patrick. J'ai été juge douze ans ; j'ai vu des gens confesser devant moi des crimes qu'ils ne pouvaient encore croire avoir commis. Quand les circonstances s'y prêtent, un homme est capable de tout.

— Tu le crois donc ?

— Je ne veux pas le croire, mais je ne sais que penser.

— Tu me crois capable de tuer quelqu'un ?

— Non, mais je ne te croyais pas non plus capable de simuler ta mort et de rafler quatre-vingt-dix millions de dollars. Ton passé récent est riche en surprises.

Il y eut un nouveau silence qui se prolongea ; Karl regarda sa montre. Patrick le laissa sur le banc et fit lentement le tour de la cour.

Le déjeuner dans la suite Camille, un triste assortiment de sandwichs servis sur un plateau en plastique, fut interrompu par un coup de téléphone du juge fédéral chargé de l'affaire Lanigan quatre ans auparavant. Il était au beau milieu d'un procès à Jackson et n'avait qu'un moment. Mast énuméra les participants à la réunion ; le juge consentit à ce qu'il branche le haut-parleur du téléphone. Mast présenta succinctement le projet d'accord ; le juge demanda à entendre la version de Sandy. Il posa ensuite quelques questions à Sprawling ; la brève conversation prévue s'éternisait. À un moment, Sprawling quitta la pièce pour s'isoler au téléphone avec le juge. Il lui fit part du désir pressant de ses supérieurs de conclure un accord avec Lanigan dans le but de ferrer de gros poissons. Le juge demanda à s'entretenir en privé avec Parrish qui l'assura que Lanigan ne serait pas remis en liberté, qu'il aurait à répondre des charges les plus graves et passerait, selon toute vraisemblance mais sans certitude, de longues années en prison.

Le juge hésitait à prendre une décision hâtive, mais, sur les instances de ceux qui suivaient l'affaire de près et compte tenu de la stature des participants à la réunion de Biloxi, il se laissa fléchir, accepta de signer l'ordonnance de non-lieu. Le document lui fut faxé ; il le signa aussitôt, le renvoya par le même moyen.

Tandis que les autres terminaient leur repas, Sandy s'absenta pour faire un saut à l'hôpital. Patrick écrivait à sa mère quand Sandy fit irruption dans la chambre.

— On a gagné ! s'écria-t-il en lançant le texte de l'accord sur la table de travail de Patrick. Nous avons tout ce que nous voulions !

— Le non-lieu ?

— Le juge vient de signer.

— Et l'argent ? Combien ?

— Quatre-vingt-dix, plus trois pour cent.

Patrick ferma les yeux, les poings serrés. Le magot était sérieusement écorné, mais il en restait beaucoup. Assez pour s'installer un jour quelque part avec Eva dans une maison pleine d'enfants. Une grande maison et une grande famille.

Ils étudièrent attentivement le document ; Patrick apposa sa signature et Sandy repartit en hâte à l'hôtel.

Il y avait moins de monde à 14 heures, quand commença la seconde réunion de la journée. Sandy fit entrer Talbot Mims et son client, un des vice-présidents de Northern Case Mutual nommé Shenault, accompagné de deux avocats de la société dont le nom échappa à Sandy. Mims avait amené un de ses associés et un collaborateur, qu'il se dispensa de présenter. Sandy les conduisit dans le salon où s'était tenue la réunion du matin ; les deux sténos reprirent leur place.

Jaynes et Sprawling téléphonaient à Washington depuis le séjour. Ils avaient expédié leurs collaborateurs au casino ; une heure de détente, pas d'alcool.

La délégation de Monarch-Sierra n'était composée que de Hal Ladd, un de ses collaborateurs et le chef du service contentieux de la compagnie, un petit avocat pimpant du nom de Cohen. Après des présentations guindées, tout le monde s'installa pour écouter Sandy. Il distribua des chemises dont il leur demanda de parcourir le contenu. Chacune renfermait une copie de la plainte déposée par Patrick contre le FBI et un jeu de photos en couleurs de ses brûlures. Les représentants des compagnies d'assurances avaient été prévenus par leurs avocats ; personne ne fut surpris.

Sandy reprit succinctement ce qu'il avait déclaré la veille : les blessures de son client n'avaient pas été infligées par le FBI ; ce n'était pas le FBI qui avait retrouvé Patrick mais Jack Stephano. Stephano agissait pour le compte de trois clients : Benny Aricia et les deux compagnies d'assurances. Tous les trois risquaient gros si Patrick intentait une action en dommages-intérêts.

— Comment comptez-vous prouver la responsabilité de Stephano ? demanda Talbot Mims.

— Un instant.

Sandy alla ouvrir la porte donnant dans le séjour et demanda à Jaynes s'il pouvait leur accorder un moment. Jaynes entra, se présenta. Il entreprit avec un plaisir non dissimulé de répéter avec force détails ce que Stephano avait révélé sur les recherches : le financement par le consortium, les récompenses, les commissions, la traque au Brésil, le plasticien, les agents de Pluton, la capture et les séances de torture. Il ne leur épargna rien. Tout avait été possible grâce aux fonds versés par ses trois clients ; tout avait été fait dans leur intérêt.

Ce fut une démonstration éblouissante dont Jaynes savoura chaque minute.

— Y a-t-il des questions pour M. Jaynes ? lança Sandy d'un ton enjoué.

Pas de questions. Au cours des dix-huit dernières heures, ni Shenault ni Cohen n'avaient réussi à déterminer qui, au sein de leur société, avait pris la décision d'engager Jack Stephano. Il était peu probable qu'ils y parviennent; les traces étaient effacées.

Les deux grosses sociétés étaient prospères; elles disposaient d'un important budget de publicité employé pour protéger leur réputation. Personne ne voulait avoir ce problème sur les bras.

— Merci, monsieur Jaynes, fit Sandy.

— Je suis à côté, si vous avez besoin de moi, répondit Jaynes, comme si rien ne pouvait lui faire plus plaisir que de revenir enfoncer le clou.

Sa présence était aussi déconcertante que lourde de menaces. Que faisait le sous-directeur du FBI à Biloxi et pourquoi semblait-il si désireux de leur faire porter le chapeau?

— Voici ma proposition, reprit Sandy quand Jaynes fut sorti. Elle est simple, rapide, non négociable. Commençons, par M. Shenault qui cherche à récupérer les deux millions et demi de dollars versés à Trudy Lanigan. Nous désirons que vous laissiez tomber; abandonnez les poursuites, oubliez Trudy, laissez-la vivre en paix. Elle a un enfant à élever; de toute façon, la majeure partie de l'argent est déjà dépensée. Si vous laissez tomber, mon client renoncera à engager des poursuites contre votre société.

— C'est tout? demanda Mims, l'air incrédule.

— C'est tout.

— Topez là!

— Nous aimerions prendre le temps de nous consulter, lança Shenault, toujours impassible.

— Inutile, riposta Mims en se tournant vers son client. C'est une proposition inespérée; saisissons-la. Sans discuter.

— J'aimerais analyser..., insista Shenault.

— Non! coupa Mims d'un ton cassant. Si vous voulez que quelqu'un d'autre vous représente, à votre guise. Mais, si je continue à parler en votre nom, nous acceptons sans discuter.

Shenault en resta coi.

— Nous acceptons, reprit Mims.

— Monsieur Shenault ? fit Sandy.

— Euh, oui... Je pense que nous allons accepter.

— Parfait. Un projet d'accord vous attend dans la pièce voisine. Maintenant, messieurs, si vous voulez bien nous laisser quelques minutes ; il faut que je parle en privé à Me Ladd et à son client.

Quand Mims et les siens furent sortis, Sandy se tourna vers Cohen, Ladd et le collaborateur.

— Le marché que j'ai à vous proposer sera, je le crains, quelque peu différent. Eux s'en tirent à bon compte grâce au divorce ; l'affaire est compliquée, pas jolie, jolie, et mon client peut utiliser à son profit sa plainte contre Northern Case Mutual dans la procédure de divorce. Votre situation n'est malheureusement pas la même. Ils ont allongé un demi-million à Stephano, vous avez versé le double. Votre responsabilité est plus grande, vous risquez plus gros et, tout le monde le sait, vous avez beaucoup plus de liquidités que Northern Case Mutual.

— Quel chiffre avez-vous en tête ? demanda Cohen.

— Rien pour Lanigan. Mais il est inquiet pour la petite ; elle a six ans, l'argent file entre les doigts de sa mère. Une des raisons pour lesquelles Northern Case Mutual a baissé les bras si rapidement : il leur aurait été difficile de récupérer grand-chose. Mon client aimerait qu'une somme modeste soit placée en fidéicommis, hors d'atteinte de la mère.

— Combien ?

— Deux cent cinquante mille dollars. Ajoutez la même somme pour couvrir les honoraires. Un demi-million au total, versé dans la plus grande discrétion, de manière à ne pas mettre votre client dans une position délicate avec les photos.

Hal Ladd avait averti Cohen qu'il prévoyait un verdict de plusieurs millions de dollars contre Aricia et les compagnies d'assurances pour les sévices infligés à Lanigan. Cohen avait compris ; il était pressé de trouver un arrangement et de tirer un trait sur l'affaire.

— Nous abandonnons toutes les poursuites et nous versons un demi-million ?

— C'est ça.

— D'accord.

Sandy ouvrit un dossier, prit quelques papiers.

— J'ai préparé une proposition d'accord ; je vous la laisse.

Il tendit une copie à chacun avant de quitter la pièce.

35

Le psychiatre était un ami du Dr Hayani. La deuxième séance de Patrick, d'une durée de deux heures, fut aussi improductive que la première. Il n'y en aurait pas d'autre.

Patrick prit congé du psychiatre et regagna sa chambre pour l'heure du dîner. Il se contenta de grignoter en regardant les informations ; on ne parlait pas de lui. Il fit les cent pas dans la pièce, sortit pour échanger quelques mots avec ses anges gardiens. Sandy avait appelé au long de l'après-midi pour le tenir au courant de l'évolution des choses, mais il voulait voir des documents. Il regarda « Jeopardy », essaya de lire un gros livre de poche.

Il était près de 20 heures quand il reconnut la voix de Sandy demandant aux gardes des nouvelles de leur prisonnier. Sandy aimait l'appeler « le prisonnier ».

Patrick alla ouvrir à son avocat épuisé mais souriant.

— C'est réglé, fit Sandy en lui tendant un tas de papiers.

— Les documents et les bandes ?

— Ils ont été remis au FBI il y a une heure ; il y avait au moins une douzaine d'agents. Jaynes m'a dit qu'ils passeraient la nuit à les étudier.

Patrick posa les documents sur sa table de travail,

entreprit de les lire avec soin. Sandy avait apporté un sandwich ; il le mangea debout, près du lit, en regardant sans le son un match de rugby australien sur ESPN.

— Ont-ils protesté pour le demi-million de dollars ? demanda Patrick sans lever les yeux.

— Pas le moins du monde ; je n'ai pas entendu une protestation.

— Nous aurions peut-être dû demander plus.

— Tu n'en as pas assez comme ça ?

Patrick tourna une page, signa au bas du texte.

— Tu as fait du bon boulot, Sandy. Une réussite magistrale.

— Bonne journée, en effet. Les charges fédérales sont levées, le litige est réglé ; les honoraires des avocats seront pris en charge, l'avenir de l'enfant est assuré. Demain, nous en finirons avec Trudy. Ça roule pour toi, Patrick. Dommage que tu aies ce cadavre sur les bras.

Patrick se leva ; il se planta devant la fenêtre, le dos tourné à Sandy. Le store était à moitié baissé, la fenêtre entrouverte. Sandy continua de manger en l'observant.

— Il faudra me le dire un jour, Patrick.

— Te dire quoi ?

— Voyons... Pourquoi ne pas commencer par Pepper ?

— D'accord. Je n'ai pas tué Pepper.

— A-t-il été tué par quelqu'un d'autre ?

— Pas à ma connaissance.

— S'est-il suicidé ?

— Pas à ma connaissance.

— Était-il vivant quand tu as disparu ?

— Je pense.

— Ça suffit, Patrick ! J'ai eu une dure journée et je ne suis pas d'humeur à jouer aux devinettes !

— Ne crie pas, s'il te plaît, fit posément Patrick en

se retournant. Il y a des flics dans le couloir, qui écoutent de toutes leurs oreilles. Assieds-toi.

— Je ne veux pas m'asseoir.

— S'il te plaît.

— J'entends mieux debout. J'écoute.

Patrick ferma la fenêtre, baissa le store; il alla s'assurer que la porte était fermée à clé et éteignit la télévision. Il reprit sa position habituelle, assis sur le lit, les draps remontés jusqu'à la taille.

— Je connaissais Pepper, commença-t-il à voix basse, quand il fut bien installé. Il est venu un jour à la cabane, pour demander à manger; c'était juste avant Noël 1991. Il m'a dit qu'il vivait le plus souvent dans les bois. Je lui ai préparé du bacon et des œufs; il a dévoré comme un loup. Il bafouillait, il était timide, mal à l'aise. Comme tu peux l'imaginer, j'étais intrigué. Le gosse disait avoir dix-sept ans mais ne les faisait pas; assez propre, correctement habillé, il avait une famille à trente kilomètres de là, mais vivait dans la nature. Je l'ai fait parler, j'ai posé des questions sur sa famille; il a déballé sa triste histoire. Après avoir terminé son repas, il s'est levé pour partir. Je lui ai proposé de rester dormir, mais il a insisté pour regagner son campement. Le lendemain, je suis allé chasser; Pepper m'a rejoint. Il m'a montré sa petite tente et son sac de couchage; il avait des ustensiles de cuisine, une glacière, une lampe et un fusil. Il n'avait pas mis les pieds chez lui depuis quinze jours; sa mère avait un nouvel amant, le pire depuis longtemps. Je l'ai suivi au cœur de la forêt; nous nous sommes embusqués pour attendre le gibier. Une heure plus tard, j'abattais un dix cors, ma plus belle pièce. Pepper connaissait les bois comme sa poche; il a proposé de me montrer les meilleurs endroits. Quinze jours plus tard, je suis revenu à la cabane. La situation avec Trudy était devenue insupportable; nous attendions l'un et l'autre le week-end pour que je puisse partir. Pepper m'a rejoint peu après mon arrivée. J'ai préparé un ragoût de veau; nous avons mangé comme deux goinfres. J'avais de l'appétit, à l'époque. Il a dit qu'il avait passé trois jours chez lui, qu'il était reparti après une engueulade avec sa mère. Plus il parlait, plus il bafouillait. Je lui ai dit que j'étais avocat; il n'a pas tardé à me parler de ses ennuis. Il avait été pompiste dans une station-service, à Lucedale; un jour, on a découvert qu'il manquait de l'argent dans la caisse. Comme tout le monde le prenait pour un demeuré, on lui a mis ça sur le dos. Il n'y était pour rien; une autre bonne raison pour se réfugier dans les bois. J'ai promis de me renseigner.

— Cela t'a donné l'idée d'un plan.

— On peut dire ça. Nous nous sommes revus plusieurs fois.

— Nous ne devons plus être loin du 9 février.

— Pas loin. J'ai dit à Pepper que la police s'apprêtait à l'arrêter. C'était un mensonge; je n'avais pas donné un seul coup de fil. Trop risqué. Au fil de nos discussions, j'avais acquis la certitude qu'il savait quelque chose sur la disparition de l'argent. Il avait peur, il se reposait sur moi. Un des partis qui s'offraient à lui était de disparaître.

— Cela me rappelle quelque chose.

— Il détestait sa mère; la police était à ses trousses. Il avait peur et ne pouvait passer le reste de sa vie dans les bois. L'idée de partir à l'ouest, de travailler comme guide de chasse en montagne lui plaisait. Nous avons élaboré un plan. En lisant un journal, je suis tombé sur la tragique histoire d'un étudiant de deuxième année qui avait perdu la vie dans un accident de chemin de fer, près de La Nouvelle-Orléans. Il s'appelait Joey Palmer, un nom dont la banalité m'a plu. J'ai appelé un faussaire à Miami, qui s'est débrouillé pour obtenir le numéro de

Sécurité sociale de Joey. Quatre jours plus tard, j'avais un jeu de faux papiers pour Pepper : permis de conduire délivré en Louisiane, avec photo d'identité, carte de Sécurité sociale, acte de naissance et même un passeport.

— À t'entendre, cela paraît très facile.

— Encore plus que tu n'imagines. Il suffit d'un peu d'argent et d'imagination. Pepper était ravi de ses nouveaux papiers, excité à l'idée de prendre le car pour aller dans la montagne. Je t'assure, Sandy, il n'a pas hésité un instant à laisser sa mère dans l'incertitude de son sort.

— J'en connais un autre.

— Quoi qu'il en soit, le dimanche 9 février...

— Le jour de ta mort.

— Précisément. J'ai conduit Pepper à la gare routière de Jackson. Je lui ai laissé la possibilité de faire marche arrière, mais il était décidé. Pour être excité, il était excité ! Le pauvre gosse n'avait jamais mis les pieds hors du Mississippi ; le trajet jusqu'à Jackson était un enchantement. Je lui ai bien fait comprendre qu'il ne pourrait jamais revenir, en aucun cas. Il n'a pas dit un mot sur sa mère ; en trois heures, il n'a pas pas parlé une seule fois d'elle.

— Où allait-il ?

— J'avais trouvé un camp de bûcherons, au nord d'Eugene, Oregon, relevé les horaires des cars et les correspondances. J'avais tout noté ; nous avons répété la leçon une dizaine de fois pendant le trajet. Je lui ai donné deux mille dollars en espèces avant de le déposer à cent mètres de la gare routière. Il était près de 1 heure du matin ; je ne pouvais courir le risque d'aller plus près. La dernière fois que j'ai vu Pepper, il courait vers la gare, le visage éclairé d'un grand sourire, un sac à dos bourré à craquer sur l'épaule.

— Son fusil et son matériel de camping ont été retrouvés dans la cabane.

— Où aurait-il pu les laisser ?

— C'était une des pièces du puzzle.

— Bien sûr. Je voulais qu'on croie que Pepper avait brûlé dans la voiture.

— Où est-il aujourd'hui ?

— Je ne sais pas ; peu importe.

— Je n'ai pas demandé ça, Patrick.

— Ce n'est vraiment pas important.

— Cesse de jouer au plus fin, bon Dieu ! Quand je pose une question, j'attends une réponse.

— Je répondrai quand j'en aurai envie.

— Pourquoi restes-tu si évasif ?

Sandy avait haussé le ton, sa voix vibrait ; Patrick attendit un moment pour lui permettre de se calmer. Ils respirèrent plus lentement, s'efforcèrent de se ressaisir.

— Je ne suis pas évasif, Sandy, reprit posément Patrick.

— Mon œil ! Je me bats comme un beau diable pour résoudre une énigme et dix autres mystères me sautent à la gueule. Pourquoi ne pas tout me dire ?

— Tu n'as pas besoin de tout savoir.

— Ce serait pourtant très agréable.

— Vraiment ? Depuis quand tes inculpés te disent-ils tout ?

— C'est drôle, je ne pense pas à toi comme à un inculpé.

— Que suis-je, alors ?

— Un ami, peut-être.

— Ton boulot serait plus facile si tu pensais à moi comme à un criminel.

Sandy ramassa les documents, se dirigea vers la porte.

— Je suis fatigué, je vais me reposer. Je reviendrai demain et tu me diras tout.

Sur ces mots, il sortit.

Ils étaient pris en filature ; Guy s'en était rendu compte deux jours auparavant, à la sortie d'un casino. Un visage connu s'était détourné un peu trop vite. Puis une voiture les avait suivis d'un peu trop près. Guy avait l'expérience de ces situations ; il le signala à Benny qui était au volant. Ce ne peut être que les fédéraux, avait-il dit. Qui d'autre s'intéresserait à nous ?

Ils se disposèrent à quitter Biloxi, débranchèrent les téléphones dans l'appartement de location, renvoyèrent tous leurs hommes.

Ils attendirent la tombée de la nuit. Guy prit la route de Mobile en s'assurant qu'il n'était pas suivi ; il patienterait jusqu'au lendemain matin pour prendre un avion. Benny partit vers l'ouest ; il suivit la côte sur l'autoroute A90, traversa le lac Ponchartrain pour gagner La Nouvelle-Orléans, une ville qu'il connaissait bien. Il surveilla attentivement ses arrières, ne remarqua rien d'inquiétant. Après avoir mangé des huîtres dans le Vieux Carré, il sauta dans un taxi pour se faire conduire à l'aéroport. Il prit un avion pour Memphis, un autre pour O'Hare, où il passa le reste de la nuit dans un salon de l'aéroport. À l'aube, il prit le premier vol pour New York.

À Boca Raton, le FBI surveillait son domicile ; sa Suédoise était toujours là. Elle n'allait pas tarder à mettre les voiles et il serait facile de la suivre.

Ils avaient pris en [illegible] s'en était rendu compte [illegible] après avoir [illegible] d'un [illegible] [illegible] était [illegible] peu [illegible] [illegible] ses stations. Il [illegible] [illegible] qui [illegible] volant [illegible] [illegible]

Ils se [illegible] [illegible]

Ils [illegible] [illegible]

[illegible] de la [illegible] A l'aube, il prit le grand [illegible] pour New York.

A [illegible], le FBI surveillait son domicile. [illegible] il serait [illegible]

36

À 8 h 30, Eva sortit du centre de détention, libre, habillée comme elle y était entrée. Tout se passa sans anicroche : les gardiennes furent charmantes, les formalités d'une étonnante rapidité, le directeur en personne lui souhaita bonne chance. Mark Birck l'entraîna vers sa voiture, une vieille Jaguar qu'il avait briquée pour l'occasion, salua de la tête les deux hommes qui avaient pour mission de les escorter.

— Ce sont des agents du FBI, expliqua-t-il en montrant leur véhicule à Eva.

— Je croyais que nous en avions fini avec eux.

— Pas tout à fait.

— Suis-je censée dire bonjour ou faire un signe ?

— Non. Montez dans la voiture.

Il ouvrit la portière pour Eva, admira un instant la courbe élégante du long capot rutilant et fit prestement le tour du véhicule pour se mettre au volant.

— Voici une lettre que m'a faxée Sandy McDermott, fit-il en mettant le moteur en marche. Ouvrez-la.

— Où allons-nous ?

— À l'aéroport. Un jet privé vous attend.

— Pour m'emmener où ?

— À New York.

— Et après ?

— Londres, en Concorde.

La circulation était dense ; les agents du FBI les suivaient de près.

— Pourquoi sont-ils derrière nous ?

— Protection rapprochée.

Elle ferma les yeux, se massa le front en pensant à Patrick, seul dans sa chambre d'hôpital, qui n'avait pas grand-chose d'autre à faire que de choisir dans quelles villes l'envoyer. Son regard se posa sur le téléphone.

— Je peux ? fit-elle en prenant le combiné.

— Bien sûr.

Il conduisait prudemment, les yeux rivés sur les rétroviseurs, comme s'il était le chauffeur de la limousine présidentielle.

Eva téléphona à Rio ; elle eut, dans sa langue maternelle, une conversation entrecoupée de pleurs avec son père.

Il allait bien, elle aussi. Ils étaient tous deux libres ; elle se garda de lui dire où elle avait passé les trois derniers jours. Il affirma sur le ton de la plaisanterie qu'un enlèvement n'est pas une épreuve aussi terrible qu'on le dit ; il avait été bien traité, n'avait pas un seul bleu. Elle promit de rentrer bientôt ; son travail aux États-Unis était presque terminé et elle avait le mal du pays.

Birck entendit malgré lui, sans comprendre un traître mot. Eva raccrocha, s'essuya les yeux.

— Il y a des numéros de téléphone avec la lettre, fit-il, au cas où vous vous feriez de nouveau arrêter à la douane. Le FBI a suspendu son avis de recherche et vous autorise à voyager sept jours avec votre passeport.

Elle écouta sans rien dire.

— Il y a aussi un numéro à Londres, si vous avez des ennuis à Heathrow.

Elle ouvrit enfin la lettre. Elle était signée de Sandy, à l'en-tête de son cabinet. Les choses avançaient bien et vite à Biloxi ; elle pouvait l'appeler à son hôtel dès son arrivée à l'aéroport Kennedy. Il aurait de nouvelles instructions.

Autrement dit, il révélerait certaines choses que Birck n'avait pas à connaître.

Ils arrivèrent au terminal nord de l'aéroport international de Miami. Les agents fédéraux restèrent dans leur voiture tandis que Birck l'accompagnait à l'intérieur. Les pilotes attendaient ; ils indiquèrent un petit jet prêt à décoller pour la destination de son choix. Emmenez-moi à Rio, se retint-elle de dire. À Rio, s'il vous plaît !

Elle prit congé de Birck, le remercia de sa gentillesse, monta à bord de l'appareil. Pas de bagages, pas le moindre vêtement de rechange. Patrick le lui paierait cher. Dès son arrivée à Londres, elle prendrait le temps de faire les boutiques de Bond Street et d'Oxford Street. Elle achèterait plus de vêtements que ce petit avion ne pouvait en contenir.

À cette heure matinale, l'avocat de Trudy avait les traits plus tirés et les cheveux plus ébouriffés que d'habitude. Il salua d'un grognement la secrétaire qui lui ouvrit, accepta le café qu'elle proposait. Noir et fort. Sandy vint à sa rencontre, prit son blazer froissé et le conduisit dans un salon où ils s'installèrent pour relire l'accord sur la répartition des biens.

— Voilà qui est bien mieux, fit Sandy quand il eut terminé.

Trudy avait renoncé à ses prétentions. Murray n'aurait pu supporter un rendez-vous de plus avec elle et son gigolo servile ; ils s'étaient engueulés la veille dans son bureau. Murray s'occupait de divorces depuis des années ; il aurait parié gros que les jours de Lance étaient comptés. Les difficultés financières de Trudy étaient en train de la détruire.

— Nous allons signer, fit Sandy.

— Pourquoi ne le feriez-vous pas ? Vous avez obtenu tout ce que vous vouliez.

— C'est un accord équitable, étant donné les circonstances.

— Ouais, ouais.

— Il faut que vous sachiez, Murray, qu'il y a du nouveau en ce qui concerne le procès intenté par Northern Case Mutual à votre cliente.

— Je suis tout ouïe.

— Il y a un contexte sans rapport avec votre cliente, mais l'important est ceci : la compagnie d'assurances accepte d'abandonner les poursuites contre Trudy.

Murray demeura pétrifié sur son siège ; sa lèvre inférieure s'abaissa lentement. C'était une blague ?

Sandy lui tendit une copie de l'accord conclu avec Northern Case Mutual. Il avait noirci à l'encre plusieurs paragraphes, mais Murray avait de quoi lire.

— Vous voulez rire ? fit-il d'une voix à peine audible en saisissant le document.

Il passa sur les paragraphes noircis sans montrer la moindre curiosité, arriva au vif du sujet, deux paragraphes miraculeusement épargnés par la censure. Il vit écrit noir sur blanc que la décision avait été prise d'abandonner immédiatement les poursuites contre sa cliente.

Il ne chercha pas à savoir pourquoi. Une atmosphère impénétrable de mystère enveloppait Lanigan ; il n'allait pas s'amuser à poser des questions.

— Quelle agréable surprise !

— Je me suis dit que cela vous ferait plaisir.

— Elle garde tout ?

— Tout ce qui lui reste.

Murray relut les deux paragraphes, en prenant son temps.

— Puis-je garder cette feuille ?

— Non, c'est confidentiel. Une requête sera déposée demain pour demander le non-lieu ; je vous faxerai une copie.

— Merci.

— Ce n'est pas tout, poursuivit Sandy en tendant à Murray une copie de l'accord signé avec Monarch-Sierra, aussi caviardé que l'autre document. Regardez page quatre, troisième paragraphe.

Murray prit connaissance du passage instituant un fonds en fidéicommis d'un montant de deux cent cinquante mille dollars, au profit de la jeune Ashley Nicole Lanigan. Sandy McDermott en serait l'administrateur. L'argent devait être réservé aux dépenses de santé et d'éducation de l'enfant ; le surplus qui restait lui serait versé à son trentième anniversaire.

— Je ne sais que dire, fit Murray qui pensait déjà à la manière dont il présenterait ces dispositions à sa cliente.

Sandy fit un petit geste de la main, comme si ce n'était rien.

— Autre chose ? lança Murray avec un sourire éclatant.

— C'est tout ; le divorce est réglé. Ravi de vous avoir connu.

Ils se quittèrent sur une poignée de main ; Murray sortit, la démarche plus énergique qu'à son arrivée. Il prit l'ascenseur, le cerveau en ébullition. Il dirait à Trudy qu'il avait traité les salauds sans ménagement, qu'il en avait eu jusque-là de leurs exigences abusives, qu'il était arrivé remonté à bloc et les avait menacés d'un procès sans pitié s'ils ne se décidaient pas à en rabattre. Il n'en était pas à sa première procédure de divorce et avait la réputation d'une terreur des prétoires.

Au diable les accusations d'adultère ! Au diable les photos de nu ! Sa cliente était dans son tort, mais elle avait droit à un sort équitable ; il y avait une fillette innocente à protéger !

Il raconterait comment les autres avaient lâché pied et battu en retraite. Il avait exigé une rente pour la petite ; Lanigan s'était effondré sous le poids de sa culpabilité et avait lâché deux cent cinquante mille dollars.

Il s'était battu de toutes ses forces pour protéger les biens de sa cliente à qui personne ne pouvait reprocher d'avoir accepté l'argent de l'assurance vie. La peur au ventre, ils avaient baissé pavillon devant lui et avaient cherché comment sauver l'avoir de Trudy. Les détails étaient encore flous dans son esprit, mais il avait une heure de route pour peaufiner son histoire et en faire une victoire éclatante.

À l'aéroport Kennedy, la présence de cette passagère sans bagages suscita un certain étonnement au comptoir British Airways. On appela discrètement un contrôleur des douanes, un attroupement se forma, Eva s'efforça de maîtriser ses nerfs. Elle n'aurait pas supporté une seconde arrestation. Elle aimait Patrick, mais cela dépassait de loin ce que l'on peut donner par amour. Il y avait peu, elle était une avocate à la carrière prometteuse, dans une ville qu'elle adorait ; puis Patrick était entré dans sa vie.

Elle vit soudain fleurir de larges sourires sur les lèvres du personnel britannique. On la conduisit dans le salon réservé aux passagers du Concorde, où elle prit un café avant de composer le numéro de Sandy à Biloxi.

— Comment allez-vous ? demanda-t-il dès qu'il reconnut sa voix.

— Bien, Sandy. Je suis à New York, en route pour Londres. Comment va Patrick ?

— Très bien. Nous avons conclu le marché avec la police fédérale.

— Combien ?

— Cent treize millions.

Sandy attendit une réaction. Patrick n'avait rien laissé paraître en apprenant le montant du remboursement ; Eva se montra aussi réservée.

— Quand ? se contenta-t-elle de demander.

— Je vous communiquerai des instructions à votre arrivée à Londres. J'ai réservé une chambre aux Quatre-Saisons, au nom de Leah Pires.

— C'est de nouveau mon nom.

— Appelez-moi de votre chambre.

— Dites à Patrick que je l'aime encore, même après un séjour en prison.

— Je le vois ce soir. Soyez prudente.

Maurice Mast n'allait pas laisser passer l'occasion d'impressionner les grosses légumes descendues à Biloxi. La veille au soir, après avoir pris possession des documents de Lanigan, il avait demandé à son équipe d'appeler tous les membres du grand jury pour les informer de la tenue d'une réunion extraordinaire. Avec l'aide de cinq de ses substituts et du FBI, le procureur avait décortiqué et indexé les documents jusqu'à 3 heures du matin ; cinq heures plus tard, il était de retour.

La réunion du grand jury fédéral était prévue à midi ; le déjeuner serait fourni. Hamilton Jaynes décida de rester jusqu'à la fin de la séance ; Sprawling fit de même. Patrick Lanigan serait l'unique témoin.

Conformément aux termes de l'accord, Patrick ne fut pas menotté pendant le transfert. On le cacha à l'arrière d'un véhicule banalisé du FBI et on le fit entrer dans le tribunal fédéral de Biloxi par une porte latérale. Sandy ne le lâcha pas d'une semelle. Patrick portait un ample pantalon kaki, des chaussures de bateau et un sweat-shirt que lui avait achetés Sandy. Le teint blême, le visage émacié, il marchait sans gêne visible ; en fait, il se sentait en pleine forme.

Les seize membres du grand jury avaient pris place autour d'une longue table rectangulaire ; la moitié d'entre eux avait le dos tourné à la porte quand Patrick entra, le sourire aux lèvres. Ceux qui ne lui faisaient pas face se retournèrent vivement. Assis dans un angle de la pièce, Jaynes et Sprawling étaient curieux de le voir enfin en chair et en os.

Patrick s'installa au bout de la table, dans un fauteuil réservé aux témoins. Il ne se fit pas beaucoup prier pour raconter son histoire, du moins des bribes. Il était détendu, plein d'entrain, en partie parce que cette assemblée ne pouvait plus rien contre lui ; il était parvenu à se libérer des tentacules des autorités fédérales.

Il commença par l'évocation du cabinet Bogan, des associés et de leur personnalité, des clients, des habitudes de travail, pour arriver tranquillement à Aricia.

Mast l'interrompit pour lui tendre un document : le contrat entre Aricia et le cabinet. Long de quatre pages, il pouvait se résumer à une disposition essentielle : le cabinet recevrait le tiers de tout ce que sa plainte contre Platt & Rockland Industries rapporterait à Aricia.

— Comment vous l'êtes-vous procuré ? demanda Mast.

— Il a été tapé par la secrétaire de Bogan. Nos ordinateurs étaient interconnectés ; je n'ai eu qu'à l'imprimer.

— Est-ce pour cette raison que la copie n'est pas signée ?

— Absolument. L'original doit être dans le dossier de Bogan.

— Aviez-vous accès au bureau de Me Bogan ?

— Un accès limité, répondit Patrick avant d'expliquer que Bogan avait l'obsession du secret.

Cela conduisit à une digression sur l'accès aux autres bureaux, puis au récit fascinant des aventures de Lanigan dans l'univers du matériel de surveillance haut de gamme.

Pour étayer ses soupçons, il avait entrepris de rassembler le maximum de renseignements sur Aricia ; pour ce faire, il s'était initié au matériel électronique de surveillance. Il gardait l'œil sur les ordinateurs du cabinet ; il prêtait attention aux potins de la maison ; il questionnait les secrétaires et les assistants. Il fouillait dans les corbeilles à papier de la salle de photocopie ; il travaillait à des heures inhabituelles dans l'espoir de trouver des portes ouvertes.

Au bout de deux heures, Patrick demanda à boire. Mast annonça une pause d'un quart d'heure ; pour l'auditoire subjugué, le temps avait passé très vite.

Au retour du témoin, tout le monde se cala dans son siège, avide d'en entendre plus. Mast posa quelques questions sur la plainte contre Platt & Rockland ; Patrick répondit sans se mouiller.

— Aricia s'est montré très habile. Il a organisé une double facturation et a réussi à en rejeter la responsabilité sur la direction générale.

Mast plaça ensuite une pile de documents près du témoin. Patrick en prit un, comprit au premier coup d'œil de quoi il s'agissait.

— C'est un échantillon des salaires de la main-d'œuvre fictive versés à New Coastal Shipyards. Sur ce listing établi pour une semaine du mois de juin 1988 figurent quatre-vingt-quatre employés, portant tous des noms bidon et leur salaire hebdomadaire. Le total s'élève à soixante et onze mille dollars.

— Comment ces noms ont-ils été choisis ? demanda Mast.

— New Coastal employait à l'époque huit mille

personnes. On a choisi de vrais noms, parmi les plus répandus — Jones, Johnson, Miller, Green, Young — en changeant l'initiale du premier prénom.

— À combien se montait la falsification ?

— S'il faut en croire Aricia, dix-neuf millions de dollars sur une période de quatre ans.

— Était-il au courant ?

— Naturellement. Il a mis au point la magouille.

— Comment le savez-vous ?

— Où sont les bandes ?

Mast lui tendit une feuille sur laquelle étaient catalogués les enregistrements d'une soixantaine de conversations. Patrick étudia la liste.

— Je crois que c'est le numéro dix-sept, fit-il au bout d'une minute.

Le substitut en charge des cassettes prit celle qui portait le numéro dix-sept, l'introduisit dans le magnétophone.

— C'est une conversation entre Doug Vitrano et Jimmy Havarac, deux des associés du cabinet, dans le bureau de Vitrano, le 3 mai 1991.

Le substitut mit l'appareil en marche.

VOIX n° 1 : Comment peut-on facturer dix-neuf millions en travail fictif ?

— Jimmy Havarac, glissa Patrick.

VOIX n° 2 : Ce n'est pas difficile.

— Et voilà Doug Vitrano.

VITRANO : Le coût de la main-d'œuvre s'élevait à cinquante millions par an ; il a dépassé deux cents millions quatre années de suite. Ils ont simplement ajouté dix pour cent qui ont été noyés dans la masse salariale.

HAVARAC : Aricia était au courant ?

VITRANO : Au courant ? C'est lui qui en a eu l'idée.

HAVARAC : Vous plaisantez, Doug ?

VITRANO : Tout est bidon dans sa plainte, Jimmy, tout. La main-d'œuvre, les devis gonflés, la double ou triple facturation pour le matériel du système informatique. Aricia est à l'origine de la combine ; il travaillait pour une société qui arnaquait le gouvernement depuis longtemps. Il savait comment fonctionnait l'entreprise et comment fonctionnait le Pentagone. Et il a eu l'idée géniale de cette combine.

HAVARAC : Qui vous a dit cela ?

VITRANO : Bogan. Aricia lui a tout expliqué et il a tout expliqué au sénateur. Il nous suffit de la boucler, de jouer le jeu et notre fortune est faite.

Les voix se turent, la bande s'arrêta ; les membres du grand jury gardèrent les yeux fixés sur l'appareil.

— Pourrions-nous en écouter d'autres ? demanda l'un d'eux.

Avec un haussement d'épaules, Mast se tourna vers Patrick.

— Je pense que c'est une excellente idée.

Avec les commentaires de Patrick agrémentés d'analyses pittoresques, près de trois heures furent nécessaires pour passer toutes les bandes. Celle du Placard fut gardée pour la bonne bouche ; au quatrième passage, les jurés étaient tout juste rassasiés. A 18 heures, on commanda un repas chez un traiteur voisin.

À 19 heures, Patrick fut autorisé à partir.

Pendant le repas, Mast revint sur les enregistrements les plus parlants ; il évoqua les lois fédérales applicables. Grâce aux enregistrements des voix des escrocs, le complot était exposé au grand jour.

À 20 h 30, le grand jury vota à l'unanimité l'inculpation de Benny Aricia, Charles Bogan, Doug Vitrano, Jimmy Havarac et Ethan Rapley pour plainte frauduleuse. Chacun encourait une peine de dix ans de réclusion et une amende pouvant aller jusqu'à cinq cent mille dollars.

Le sénateur Harris Nye ne fut pas inculpé de complicité de plainte frauduleuse, mais il ne perdait rien pour attendre. La stratégie élaborée par Sprawling, Jaynes et Mast consistait à inculper d'abord le menu fretin, de manière à les inciter à conclure un marché et à dénoncer le gros poisson. Ils concentreraient leurs efforts sur Rapley et Havarac en raison de la haine qu'ils vouaient à Charles Bogan.

La réunion du grand jury s'acheva à 21 heures. En accord avec le marshal du comté, Mast décida que les arrestations auraient lieu le lendemain de bonne heure. Jaynes et Sprawling prirent un vol de nuit pour regagner Washington.

37

— J'ai eu un jour à m'occuper d'un accident de la route, peu après mon arrivée au cabinet Bogan. L'accident s'était produit sur la nationale 49, dans le comté de Stone, près de Wiggins. Nos clients roulaient vers le nord quand un camion à plateforme a débouché d'une petite route, juste devant leur voiture. Le choc fut d'une terrible violence. Le conducteur de notre véhicule fut tué sur le coup, sa femme grièvement blessée, leur enfant assis à l'arrière eut une jambe cassée. Le camion appartenait à un fabricant de papier et était bien assuré ; l'affaire se présentait bien. Je l'ai acceptée avec enthousiasme ; j'étais nouveau. Il ne faisait aucun doute que le camion était dans son tort, mais le chauffeur, qui était indemne, prétendait que notre véhicule roulait trop vite. Cela devint la grande question : à quelle vitesse roulait le conducteur décédé ? L'expert auquel j'avais fait appel estimait la vitesse du véhicule à quatre-vingt-quinze kilomètres à l'heure, pas si mal pour une route où la vitesse est limitée à quatre-vingt-dix. Mes clients se rendaient à Jackson, dans leur famille ; ils n'étaient pas pressés. L'expert de la compagnie d'assurances de la partie adverse estimait la vitesse de mon client à cent vingt kilomètres à l'heure. C'eût été très mauvais pour nous ; un jury est mal disposé lorsqu'il y a dépassement de trente kilomètres à l'heure de la vitesse autorisée. Nous avons déniché un témoin, un des premiers arrivés sur le lieu de l'accident. Il s'appelait Clovis Goodman ; âgé de quatre-vingt-un ans, il était aveugle d'un œil et ne voyait pas bien de l'autre.

— Tu parles sérieusement ? demanda Sandy.

— Non, mais sa vue était défectueuse. Il continuait pourtant à conduire. Ce jour-là, il roulait tranquillement sur la nationale au volant de son pick-up Chevrolet 1968, quand notre véhicule l'a dépassé. Au sommet de la côte suivante, Clovis a découvert l'accident. C'était un homme sensible, qui vivait seul, n'avait pas de famille proche ; l'horrible accident l'avait profondément ému. Il avait essayé d'aider les victimes, puis était reparti au bout d'un moment. Il n'avait rien dit à personne, tellement il était bouleversé. Il m'a confié par la suite qu'il n'avait pu fermer l'œil pendant une semaine. Nous avons appris qu'un automobiliste avait filmé la scène pendant que l'ambulance, les pompiers et la police étaient là. La circulation est arrêtée, les gens s'ennuient, ils prennent leur caméra. Nous avons emprunté le film, un assistant l'a analysé et a relevé tous les numéros d'immatriculation. Il a retrouvé les propriétaires des véhicules, cherché à savoir s'il y avait des témoins. Voilà comment nous avons trouvé Clovis. Il a dit qu'il était arrivé juste après l'accident, mais qu'il était trop choqué pour en parler. J'ai demandé à lui rendre visite ; il a accepté. Il vivait à la campagne, près de Wiggins, dans une petite maison blanche qu'il avait construite avec sa femme, avant la guerre. Elle était morte depuis longtemps, comme son fils unique, qui avait mal tourné. Il avait deux petits-enfants, l'un en Californie, l'autre qui vivait près d'Hattiesburg ; il ne les avait pas vus depuis des années. J'ai appris tout cela en moins d'une heure. Le vieux solitaire m'a accueilli froidement, comme s'il se méfiait des avocats et détestait qu'on lui fasse perdre son temps; peu après il a commencé à me raconter des secrets de famille devant une tasse de café. Assis sous le porche, dans des fauteuils à bascule, avec une douzaine de chats qui se frottaient à nos pieds, nous avons parlé de tout, sauf de l'accident. Par bonheur, c'était un samedi; j'avais tout mon temps. Clovis était un merveilleux conteur; la crise de 1929 et la guerre étaient ses sujets préférés. Au bout de deux heures, j'ai essayé d'amener la conversation sur l'accident; il s'est tu, l'air peiné, et m'a dit d'une voix douce qu'il n'était pas encore capable d'en parler. Il a ajouté qu'il savait quelque chose d'important, mais qu'il était trop tôt. J'ai demandé à quelle vitesse il allait quand le véhicule de nos clients l'avait dépassé; il a dit qu'il ne roulait jamais à plus de quatre-vingts. J'ai demandé s'il pouvait estimer la vitesse de notre véhicule; il a répondu non. Deux jours plus tard, en fin d'après-midi, je suis repassé et nous nous sommes de nouveau installés sous le porche. À 18 heures tapantes, Clovis a déclaré qu'il avait faim; il a ajouté qu'il adorait le poisson-chat et m'a demandé si je voulais dîner avec lui. Je l'ai emmené en voiture dans un petit restaurant où nous avons mangé du poisson-chat en beignets huileux, servi à volonté pour six dollars. Il mangeait avec lenteur, le menton à quelques centimètres du tas de beignets, sans cesser de parler, la bouche pleine. Sur le chemin du retour, il a déclaré qu'il avait besoin d'une bière, juste une, pour sa vessie. Nous approchions d'une épicerie; je me suis garé devant le magasin. Il n'a pas fait mine de bouger; j'ai payé les bières comme j'avais réglé l'addition. Il a dit un peu plus tard qu'il aimerait me montrer l'endroit où il avait grandi; ce n'était pas loin. Nous nous sommes perdus dans un dédale de petites routes. Clovis ne voyait pas très bien ; il avait besoin d'une autre bière, toujours pour sa vessie. Nous nous sommes arrêtés devant une autre épicerie, j'ai demandé la route au vendeur. Nous avons fini par trouver la ville, Necaise Crossing, dans le comté d'Hancock. À peine arrivés, il a dit que nous pouvions faire demi-tour ; il semblait avoir oublié pourquoi il était venu. Nous avons acheté d'autres bières, demandé notre route à d'autres vendeurs.

« En arrivant près de chez lui, j'ai commencé à poser des questions sur l'accident ; il a prétendu que c'était un souvenir encore trop douloureux. Je l'ai aidé à rentrer chez lui ; il s'est écroulé sur le canapé. Il était près de minuit. Cela a duré environ un mois. Le fauteuil à bascule, les beignets de poisson-chat, les balades en voiture pour sa vessie. La police d'assurance avait un plafond de deux millions ; nous pouvions espérer le maximum. Clovis n'en avait pas conscience, mais son témoignage devenait crucial. Il m'avait assuré que personne d'autre n'avait pris contact avec lui depuis l'accident ; je devais à tout prix établir les faits avant que l'assurance de la partie adverse le trouve. »

— Combien de temps s'était écoulé depuis l'accident ? demanda Sandy.

— Quatre ou cinq mois. J'ai fini par le mettre au pied du mur : j'ai dit que nous arrivions à une étape déterminante de l'affaire, que le moment était venu pour lui de répondre à quelques questions. Il a dit qu'il était prêt. À l'évocation du spectacle affreux des corps déchiquetés, couverts de sang de ces pauvres gens, surtout le petit garçon, le pauvre vieux avait les larmes aux yeux. Quelques minutes plus tard, je lui ai demandé une nouvelle fois s'il pouvait estimer à quelle vitesse roulait la voiture quand elle l'avait dépassé. Il a dit qu'il voudrait aider la famille des victimes, puis il m'a regardé droit dans les yeux en demandant : « À quelle vitesse croyez-vous qu'elle allait ? » J'ai répondu qu'à mon avis elle roulait à quatre-vingt-dix. « Alors, c'est ça, a dit Clovis. Quatre-vingt-dix à l'heure. Je roulais à quatre-vingts et il lui a fallu du temps pour me dépasser. » Quand l'affaire est passée en justice, Clovis Goodman a été le meilleur témoin que j'aie jamais vu. Un vieillard humble mais avisé, totalement crédible. Le jury ne tint aucun compte du témoignage de l'expert de la partie adverse et nous accorda deux millions trois cent mille dollars. Je suis resté en contact avec Clovis ; j'ai rédigé son testament. Il n'avait pas grand-chose : la maison, trois hectares de terre, sept mille dollars en banque. Il voulait que tout soit vendu à sa mort, que l'argent aille aux Filles de la Confédération ; il ne laissait rien à ses petits-enfants. Clovis est tombé malade ; il était incapable de se débrouiller seul. Je l'ai fait entrer dans une maison de retraite, à Wiggins, j'ai vendu la maison et la terre. J'étais son seul ami. J'écrivais, j'envoyais des cadeaux, je passais le voir chaque fois que j'allais à Hattiesburg ou à Jackson. Une fois par mois, je l'emmenais manger des beignets de poisson-chat et nous faisions une balade en voiture. Après une ou deux bières, il commençait à raconter ses histoires. Un jour, je l'ai emmené à la pêche. Huit heures dans une barque, seul avec Clovis ; jamais de ma vie je n'ai autant ri. En novembre 1991, il a contracté une pneumonie ; il a failli y passer et a pris peur. Il a modifié son testament pour faire un don aux œuvres de sa paroisse. Il a choisi sa concession funéraire, a pris ses dispositions pour ses obsèques. Je lui ai suggéré d'émettre le souhait par testament de ne pas être maintenu artificiellement en vie ; l'idée lui a plu. Il a tenu à ce que ce soit moi qui le débranche, avec l'autorisation du corps médical, bien entendu. Clovis était las de la maison de retraite, las de la solitude, las de la vie. Il avait la conscience en paix ; il était prêt à partir. En janvier 1992, il a eu une nouvelle attaque de pneumonie, assez grave pour que je le fasse transporter à l'hôpital de Biloxi. J'allais le voir tous les jours ; il n'avait pas d'autre visiteur. Pas d'autre ami, pas de parents, pas même un prêtre. Son état s'est lentement dégradé, il est entré dans le coma, sans espoir de retour. Les médecins l'ont placé sous respiration assistée ; au bout d'une semaine, il était en état de mort cérébrale. J'ai donné lecture de son testament à trois médecins et nous avons déconnecté les appareils.

— Quel jour était-ce ? demanda Sandy.

— Le 6 février.

Sandy soupira en fermant les yeux, secoua lentement la tête.

— Il ne voulait pas de service funèbre, sachant que personne n'y assisterait. Nous l'avons enterré dans le cimetière de Wiggins en présence de trois veuves ratatinées qui donnaient l'impression de jouer les pleureuses depuis un demi-siècle. Le pasteur avait réquisitionné cinq diacres pour porter le cercueil ; il y avait deux autres personnes. Le pasteur a prononcé quelques mots ; nous avons descendu le cercueil de Clovis dans la tombe.

— Il était extrêmement léger, n'est-ce pas ? fit Sandy.

— En effet.

— Où était Clovis ?

— Son âme était montée au ciel.

— Où était son corps ?

— Sous le porche de ma cabane, dans un congélateur.

— Tu es complètement malade !

— Je n'ai tué personne, Sandy. Le vieux Clovis chantait avec les anges quand ses restes ont brûlé. Je m'étais dit qu'il ne m'en voudrait pas.

— Tu as réponse à tout, hein !

Patrick était assis au bord du lit, les jambes pendantes, les pieds à quelques centimètres du sol. Il ne répondit pas. Sandy fit quelques pas dans la chambre, s'adossa au mur. Certes, il était soulagé de savoir que son ami n'avait tué personne, mais la pensée qu'il avait brûlé un cadavre lui inspirait un profond dégoût.

— Écoutons la suite. J'imagine que tu as tout prévu.

— J'ai eu le temps d'y réfléchir.

— J'écoute.

— D'après la loi du Mississippi, la profanation de sépulture est passible de poursuites au pénal, mais cela ne s'applique pas à mon cas. Je n'ai pas déterré le cadavre de Clovis. Il existe un seul autre délit que Parrish peut me coller sur le dos : la mutilation de cadavre. La peine maximale est d'un an. Je pense qu'ils ne pourront pas trouver autre chose et que Parrish fera des pieds et des mains pour que j'écope d'un an de prison.

— Il ne peut pas te laisser partir libre.

— Bien sûr, mais il n'est pas au bout de ses peines. Il ne connaîtra l'identité du cadavre que si je la révèle et je suis obligé de la révéler pour qu'il lève l'accusation d'homicide. Parler de Clovis est une chose, témoigner en justice en est une autre. Il ne peut me faire déposer en tant que témoin s'il m'accuse de mutilation de cadavre. Il sera contraint de trouver un autre chef d'accusation ; comme tu l'as dit, il ne peut pas me laisser partir libre. Il peut me faire juger, pas me faire reconnaître coupable, parce que je suis le seul témoin et qu'il est impossible de prouver que le cadavre calciné était celui de Clovis.

— Parrish est complètement coincé.

— Absolument. Le procureur fédéral a abandonné les poursuites et, quand nous ferons éclater cette bombe, Parrish sera contraint de trouver quelque chose contre moi. Sinon, je sortirai libre du tribunal.

— Quel est ton plan ?

— C'est simple : nous allons permettre à Parrish de sauver la face. Tu vas aller voir les petits-enfants de Clovis, leur dire la vérité et leur proposer de l'argent. Ils seront évidemment en droit d'intenter une action contre moi quand la vérité sera connue ; ils le feront probablement. Leur dossier ne vaudra pas grand-chose ; ils ne se sont pas occupés de Clovis toute la fin de sa vie. Mais on peut raisonnablement supposer qu'ils porteront plainte. Nous trouvons un arrangement discret avec eux : en échange de l'argent, ils acceptent de faire pression sur Parrish pour qu'il renonce à engager des poursuites.

— Quel magouilleur tu fais !

— Merci. Cela devrait marcher, non ?

— Parrish peut te poursuivre contre l'avis de la famille.

— Il ne le fera pas : il ne peut pas obtenir un verdict de culpabilité. Le pire scénario pour lui serait de me traduire en justice et de perdre. Il a intérêt à jeter l'éponge tout de suite, en utilisant le prétexte de la famille, pour éviter la honte de perdre dans une affaire aussi médiatisée.

— C'est à cela que tu as réfléchi pendant quatre ans ?

— Il m'est arrivé d'y penser.

Sandy se remit à marcher, l'esprit fonctionnant à toute vitesse, essayant de suivre son client.

— Il faut laisser quelque chose à Parrish, fit-il d'une voix à peine audible.

— Je suis plus préoccupé de mon sort que de Parrish.

— Il n'est pas seulement question de Parrish, mais du système. Si tu t'en sors impunément, on pourra dire que tu as acheté ta liberté ; ce n'est bon pour personne, sauf pour toi.

— C'est peut-être la seule chose qui m'intéresse.

— Je comprends. Mais tu ne peux fouler aux pieds le système et partir la tête haute.

— Personne n'a obligé Parrish à m'inculper si précipitamment d'homicide volontaire ; il aurait pu attendre huit ou quinze jours. Personne ne l'a obligé à convoquer la presse pour l'annoncer. Je n'ai aucune sympathie pour lui.

— Moi non plus, Patrick, mais je trouve ta position très dure.

— Je vais l'assouplir ; je plaiderai coupable pour la mutilation de cadavre, mais sans peine d'emprisonnement. Pas un seul jour derrière les barreaux. J'irai devant le juge, je plaiderai coupable, je paierai une amende et Parrish s'attribuera le mérite d'une condamnation. Un point c'est tout.

— Tu traîneras cette condamnation.

— Je serai un homme libre. Qui s'en souciera au Brésil ?

Sandy cessa de marcher et vint s'asseoir près de Patrick.

— Tu veux donc y retourner ?

— C'est là que je suis chez moi, Sandy.

— Et Eva ?

— Nous aurons dix enfants, peut-être onze. Nous n'avons pas encore décidé.

— Combien vous restera-t-il ?

— Des millions. Il faut que tu me sortes de ce mauvais pas, Sandy ; j'ai une autre vie à vivre.

Une infirmière entra sans frapper, allumant la lumière au passage.

— Il est 23 heures, Patty ; les visites sont terminées. Tout va bien ? ajouta-t-elle en posant la main sur l'épaule de Patrick.

— Très bien.

— Avez-vous besoin de quelque chose ?

— Non, merci.

Elle disparut aussi vite qu'elle était venue, tandis que Sandy prenait sa serviette.

— *Patty ?* fit-il.

Patrick haussa les épaules sans répondre.

Une idée vint à l'esprit de Sandy au moment d'ouvrir la porte.

— Une petite question, fit-il. Quand ta voiture a quitté la route, où était Clovis ?

— À la place où on l'a trouvé, attaché sur le siège avant. J'ai posé une boîte de bière entre ses jambes en lui disant adieu. Un sourire flottait sur ses lèvres.

38

À 10 heures, l'ordre de virement n'était pas encore arrivé à Londres. Eva quitta son hôtel, fit une longue balade dans Piccadilly ; sans destination, sans horaire, elle se laissa porter par la foule, fit du lèche-vitrine, s'abandonna au plaisir de flâner. Trois journées d'isolement avaient aiguisé son appétit de voix humaines et de bruits de la rue. Elle déjeuna d'une salade au chèvre chaud dans un vieux pub bourré à craquer, se laissa bercer par les voix enjouées de ses voisins qui ignoraient qui elle était et n'en avaient que faire.

Patrick lui avait dit qu'au cours des premiers mois passés à São Paulo il avait souvent cédé à la griserie de savoir que pas une seule personne ne connaissait son nom. Au fond de ce vieux pub, elle eut le sentiment d'être Leah Pires plutôt qu'Eva Miranda.

Elle fit du shopping dans Bond Street, commençant par le nécessaire — sous-vêtements et parfum — avant d'entrer chez Armani, Versace et Chanel où elle acheta sans regarder à la dépense. Elle était maintenant une femme très riche.

Il eût été plus simple et certainement moins spectaculaire de les arrêter au bureau. Mais leurs horaires étaient irréguliers et l'un d'eux, Rapley, sortait rarement de chez lui.

La décision fut prise d'attaquer avant l'aube. Tant pis s'ils devaient en être effrayés et humiliés ; tant pis si le remue-ménage attirait les voisins. Les alpaguer au saut du lit ou sous la douche, c'était la meilleure tactique.

Charles Bogan vint ouvrir en pyjama ; quand le marshal sortit ses menottes, il se mit à verser des larmes silencieuses. Comme il avait perdu sa famille, il échappa en partie au déshonneur.

La femme de Doug Vitrano répondit au coup de sonnette ; son accueil fut hostile. Elle claqua la porte au nez des deux jeunes agents du FBI qui attendirent patiemment sur le perron tandis qu'elle grimpait l'escalier quatre à quatre pour sortir son mari de la douche. Par bonheur, les enfants dormaient encore quand les policiers firent monter Doug à l'arrière de leur voiture, menotté comme un criminel, et la laissèrent en chemise de nuit sur le pas de la porte, mêlant dans son désarroi les imprécations et les pleurs.

Comme à son habitude, Jimmy Havarac était fin soûl en se couchant ; la sonnette ne parvint pas à le tirer d'un sommeil d'ivrogne. Les agents fédéraux durent appeler d'un téléphone cellulaire pour se faire ouvrir la porte et procéder à son arrestation.

Aux premiers rayons du soleil, Ethan Rapley était au travail dans son grenier, comme tous les jours, quelle que fût l'heure ; il n'entendait rien de ce qui se passait en bas. Réveillée par les coups frappés à la porte, sa femme monta lui annoncer la mauvaise nouvelle. Elle prit d'abord la précaution de cacher le pistolet qu'il gardait dans un tiroir de la commode. Il essaya deux fois de le trouver en cherchant une paire de chaussettes. Il ne voulut pas lui demander où se trouvait l'arme ; il craignait qu'elle ne le lui dise.

L'avocat qui avait fondé le cabinet Bogan avait été nommé juge fédéral treize ans plus tôt par le sénateur Nye ; à son départ, Charles Bogan avait pris les rênes du cabinet. Il était en étroites relations avec les cinq juges fédéraux en exercice. Rien d'étonnant à ce que leurs téléphones commencent à sonner avant même que les associés soient réunis dans la prison. À 8 h 30, ils furent conduits séparément au tribunal fédéral de Biloxi pour comparaître en toute hâte devant le premier magistrat disponible.

Cutter fut irrité par la rapidité et la facilité avec lesquelles Bogan avait fait jouer ses relations. Il n'avait jamais imaginé que les quatre avocats resteraient derrière les barreaux jusqu'au procès, mais ne pouvait accepter qu'ils soient entendus par un juge qu'ils venaient de tirer du lit. Il fila donc le tuyau au quotidien de Biloxi et à la chaîne de télévision locale.

Les papiers furent rapidement remplis et signés ; les quatre associés quittèrent le tribunal sans leurs menottes, libres de gagner à pied le cabinet distant de quelques centaines de mètres. Un grand jeune homme maniant gauchement une mini-caméra et un journaliste débutant qui ne savait rien de l'affaire, sinon que c'était un gros coup, leur emboîtèrent le pas. Les quatre hommes au visage fermé ne daignèrent pas répondre à leurs questions. Arrivés au Vieux Marché, ils s'engouffrèrent dans l'immeuble abritant le cabinet ; Charles Bogan monta directement dans son bureau pour appeler le sénateur.

Il ne fallut pas plus de deux heures au détective privé recommandé par Patrick pour retrouver la femme, en se servant uniquement du téléphone. Elle habitait à Meridian, à deux cents kilomètres au nord-est de Biloxi. Elle s'appelait Deena Postell, servait au rayon traiteur et tenait une des caisses d'un magasin d'alimentation qui venait de se construire en bordure de la ville.

Sandy se gara sur le parking, entra dans le magasin. Il fit semblant d'admirer un plat de blancs de poulet fraîchement rôtis en observant du coin de l'œil les employés qui s'affairaient derrière le comptoir. Une femme trapue, large d'épaules, aux cheveux laqués et à la voix forte attira son attention. Comme tous les employés, elle portait une chemise à rayures rouges et blanches. Quand elle fut assez près de lui, Sandy lut son nom sur le badge : Deena.

Pour la mettre en confiance, il portait un jean et une veste marine ; surtout pas de cravate.

— Je peux vous aider ? fit-elle en souriant.

Il était 10 heures du matin, beaucoup trop tôt pour un blanc de poulet rôti.

— Je voudrais un grand café, répondit Sandy en lui rendant son sourire.

Les yeux de Deena pétillèrent ; elle aimait flirter. Elle le rejoignit à la caisse. Au lieu d'un billet, Sandy lui tendit une carte professionnelle.

Elle la parcourut, la lâcha. Pour une femme dont les trois enfants avaient sombré dans la délinquance, cette visite-surprise était synonyme d'ennuis.

— Un dollar vingt, fit-elle en lançant un coup d'œil circulaire pour voir si quelqu'un regardait.

— Je ne suis porteur que de bonnes nouvelles, dit Sandy en fouillant dans sa poche pour chercher la monnaie.

— Que voulez-vous ?

— Que vous m'accordiez dix minutes. Je vais attendre à une table.

— Mais que voulez-vous ? répéta-t-elle en prenant l'argent.

— Je vous en prie. Vous ne regretterez pas vos dix minutes.

Elle aimait les hommes ; Sandy était séduisant,

bien mieux habillé que ceux qu'elle voyait défiler à longueur de journée. Elle arrangea les poulets rôtis, fit un autre café et annonça à son chef de rayon qu'elle prenait sa pause.

Sandy attendait patiemment à une table, près de la vitrine réfrigérée et de la machine à glaçons.

— Merci, fit-il en l'invitant à s'asseoir.

Elle avait à peu près quarante-cinq ans, un visage rond, généreusement tartiné de produits de beauté bon marché.

— Vous êtes avocat à La Nouvelle-Orléans ?

— Oui. Auriez-vous entendu parler de cette affaire qui fait grand bruit sur la Côte ? L'avocat qui avait détourné une fortune et qui s'est fait prendre.

Elle secoua la tête avant qu'il eût terminé.

— Je ne suis au courant de rien, vous savez. Je travaille soixante heures par semaine ici et j'ai deux petits-enfants à la maison, des bébés. Mon mari les garde ; il est infirme. Le dos. Je ne lis rien, je ne regarde rien, je ne fais rien d'autre que travailler et changer les couches.

Sandy regrettait presque d'avoir posé sa question. Quelle vie !

Aussi simplement que possible, il raconta l'histoire de Patrick. Elle la trouva amusante, mais son intérêt alla en s'amenuisant.

— Ils n'ont qu'à le condamner à mort ! lança-t-elle en profitant d'un silence.

— Il n'a tué personne.

— Je croyais que vous aviez dit qu'il y avait un cadavre dans la voiture.

— C'est vrai, mais la victime était déjà morte.

— Il ne l'a pas tuée ?

— Non. On peut dire qu'il l'a volée.

— Bon, il faut que je retourne au boulot. Si vous permettez, qu'est-ce que cette histoire a à voir avec moi ?

— Le corps était celui de Clovis Goodman, votre défunt grand-père.

— Il a fait brûler Clovis ? dit-elle en basculant la tête sur la droite.

Sandy acquiesça en silence.

Deena plissa les yeux en essayant de faire le tri de ses émotions.

— Pourquoi ? demanda-t-elle.

— Il avait besoin d'un cadavre.

— Mais pourquoi Clovis ?

— Patrick Lanigan était son avocat et son ami.

— Tu parles d'un ami !

— Écoutez, Deena, je n'essaie pas de trouver un sens à tout cela. Les faits remontent à plus de quatre ans ; nous n'étions pas là, ni vous ni moi.

Elle tapota la table du bout des doigts tout en mordillant un ongle de l'autre main. Ce type avait l'air trop malin pour se laisser prendre à des larmes de crocodile versées sur son pauvre grand-père. Ne sachant que dire, elle décida de le laisser parler.

— J'écoute, fit-elle.

— La mutilation de cadavre est un délit.

— Je comprends ça.

— La famille de Clovis peut se constituer partie civile, c'est-à-dire demander des dommages-intérêts.

C'était donc ça. Deena se redressa, prit une longue inspiration ; un sourire se dessina sur ses lèvres.

— Je vois.

— Oui, poursuivit Sandy en souriant aussi, voilà la raison de ma présence. Mon client souhaite trouver un arrangement discret avec la famille de Clovis.

— C'est quoi, la famille ?

— L'époux survivant, les enfants et petits-enfants.

— J'en fais partie.

— Et votre frère ?

— Terminé. Luther est mort il y a deux ans ; drogue et alcool.

— Dans ce cas, vous êtes la seule à pouvoir obtenir des dommages-intérêts.

— Combien ? lâcha-t-elle, incapable de se contenir.

Sandy se pencha vers elle.

— Nous sommes disposés à offrir vingt-cinq mille dollars. Tout de suite ; le chèque est dans ma poche.

Elle se penchait aussi, se rapprochait de Sandy ; en entendant le chiffre, elle s'arrêta net. Les larmes lui montèrent aux yeux, sa lèvre inférieure se mit à trembler.

— Oh ! mon Dieu !

— Vous avez bien entendu, reprit Sandy en jetant un coup d'œil alentour. Vingt-cinq mille.

Elle tendit la main vers les serviettes en papier, renversa au passage la salière. Elle se tamponna les yeux, se moucha. Sandy lançait des regards furtifs autour de lui, espérant qu'elle ne se faisait pas remarquer.

— Pour moi toute seule ? parvint-elle à articuler d'une voix sourde, la poitrine haletante.

— Oui, pour vous toute seule..

— J'ai besoin d'un Coca, reprit-elle en s'essuyant les yeux.

Elle descendit un maxi-Coca sans un mot. Sandy prit une gorgée de mauvais café en suivant le va-et-vient des passants. Il n'était pas pressé.

— Je vais vous dire ce que je pense, reprit Deena, les yeux enfin secs. Si vous venez ici pour proposer vingt-cinq mille dollars tout de go, vous devez pouvoir me donner plus.

— Je ne suis pas en mesure de négocier.

— Si je porte plainte, ce ne sera pas bon pour vous. Vous voyez ce que je veux dire ? En me regardant, le jury pensera au pauvre vieux Clovis qui a brûlé pour que votre client se barre avec quatre-vingt-dix millions.

Sandy hocha la tête en portant la tasse de café à ses lèvres. Il ne pouvait s'empêcher de l'admirer.

— Si je prends un avocat, poursuivit-elle, je pourrai certainement avoir beaucoup plus.

— Peut-être, mais cela prendra cinq ans. Sans compter que vous avez d'autres problèmes.

— Quels problèmes ?

— Vous n'étiez pas proche de Clovis.

— Qu'est-ce que vous en savez ?

— Pourquoi n'avez-vous pas assisté à son enterrement ? Ce sera difficile à expliquer à un jury. Écoutez, Deena, je suis venu pour trouver un arrangement. Si vous ne voulez pas, je monte dans ma voiture et je rentre à La Nouvelle-Orléans.

— Votre dernier prix ?

— Cinquante mille.

— Topez là !

Deena tendit une grosse main légèrement poisseuse, écrasa les phalanges de Sandy.

Il prit dans sa poche un chèque en blanc, le remplit. Il présenta ensuite à Deena deux documents à signer : l'arrangement et une lettre adressée au procureur.

Tout fut réglé en quelques minutes.

Il y eut enfin du mouvement du côté de Boca Raton. La Suédoise quitta précipitamment la maison, jeta des bagages dans le coffre de la BMW de Benny et démarra en trombe. Ils la suivirent jusqu'à Miami International, où elle attendit deux heures avant de prendre un vol à destination de Francfort.

Ils l'attendraient à son arrivée ; ils la placeraient sous une étroite surveillance jusqu'à ce qu'elle commette une erreur. Et ils retrouveraient Benny Aricia.

39

Le dernier acte officiel du juge en charge de l'affaire fut une audition impromptue et de nature indéterminée dans son bureau, sans l'avocat de l'accusé ni le procureur. Le dossier ne ferait pas état de cet entretien. Escorté par trois policiers, Patrick arriva par la porte de derrière et fut discrètement conduit dans le bureau du juge. Huskey attendait, en complet-veston. Aucun procès n'était en cours ; en temps normal, le tribunal aurait été silencieux. Mais quatre avocats de premier plan avaient été arrêtés au petit matin et les rumeurs se propageaient à toute vitesse dans les couloirs.

Les plaies encore bandées de Patrick l'empêchaient de porter des vêtements près du corps. La salopette turquoise était ample, agréable à porter. Elle avait aussi l'avantage de rappeler à tout le monde qu'il était hospitalisé, pas emprisonné comme un criminel.

Dès qu'ils furent seuls, la porte fermée à clé, Karl lui tendit une feuille de papier comportant un seul paragraphe.

— Lis ça.

C'était une ordonnance signée du juge Karl Huskey, qui, de sa propre initiative, abandonnait l'affaire

Lanigan. Cette décision prenait effet à midi, une heure plus tard.

— J'ai passé deux heures avec Trussel ; il vient de sortir.

— Est-il bien disposé envers moi ?

— Tu auras un juge impartial. J'ai dit, à son grand soulagement, qu'à mon avis il n'y avait pas homicide volontaire.

— Il n'y aura pas de procès, Karl.

Sur le mur était épinglé un calendrier. Chaque jour du mois d'octobre était bourré d'auditions et d'audiences, largement le travail de cinq juges.

— Tu n'as pas encore acheté un ordinateur ? demanda Patrick.

— Ma secrétaire en a un.

Ils avaient fait connaissance dans cette pièce, bien des années auparavant ; le jeune Patrick Lanigan représentait une famille décimée par un accident de la circulation. Karl jugeait l'affaire ; le procès avait duré trois jours. Ils s'étaient liés d'amitié. Le jury avait accordé deux millions trois cent mille dollars au client de Patrick, un des verdicts les plus généreux de l'histoire de la Côte. Contre l'avis de Patrick, le cabinet Bogan avait accepté de régler l'affaire en appel pour deux millions. Les avocats avaient empoché le tiers de la somme et l'avaient partagé en quatre. Patrick n'était pas encore associé ; ils lui avaient versé à contrecœur une prime de vingt-cinq mille dollars.

Le procès dont Clovis Goodman avait été la vedette.

Patrick remarqua une plaque de plâtre qui bâillait dans un angle, une tache brune au plafond.

— Tu ne peux pas demander qu'on repeigne ton bureau ? Rien n'a été fait depuis quatre ans.

— Je pars dans deux mois, que veux-tu que ça me fasse ?

— Tu te souviens du procès Hoover ? Mon premier dans ta salle d'audience, mon heure de gloire.

— Bien sûr, fit Karl en croisant les jambes sur le bureau, les mains jointes sur sa nuque.

Patrick lui raconta l'histoire de Clovis.

Un coup sec frappé à la porte interrompit le récit qui touchait à sa fin. Le déjeuner venait d'être livré et ne pouvait attendre. Un policier entra avec une boîte en carton d'où s'échappait un fumet appétissant. Patrick s'approcha du bureau de Karl quand on ouvrit la boîte : gombo et pinces de crabe.

— De la part de Bob Mahoney, annonça Karl. Il t'adresse ses amitiés.

L'établissement tenu par Mary Mahoney n'était pas seulement l'endroit où les gens du Palais se retrouvaient le vendredi soir autour d'un verre. C'était le plus ancien restaurant de la Côte ; la nourriture y était succulente, le gombo une spécialité recherchée.

— Remercie-le pour moi, fit Patrick en prenant une pince de crabe ; dis-lui que j'espère déjeuner bientôt là-bas.

À midi, Karl mit en marche le petit téléviseur niché au milieu des étagères couvertes de livres ; ils regardèrent en silence les sujets fébrilement tournés sur les arrestations. Tout le monde semblait s'être donné le mot pour garder le silence ; personne n'avait rien à déclarer. Ni les principaux intéressés dont les bureaux étaient bouclés à double tour, ni le FBI, ni Maurice Mast, ce qui était plus étonnant. N'ayant rien à se mettre sous la dent, la présentatrice fit ce à quoi elle avait été formée : elle fit état de rumeurs et de bruits de couloir. C'est là que Patrick entra en scène. D'après certaines sources, les arrestations entraient dans le cadre des investigations sur l'affaire Lanigan. Pour confirmer ses dires, elle passa des images de Patrick entrant dans le tribunal de Biloxi.

Un collègue au visage grave prit sa place sur l'écran pour annoncer d'un ton confidentiel qu'il se trouvait devant le bureau de Biloxi du sénateur Harris Nye. Le cousin de Me Bogan, ajouta-t-il pour ceux à qui le rapport aurait échappé. En mission à Kuala Lumpur, le sénateur ne pouvait faire de commentaires sur les événements. Le personnel de son bureau n'était au courant de rien et n'avait rien à dire. Le journaliste garda l'antenne dix minutes.

— Pourquoi souris-tu ? demanda Karl à Patrick.

— C'est un grand jour. J'espère simplement qu'ils auront le courage d'épingler le sénateur.

— Il paraît que le FBI a levé toutes les charges contre toi.

— Exact. J'ai témoigné hier devant le grand jury. C'était drôle, Karl, de déballer enfin ce que j'avais si longtemps tenu secret.

Patrick avait interrompu son repas pour regarder les informations ; la nourriture ne semblait plus l'intéresser. Karl l'avait vu manger deux pinces de crabe ; il avait à peine touché à son gombo.

— Mange, fit-il. Tu as l'air d'un squelette.

Patrick prit un cracker, s'avança jusqu'à la fenêtre.

— Dis-moi si je me trompe, poursuivit Karl. Le divorce est réglé, le FBI a levé toutes les charges et tu as accepté de rendre les quatre-vingt-dix millions, avec des intérêts.

— Cent treize au total.

— L'inculpation d'homicide ne tiendra pas longtemps, puisqu'il n'y a pas eu de meurtre. L'État du Mississippi ne peut t'accuser de détournement de fonds ; les autorités fédérales l'ont déjà fait. Les plaintes des compagnies d'assurances ont été retirées. Pepper est toujours vivant ; Clovis a brûlé à sa place. Il ne reste qu'une petite charge de rien du tout : profanation de sépulture.

— Presque. On parle de mutilation de cadavre, si

tu t'étais donné la peine de vérifier dans le code pénal. Tu devrais savoir ça, depuis le temps.

— Exact. C'est un délit, je pense.

— Un petit délit.

En remuant son gombo, Karl ne put s'empêcher d'éprouver de l'admiration pour Patrick qui regardait par la fenêtre en grignotant son cracker ; il devait être en train d'élaborer sa prochaine manœuvre.

— Je peux t'accompagner ? demanda Karl.

— Où ?

— Où tu iras. Quand tu partiras d'ici, tu retrouveras Eva et tu ramasseras le pognon, tu vivras au bord de la mer ou sur un yacht. J'aimerais faire un bout de chemin avec toi.

— Je n'en suis pas encore là.

— Tu t'en approches chaque jour un peu plus.

Karl éteignit la télévision, écarta la nourriture.

— Il reste un point d'interrogation, reprit-il. Que s'est-il passé entre la mort de Clovis et son enterrement, s'il a été enterré ?

— Tu as le goût du détail, fit Patrick avec un petit rire.

— Pour un juge, les faits sont importants.

Patrick s'installa dans un fauteuil, posa ses pieds nus sur le bureau.

— J'ai failli me faire prendre. Tu sais que ce n'est pas facile de voler un cadavre.

— Je te crois sur parole.

— J'avais insisté pour que Clovis prenne toutes les dispositions nécessaires pour ses obsèques. J'avais même ajouté au testament un codicille contenant des instructions pour l'entreprise de pompes funèbres : pas de cercueil ouvert, pas d'inspection, pas de musique, une veillée funèbre, un cercueil en bois blanc, une cérémonie réduite à l'essentiel.

— Un cercueil en bois blanc ?

— Oui. Clovis tenait à ce que ses cendres

retournent à la terre. Un cercueil en bois blanc, pas de caveau ; comme son grand-père. Quoi qu'il en soit, j'étais à l'hôpital quand il est mort ; j'ai attendu l'arrivée de l'ordonnateur des pompes funèbres de Wiggins, un nommé Rolland, un drôle de numéro, tout en noir. Je lui ai remis une copie du testament de Clovis qui m'autorisait à prendre toutes les décisions ; Rolland s'en contrefichait. Il était 15 heures ; il a dit qu'il embaumerait le corps un peu plus tard. Il a demandé si Clovis avait un costume dans lequel il serait enterré ; nous n'avions pas pensé à ça. Rolland a dit qu'il en avait quelques-uns de côté, qu'il s'en chargerait. Clovis voulait être enterré sur sa terre ; je lui avais expliqué que la loi ne le permettait pas, que les morts devaient être portés au cimetière. Clovis avait sept ans quand son grand-père — un héros de la guerre de Sécession, à l'en croire — était mort dans son lit. La veillée funèbre à la manière d'autrefois avait duré trois jours. On avait placé le cercueil sur une table, dans l'entrée ; les gens défilaient pour le regarder une dernière fois. Clovis en avait gardé un souvenir ému ; il voulait quelque chose d'analogue. Il m'avait fait jurer de le veiller, au moins quelques heures. J'ai expliqué cela à Rolland ; il m'a répondu qu'il avait tout vu, que plus rien ne l'étonnait. J'étais assis sous le porche de Clovis quand le corbillard est arrivé, à la nuit tombée. Nous avons descendu le cercueil, puis nous l'avons transporté dans le salon, devant la télévision. Je me rappelle l'avoir trouvé très léger ; à sa mort, Clovis pesait à peine cinquante kilos.

« — Vous êtes seul ? a demandé Rolland en regardant partout.

« — Oui. C'est juste une petite veillée.

« Je lui ai demandé d'ouvrir le cercueil ; il a hésité. J'ai expliqué que j'avais oublié d'y placer quelques souvenirs de la guerre de Sécession que Clovis voulait emporter avec lui. Je l'ai regardé ouvrir la caisse avec la clé spéciale qui ouvre tous les cercueils. Clovis n'avait pas changé. J'ai placé sur son ventre la casquette d'uniforme de son grand-père et un drapeau en lambeaux du 17e régiment du Mississippi. Rolland a refermé le cercueil avant de partir.

« Personne n'est venu pour la veillée. Personne. J'ai éteint les lumières vers minuit, verrouillé les portes. J'avais acheté un jeu de clés permettant d'ouvrir le cercueil ; une minute m'a suffi. J'ai sorti le corps ; il était léger, raide comme une planche, il n'avait pas de chaussures. Je l'ai déposé délicatement sur le canapé, puis j'ai placé quatre parpaings dans le cercueil avant de le refermer. J'ai allongé Clovis sur le siège arrière de ma voiture et j'ai pris la direction de la cabane. J'ai conduit prudemment ; je n'aurais su que dire si la police m'avait arrêté. Un mois plus tôt, j'avais acheté un vieux congélateur que j'avais laissé sous le porche. Je venais d'y loger difficilement le corps quand j'ai entendu du bruit venant des arbres ; c'était Pepper qui s'approchait furtivement. Il était 2 heures du matin. J'ai dit que je m'étais engueulé avec ma femme, que j'étais d'une humeur de chien et que je préférais rester seul. Je ne pense pas qu'il m'ait vu hisser le corps en haut des marches. J'ai entouré le congélateur avec des chaînes, jeté une bâche par-dessus, recouvert le tout de vieux cartons. J'ai attendu le lever du jour ; je savais que Pepper ne devait pas être loin. Je suis passé à la maison pour me changer ; à 10 heures, j'étais chez Clovis. Rolland est arrivé d'excellente humeur ; il a voulu savoir comment s'était passée la veillée. Nous avons sorti le cercueil, l'avons chargé dans le corbillard, puis nous sommes allés au cimetière. »

Karl écoutait, les yeux fermés, secouant lentement la tête ; un sourire joua sur ses lèvres.

— Quel esprit tortueux ! murmura-t-il entre ses dents.

— Merci. Le vendredi après-midi, je suis reparti à la cabane pour le week-end. J'ai travaillé sur un dossier, chassé le coq de bruyère avec Pepper, vérifié que le vieux Clovis était confortablement installé. Le dimanche matin, je suis parti avant l'aube pour aller cacher la moto et les bidons d'essence ; dans la journée, j'ai conduit Pepper à Jackson. J'ai attendu la nuit pour sortir Clovis du congélateur ; j'ai installé le corps devant la cheminée pour le dégeler. À 22 heures, je l'ai transporté dans le coffre de la voiture ; une heure plus tard, j'étais mort.

— Pas de remords ?

— Bien sûr que si. C'était horrible de faire ça, Karl. Mais j'avais décidé de disparaître ; il fallait que je trouve un moyen. Je n'aurais jamais pu tuer quelqu'un, mais j'avais besoin d'un cadavre. Mon raisonnement se tient.

— Parfaitement logique.

— La mort de Clovis m'a indiqué que le moment de partir était venu. J'ai eu de la chance ; bien des choses auraient pu mal se passer.

— La chance ne t'a pas abandonné.

— Jusqu'à présent.

Karl regarda sa montre, prit une pince de crabe.

— Que veux-tu que je dise à Trussel ?

— Tout, sauf l'identité de Clovis. Nous garderons cela pour plus tard.

40

Patrick était au bout de la table. Il avait devant lui un espace dégagé, contrairement à son avocat, flanqué d'un côté de deux dossiers, de l'autre d'une petite pile de carnets disposée devant lui comme des munitions. Sur la gauche de Patrick était assis T.L. Parrish, armé pour sa part d'un gros magnétophone qu'il avait demandé l'autorisation d'utiliser. Pas de collaborateurs, pas de sous-fifres pour compliquer les choses. Tout bon avocat a besoin de vérifier les faits ; ils s'étaient mis d'accord pour enregistrer la conversation.

Les autorités fédérales ayant abandonné les poursuites, tout le poids d'une éventuelle condamnation de Patrick reposait maintenant sur les épaules de Parrish. Il le sentait peser. Les fédéraux lui avaient refilé cette responsabilité pour chasser du plus gros gibier, un sénateur en l'occurrence. Mais le défendeur avait encore des atouts à abattre ; Parrish était à sa merci.

— Vous pouvez faire votre deuil de l'homicide, Terry. Je n'ai tué personne.

Tout le monde ou presque l'appelait Terry, mais c'était agaçant de la part d'un homme qu'il avait à peine connu du temps où il exerçait.

— Qui a brûlé dans la voiture ?

— Une personne décédée depuis quatre jours.

— Nous la connaissons ?

— Non. Une personne âgée que personne ne connaissait.

— Comment cette personne âgée est-elle morte ?

— De vieillesse.

— Où est-elle morte de vieillesse ?

— Dans l'État du Mississippi.

Parrish traçait des lignes et des carrés sur son bloc. En se retirant, les fédéraux avaient ouvert la porte ; Lanigan s'y engouffrait. Rien, semblait-il, ne pourrait l'en empêcher.

— Vous avez donc brûlé un cadavre ?

— Exact.

— Cela ne constitue pas un délit ?

Sandy fit glisser une feuille de papier sur la table ; Parrish la prit, la lut rapidement.

— Pardonnez-moi, fit-il. Le cas ne se présente pas tous les jours.

— Vous n'avez rien d'autre contre moi, Terry, reprit Patrick avec la confiance tranquille de celui qui a tout préparé depuis des années.

Parrish en était persuadé, mais un procureur ne peut baisser les bras aussi facilement.

— Ce sera donc une peine d'un an, fit-il. Une année à Parchman devrait vous faire du bien.

— Certainement, mais je n'irai pas à Parchman.

— Où comptez-vous aller ?

— Ailleurs. Avec un billet de première classe.

— Pas si vite. Nous avons le cadavre.

— Vous n'avez pas de cadavre. Vous ne savez pas qui a été incinéré ; je ne le dirai que si nous parvenons à un accord.

— À savoir ?

— Cessez les poursuites. Laissez tomber. Chacun repart comme il est venu.

— Ce serait trop beau. On attrape le voleur, il rend l'argent, on abandonne les poursuites et on lui dit gentiment au revoir. Le message sera reçu avec plaisir par les quatre cents autres inculpés qui attendent d'être jugés. Je suis sûr que leurs avocats apprécieront. Un camouflet pour la loi et l'ordre.

— Je me fiche des quatre cents autres, comme ils doivent se fiche de moi. Chacun pour soi, Terry.

— Tout le monde ne fait pas la une des journaux.

— Je vois ; c'est la presse qui vous préoccupe. À quand votre réélection ? L'année prochaine ?

— Je n'ai pas d'adversaires. La presse ne m'inquiète pas outre mesure.

— Bien sûr que si. Vous êtes un fonctionnaire élu. Cela fait partie de votre boulot de vous inquiéter de ce que dira la presse ; c'est précisément pour cette raison que vous devez abandonner les poursuites. Vous ne pouvez gagner ; imaginez votre photo à la une, quand vous aurez perdu.

— La famille de la victime ne souhaite pas porter plainte, glissa Sandy. La famille accepte que l'identité du cadavre soit divulguée.

Il prit une feuille, l'agita en direction de Parrish. Le message était clair : nous avons la preuve, nous connaissons la famille, pas vous.

— Cela ferait mauvais effet à la une de votre quotidien, reprit Patrick. Imaginez le titre : la famille demande au procureur de ne pas engager des poursuites.

Combien leur avez-vous donné ? faillit demander Parrish. Il se ravisa au dernier moment. Il recommença à griffonner sur son carnet en passant en revue les possibilités de moins en moins nombreuses qui s'offraient à lui. Le magnétophone continua de tourner dans la pièce silencieuse.

Sachant son adversaire dans les cordes, Patrick s'apprêta à le mettre au tapis pour le compte.

— Vous ne pouvez me poursuivre pour homicide, Terry, il n'en est plus question. Vous ne pouvez pas plus me poursuivre pour mutilation de cadavre ; vous ignorez qui a été mutilé. Vous n'avez plus de munitions. Je sais que la pilule doit être amère, mais les faits sont incontournables. Vous aurez un mauvais moment à passer ; cela fait partie du jeu.

— Merci. Sachez que je peux quand même vous accuser de mutilation de cadavre d'un inconnu.

— Pourquoi pas une inconnue ?

— Comme vous voulez. Nous dresserons la liste de toutes les personnes âgées décédées dans les premiers jours du mois de février 1992. Nous interrogerons les familles pour savoir si vous leur avez parlé. Nous obtiendrons peut-être l'autorisation d'exhumer quelques corps ; nous prendrons notre temps. Entre-temps, vous aurez été transféré dans la prison du comté d'Harrison où le shérif Sweeney veillera, je n'en doute pas, à vous choisir des compagnons de cellule triés sur le volet. Nous nous opposerons à la mise en liberté sous caution ; aucun juge ne vous l'accordera, avec votre propension à filer à l'anglaise. Les mois passeront, l'été arrivera. Les cellules ne sont pas climatisées ; vous perdrez encore du poids. Nous poursuivrons nos investigations ; avec un peu de chance, nous trouverons la tombe. Dans neuf mois exactement, deux cent soixante-dix jours après la mise en accusation, nous irons devant le juge.

— Comment comptez-vous prouver ma responsabilité ? Vous n'avez pas de témoin, rien.

— Ce ne sera pas facile, mais je ne parlais pas de ça. Si je traîne les pieds pour vous mettre en accusation, je peux ajouter deux mois à votre détention, ce qui fera près d'un an avant l'ouverture du procès. Cela fait long pour un homme si riche.

— Je me débrouillerai, répliqua Patrick.

Il regarda le procureur droit dans les yeux, espérant ne pas être le premier à ciller.

— Peut-être, mais vous ne pouvez courir ce risque.

— Que proposez-vous ? demanda Sandy.

— Il faut voir la question dans son ensemble, répondit Parrish en levant les bras. Vous ne pouvez vous moquer de la justice, Patrick. Les fédéraux ont repris leurs billes, il ne nous reste plus grand-chose contre vous. Donnez-nous un os à ronger.

— Vous aurez votre condamnation. Je serai sur le banc des accusés, je plaiderai coupable du délit de mutilation de cadavre ; mais pas de prison. Vous expliquerez au juge que la famille ne se porte pas partie civile. Vous pourrez obtenir une condamnation avec sursis et mise à l'épreuve, des amendes et une réparation civile. Vous pourrez parler de la torture et de ce que j'ai subi. Vous pouvez faire tout cela, Parrish, et vous sortirez la tête haute. Une seule chose m'importe : pas de prison.

— Vous révélerez l'identité de la victime ? demanda le procureur après un moment de réflexion.

— Oui. Quand notre marché sera conclu.

— Nous avons l'autorisation de la famille pour l'ouverture du cercueil, ajouta Sandy en agitant un autre document qu'il replaça prestement dans le dossier.

— Je suis pressé, reprit Patrick. On m'attend ailleurs.

— Il faut que j'en parle avec Trussel. Vous aurez besoin de son accord.

— Il le donnera.

— Marché conclu ? lança Sandy.

— En ce qui me concerne, c'est d'accord, fit le procureur avant d'éteindre le magnétophone.

Il rassembla ses affaires, fourra le tout dans sa serviette tandis que Patrick adressait un clin d'œil à Sandy.

— À propos, reprit Parrish en se levant. J'ai failli

oublier Pepper Scarboro. Que pouvez-vous me dire sur lui ?

— Je peux vous donner sa nouvelle identité et son numéro de Sécurité sociale.

— Il est donc encore de ce monde ?

— Oui. Vous pouvez essayer de le retrouver, mais n'allez pas l'embêter. Il n'a rien fait de mal.

Le procureur quitta la pièce sans ajouter un mot.

Elle avait rendez-vous à 14 heures avec le vice-président de la succursale londonienne de la Deutsche Bank. Le banquier allemand parlait un anglais irréprochable et portait un complet marine à la veste croisée ; il avait un air guindé et un sourire figé. Son regard s'attarda sur les jambes d'Eva, puis il se mit au travail. Le montant de l'ordre de virement de la succursale de Zurich s'élevait à cent treize millions de dollars expédiés directement vers l'America Bank, à Washington. Elle avait les numéros de comptes, les instructions de transfert. On apporta du thé et des biscuits ; le banquier se retira pour appeler Zurich en privé.

— Pas de problème, mademoiselle Pires, déclara-t-il à son retour, en souriant largement.

Eva savait qu'il n'y aurait pas de problèmes. L'ordinateur du bureau se mit au travail avec une efficacité silencieuse. L'imprimante cracha un document ; il remit la feuille à Eva. Le virement effectué, le solde du compte de Zurich s'établirait à un million neuf cent mille dollars et des poussières. Elle plia la feuille, la glissa dans son sac Chanel au cuir luisant.

Une autre compte en Suisse avait un solde créditeur de trois millions. Il y en avait six et demi dans une banque canadienne, à Grande-Caïman. Aux Bermudes, un investisseur avait placé quatre millions pour leur compte. Les sept millions et demi en attente au Luxembourg allaient partir pour une autre destination.

Quand tout fut réglé, elle quitta la banque ; son chauffeur attendait dans la voiture. Elle allait appeler Sandy pour lui faire part de ses prochains mouvements.

Benny ne resta pas longtemps dans la peau d'un fugitif recherché par le FBI. Sa Suédoise passa la nuit à Francfort ; elle prit un vol à destination de Londres où elle arriva vers midi. L'inspecteur des douanes averti de son arrivée la fit patienter pendant qu'il examinait minutieusement son passeport. La caméra de surveillance la montra, les yeux cachés derrière des lunettes noires, les mains tremblantes.

À la station de taxis, elle fut retenue à son insu par un policier qui semblait chargé d'appeler les voitures ; il lui demanda d'attendre, à côté de deux autres femmes, pendant qu'il réglait la circulation. Le taxi dans lequel elle monta était conduit par un vrai chauffeur à qui on venait d'expliquer la situation et de remettre une radio miniaturisée.

— Hôtel Athenaeum, Piccadilly, annonça-t-elle.

Tandis que le taxi s'éloignait lentement du terminal, le chauffeur prit la radio, répéta la destination d'un ton détaché.

Il prit son temps pour parcourir le trajet ; une heure et demie plus tard, il déposa sa passagère à la porte de l'hôtel. Elle attendit aussi à la réception. Le directeur adjoint vint s'excuser, prétextant un problème d'ordinateur. Quand on l'avertit discrètement que le téléphone de la chambre était sur écoute, il lui remit la clé, appela un groom. Elle lui donna un maigre pourboire, verrouilla la porte, mit la chaîne et se jeta sur le téléphone.

— C'est moi, Benny. Je suis arrivée.

Aricia poussa un ouf de soulagement.

— Tout va bien ?
— Oui. J'ai un peu peur, c'est tout.
— As-tu été suivie ?
— Je ne crois pas. J'ai été très prudente.
— Très bien. Il y a un petit café dans Brick Street, à deux rues de ton hôtel. Nous nous y retrouvons dans une heure.
— D'accord. J'ai peur, Benny.
— Tout va bien, ma chérie. J'ai hâte de te voir.

Benny n'était pas là quand elle arriva au café. Au bout d'une heure, l'affolement la gagna ; elle rentra précipitamment à l'hôtel. Il ne téléphona pas ; elle ne ferma pas l'œil de la nuit.

Le lendemain matin, elle acheta tous les quotidiens en vente dans le hall de l'hôtel, les parcourut fébrilement en prenant son petit déjeuner. Dans les pages intérieures du *Daily Mail,* elle trouva enfin un entrefilet mentionnant l'arrestation d'un citoyen américain du nom de Benjamin Aricia.

Elle fit ses bagages, réserva une place dans le premier avion en partance pour la Suède.

41

Le juge Huskey faisant des conciliabules avec son collègue Trussel, il fut établi que l'affaire Lanigan allait passer en priorité, avant d'être enterrée. Des rumeurs d'arrangement circulaient dans la communauté judiciaire de Biloxi, accompagnant des nouvelles alarmantes sur le cabinet Bogan. Il n'était bruit que de ces affaires dans les couloirs du tribunal.

Trussel commença par convoquer Parrish et Sandy McDermott pour une rapide mise à jour qui se prolongea en fait plusieurs heures. Patrick fut entraîné à trois reprises dans la discussion par l'intermédiaire du portable du Dr Hayani avec qui il jouait aux échecs dans la cafétéria de l'hôpital.

— Je ne pense pas qu'il soit bon pour la prison, grommela Trussel après le deuxième appel.

Il répugnait visiblement à laisser Patrick s'en tirer à si bon compte, mais une condamnation lui paraissait peu probable. Avec toutes les affaires de trafic de drogue et d'attentat à la pudeur en souffrance, il n'allait pas perdre de temps avec une mutilation de cadavre hautement médiatisée. Il n'y avait que des preuves indirectes et, la méticulosité de Lanigan n'étant plus à démontrer, le magistrat ne croyait guère à une condamnation. Les termes de l'accord visant à réduire la gravité des charges furent soigneusement pesés, après quoi le juge rédigea une ordonnance leur substituant de nouvelles charges et une autre par laquelle il acceptait que l'accusé plaide coupable. Dans le courant de cette première réunion, Trussel s'entretint au téléphone avec le shérif Sweeney, Maurice Mast, Joshua Cutter et Hamilton Jaynes. Il discuta aussi deux fois avec Karl Huskey qui se trouvait dans le bureau voisin, à tout hasard.

Les deux juges, au même titre que Parrish, étaient élus pour une période de quatre ans. Trussel n'avait jamais eu d'adversaire et se considérait comme politiquement intouchable ; Huskey allait passer la main. Parrish était plus fragile, mais, en bon politicien, il savait donner l'image d'un homme qui prend des décisions difficiles sans craindre une réaction populaire. En politiciens chevronnés, les trois hommes avaient retenu une leçon fondamentale : quand on envisage une action qui risque d'être impopulaire, il faut faire vite, y aller franchement. L'hésitation est source de complications. La presse s'empare de l'affaire, soulève aussitôt une controverse et ne manque pas de jeter de l'huile sur le feu.

De la manière dont Lanigan la présentait, la question Clovis était simple. Il révélerait le nom de la victime, remettrait au juge l'autorisation signée par la famille d'ouvrir la sépulture, de dégager le cercueil et de regarder ce qu'il contenait. S'il était bien vide, l'accord réduisant la gravité des charges serait définitif. Le doute subsisterait jusqu'à l'opération. Si le cercueil était occupé, l'accord serait annulé et la charge d'homicide volontaire pèserait toujours sur Lanigan. Il se montrait si sûr de lui en parlant de la victime que tout le monde était persuadé que le cercueil serait vide.

Sandy se rendit à l'hôpital ; il trouva son client au lit, entouré d'une nuée d'infirmières, tandis que le Dr Hayani changeait ses pansements. Sandy demanda à parler d'urgence au blessé; Patrick s'excusa, demanda à tout le monde de se retirer. Quand ils furent seuls, ils étudièrent mot après mot les ordonnances; Patrick apposa son paraphe.

L'attention de Sandy fut attirée par un carton au pied du bureau provisoire de Patrick. Il reconnut quelques livres qu'il lui avait prêtés; Patrick avait commencé à faire ses bagages.

Sandy mangea sur le pouce dans sa suite, en regardant par-dessus l'épaule de la secrétaire qui retapait un document. Les deux assistants et l'autre secrétaire avaient repris le chemin de La Nouvelle-Orléans.

Le téléphone sonna; Sandy décrocha aussitôt. L'homme se présenta : Jack Stephano, de Washington. Sandy avait peut-être entendu parler de lui. Il se trouvait dans le hall de l'hôtel et sollicitait quelques minutes d'entretien; Sandy accepta. Trussel avait demandé aux avocats d'être de retour vers 14 heures.

Ils prirent place dans le petit salon, se regardèrent par-dessus la table basse encombrée.

— C'est la curiosité qui m'amène, commença Stephano.

Sandy n'en crut rien.

— Peut-être pourriez-vous commencer par des excuses, fit-il.

— Vous avez raison. Mes hommes se sont laissé entraîner; ils n'auraient pas dû se comporter si brutalement.

— C'est ce que vous appelez des excuses ?

— Je suis désolé, reprit Stephano d'un ton manquant de sincérité. Nous avons eu tort.

— Je transmettrai vos regrets à mon client; je ne doute pas qu'il en soit touché.

— Pour en revenir à notre histoire, vous savez que je ne suis plus dans le coup. Je pars en vacances en Floride avec ma femme, mais j'ai tenu à faire ce petit détour pour vous voir. Je ne serai pas long.

— Ont-ils arrêté Aricia ? demanda Sandy.

— Oui, il y a quelques heures. À Londres.

— Parfait.

— Je ne le représente plus et je n'ai rien à voir avec l'affaire Platt & Rockland. Il m'a engagé après la disparition de l'argent. Ma mission était de le retrouver. J'ai essayé, j'ai été payé. Le dossier est refermé.

— Alors, pourquoi cette visite ?

— J'aimerais satisfaire ma curiosité. Nous avons retrouvé Lanigan au Brésil parce qu'il a été dénoncé par quelqu'un qui le connaissait très bien. Nous avons été contactés il y a deux ans par le groupe Pluton, basé à Atlanta. Pluton avait un client en Europe qui savait quelque chose sur Lanigan ; en échange, ce client demandait de l'argent. Nous avions de quoi payer, nous sommes restés en relation. Le client nous mettait sur une piste, nous acceptions de verser une récompense et l'argent changeait de main. Les renseignements étaient toujours justes. Cette personne en savait long sur Lanigan, ses déplacements, ses habitudes, ses différents noms d'emprunt. C'était un coup monté, une manipulation. Nous savions ce qui allait se passer ; je ne vous cache pas que nous étions impatients. Un beau jour, ils ont enfin tenté le gros coup : contre un million de dollars, le client nous révélait où vivait Lanigan. Ils ont montré de jolies photos ; sur l'une d'elles, il lavait sa voiture, une Coccinelle. Nous avons versé l'argent et nous avons eu Lanigan.

— Qui était ce client ? demanda Sandy.

— Je vous le demande. Ce ne peut être que la fille, hein ?

La réaction de Sandy ne fut pas instantanée. Il étouffa un petit rire sans gaieté tandis que remontait lentement à sa mémoire ce qu'avait dit Eva, la manière dont elle s'était servie de Pluton pour garder l'œil sur Stephano et suivre ses recherches.

— Où est-elle maintenant ? reprit Stephano.

— Je ne sais pas, répondit Sandy.

Elle était à Londres, mais cela ne regardait en rien Stephano.

— Nous avons versé un total d'un million cent cinquante mille dollars à ce mystérieux client, à ce Judas, devrais-je dire.

— C'est terminé. Que voulez-vous de moi ?

— Je suis curieux, je le répète. Si un jour vous apprenez la vérité, j'aimerais que vous me passiez un coup de fil. Je n'ai plus rien à gagner ni à perdre, mais je n'aurais pas l'esprit en paix avant de savoir si elle a pris notre argent.

Stephano se retira avec une vague promesse de Sandy de l'appeler un jour, peut-être.

Le shérif Raymond Sweeney eut vent d'un arrangement à l'heure du déjeuner ; cela le fit bondir. Il appela Parrish et Trussel ; tous deux étaient trop occupés pour lui parler. Cutter n'était pas à son bureau.

Sweeney se rendit au tribunal. Il se planta dans le couloir, entre les bureaux des juges ; si un arrangement devait être conclu, il serait sur place. Il échangea quelques mots avec ses adjoints et les huissiers ; il se tramait quelque chose.

Les avocats arrivèrent à 14 heures, la mine grave, la bouche cousue ; ils se bouclèrent dans le bureau de Trussel. Au bout de dix minutes, Sweeney n'y tint plus. Il interrompit la réunion, exigea de savoir ce qu'on allait faire de son prisonnier. Le juge expliqua posément que l'accusé allait plaider coupable pour des charges moins lourdes, ce qui, de l'avis de toutes les personnes présentes, était dans l'intérêt de la justice.

Sweeney avait son propre avis ; il s'empressa de le faire connaître.

— Tout le monde va se foutre de nous. On met la main sur un escroc plein aux as et il achète sa liberté ? Les gens d'ici n'aimeront pas ça ; nous allons passer pour des rigolos !

— Que proposez-vous, Raymond ? demanda Parrish.

— C'est sympa de poser la question. Pour commencer, je le laisserais croupir un moment en prison, comme tout le monde. Après, je le ferais juger en espérant qu'il écopera du maximum.

— Pour quelles charges ?

— Il a volé ce fric, non ? Il a brûlé le corps ! Qu'il tire dix ans à Parchman ! C'est ça la justice !

— Il n'a pas volé l'argent sur le territoire national, expliqua Trussel ; cela ne relève pas de notre juridiction. L'affaire est du ressort des fédéraux qui ont déjà abandonné les poursuites.

Dans un coin de la pièce, Sandy gardait les yeux fixés sur un document.

— Quelqu'un a tout fait foirer, c'est ça ?

— Pas nous, lança Parrish.

— Bravo ! Allez raconter ça aux gens qui vous ont élus ! Rejetez la responsabilité sur les fédéraux ; ils ne risquent pas de perdre leur place. Et le cadavre ? Il reconnaît l'avoir brûlé et il sort libre ?

— Vous pensez donc qu'il devrait être poursuivi pour ce délit ?

— Et comment !

— Bien, fit Parrish. Comment allons-nous le prouver ?

— Vous êtes le procureur, c'est votre boulot.

— Oui mais, puisque vous semblez tout savoir, dites-moi comment vous le prouvez.

— Il a reconnu l'avoir fait, non ?

— C'est vrai. Croyez-vous que Patrick Lanigan va témoigner à son propre procès criminel et avouer au jury qu'il a brûlé un cadavre ? Cela vous paraît une bonne ligne de défense ?

— N'y comptez pas, glissa Sandy.

Les joues et le cou cramoisis, Sweeney se mit à agiter les bras en tous sens. Il dirigea un regard noir sur Parrish, puis sur Sandy.

Il comprit que les avocats auraient réponse à tout et parvint à se calmer.

— C'est pour quand ? demanda-t-il.

— En fin d'après-midi.

Sweeney en fut outré. Il enfonça les mains dans ses poches, pivota sur ses talons.

— Vous devriez faire attention à vous, lança-t-il avant de sortir, juste assez fort pour être entendu de tous.

— Nous formons une grande famille unie, fit Parrish d'un ton sarcastique.

Sweeney claqua la porte, enfila rageusement le couloir. Il quitta le tribunal, monta dans sa voiture banalisée. Il démarra, décrocha le téléphone et appela son informateur personnel, un journaliste du quotidien local.

La famille ayant donné son blanc-seing ainsi que l'exécuteur testamentaire, Patrick Lanigan, tout se passa le plus simplement du monde. L'ironie de la situation n'échappa pas au juge Trussel, à Parrish, ni à Sandy : Lanigan, l'unique ami de Clovis, avait signé l'autorisation d'ouvrir le cercueil, ce qui lui permettait de se disculper. L'ironie semblait omniprésente dans cette affaire.

Il ne s'agissait pas d'une exhumation, une procédure nécessitant une ordonnance du juge en réponse à une requête, parfois même une audition. Ils voulaient juste jeter un coup d'œil à l'intérieur du cercueil, ce qui n'était pas prévu par le Code du Mississippi. Le juge Trussel agit avec une grande liberté. Qui pouvait en souffrir ? Certainement pas la famille. Le cercueil non plus ; à l'évidence, il ne servait pas à grand-chose.

Rolland avait toujours son entreprise de pompes funèbres à Wiggins. S'il se souvenait de Clovis Goodman et de son avocat, de la veillée funèbre dans la maison de M. Goodman, où il n'avait vu personne d'autre que l'avocat ? Il assura le juge au téléphone qu'il s'en souvenait parfaitement. Oui, il avait entendu parler de l'affaire Lanigan, sans faire le rapprochement.

Trussel résuma l'affaire en quelques phrases, le mit au courant du rôle joué par Clovis. Non, il n'avait pas ouvert le cercueil le lendemain de la veillée, il n'en avait pas eu besoin, ne le faisait jamais dans ces circonstances. Pendant que le juge parlait au téléphone, Parrish faxa à Rolland une copie des autorisations signées par Deena Postell et Patrick Lanigan.

Rolland eut brusquement envie de prêter son concours. Jamais encore on ne lui avait volé un cadavre ; ce genre de chose ne se faisait pas à Wiggins. Bien sûr qu'il pouvait faire ouvrir la tombe en moins de temps qu'il n'en fallait pour le dire ; le cimetière lui appartenait aussi.

Le juge Trussel envoya sa greffière et deux adjoints du shérif au cimetière de Wiggins. La pierre tombale portait l'inscription funéraire :

CLOVIS F. GOODMAN
23 janvier 1907 — 6 février 1992

Une excavatrice creusait délicatement le sol meuble, suivant les indications de Rolland qui attendait, une pelle à la main. Il fallut à peine un quart d'heure pour atteindre le cercueil. Rolland et un fossoyeur descendirent pour dégager la terre à la pelle dans la fosse. Le bois de peuplier avait commencé à pourrir sur les bords du cercueil. Le bas de la caisse coincé entre les jambes, les mains noires de terre, Rolland utilisa sa clé. Il tira, secoua, jusqu'à ce qu'il entende un craquement. Puis il souleva lentement le couvercle.

Comme prévu, le cercueil était vide.

Il ne contenait que quatre parpaings.

La décision fut prise de faire venir Lanigan en audience publique, comme l'exigeait la loi, mais d'attendre 17 heures, l'heure de la fermeture du bâtiment et du départ d'une grande partie du personnel du tribunal. Cette heure convenait à tout le monde, surtout au juge et au procureur persuadés de faire ce qu'il fallait, mais qui n'en étaient pas moins nerveux. Toute la journée, Sandy les avait engagés à régler l'affaire au plus vite, dès que l'arrangement serait conclu, après l'ouverture du cercueil. Il n'y avait aucune raison d'attendre. Il fit valoir que son client était incarcéré, ce qui ne suscita guère de compassion. Le tribunal était en session, le moment bien choisi. Qu'avait-on à gagner à attendre ?

Rien, décida enfin le juge. Parrish ne s'y opposa pas. Il avait huit procès au rôle dans les trois semaines à venir ; se débarrasser de Lanigan était un soulagement.

Cette heure convenait parfaitement à la défense. Avec un peu de chance, tout pourrait être expédié en moins de dix minutes et personne ne se rendrait compte de rien. L'heure convenait à Patrick ; qu'avait-il d'autre à faire ?

Il se changea, choisit un pantalon kaki flottant, une ample chemise blanche en coton. Il portait des chaussures de bateau neuves, sans chaussettes, à cause des brûlures aux chevilles. À l'heure du départ, il étreignit Hayani, le remercia de tout ce qu'il avait fait pour lui. Il embrassa les infirmières, remercia les aides-soignantes, promit de passer les voir dès que possible. Il ne le ferait pas ; tout le monde le savait.

Après plus de deux semaines passées dans cet hôpital en tant que patient et prisonnier, Patrick quitta l'établissement, son avocat à ses côtés, suivi à distance respectueuse par son escorte de policiers armés.

42

Décidément, cette heure convenait parfaitement à tout le monde. Pas un seul employé du tribunal n'avait eu envie de rentrer chez lui quand la nouvelle s'était propagée de bureau en bureau, l'affaire de quelques minutes.

Une secrétaire d'un gros cabinet d'avocats vérifiant un titre de propriété dans un bureau surprit une conversation sur le dernier rebondissement de l'affaire Lanigan. Elle se rua vers le téléphone pour appeler son bureau. En quelques minutes, toute la profession savait que Lanigan s'apprêtait à plaider coupable dans le cadre d'un arrangement dont la teneur était inconnue et qu'il voulait le faire en catimini, à 17 heures.

La perspective d'une audience clandestine en point d'orgue d'un arrangement conclu dans la coulisse déclencha une salve de coups de téléphone. En moins d'une demi-heure, la moitié de la ville était au courant.

L'audience n'aurait pas plus attiré l'attention si elle avait été annoncée dans le journal et placardée sur les murs. Rapidité et discrétion, tel était le mot d'ordre. L'institution s'entourait de mystère pour protéger l'un des siens.

Ils se rassemblèrent par petits groupes, échangeant

des propos à voix basse, regardant la salle d'audience se remplir. Plus l'assistance grossissait, plus les rumeurs prenaient corps ; tant de monde ne pouvait s'être fourvoyé. Quand les sténographes entrèrent, on sut que tout était vrai.

— Il est là, annonça un greffier, près de l'estrade.

Patrick sourit aux deux cameramen s'élançant vers la porte de derrière pour le filmer. On le conduisit au premier étage, dans la salle des jurés où on retira ses menottes. Son pantalon était trop long de trois centimètres ; il replia méthodiquement le bas des jambes pour faire un revers. Karl entra, demanda aux policiers d'attendre dans le couloir.

— Bravo pour la discrétion ! lança Patrick.

— Il est difficile de garder un secret par ici. Quelle élégance !

— Merci.

— Je connais un journaliste du quotidien de Jackson qui m'a demandé de te...

— Je n'ai rien à dire. Pas un mot à personne.

— C'est bien ce qu'il me semblait. Quand pars-tu ?

— Je ne sais pas. Bientôt.

— Où est Eva ?

— En Europe.

— Je peux t'accompagner ?

— Pourquoi ?

— Juste pour voir.

— Je t'enverrai une cassette.

— Merci infiniment.

— Partirais-tu vraiment ? Si tu avais la possibilité de disparaître, de tout larguer, le ferais-tu ?

— Avec ou sans quatre-vingt-dix millions ?

— Peu importe.

— Bien sûr que non ; ce n'est pas pareil. J'aime ma femme, tu n'aimais pas la tienne. J'ai trois enfants déjà grands, pas toi. Non, je ne larguerais pas tout ; mais comment te le reprocher ?

— Tout le monde a envie de le faire, Karl. À un moment ou à un autre, toute le monde rêve de tout larguer. L'herbe est toujours plus verte ailleurs, la vie plus belle. Qui ne rêve de laisser ses problèmes derrière lui ? C'est inscrit dans nos gènes. Nous sommes les descendants d'immigrants ayant fui des conditions de vie insupportables pour venir chercher sur ce sol une vie meilleure. Ils ont pris la route de l'Ouest, toujours plus loin, sans se retourner, en espérant découvrir le filon. Aujourd'hui, il n'y a plus d'endroit où aller.

— Je n'avais pas envisagé la chose sous une perspective historique.

— Il faut faire un effort d'imagination.

— J'aurais aimé que mes grands-parents quittent la Pologne avec quatre-vingt-dix millions.

— Je les ai rendus.

— J'ai cru comprendre qu'il restait un bas de laine.

— Une de ces rumeurs sans fondement.

— Si je te suis bien, il va devenir à la mode de piquer l'argent de ses clients, de faire brûler des cadavres et de filer en Amérique du Sud où, cela va sans dire, des femmes de toute beauté attendent, les bras ouverts.

— Jusqu'à présent, cela marche plutôt bien.

— Pauvres Brésiliens. Tous ces avocats véreux qui envahissent leur pays.

Sandy entra, un autre document à signer à la main.

— Trussel est à cran, dit-il à Karl. La tension est trop forte ; son téléphone n'arrête pas de sonner.

— Et Parrish ?

— Une boule de nerfs.

— Finissons-en avant qu'ils aient la trouille, fit Patrick en signant.

Un huissier s'avança vers la barre, annonça que la Cour allait se réunir, pria le public de s'asseoir. Le silence se fit dans la salle ; un autre huissier ferma la porte à double battant. Les spectateurs étaient alignés le long des murs ; tout le personnel du tribunal avait trouvé une raison de rester. Il était près de 17 h 30.

Tout le monde se leva quand le juge Trussel fit son entrée, avec la dignité un peu raide qui lui était coutumière. Il salua le public, le remercia pour l'intérêt qu'il portait à la justice, surtout à une heure si tardive. Il avait estimé en accord avec Parrish qu'une audience bâclée paraîtrait louche ; ils y consacreraient le temps nécessaire. Ils avaient même envisagé de la remettre, mais ne voulaient pas qu'on leur reproche d'avoir essayé d'agir en douce.

Patrick entra par la porte donnant sur le banc des jurés ; il vint se placer avec Sandy devant l'estrade, sans regarder le public. Parrish était impatient d'ouvrir le feu. Trussel prit le dossier, le feuilleta avec attention.

— Monsieur Lanigan, commença-t-il enfin d'une voix grave et lente, vous avez présenté plusieurs requêtes.

— Oui, Votre Honneur, répondit Sandy. La première pour substituer à l'accusation d'homicide celle de mutilation de cadavre.

Les derniers mots se répercutèrent dans le silence de la salle d'audience. Mutilation de cadavre ?

— Monsieur Parrish, vous avez la parole.

Il avait été convenu que Parrish se chargerait de donner les explications à la Cour, mais surtout à la presse et au public.

Il exposa avec brio les nouveaux développements de l'affaire. Il n'y avait pas eu de crime, mais quelque chose de moins grave. Le ministère public ne s'opposait pas à la réduction de la gravité des charges ; il ne croyait plus que l'accusé avait tué quelqu'un.

— Dans une autre requête, reprit le juge, M. Lanigan accepte de plaider coupable pour l'accusation de mutilation de cadavre.

Le deuxième acte fut semblable au premier. Parrish se régala à l'évocation du pauvre Clovis ; Patrick sentit peser sur lui des regards furieux tandis que le procureur poursuivait son récit, ne faisant grâce d'aucun détail. Il se retint pour ne pas hurler qu'il n'avait tué personne.

— Plaidez-vous coupable ou non coupable, monsieur Lanigan ?

— Coupable, répondit Patrick d'une voix ferme, mais sans arrogance.

— Quelle peine recommande le ministère public ? demanda Trussel au procureur.

Parrish se dirigea vers sa table, fouilla dans ses papiers et revint vers l'estrade.

— Votre Honneur, j'ai ici une lettre de Mme Deena Postell, de Meridian, Mississippi, le seul petit-enfant survivant de Clovis Goodman.

Il tendit une copie du document à Trussel comme si c'était une pièce fraîchement versée au dossier.

— Dans sa lettre, poursuivit-il, Mme Postell demande à la Cour de ne pas poursuivre M. Lanigan pour la destruction par le feu du corps de son grand-père. Il est mort depuis plus de quatre sans ; la famille ne peut pas endurer de nouvelles souffrances. À l'évidence, Mme Postell était proche de son grand-père ; elle a été très affectée par sa disparition.

Patrick regarda Sandy du coin de l'œil ; Sandy évita de tourner la tête dans sa direction.

— Lui avez-vous parlé ? demanda le juge à Parrish.

— Il y a une heure, au téléphone. Elle était très émue et m'a supplié de ne pas rouvrir le dossier. Elle a juré de ne jamais accepter de témoigner et a opposé un refus formel à toute coopération avec le ministère public.

Parrish repartit vers sa table, brassa quelques papiers. Il parla au juge, s'adressant en réalité au public.

— Compte tenu de la réaction de la famille, le ministère public recommande une peine de douze mois d'emprisonnement assortie du sursis avec mise à l'épreuve, une amende de cinq mille dollars et le règlement des frais de justice.

— Acceptez-vous cette condamnation, monsieur Lanigan ?

— Oui, Votre Honneur, répondit Patrick, à peine capable de lever la tête.

— Autre chose ?

Trussel prit son marteau, attendit ; l'avocat et le procureur secouèrent la tête.

— L'audience est levée, déclara le juge en donnant un coup de marteau.

Patrick se retourna, quitta précipitamment la salle. Encore parti, disparu sous leurs yeux.

Il attendit une heure en compagnie de Sandy dans le bureau de Huskey. La nuit venue, les derniers curieux se résignèrent à quitter le tribunal et à rentrer chez eux. Patrick était impatient de partir.

À 19 heures, il fit ses adieux à Karl. Il le remercia longuement et chaleureusement de l'avoir soutenu, de tout ce qu'il avait fait pour lui ; il promit de rester en contact. Avant de franchir la porte, il se retourna pour le remercier de nouveau d'avoir porté son cercueil.

— À ta disposition, lança Karl. Quand tu voudras.

Ils quittèrent Biloxi dans la Lexus de Sandy. Sandy était au volant, Patrick à l'avant, affaissé sur son siège, contemplant une dernière fois les guirlandes de lumière qui s'étiraient sur le littoral. Ils longèrent les casinos bordant les plages de Biloxi et de Gulfport, passèrent devant la jetée de Pass Christian ; les lumières s'espacèrent quand ils traversèrent la baie de Saint Louis.

Sandy tendit à Patrick un papier avec un numéro de téléphone ; il appela l'hôtel. Il était 3 heures du matin à Londres, mais elle décrocha aussitôt, comme si elle avait eu la main sur le combiné.

— C'est moi, Eva, fit-il avec retenue.

Sandy hésita à s'arrêter pour permettre à Patrick de descendre et de parler librement ; il s'efforça de ne pas écouter.

— Nous venons de quitter Biloxi ; nous sommes sur la route de La Nouvelle-Orléans. Si je vais bien ? Jamais je ne me suis senti mieux. Et toi ?

Il écouta un long moment, les yeux clos, la tête penchée en arrière.

— Quel jour sommes-nous ?

— Vendredi 6 novembre, répondit Sandy.

— Je te retrouve dimanche à Aix, à la Villa Gallici. D'accord ? Tout va bien, ma chérie, je t'aime. Rendors-toi ; je rappelle dans quelques heures.

Ils franchirent en silence la limite de la Louisiane, s'engagèrent sur le pont du lac Pontchartrain.

— J'ai eu une visite très intéressante cet après-midi, fit Sandy.

— Ah oui ? Qui ?

— Jack Stephano.

— Il est ici ? À Biloxi ?

— Oui, il est passé me voir à l'hôtel. Il a dit qu'il ne s'occupait plus de l'affaire Aricia, qu'il partait en vacances en Floride.

— Tu aurais dû le tuer !

— Il a fait amende honorable. Il a expliqué que ses hommes n'avaient pas su se contenir, m'a demandé de te transmettre ses excuses.

— Il ne manque pas d'air, celui-là. Je suis sûr qu'il n'est pas passé uniquement pour s'excuser.

— C'est vrai. Il a parlé de son informateur au Brésil, du groupe Pluton, des récompenses versées, et m'a demandé de but en blanc si c'est Eva qui t'a trahi. J'ai répondu que je n'en savais rien.

— Qu'est-ce que ça peut lui faire ?

— Bonne question. Il a dit que la curiosité était trop forte. Il a distribué plus d'un million de dollars, il a mis la main sur sa proie, pas sur l'argent. Il affirme qu'il ne pourra pas dormir avant de savoir à quoi s'en tenir. Je l'ai presque cru.

— On peut comprendre ça.

— Il a précisé qu'il n'était plus dans le coup.

Patrick posa la jambe gauche sur son genou droit, effleura du bout des doigts la plaie de sa cheville.

— À quoi ressemble-t-il ?

— Cinquante-cinq ans, genre Italien, crinière poivre et sel, yeux noirs. Un bel homme. Pourquoi cette question ?

— Parce que je l'ai vu partout au Brésil. Depuis trois ans, la moitié des étrangers que j'ai vus dans l'intérieur du pays étaient Jack Stephano. J'ai été pourchassé dans mon sommeil par des centaines d'hommes qui, tous, étaient Jack Stephano. Il s'est tapi dans des ruelles, caché derrière des arbres, m'a suivi la nuit dans les rues de São Paulo, m'a filé en scooter, poursuivi en voiture. J'ai plus souvent pensé à Stephano qu'à ma propre mère.

— La cavale est terminée.

— J'ai fini par m'en lasser, Sandy, j'ai baissé les bras. La vie en cavale est une aventure excitante et romantique, jusqu'à ce qu'on sache qu'on a des gens aux trousses. Pendant qu'on dort, ils continuent leurs recherches, pendant qu'on dîne avec une jolie femme, ils frappent aux portes, montrent discrètement des photos, proposent de l'argent contre des renseignements. J'ai réussi un trop gros coup, Sandy. Ils étaient obligés de courir après moi ; quand j'ai appris qu'ils étaient au Brésil, j'ai su que la fin était proche.

— Que veux-tu dire ?

Patrick changea de position en soupirant. Il regarda par la vitre les reflets argentés des eaux du lac en essayant de mettre de l'ordre dans ses idées.

— J'ai renoncé, Sandy. J'en ai eu assez de cette fuite perpétuelle. J'ai baissé les bras.

— Tu l'as déjà dit.

— Je savais qu'ils me retrouveraient ; j'ai choisi de le faire à ma manière.

— J'écoute.

— C'est moi qui ai eu l'idée des récompenses, Sandy. Eva prenait l'avion pour Madrid d'où elle se rendait à Atlanta pour voir les représentants de Pluton. Ils étaient payés pour rester en contact avec Stephano et gérer la circulation des renseignements et de l'argent. Nous l'avons pressé comme un citron avant de le conduire à ma petite maison, à Ponta Pora.

Sandy se tourna lentement, l'air ébahi, la bouche ouverte, le regard fixe.

— Regarde où tu vas, fit Patrick en indiquant la route.

D'un brusque coup de volant, Sandy remit la voiture sur la bonne file.

— Tu mens, murmura-t-il en remuant à peine les lèvres. Je sais que tu mens.

— Pas du tout. Nous avons soutiré un million cent cinquante mille dollars à Stephano. L'argent est en lieu sûr, avec le reste, probablement en Suisse.

— Tu ne sais pas où il est ?

— Elle s'en occupe. Je le saurai quand je la verrai.

Sandy était trop abasourdi pour demander autre chose ; Patrick décida de l'aider.

— Je savais qu'ils me captureraient, qu'ils essaieraient de me faire parler. Je ne pensais pas qu'ils iraient jusque-là, ajouta-t-il en montrant la brûlure qui s'étalait au-dessus de sa cheville gauche. Je me doutais que ce serait un mauvais moment à passer, mais ils ont failli me tuer. J'ai fini par craquer, j'ai parlé d'Eva. Je savais qu'elle avait déjà disparu, l'argent aussi.

— Tu aurais pu mourir, parvint à articuler Sandy qui conduisait de la main droite en se grattant la tête de l'autre.

— C'est vrai, il s'en est fallu de peu. Mais, deux heures après ma capture, la direction du FBI savait que j'étais entre les mains de Jack Stephano. Cela m'a sauvé la vie. Stephano ne pouvait me tuer ; le FBI était au courant de ma capture.

— Comment... ?

— Eva a appelé Cutter à Biloxi. Il a ensuite informé Washington.

Sandy eut envie d'arrêter la voiture, de descendre et de hurler dans la nuit. De se pencher sur le parapet et de vomir vers les eaux du lac un flot d'obscénités. Juste au moment où il croyait enfin avoir reconstruit le passé de Patrick, ce coup de théâtre fichait tout par terre.

— Tu as vraiment été stupide de te laisser prendre.

— Crois-tu ? Tu ne m'as pas vu sortir libre du tribunal ? Tu ne m'as pas entendu parler tendrement avec la femme que j'aime et qui me garde au chaud une petite fortune ? Le passé est effacé, Sandy, tu ne comprends pas ? Je n'ai plus personne aux trousses.

— Tant de choses auraient pu mal se passer.

— Cela n'a pas été le cas. J'avais l'argent, les enregistrements, l'alibi de Clovis. Et je disposais de quatre ans pour tout mettre au point.

— La torture n'était pas prévue.

— Non, mais les cicatrices s'estomperont. Ne me gâche pas mon plaisir, Sandy. Je suis si heureux.

Sandy déposa Patrick chez sa mère, où un gâteau

était au four dans la maison de son enfance. Mme Lanigan l'invita à rester ; il refusa, sachant qu'ils avaient besoin d'être seuls. Et il n'avait pas vu sa femme et ses enfants depuis quatre jours.

Sandy reprit la route, l'esprit en ébullition.

43

Il s'éveilla avant le lever du soleil, dans un lit où il n'avait pas dormi depuis près de vingt ans, dans une chambre où il n'était pas entré depuis près de dix. C'était si loin, dans une autre vie ; les murs étaient plus rapprochés, le plafond plus bas. Au fil des ans, ses affaires avaient été enlevées : les souvenirs de sa jeunesse, les fanions de l'équipe des Saints, les posters de mannequins blonds en maillot de bain exigu.

Issu de deux personnes qui se parlaient rarement, Patrick avait fait de sa chambre un sanctuaire dont la porte était fermée bien avant l'adolescence. Ses parents n'y entraient qu'avec sa permission.

Sa mère était dans la cuisine ; l'odeur du bacon se répandait dans toute la maison. Ils s'étaient couchés tard ; elle s'était levée tôt, avide de parler. Comment lui en vouloir ?

Il s'étira lentement, prudemment. Les croûtes qui s'étaient formées autour des brûlures se craquelaient et tiraient sur la peau ; s'il faisait des mouvements trop brusques, le sang allait recommencer à couler. Il caressa les cicatrices de sa poitrine en se retenant de gratter furieusement. Il croisa les jambes, plaça les mains derrière sa tête. Il adressa au plafond un sourire empreint de satisfaction ; la cavale était terminée. Patrick et Danilo n'étaient plus ; les ombres qui les pourchassaient avaient subi une cuisante défaite. Stephano, Aricia, Bogan et consorts, le FBI et Parrish ; ils s'étaient tous cassé les dents. Il ne restait plus personne.

La lumière du jour entra par la fenêtre ; les murs se rapprochèrent un peu plus. Il se doucha rapidement, appliqua un onguent sur ses brûlures, refit ses bandages.

Il avait promis à sa mère d'autres petits-enfants, une ribambelle d'enfants pour remplacer Ashley Nicole qu'elle gardait l'espoir de revoir un jour. Il lui avait dit le plus grand bien d'Eva, avait promis de l'amener bientôt à La Nouvelle-Orléans. Pas de projets de mariage précis, mais c'était inévitable.

Ils mangèrent des gaufres et du bacon, prirent leur café dans le patio tandis que les vieilles rues s'animaient. Sans laisser le temps aux voisins de passer pour se réjouir de la bonne nouvelle, ils partirent faire une balade en voiture. Patrick tenait à revoir sa ville, même s'il n'avait le temps que d'y jeter un coup d'œil.

À 9 heures, dès l'ouverture du magasin, ils allèrent chez Robilio Brothers où Patrick acheta des pantalons, des chemises et un beau sac de voyage en cuir. Ils mangèrent des beignets au Café du Monde, dans Decatur Street, avant de déjeuner dans un petit restaurant.

Ils attendirent une heure dans la salle d'embarquement en se tenant la main et en échangeant de rares paroles. À l'heure du départ, Patrick étreignit sa mère, promit d'appeler tous les jours. Elle dit avec un sourire triste qu'elle voulait voir les nouveaux petits-enfants, et vite.

Son avion allait à Atlanta. Utilisant son vrai passeport, au nom de Patrick Lanigan, qu'Eva avait remis à Sandy, il prit un vol à destination de Nice.

Il avait vu Eva pour la dernière fois un mois auparavant, à Rio, à l'occasion d'un long week-end où ils ne s'étaient pas quittés une minute. La fin était proche ; Patrick le savait.

Bras dessus, bras dessous, serrés l'un contre l'autre, ils avaient marché sur les plages de Leblon et d'Ipanema, au milieu d'une foule joyeuse dont ils n'entendaient pas les cris. Ils dînaient tard, dans leurs restaurants préférés — Antiquarius et Antonio —, sans grand appétit. Ils se parlaient d'une voix douce, en phrases courtes ; les longues conversations se terminaient par des larmes.

Elle avait failli le convaincre de repartir, de s'enfuir avec elle pendant qu'il était en mesure de le faire, d'aller se cacher dans un château en Écosse ou un petit appartement à Rome, là où on ne les trouverait jamais. Mais elle n'avait pas eu gain de cause ; il en avait assez d'être toujours sur le qui-vive.

En fin d'après-midi, le funiculaire les avait déposés au sommet du Pain de Sucre ; ils avaient regardé le coucher de soleil sur Rio. La vue était magnifique, mais difficile à apprécier dans ces circonstances. Il la serra contre lui pour la protéger du vent froid, lui promit qu'un jour, quand tout serait terminé, ils reviendraient exactement au même endroit, au coucher du soleil, pour faire des projets. Elle essaya de le croire.

Ils se séparèrent au coin de la rue de l'appartement d'Eva. Il l'embrassa sur le front, disparut dans la foule. Il la laissa en pleurs sur le trottoir ; cela valait mieux que des adieux déchirants à l'aéroport. À son arrivée à Ponta Pora, Patrick trouva sa voiture à l'endroit où il l'avait laissée ; il traversa la ville déserte, regagna son modeste logis où il mit ses affaires en ordre. L'attente commença.

Il téléphona tous les jours, entre 16 et 18 heures ; un appel codé, avec des noms différents.

Un jour, il n'y eut pas d'appel.

Ils l'avaient trouvé.

Le train en provenance de Nice arriva à Aix-en-Provence quelques minutes après midi. Il descendit sur le quai, la chercha du regard dans la foule du dimanche. Il ne s'attendait pas vraiment à la voir ; il l'espérait de tout son cœur. Dans ses habits neufs, son sac neuf à la main, il sortit de la gare, trouva un taxi pour se faire conduire à la Villa Gallici, à l'extérieur de la ville.

Elle avait réservé une chambre à leurs deux noms, Eva Miranda et Patrick Lanigan. Comme il était agréable de ne plus voyager clandestinement, de ne plus utiliser des identités d'emprunt et des faux papiers. On l'informa à la réception qu'elle n'était pas encore arrivée ; son moral en prit un coup. Il avait rêvé de la retrouver dans la chambre, en lingerie fine, offerte. Il sentait presque la douceur de sa peau sous ses mains.

— À quand remonte la réservation ? demanda-t-il sèchement au réceptionniste.

— Hier. Mme Miranda a appelé de Londres ; elle a dit qu'elle arriverait ce matin. Nous ne l'avons pas vue.

Patrick monta dans la chambre. Il se doucha, déballa ses affaires, commanda un thé et des pâtisseries. Il somnola en rêvant de l'entendre frapper à la porte, de l'entraîner dans la chambre.

Il laissa un message à la réception, partit pour une longue promenade dans la vieille ville. L'air était pur et vif ; des maisons pittoresques enserraient les rues étroites. Ce serait peut-être une bonne idée de vivre ici. Aix était une ville universitaire aux nombreuses manifestations culturelles. Son français était bon ; il voulait encore l'améliorer. Ils passeraient une semaine ici avant de repartir à Rio ; mais peut-être ne resteraient-ils pas à Rio. Ivre de liberté, Patrick avait envie de vivre partout, de s'imprégner de différentes cultures, d'apprendre plusieurs autres langues.

Il fut harcelé par un groupe de jeunes mormons, se débarrassa d'eux avant de descendre le cours Mirabeau. Il commanda un express à la terrasse du café où, l'année précédente, ils avaient regardé, la main dans la main, le défilé des étudiants.

Il ne voulait pas s'affoler ; c'était un simple retard, une correspondance ratée. Il s'obligea à attendre la tombée du soir avant de regagner l'hôtel d'un pas aussi nonchalant que possible.

Elle n'était pas là ; il n'y avait pas de message. Rien. Il appela l'hôtel à Londres ; on lui dit qu'elle était partie la veille, en milieu de matinée.

Il alla s'asseoir dans le jardin attenant à la salle à manger, choisit un fauteuil qu'il plaça de manière à voir la réception par une fenêtre. Il commanda deux doubles cognacs pour se réchauffer ; il la verrait quand elle entrerait.

Si elle avait raté un avion, elle aurait appelé. Si elle avait eu de nouveau des problèmes avec la douane, avec son passeport ou un billet, elle aurait appelé.

Elle n'avait personne à ses trousses. Tous les méchants avaient été achetés ou jetés derrière les barreaux.

Encore un double cognac ; l'estomac vide, il sentit l'ivresse le gagner. Il passa au café pour rester éveillé.

Le bar ferma ; Patrick monta dans sa chambre. Il était 8 heures du matin à Rio. Sans conviction, il appela le père d'Eva qu'il avait rencontré deux fois. Elle l'avait présenté comme un ami et client canadien. Le pauvre Paulo avait assez souffert, mais Patrick n'avait pas le choix. Après s'être excusé de le déranger de si bon matin, il expliqua qu'il était en France et avait besoin de discuter d'un problème juridique avec son avocate brésilienne qu'il ne parvenait pas à joindre. Paulo n'avait pas envie de parler, mais son interlocuteur semblait bien connaître sa fille.

Il lâcha du bout des lèvres qu'elle était à Londres ; elle l'avait appelé samedi. Il ne dirait rien de plus.

Au supplice, Patrick attendit deux heures avant d'appeler Sandy. Affolé, il avoua qu'elle avait disparu ; Sandy n'avait pas de nouvelles.

Patrick passa deux jours à errer sans but par les rues d'Aix. Il sommeillait à n'importe quelle heure, ne mangeait rien, ne buvait que du café et du cognac. Il rappela régulièrement Sandy, harcela de coups de téléphone le pauvre Paulo qu'il finit par effrayer. La ville avait perdu son charme romantique. Dans la solitude de sa chambre, le cœur brisé, il versait toutes les larmes de son corps. Au long de ses promenades solitaires, il maudissait celle dont il était encore éperdument amoureux.

Les employés de la réception suivaient avec curiosité les allées et venues de cet homme qui, au début, demandait anxieusement s'il avait des messages et les saluait maintenant à peine d'une inclination de tête. Il ne se rasait pas, avait les traits tirés. Il buvait trop.

Il régla sa note le troisième jour en disant qu'il retournait en Amérique. Il laissa à la réception une enveloppe cachetée, adressée à Mme Miranda, au cas où elle viendrait.

Patrick prit un avion pour Rio ; il ne savait pas très bien pourquoi. Malgré l'amour qu'elle portait à sa ville, ce serait le dernier endroit où elle irait ; elle était beaucoup trop rusée. Elle savait se cacher, comment disparaître et changer d'identité, comment faire circuler instantanément de l'argent et le dépenser sans attirer l'attention.

Elle avait été à bonne école. Patrick lui avait enseigné l'art de se volatiliser ; elle avait trop bien retenu la leçon. Personne ne retrouverait Eva, sauf si elle le décidait.

Il eut un entretien douloureux avec Paulo, au cours

duquel il raconta toute l'histoire, sans lui faire grâce d'un seul détail. Le pauvre homme s'effondra devant lui, le maudit en sanglotant d'avoir corrompu sa fille adorée. Patrick avait demandé cet entretien en désespoir de cause ; il ne donna aucun résultat.

Il logea dans de petits hôtels, près de l'appartement d'Eva, parcourut interminablement les rues, recommença à scruter tous les visages, pour des raisons différentes. Il n'était plus la proie, mais le chasseur. Un chasseur désespéré.

Il ne verrait jamais son visage ; il lui avait appris à le dissimuler.

L'argent s'épuisa ; il fut contraint d'appeler Sandy pour lui emprunter cinq mille dollars. Sandy accepta sans hésiter, proposa plus.

Au bout d'un mois, Patrick abandonna la partie ; il prit un car pour traverser le pays jusqu'à Ponta Pora.

Il pouvait vendre sa maison, peut-être sa voiture. Il tirerait trente mille dollars des deux. Ou bien il les gardait et trouvait un boulot. Il pouvait vivre dans ce pays qu'il aimait, dans cette charmante localité où il se sentait si bien. Il pouvait donner des leçons d'anglais, vivre paisiblement Rua Tiradentes, où les ombres s'étaient évanouies, où les enfants aux pieds nus jouaient toujours au football sur les trottoirs brûlants.

Où pouvait-il aller ? Le voyage était terminé ; le passé s'était refermé.

Un jour, sans doute, elle viendrait le retrouver.

Impression réalisée sur Presse Offset par

BRODARD & TAUPIN

GROUPE CPI

23583 – La Flèche (Sarthe), le 10-05-2004
Dépôt légal : mars 2000
Suite du premier tirage : mai 2004

POCKET – 12, avenue d'Italie - 75627 Paris cedex 13
Tél. : 01.44.16.05.00

Imprimé en France